Das dicke Petersdorf-Buch

Das dicke
Petersdorf-Buch

illustriert
von Roland Beier

Eulenspiegel Verlag

Wir danken dem Verlag Edition Ost für die freundliche Genehmigung zum Abdruck der Texte aus den Büchern »Zwischen Frühstück und Kohlrouladen« und »Gnade für den Jackpotknacker«.
Die Zeichnungen auf den Seiten 31, 55, 60, 71 und 100 stammen von Kurt Klamann, die Zeichnung auf Seite 208 ist von Karl Schrader.

ISBN 3-359-00906-1

Eulenspiegel · Das Neue Berlin VerlagsGmbH & Co. KG
Rosa-Luxemburg-Str. 16, 10178 Berlin
Umschlagentwurf: Roland Beier
Druck und Bindung: Druckerei zu Altenburg

Einführende Worte

des bekannten Preisträgers Meier-Motzen (Professor, Dr. sc., Dr. h. c. mult.)

Geschätzter Leser,

ich kenne Petersdorf seit Anfang der sechziger Jahre. Er mich auch.
Ich tauchte seinerzeit auf der von Petersdorf redigierten *Funzel*-Seite der Zeitschrift *Eulenspiegel* auf.
Petersdorf behauptet noch heute, er habe mich erfunden. Er hat nicht begriffen, daß einen Meier-Motzen nur das Leben erfinden – was sage ich – gebären kann. Immerhinque, wie der Lateiner sagt, wir haben uns zusammengerauft.
Ja, wir sind sogar Freunde geworden.
Es ist keine Duzfreundschaft, wir siezen uns nach wie vor. Aber wir lassen den Herrn weg.
»Hallo Petersdorf! Sie haben ja schon wieder zugenommen!«
»Jaja, Meier-Motzen, es schrumpft nicht jeder so wie Sie!«
So ungekünstelt, aber respektvoll verkehren wir miteinander. Wobei ich allerdings einfügen muß, daß ich von Petersdorf nicht immer korrekt behandelt wurde.
Nicht selten hat er in den erwähnten, legendären *Funzel*-Zeiten meine Erlebnisse und Abenteuer, die ich ihm freimütig berichtete, in frisierter, ja zuweilen sogar entstellter und leicht ehrenrühriger Form zu Papier und vors schockierte Auge des unschuldigen Lesers gebracht.
Eine Akte habe ich aber nicht angelegt.
Und Petersdorf konnte auch großherzig sein. Manchmal nahm er mir bei Demonstrationen hilfreich das schwere Transparent ab und übergab mir die leichtere Fahne, die ich am Ende zum Betrieb zurücktrug.
Das Transparent kam zu den anderen. An die nächste Hauswand.
Doch lassen wir nostalgisches Schwärmen, verehrter Leser. Worum geht es mir hier und heute?
Lissen pliehs!
Kürzlich wurde mir hinterbracht, daß Petersdorf vom Eulenspiegel Verlag das ehrenvolle Angebot erhielt, seine gesammelten Gereimt- und Ungereimtheiten vergangenen und gegenwärtigen Fabulierens in einem dicken Buch zusammenzufassen und der Öffentlichkeit zu präsentieren.
Diese Information traf mich wie ein Schlag von Bud Spencer.
Petersdorf soll sammeln, zusammenfassen, auswählen, ordnen ...
Ein Mann der Unordnung, der Laxheit, der Planlosigkeit, der Nervosität, ein unentschlossener Waage-Mensch – der soll ...?
Kein Kommentar.
Nur dies: Das ist die Stunde Meier-Motzens.
Hier gilt es, Freundesdienst zu leisten.
Hier muß eine vom Geist getragene, ordnende und brückenschlagende Hand das Werk in den Griff kriegen.
Denn von Petersdorf, der als gelernter Journalist begann, zum satirischen Autor mutierte, sich im Radio, auf dem Bildschirm, auf Showbühnen und sogar Kreuzfahrtschiffen herumtrieb, von solch einem zerfransten Typ ist kaum zu erwarten, daß er bei sich und seinen Arbeiten durchsieht.
Er will es, glaube ich, auch nicht.
Petersdorf, der sich besonders wohl fühlt unter Unterhaltungskünstlern, Schauspielern, Artisten, bezeichnet sich nicht selten als Gaukler.
Koketterie?
Vielleicht.
Doch ich glaube, er träumt nachts manchmal, er flöge mit dreifachem Salto durch irgendein Chapiteau.
Ein kühner Traum.
Bei dem Gewicht!

Meier-Motzen

Hier spricht der Autor zu seinem Leser

Verehrter,
in diesem Buch herrscht eine gewisse Ordnung. Das heißt, es zerfällt in einzelne Teile. Was natürlich nicht wörtlich aufzufassen ist, denn bei pfleglichem Umgang zerfällt das Ding überhaupt nicht, und Sie können es noch in hundert Jahren zur Hand nehmen. Egal wozu.
Aber – wie gesagt – das Buch zerfällt.
In Kapitel, Abschnitte, Bereiche. Nennen Sie's, wie Sie mögen. Mir selbst liegt das Ordnen ja eigentlich nicht so sehr, aber die Lektoren und Buchgestalter behaupten, es erleichtere ihnen und dem Leser die Arbeit.
Nunja, dann erleichtere ich also und verkünde folgende Einteilung:
Kapitel 1 enthält Texte aus dem *Funzelbuch* und dem *Funzelbuch No. 2* sowie andere, aus dem Archiv gefischte *Funzel*-Texte, die nicht in beiden Büchern auftauchten, obwohl sie es verdient hätten.
Kapitel 2 enthält Texte des Buches *Zwischen Frühstück und Kohlrouladen* sowie verschiedene andere Arbeiten aus der Zeit der Ehemaligen.
Kapitel 3 enthält Texte aus dem *Eulenspiegel* der Eulenspiegel-Bückware-Zeit sowie Sketche für die Berliner Kabaretts *Distel* und *Die Klapperschlangen* und für die Fernsehshow *Ein Kessel Buntes.*
Kapitel 4 enthält Texte der Bücher *Gnade für den Jackpotknacker, Die vergoldete Hausnummer* sowie Artikel für den *Eulenspiegel* und den Eigengebrauch als kabarettistischer Reisekader zwischen Saßnitz und Suhl.
Dann gibt es noch den Anhang mit Fakten, Daten und anderen Pflichtübungen.
Der Anhang sagt nichts über die Anhänger des Autors. Verständlich.
Wer wollte sie zählen!

J. P.

1. KAPITEL

Funzeleien

Kapitel 1 enthält Texte aus dem *Funzelbuch* und dem *Funzelbuch No. 2* sowie andere, aus dem Archiv gefischte *Funzel*-Texte, die nicht in beiden Büchern auftauchten, obwohl sie es verdient hätten.

Zwiegespräch

zwischen Meier-Motzen (M-M)
und Petersdorf (Pe)

M-M: Also, Petersdorf, haben Sie wirklich die sogenannte Funzel erfunden?
Pe: Im Prinzip ja. Aber mitgesponnen an der Sache haben mein damaliger Chefredakteur Peter Nelken und sein Stellvertreter Karl Kultzscher. Der Name *Funzel* ist von mir.
M-M: Was sollte der Quatsch?
Pe: Er sollte helfen, neue Leser zu gewinnen. Meist ging der *Eulenspiegel* gut, war Bückware, aber nach dem Mauerbau gab es eine Flaute.
M-M: Und wie sollte das Flaute-Beleben funktionieren?
Pe: Nicht nur Humor und Satire in der bewährten Art, sondern aus dem Rahmen fallende Blödelei, Nonsens, Situationsfotos mit albernen Unterschriften und jedesmal ein gewöhnliches Aktfoto mit nicht ganz seriösem Kommentar.
M-M: Und die Ausgezogene zog die Leser an?!
Pe: Nicht nur sie. Johannes Conrad hatte mit seinen herrlich quergestrickten Texten, Gedichten, Bonmots Riesenanteil am Erfolg.
M-M: Diesen Erfolg der *Funzel* haben Sie dann schamlos ausgenutzt und Ihr erstes Buch *Das Funzelbuch* genannt.
Pe: Ja, es enthielt allerdings nur meine Texte.
M-M: Trotzdem hatte das Buch sechs Auflagen!
Pe: Ist das nicht schön?
M-M: Dann erschien 1990 das *Funzelbuch No. 2.* Es hatte nur eine Auflage.
Pe: Wendebedingt. Es kam die Test-the-West-Welle.
M-M: War aber wohl keine Dauerwelle.
Pe: Ist das nicht schön?

MOTTO I

»Mehr Licht!«
(Goethe)
»Funzel genügt!«
(Meier-Motzen)

MOTTO II

Es kommt auf die Beleuchtung an!
(Volksmund oder Brecht nach Lampen-Krause, senior)

Inhaltsangabe

Die Funzeleien enthalten Lyrik und Prosa und noch viele schöne andere Kunst.
Manche Beiträge sind länger als manche kürzeren. Das hat lediglich gestalterische Gründe und nur gelegentlich einen Zusammenhang mit dem Ideengehalt.
Man wird feststellen, daß in manchem kurzen Beitrag auch nicht mehr drinsteht als in manchem langen.
Der Vorteil ist nur: Man merkt es schneller.
Die Materialien sind geordnet.
Das heißt: Es steckt kein besonderes System darin.
Das Buch ist trocken und sauber aufzubewahren, in Ehren zu halten und bei Zollkontrollen unaufgefordert vorzulesen.

Anmerkung zum Motto II –
falls sich dem einen oder anderen Leser der tiefe Ideengehalt nicht auf Anhieb erschließt:

Wie wollen wir unser Motto verstanden wissen?

Schaun Sie sich mal eine Bar-Dame bei Tageslicht an.
Stellen Sie sich einen Weihnachtsbaum ohne Kerzen vor.
Nehmen Sie mal einem General die Sterne weg.

Sie werden in jedem Fall überrascht sein und feststellen: Bei der Beleuchtung ist die moralische Wirkung eine ungeheure.
So ungefähr wollen wir unser Motto verstanden sehen.
Mit diesem Grundlagenwissen ausgerüstet, können Sie nunmehr das Studium der nächsten Seiten in Angriff nehmen.

Frisch auf!

Ossi
im Karauschenteich

»Ich hab Ossi gesehen«, sagte Hümpels Anton.
»Und ich darf an Angetrunkene nichts mehr ausschenken«, sagte Hannes, der Wirt vom »Löwen«.
Der Stammtisch kicherte. Kein Wunder. Denn Bartels Oswald, genannt Ossi, war ja nun nachweislich vier Monate tot. Hatte übrigens eines der eindrucksvollsten Begräbnisse, die man in Kaltenbach in der Rhön kennt. Es ging bis zum übernächsten Morgen. Aber alle Beteiligten haben überlebt. Hätte sicherlich auch Ossi, der alte Steher. Doch der war ja leider schon vor der Feier tot. Das war ja auch der Grund.
Hümpels Anton war übrigens damals einer der Traurigsten. Und einer der Lustigsten – wenn man Anfang und Ende der Leiche mal zusammenrafft.
Aber auf alle Fälle hatte er ja wohl mitgekriegt, daß Ossi ausgestiegen war, und deshalb konnte er ihn weiß Gott heute nicht gesehen haben.
»Ich meine doch Ossi, den Ostseewal«, rief Anton. »Lest ihr denn keine Zeitung?«
Welche Frage. In dieser Gegend ist der Fernsehempfang nicht gerade der günstigste. Also liest man auch Zeitung.
Und man kauft ihr auch einiges ab. Aber bei Anton, dem alten Schlawiner, ist man mitunter skeptisch.
»Ossi schwimmt im Karauschenteich«, sagte Anton und trank einen halben Liter Rhönbier, ohne zu gluckern.
Der Bürgermeister erhob sich vom Stammtisch.
Zum Verständnis für den Leser: In dieser Gegend gehen Bürgermeister gelegentlich unter die Leute, also auch an Stammtische.
Also: Der Bürgermeister erhob sich und sagte: »Anton, überleg dir, was du sprichst. Der Karauschenteich ist Feuerlöschgewässer. Da sind alle Fremdkörper ein Hindernis und meldepflichtig. Ich möchte nicht, daß du hier eine Falschmeldung abgibst!«
»Kommt mit«, antwortete Anton, »Ossi schwimmt im Karauschenteich!«
Zum Verständnis für den Leser: In dieser Gegend erhebt man sich nicht so schnell, wenn man beim Bier sitzt. Schon gar nicht wegen einer Meldung, die einen Walfisch im Gebirge zum Inhalt hat.
Aber Anton, der alte Schlawiner, hatte schon mal den Sturz eines Vorsitzenden des Rates des Kreises vorausgesagt, und seit der Zeit hat er bei den Leuten trotz Skepsis einen Stein im Brett. Um so mehr noch, als der Ratsvorsitzende dann später im Bezirk ganz groß rauskam. Denn die Leute sagten mit Recht: Dafür kann ja Anton nicht.
Also ging alles, was im »Löwen« Beine hatte und noch drauf stehen konnte, zum Karauschenteich.
Dort war Ossi.
Er lag dick und rund und gut dreizehn Meter lang mitten im Wasser und pustete eine kleine Fontäne in den Nachthimmel.
»Na?« sagte Hümpels Anton und stieß den Bürgermeister an.
»Das ist ein dicker Hund«, antwortete der.
»Nee, nee«, sagte Anton, »das ist Ossi.«
»Ja doch«, sagte der Bürgermeister schnaufend, »bloß, wie kommt der hierher? Von der Küste ins Gebirge.«
»Über die neue Autobahn ist es ja jetzt von Rostock bis Berlin ein Katzensprung«, meinte Reinhold, der Schmied.
»Und den Rest hat ihn dann vielleicht dieser und jener mitgenommen. Zum Beispiel das Fischauto.«
Der Witz wurde allgemein belacht, denn jeder wußte, wie lange das Fischauto in dieser Gegend schon nicht mehr zu sehen war. Das Gelächter wirkte entkrampfend. Es kam Stimmung auf.

»Ossi, Ossi, Ossi«, riefen alle durcheinander, und viele suchten in ihren Taschen nach irgend etwas, das einen Walfischmagen höher schlagen läßt. Irmchen Kröbbel fand nur Konsummarken. Sie warf sie trotzdem ins Wasser. Ein Zeichen gestörten Verhältnisses zu Tier und Konsum.
Der Wal schluckte alles und prustete Wasser in die Luft und auf das nahe gelegene Krautfeld der LPG.
»Kollegen, Freunde«, rief der Bürgermeister, »wir sehen uns vor eine Tatsache gestellt, der

wir heute nacht wahrscheinlich nicht mehr ganz klar ins Auge schauen können. Am besten, wir schlafen erst mal drüber. Morgen sehen wir weiter.«
Zum Verständnis für den Leser: In dieser Gegend neigen Bürgermeister gelegentlich dazu, erst mal was zu überschlafen, bevor sie was beschließen.
Das ist die unbekümmerte, autonome Gebirgstour. Kurz und gut. Trotz dieses sensationellen Ereignisses ging alles seiner Heimat zu, und leise schlich die Nacht.
Am anderen Morgen ging der Trubel los.
Fernschreiben des Bürgermeisters nach Berlin:
»Ostseewal Ossi im Kaltenbacher Karauschenteich aufgetaucht!«
Rückantwort aus Berlin:
»Bravo, bravo! Begrüßen Initiative Eurer Fischer zur Vorbereitung der 750-Jahr-Feier. Empfehlen aber, jetzt kürzer zu treten, um Höhepunkte für den Höhepunkt offenzulassen.«
»Leicht gesagt«, knurrte der Bürgermeister, denn der Bildreporter der Anglerzeitung saß bereits am Karauschenteich und schoß Ossi in allen Lagen.
Kein Wunder, daß die Tageszeitungen des gesamten Bezirkes bald hinterherkamen – und kein Wunder, daß auch Funk und Fernsehen von der Sache Wind kriegten.
Kaltenbach wurde Walfahrtsort.
Die bekannte Reporterin Kerstin Rhön interviewte im Rahmen der Sendereihe »Vom Tierpark berauscht« den bekannten Professor auf dem Buckel des Bartwals Ossi und stellte die knallharte Frage, wie der Fisch wohl hierhergelangt sei.
Das Interview gab erschöpfend Auskunft darüber, wie der Professor hierhergelangt war, und schloß mit der Knobelfrage an die Hörer, wie der Fisch wohl hierhergelangt sei. Schätzen Sie mal.
Ossi wurde zum Fernsehliebling.
Er war Mitwirkender in der Sendung »Unterhofer Markt der Werktätigen der Nahrungsgüterwirtschaft«, lieferte Stoff und Kulisse für den Schwank »Der Kommunalwalhelfer« und begeisterte die Schlagerfans als Maskottchen des Fröhlichmachers Kross Walasch. Die Bildschirmkünstler erhielten in Kaltenbach zumutbare Übernachtungsmöglichkeit in Gestalt eines Interhotels, auf die Straßen der Gemeinde kam Schotter und in die Taschen der Handwerker Kies.
Die Jugend des Landes veranstaltete Sternwanderungen zum Karauschenteich und erhielt für diese Zwecke einen großen Cam-

ping-Platz, und ein hauptstädtischer Literat beantragte Wohnsitzwechsel und erklärte Kaltenbach zu seiner Walheimat.
So wurde die kleine Rhön-Gemeinde bekannt und berühmt, wuchs und gedieh – und im bunten Leben und Treiben, in der Turbulenz der Tage und Nächte ging eines völlig unter, wurde nicht bemerkt.
Ossi war weg.
Still und unauffällig, wie er gekommen war, verschwand er.
Und bis heute weiß niemand, wie er es angestellt hat.
Natürlich spekuliert man.
Man sagt: Es muß wahrscheinlich Kanäle geben, in denen gelegentlich dieses und jenes verschwindet.
Und gelegentlich sind es eben nicht nur *kleine* Fische.
Aber wie gesagt, das sind nur Spekulationen.
Vor allem von Neidern.
Wer den Nutzen hat, der grübelt nicht so viel.

Altes Märchen – neu erzählt

Des Kaisers neue Kleider

Spaßvögel erzeugen
modisches Glücksgefühl
ohne Materialeinsatz.
Moral: Man kann auch
mit bescheidenen Dingen
andern eine Freude bringen.
Hauptsache, man hat
die passenden Argumente.

Wasserballerina

Nach der Grätsche kam der Angriff

Beim gestrigen Geräteturn-Vergleichskampf zwischen dem SC Barrenbusch und dem TSC-Ringewald kam es erneut zu schweren Ausschreitungen von seiten der Zuschauer.
Bereits eine halbe Stunde vor Beginn der Wettkämpfe glich die riesige Turnhalle einem dampfenden Hexenkessel.
Das vieltausendstimmige Konzert der Autohupen, Signalhörner, Trompeten, Rasseln, Glockenspiele, Trommeln und Pauken ließ die Wände erzittern und versetzte sogar die Ringe und Barrenholme in leichte Schwingungen.
Als die beiden Mannschaften die Halle betraten, schwoll der Lärm zum Orkan an. Immer wieder dröhnte aus tausend urigen Kehlen der von rhythmischem Klatschen begleitete Schlachtruf:

Dara-dara-dara-ra
he he he – hau ruck!

Vor dieser Stimmungskulisse liefen die Übungen an den einzelnen Geräten dann im großen ganzen recht zügig und reibungslos ab. Vereinzelte Würfe mit Bierflaschen nach dem Punktrichterkollektiv wurden von diesen ehrenhaften Damen und Herren mit Gleichmut getragen, zumal die Würfe schlecht gezielt waren und keine nennenswerten Verletzungen auftraten. Als jedoch der krummbeinige, aber relativ elegant turnende Atze Schwüngel nach zwölffacher Riesenwelle und einem kombinierten Auerbach-Grätschabgang vom Hochreck nur lumpige 9,2 Punkte erhielt, ging der Tumult los. Die Zuschauer brachen, mit Ausnahme einiger Gehbehinderter, lawinenartig von den Sitzbänken herunter aufs Parkett der Halle, benutzten die Vereinsfahnen als Hieb- und Stichwaffen, rissen die Holme von den Barren, bogen die Reckstange zum Korkenzieher und zerschnitzten die Sprungmatten in kartoffelchipgroße Stücke. Der in Sportkreisen nicht unbekannte Brauereiauto-Beifahrer Kalle Wummisch benutzte sogar einen Saalordner als Rammbock, um sich eine Gasse freizuschlagen.
Erst einem zufällig des Wegs kommenden Panzerregiment gelang es, mit einigen Warnschüssen Ruhe und Ordnung herzustellen.
Trauriges Fazit dieses Vorfalls: Die Turnhalle wurde vom Präsidium des Geräteturnvorstands sowie von der Baupolizei für ein bis zwei Jahre gesperrt.
Funzel fragt: Mußte es so weit kommen? Wann endlich wird mit dem rowdyhaften Krawallieren bei Turnveranstaltungen oder bei Leichtathletik-, Fest- und Tenniswettkämpfen sowie bei Schachturnieren Schluß gemacht?
Es ist höchste Zeit, daß auch bei diesen ruppigen Sportarten endlich jenes kulturvolle Niveau einzieht, wie es auf unseren Fußballplätzen seit langem in so beglückender Art zu verzeichnen ist. Sport frei.

Altes Märchen – neu erzählt

Vom Fischer und siner Fru

Nichtarbeitende Gattin mit Hang zum Höheren sitzt am Ende doch wieder in ihrem Pißpott.
Moral: Und wenn der Gatte noch so gute Beziehungen hat – im Märchen kommst du damit nicht weiter.

Der Entstörer

Darf ick mal kurz stören? Ick bin nämlich der Entstörer. Wennse keen Telefon haben, wissense vielleicht gar nich, wat det is. Und wenn Sie eens ham, wissenses vielleicht ooch nich – weil Sie denken, ick bin ausjestorben.
Irrtum! Der Eindruck entsteht bloß, weils mehr Störungen gibt als Entstörer.
Det is aber eijentlich een jesundet Verhältnis. Umjekehrt wärs unrentabel. Wir könn ja nich für eene Sache mehr Leute einsetzen, als jebraucht werden. Oder kennen Sie da Beispiele?
Apropos – Verwaltungsapparat!
Ick hab jrade in einer Dienststelle entstört. Die haben dort wochenlang telefonisch Weisungen an ihre untergeordneten Dienststellen durchgegeben, bis se jemerkt habn, daß se eigentlich mit 'ne ganz andre VVB verbunden warn. Die VVB hat det jar nich bemerkt. Die ham sich bloß jewundert, wat für kluge Weisungen in letzter Zeit ankamen. Na, nu hab ick entstört, und jetzt jehts wieder seinen normalen Gang. Auch die Privatgespräche landen wieder beim richtigen Teilnehmer. Da war ja 'n dollet Ding passiert. Da hat eener mit seiner Frau telefoniert – dachte er –, dabei war et aber seine Jelegentliche. Teilzeitgefährtin sagt man heute wohl. Und da war doch das Verhältnis beinahe in die Brüche gegangen. Das Mädel hat den groben Ton nicht vertragen. Na, nu hab ick entstört, und nu wird wieder die Richtige anjehustet. Jetzt bin ick übrigens jrade auf dem Wege zu dem bekannten Preisträger Meier-Motzen.
Sein Telefon ist seit drei Wochen völlig tot, schreibt er. Und det war ne unerhörte Zumutung, schreibt er, denn ohne Verbindung mit'n Leben kann er keene Kunst machen.
Eenen Moment wird er sich aber noch jedulden müssen. Ick bin nämlich heute zu Fuß. Mein Auto muß erst wieder auseinandergefaltet werden.
Ich hatte schon beinahe so wat geahnt. Ick denke noch so bei mir – Hanne, denke ick, paß uff, in den Wartburg da sitzt eena mit Hut und Zijarre ans Lenkrad. Und wenn eener mit Hut und Zijarre am Lenkrad sitzt, da mußte damit rechnen, der blinkt nach links und fährt ooch wirklich nach links. Nu wird er erst mal 'ne Weile mit der Straßenbahn fahren – und da hat er immer Vorfahrt. Ooch mit Hut, bloß ohne Zigarre. Ick hab natürlich mein' Betrieb schon verständigt. Det is ja det Schöne an meiner Funktion. Ich kann von unterwegs nach'n Betrieb anrufen, denn ick kann mir ja vorher die Telefonzelle in Ordnung bringen.
Aber es is ja ooch nich so einfach, eenen zu ertappen. Denn die so aussehn, sinds oft jar nich. Und wenns welche sind, die so aussehn, dann ham se manchmal Eltern, die nich so aussehn, als ob se einsehn, wat se ihrem Ansehn ooch außerdienstlich schuldig sind.
Mancher ist eben so mit der Gesellschaft verbunden, daß er in der eigenen Familie Kontakt-Schwierigkeiten hat.
Apropos, Familie. Neulich hab ick bei einem entstört, der erwartete Familienzuwachs. Mein Gott, war der aufgeregt. Der wollte pausenlos die Entbindungsstation anrufen.
»Et is woll det erste?« frage ich.
»Ham Sie 'ne Ahnung«, sagt er. »Det achte.«
»Donnerwetter«, sag ich. »Nu hab ick ooch mal eenen von denen kennengelernt, die sogar die Geburtenplanung der staatlichen Plankommission überbieten.«
Sagt er: »Sehnse, in speziellen Fällen is es eben nich verkehrt, wenn die Produktionsmittel in Privathand sind.«
Det hab ick meine Frau erzählt. Ham wa beide sehr jelacht und hatten so ooch 'n schönen Abend. Apropos schön – det is eben det Schöne bei die Entstörer. Man kommt viel rum und lernt die unterschiedlichsten Typen kennen. Wieso komme ich denn jetzt auf meinen Nachbar?

Ach so, wegen komischer Typ. Mein Nachbar hat sich nämlich einen Fernseher mit zwei verschiedenen Farben gekauft.
Ostmän Color und Westseit-Koller. Er sagt: Det braucht er. Er will sich über det politische Gestänkre von drüben nicht nur schwarz, sondern ooch grün und blau ärgern.
Ick persönlich lerne daraus, daß det entwickelte sozialistische System mitunter zwee Farbsysteme hat. Da wird mancher abends im Sessel in Konflikte kommen und nich wissen, welche Farbe er bekennen soll.
Aber det nur nebenbei. Ick selber gucke ja verhältnismäßig selten in die Röhre. Ick gehöre zu der Generation, die noch lesen gelernt hat. Und ick sag mir immer, Zeitungen werden doch nicht nur zum Einwickeln rausjejeben. Und ick steh nun mal uff Kreuzworträtsel und Kommuniqués.
Und ick kriege ooch immer beedet raus. Wobei ick zujebe, daß 'n Kreuzworträtsel manchmal mehr bildet und 'n Kommuniqué aber manchmal det beßre Rätsel is. Nu muß ick aber weiter. Adschö! Und wenn Ihr Telefon mal gestört is, ick komme sofort. Anruf genügt.

Hamlet

Gedanken zur Zeit

Schein oder nicht Schein? Das ist hier die Frage.
Ist's edler im Gemüt, erhaben zu verzichten
bei Geistern, die uns dienstbar sind und oft auch rar zugleich,
mit schnödem Mammon Gunst sich zu erschleichen,
auf daß man schneller, besser oder überhaupt
bedient wird oder Hülf erfährt?

Ist's Narrheit nicht und Frevel an den Seinen,
dem Wagenschmied, der Speichen uns erneuert kunstgerecht,
die Hand zum Gruße so verkrampft zu reichen,
daß er den Goldring, der uns funkelnd schmückt,
nicht abziehn kann, weil er nicht rutscht?

Ja! Narrheit ist's. Und Außenseiterdenken,
das einen Mann, der aufgeklärt ist und im Leben steht,
dem Spott der Umwelt aussetzt sondergleichen.
Drum rutscht der Ring, auf daß der Wagen fährt!
Und auch die Frage, ob was faul ist, ist geklärt.

Haubenlerche

»Fräulein Reni? Ich finde, die Haube bekommt heute gar keine richtige Hitze! Ob das am Strom liegt? Wahrscheinlich spielen wieder irgendwo ein paar Beat-Gruppen. Die zapfen die ganze Spannung für ihre Verstärkeranlagen ab.
Wie bitte? Nein, danke. Keine Zeitung. Erstens habe ich meine Brille im Wagen gelassen, und zweitens liest bei uns sowieso nur mein Mann. Muß er ja in seiner Position. Er hat sogar Horizont – abonniert. Ich werfe nur mal gelegentlich einen Blick in FF-DABEI. Denn wenn man sich auch noch die Adlershofer Programmvorschau vom Bildschirm abschreiben sollte, braucht man ja bald einen Privatsekretär.
Und den finden Sie mal heutzutage. Man kann ja zu diesem Zweck noch nicht mal ein Inserat aufgeben, ohne als sozialistischer Snob verschrien zu werden.
Wie bitte? Maniküre? Aber selbstverständlich! Es ist bitter nötig! Wir waren neulich zu 'ne Party, bei so 'nem verrückten Werbe-Grafiker. Der ist vom Nostalgie-Tick so zerfressen, daß er uns sogar Pellkartoffeln mit Quark vorsetzte.
Pellkartoffeln! Ich habe mir fast alle Fingernägel abgebrochen. Aber lustig wars! Mein Gatte hat geschwoft wie ein junger Gott. Und das als Atheist. Wie bitte? – O ja! Stellen Sie ruhig Ihr Kofferradio an. Hoffentlich verlangen Sie dafür nicht gleich Musikzuschlag. Da dam da dam, da dam, da da – e wiewa espanja ... Wunderbar. Und das Komische ist, man weiß nicht, ist es Radio DDR oder der Gegner.
Musik kennt keine Grenzen! Mein Gatte ist natürlich anderer Meinung. Muß er ja – in seiner Position. Aber ganz sauber ist er auch nicht. Er läßt sich mit dem Dienstwagen nach Hause fahren, und wenn er die Wohnung betritt, singt er: Ja, mir san mitn Radl da! Dabei hat er noch nie auf einem Rad gesessen. Kann er ja auch nicht – in seiner Position. Wie bitte? Ein Täßchen Kaffee? Aber gern! Nehmen Sie auch einen? Ich spendiere. Mein Gatte hats ja gern französisch. Kennen Sie nicht? Ganz einfach. Er kippt sich in jede Tasse noch einen Kognak.
Das möbelt ungeheuer auf, sagt er. Besonders auf Dienstreisen. Jaja – er ist ständig unterwegs. Was sagen Sie? Ach so. Natürlich mache ich mir da manchmal so meine Gedanken. Aber ich sage mir: Soll er ruhig mal. Muß er ja auch in seiner Position.
Es ist besser, als wenn die Kollegen sich über ihn lustig machen. Apropos lustig.
Neulich ist mir was Lustiges passiert. Ich fahre mit meinem Dacia hinaus zu unserer Datsche, da stoppt mich doch eine Weiße Maus und behauptet, ich wäre mit überhöhter Geschwindigkeit gefahren, und ob ich nicht wüßte, wie die Verkehrsunfälle von Tag zu Tag steigen.
Ich sage, das weiß ich, Herr Genosse, aber wissen Sie eigentlich, wer mein Mann ist?
Da antwortet der: Das weiß ich nicht, aber leid tut er mir trotzdem.
Hihihi! Wie finden Sie das, Reni?
Aber ich bitte Sie! Warum soll ich beleidigt sein? Diese Schlagfertigkeit ist doch einfach köstlich. Das ist Volkshumor in Uniform.
Mein Gatte ist da ganz anders. Der kann sich stundenlang einen Fernsehschwank ankucken und verzieht dabei keine Miene. Na ja, muß er ja in seiner Position.
Verstehen Sie mich nicht falsch. Mir ist auch nicht immer zum Jubeln ... Es passiert ja auch zuviel Schlimmes in der Welt. Ich hatte neulich bei mir wieder ein paar Damen zum Tee, und da haben wir uns auch sehr ernst unterhalten.
Da poltert doch eine Herde Kinder ins Haus. Sie wollten leere Flaschen und Altstoffe, um Geld zu machen für 'ne Solidaritätsspende.
Ich sage: Kinder, ihr stört jetzt.

Wir unterhalten uns nämlich gerade über Chile. Da sind die gegangen, ohne zu grüßen. Ich frage mich, was lernen diese Gören eigentlich heutzutage in der Schule? Die Gartentür haben sie auch nicht zugemacht. Und was ist passiert? Unser süßer kleiner Pudel ist verschwunden. Ich habe geheult wie ein Schloßhund.
Da kam die Briefträgerin. Ich sagte: Sie kommen doch viel herum. Können Sie mir nicht helfen?
Was ist denn passiert, fragt sie.
Unser Hund ist davongelaufen.
Da lächelt die höflich und sagt: Muß er ja – in seiner Position!«

Stielleben

Limerick

Es war mal ein staatlicher Leiter,
der hielt sich für zehnmal gescheiter
als die Plankommission.
Aber wußten Sie schon?
Es half ihm politisch nicht weiter.
Es half ihm politisch nicht weiter.

Nachkömmling

»Kollege Minzpfeffer! So geht es nicht weiter! Tag für Tag, Morgen für Morgen wartet Ihre ganze Abteilung fünfzehn Minuten lang auf Ihr Erscheinen. Ich verlange nachdrücklich, daß diesem Zustand ein Ende bereitet wird!«
»Geht in Ordnung, Kollege Direktor. Werde mit den Jungs reden. Die haben nicht zu warten, sondern zu arbeiten!«

Perspektive
(leicht überholt)

Ich wohn in einem Neubaublock,
ju – hu – hu!
Und zwar im allerhöchsten Stock,
ixe – axe – u!

Von oben kann ich runtersehn,
ju – hu – hu!
Ich seh Herrn Schmidt zum Auto gehn,
ixe – axe – u!

Er fährt zum Bäcker, der so jut
ju – hu – hu!
die frischen Brote backen tut,
ixe – axe – u!

Herr Schmidt, der schimpft ganz
fürchterlich,
ju – hu – hu!
Er findet keinen Parkplatz nich,
ixe – axe – u!

Da parkt er, wo's verboten ist,
ju – hu – hu!
Dort wartet schon ein Polizist,
ixe – axe – u!

Ne Mark und fünf zahlt Schmidt fürs Brot,
ju – hu – hu!
Fünf Mark fürs Parken trotz Verbot,
ixe – axe – u!

Beim nächsten Mal genausoviel,
ju – hu – hu!
Denn unsre Preise sind stabil!
Ixe – Axe – U!

Rotkäppchen

Als das kleine, brave Rotkäppchen der Mutter beim Abwaschen half, warf es zufällig einen Blick aus dem Küchenfenster.
»Mutterl«, rief da das Rotkäppchen, »dort hinten auf dem Postamt ziehen sie eine Fahne hoch!«
»Es werden Briefe eingetroffen sein«, antwortete die Mutter. »Geh hin und schau, ob für uns einer dabei ist.«
Das artige Kind schlüpfte flugs in sein Mäntelchen, setzte sein rotes Mützchen auf und trabte von dannen.
»Aber trödele nicht solange herum«, rief die Mutter hinterher, »denn du weißt, wir wollen heute noch die Kohlen von der Straße in den Keller tragen und ein wenig Klavier spielen.«
»'s ist schon recht, Mutterl«, antwortete die Kleine und hüpfte am stillgelegten Fahrstuhl vorbei die Treppe hinunter.
Vor der Haustür schnallte sie sich die Rollschuhe an und schnurrte in Richtung Postamt davon. Die Geleise der Straßenbahnlinie 11, die hin und wieder in dieser Richtung verkehrte, dienten ihr dabei als Orientierung.
An den Haltestellen standen überall schön viel Leute, die dem Rotkäppchen fröhlich zuwinkten. Denn das Geräusch der Rollschuhräder weckte in ihnen Erinnerungen an die Kindheit und an die Straßenbahn.
Aber zwei Männer, die eigentlich nett aussahen, winkten nicht, sondern sagten ziemlich laut »Mist, verfluchter« und »elende Schweinerei«. Daran konnte man merken, daß sie nicht nett waren, sondern zwei ganz schöne Flegel oder Arbeiter, die pünktlich zur Schicht wollten. Oder nach Hause. In jedem Falle unschön, solche Flucherei.
Das Postamt war sehr gewaltig und sah aus wie eine Burg. Es wurde auch ziemlich belagert.
Die Verteidiger waren zahlenmäßig weit unterlegen, konnten aber die Anstürmenden in Schach halten mittels eines großen Trans-

parents, auf dem geschrieben stand: Mit Meckern dauerts noch länger!
Die Leute waren aber im großen ganzen sehr diszipliniert und ließen auch bereitwillig denen den Vortritt, die bereits seit gestern warteten.
Außerdem fühlte jeder Mitleid mit dem Schalterbeamten, der ein Foto seiner Familie an der Mütze trug mit der Unterschrift: »Diese Kinder warten seit einer Woche auf ihren Vater!«
Auch die sanften Weisen, die das zweiunddreißig Mann starke Postblasorchester im Hintergrund der Halle intonierte, trugen wesentlich zu einer milden und niveauvollen Stimmung bei.
Nur das kleine Rotkäppchen, dem es an Lebenserfahrung mangelte, war angesichts der vielen wartenden Menschen sehr traurig. Da entdeckte es zum Glück Herrn Wolf, einen Hausnachbarn und ziemlich gerissenen Burschen, dem es mühelos gelang, sich an die Spitze der Schlange zu mogeln. Er brachte auch prompt einen Brief für Rotkäppchen mit, der sich bei näherem Hinsehen als Botschaft des lieben alten Großmütterchens entpuppte.
Die alte Dame wohnte am Stadtrand unmittelbar hinterm Bahndamm. Sie teilte mit, daß seit einigen Wochen die Zugverspätungen wieder ganz enorm angestiegen wären, und bat, diese Beobachtung doch der Reichsbahn zu übermitteln.
Sie schrieb dann weiter: »Liebes Enkelchen, auch ist mein Husten jetzt wieder stärker, das macht der herannahende Winter und daß ich nicht zur Apotheke gehen kann, weil der Ofensetzer noch vor Weihnachten kommen will, und ich soll nicht aus dem Haus gehen, weil, wenn er mich nicht antrifft, hat er gesagt, ist für ihn der Ofen aus.
Sonst hat mir ja immer der alte Herr Motzke, der hier den Schrankenwärter macht, meine Tropfen mitgebracht. Aber seit geraumer Zeit habe ich ihn nicht mehr erblickt. Entweder ist er zu den Reservisten eingezogen worden oder in die Halle einkaufen gegangen.
Deshalb bitte ich Dich, liebes Enkelchen, ob Du mir nicht könntest ein Fläschchen Krefawien besorgen sowie bei der Schnellreinigung in der Schillerstraße nach meinem Wintermantel fragen. Wollte ihn vorigen Monat abholen, aber da war in der Reinigung ein Fischgeschäft drin, und die Reinigung, so sagte man, wäre jetzt am Südfriedhof, aber den Weg könnte ich mir sparen, weil nächsten Monat die Reinigung wieder zurückverlegt wird und das Fischgeschäft zum Südfriedhof. Ich danke im voraus für alles und verbleibe mit lieben Küssen. Freundschaft! Deine Oma.«
Als das brave Rotkäppchen den Brief der Oma gelesen hatte, traten ihm Tränen der Rührung und Ergriffenheit in die Augen. Hurtig, ja man kann sagen blitzschnell, schlüpfte es in die Rollschuhe und sauste pfeilgeschwind heimwärts, um der lieben Mutter alles auszurichten und sogleich alle Besorgungen für die gute Omi zu erledigen.
An den Haltestellen standen viele Leute. Aber es waren andere als vorhin, weil inzwischen eine Bahn gekommen war. Aus der Kneipe an der Ecke kamen zwei Männer, die sangen: »Heut gehma wieder gar nich heim, holladrio!«
Das Rotkäppchen winkte ihnen lustig zu, weil es Gefallen daran hatte, daß Leute zum Feierabend singen.
An seinem Hochhaus angekommen, flitzte das liebe Kind am stillgelegten Fahrstuhl vorbei die Treppen hinauf, stürmte in die Wohnung – und blieb wie angewurzelt stehen. In der Wohnstube saß die Mutter und neben ihr, Kaffee schlürfend und fröhlich kichernd, die liebe Oma.
»Mach dir nichts draus, mein Mäuschen«, rief die alte Dame. »Der Brief ist eine Woche alt. Gerade als ich ihn in den Kasten gesteckt hatte, kam Herr Motzke mit seinem Trabant aus der Werkstatt. Steigen Sie ein, schrie er.

Mit Ihrem Husten wird's ja immer schlimmer. Wir fahren sofort in die Stadt zum Arzt! Leider war die Schranke vorübergehend geschlossen, dann kamen ein paar Umleitungen, und beim Hals-Nasen-Ohren-Arzt war's ziemlich voll. Deshalb war diesmal die Post schneller.«

Nachrichten

Gestern trafen sich an einem sicheren Ort führende Kfz-Schlosser, Installateure und Baufachmänner. Bei diesem Treffen wurden verschiedene, den Kunden nicht zu interessieren habende Probleme im Geiste gegenseitigen Einverständnisses erörtert. Die Diskussion verlief harmonisch und ohne größere Preisdifferenzen. Die Abschlußresolution sowie Schmiergelder wurden einstimmig angenommen.

Von einem Wintergewitter überrascht wurde kürzlich der 42jährige Genossenschaftsbauer Benno Wundertüter. Zum Glück schlug der Blitz nicht in ihn ein, sondern in die auf dem Feld stehende, leicht vergammelte dreijährige Dreschmaschine. Ein schönes Beispiel für die mitunter segensreiche Auswirkung einer gesunden Unordnung in der Genossenschaft.

Informationsfluß

»Du? Hannes?«
»Ja, Emmes?«
»Is dir det ooch schon uffgefalln?«
»Watn?«
»Daß die kleene Lisa von der Matrijal-Ausgabe een Verhältnis mitn dicken Schorschi hat?«
»Mensch, Emmes! Du kommst wieder genau ausm Mustopp! Die kriegt doch sogar 'n Kind vom Schorschen!«
»Ach nee! Na, det is ja een Ei! Und ick dachte immer, die kriegt jar keene Kinder!«
»Wer sachtn det?«
»Kutte Wumbach, aus der Stanzerei.«
»Ach Kutte. Der will doch bloß offn Senkel haun. Der is ja bei Lisa jar nich ranjekommen. Und da hat er sich vor lauter Gnatz off Röschen jeschmissen. War übrigens jar keen schlechter Fang.«
»Röschen Kunkel aus der Küche? Na, Mensch, det könnte ja glatt seine Mutter sein.«
»Im Prinzip ja. Aber da hängt Jeld dranne, mein Lieber.«
»An Röschen?«
»Aber jenau. Die verdient nicht schlecht, is sparsam, und außerdem hat se 'n hübschen Batzen von ihrem ersten Mann.«
»Ach, ich wußte jar nicht, daß sie geschieden is.«
»Wer sachtn wat von jeschieden. Ihr Ehemaliger is doot. Der war Tigerdompteur beim Zirkus Busch.«
»Ach deshalb.«
»Nee, nich wat du denkst. Er hat sich beim Sockenstopfen in'n großen Zehn jestochen, und die Nadel muß wohl rostich jewesen sein ...«
»Jaja, Dinge jibts, die jibts jar nich. Is ja ooch tragisch für Röschen. Da kannste ma wieder sehn, wat so für Schicksale in unsern Betrieb verborgen sind.«
»Du sagst et, Emmes.«

»Nimm ma zum Beispiel den langen Schlurf. Der Junge kann ein wirklich leid tun.«
»Schlurf, von der Gütekontrolle? Hatter wieder wat übersehn?«
»Ja, die Frau vom Direktor.«
»Versteh ick nich.«
»Ick ooch nich. Soone Maschine kann man doch jar nich übersehn!«
»Ick meine, ick versteh nich, wie du det meinst.«
»Ach so! Ganz einfach. Schlurf war in der Kaufhalle einkaufen, und da hat sich an der Kasse plötzlich so 'ne Dicke vorgedrängelt, und da hat Schlurf ihr vor Wut die Perücke vom Kopf gerissen und mit Ohrfeigen jedroht.«
»Das glaube ich auf keinen Fall. Schlurf ist doch die Ruhe selber. Der is ja so ruhig, daß er bei der Arbeit laufend einschläft.«
»Du kannst es glauben. Ick weiß et von Benno. Dem seine Frau sitzt in der Kaufhalle an der Kasse.«
»Aber die kennt doch den Schlurf jar nich!«
»Klar kennt die den. Vom letzten Betriebsfest. Da war sie doch bei. Vielleicht erinnerst du dir. So 'ne Rotblonde mit 'n janz wüsten Rückenausschnitt. Ingenieur Kunze war ja nicht zu bremsen. Er soll mit ihr sogar 'ne halbe Stunde draußen gewesen sein.«
»Kunze? Der war ja vorm Betriebsfest schon ausm Betrieb ausjeschieden. Warum is'n der eigentlich weg? Macht der noch 'n Zusatzstudium?«
»Man sagt so. Offezjell. Aber der Grund is wohl Meister Schmidtke. Der hat ihn weggebissen.«
»Schmidtke is ja überhaupt son Querkopp. Der soll ja vor Jahren, als wir beede noch nich hier waren, mal versucht haben, seine janze Brigade mit Pilzen zu vergiften. Und bloß weil einer gesagt hat, er benimmt sich leitungsmäßig wie die Axt im Walde.«
»Apropos Brigade. Sag mal, Hannes, stimmt et eigentlich, daß unsre Brigade aufgeteilt wird, wenn die neue Taktstraße fertig is, und daß einige von uns sogar nach Werk II rüber sollen? Wen betrifftn det? Ick meine, det sind ja wichtige Dinger. Möchte man ja jerne wissen.«
»Wat heeßt, wen betrifft'n det? Ich möcht mal so fragen: Von wem hastn det?«
»Von Emil. Er war bei der Leitungssitzung bei. Und du auch, sagt er.«
»Dem mach ich 'n Einlauf!«
»Warum?«
»Wejen Geschwätzigkeit! Die verfluchte Tratscherei im Betrieb! Det vergiftet bloß die Atmosphäre!«

Altes Märchen – neu erzählt

Der Hase und der Igel

Kurzbeiniger Pfiffikus gewinnt sozialistischen Wettbewerb durch Vorspiegelung falscher Tatsachen.
Moral: Je mehr du deine Alte für dich laufen läßt, um so schneller kommst du vorwärts.

Wurscht

Manche behaupten, Bier und Schnaps machen streitsüchtig – Wein macht gemütlich. Alles Quatsch. Ich kann trinken, was ich will – meine Frau streitet immer.

Zwölf Uhr mittags

»Liebe Kolleginnen und Kollegen! Ich bitte, doch langsam Platz zu nehmen, damit wir anfangen können und unsere Versammlung bis zum Feierabend beenden. – Auf der Tagesordnung steht, wie ihr wißt, nur der einzige ernste Punkt: Ausnutzung der Arbeitszeit. Wo is'n eigentlich Paule mit seiner Brigade?«
»Die arbeitn noch.«
»Da könnt ihr wieder mal sehen, Kollegen, wie weit bei manchen Kollegen das Desinteresse an den Betriebsproblemen geht.«

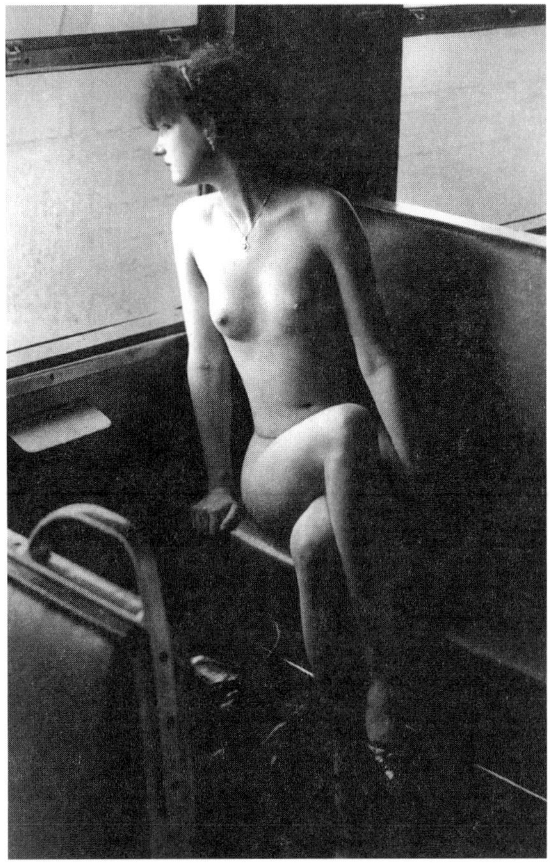

»Das ist aber 'ne langweilige Strecke!«

Ordnungsstrafe

»Haste schon gehört, Karl, der Bruno Lehmann ist wieder aufgetaucht. Halb verhungert und völlig entkräftet.«
»Na, wo hat er denn die ganze Woche gesteckt?«
»Im Materiallager.«
»Warum denn so lange?«
»Er hat den Ausgang nicht gefunden. Irgendein Trottel hatte aufgeräumt.«

Ballade*

Er ist nicht
zur Hochzeit gekommen,
er war auch
zur Taufe nicht da.
Sie hat
einen andern genommen,
und zu dem
sagt Johannes Papa.

* *Von einem, der zum Bahnhof ging, um Urlaubsfahrkarten zu erstehen.*

Man wird doch mal fragen dürfen

»Ich hab da mal eine Frage«, sagte Krausenickel zum BGeller, »und zwar handelt es sich um folgendes: Ich sehe ja ein, der erste Mai war vielleicht nicht der richtige Anlaß, da gehts ja um größere Werte. Aber im nächsten Monat werde ich fünfzig, und da würde es schön passen.«
»Ja, worum gehts denn, Kollege?« fragte der Gewerkschaftsmann.
»Ich wollte nur mal anregen«, sagte Krausenickel, »daß mir der Betrieb in diesem Zusammenhang vielleicht eine Treueprämie zahlen könnte.«
»Das kann doch nicht dein Ernst sein, Kollege. Jeder hier weiß doch, daß du allein in den letzten zehn Jahren zwölfmal den Betrieb gewechselt hast. Warum solln wir dir denn eine Treueprämie zahlen?«
»Na, weil ich in keinem Betrieb ein Verhältnis hatte!«

Limerick

Es war mal ein alter Gelehrter,
der lehrte täglich verkehrter.
Sein Assistent bügelts aus,
und was kommt dabei raus?
Der Gelehrte wird ständig geehrter.
Der Gelehrte
wird ständig geehrter.

Unter Frauen

»Morgen solls Regen geben.«
»Meinetwegen. Ich stell mich nicht an.«

Unter Männern

»Tach, Herr Meier. Na, Sie schwitzen ja auch ganz schön.«
»Ich schwitze nicht, ich transpiriere!«
»Na schön. Wir haben alle unsere kleinen Laster. Aber schwitzen tun Sie dabei doch trotzdem ganz schön.«

Frage

Kennen Sie den Unterschied zwischen einem Kugelstoßer und einem Blumenhändler?
Es gibt keinen.
Beide stoßen sich gesund.

Erklärung

Wissen Sie überhaupt, warum es in unseren Neubaugebieten so wenig Gaststätten gibt?
Aus Sorge um den Menschen. – Man hat es ja schon in nüchternem Zustand schwer, sein eigenes Haus herauszufinden.

Lebensstandard

Zwei Ostseeflundern unterhalten sich. Sagt die eine zur anderen: »Ein Glück, daß wir so platt sind. Die Bäuche der Urlauber hängen von Jahr zu Jahr tiefer.«

Opa
war drüben

Wissen Sie, was Fakt ist?
Fakt is, ich war drüben.
Und hier in dem Spee-Karton sind meine Hemden drinne und meine Unterwäsche. So bin ich schon rübergefahren.
Ich hätte natürlich ooch mein' Lederkoffer oder mein' Reiselord nehmen können.
Aber als ich gesehn habe, wie die immer hier bei uns ankomm, da habe ich mir gedacht: Nee, mit'n normalen Koffer kannste nich fahrn. Wenn de nich gleich als Ostopa auffalln willst, mußte mit'n Pappkarton kommen. Pappe ist poppig. Deshalb hab ich zu Spee gegriffen.
Hat anfangs auch ganz gut geklappt. Denn als ich in München aus'm Zug stieg, schlug mir son riesiger bayrischer Holzhacker die Pranke aufs Kreuz und schrie: »Ja, grüß di Gott, alter Speezi!« Doch als er dann mein Dialekt hörte, hat er mich als Saupreuß beschimpft und wollte mir 'ne Watschen geben.
Also, das ist mir als Sachse hier noch nich passiert. Das ist Fakt. Zum Glück kam dann mein Neffe und hat mich rausgehaun.
Mein Neffe ist zwar nicht besonders kräftig, aber er hat sich gefreut, daß er ein bissel was zu tun hatte.
Es war nämlich gerade Streik!
Deswegen gab's auch gleich Streit. Zwischen meinem Neffen und mir.
Er sagt nämlich: »Warum streikt'n ihr nicht? Bei uns streiken die Angestellten, in England die Bergarbeiter, in Frankreich die Eisenbahner, in Italien die Automobilbauer und so weiter. Bloß bei euch tut sich nix. Woran liegt'n das?«
»Ich weiß auch nicht«, sage ich. »Vielleicht liegt's am System. Bei uns fehlen die Leute.«
»Na, Mensch«, sagt er, »ihr habt doch auch Arbeiter. Warum unternehmen die nichts?«
»Weil die Unternehmer fehlen. Irgendwas fehlt immer.« Da hat er mich ganz mitleidig angeguckt und gesagt: »Ich glaube, du kommst aus 'ner ganz andern Welt.« Ich hab nicht widersprochen.
Da hat er sich gefreut und gab mir zehn Mark. Für die Straßenbahn. Ich sage, »Robert«, sag ich. »Für die paar Tage brauch ich doch keine Monatskarte!«
War er schon wieder sauer.
»Du wirst doch wenigstens zweimal quer durch die Stadt fahrn!« sagt er. »Oder willste dir überhaupt nichts ansehen?«
»Doch, doch«, hab ich gesagt.
»Na siehste«, sagt er. »Übrigens, kannste Karate oder wenigstens Judo?«
»Nee«, sage ich.
»Also. Dann kommste immer schön nach Hause, bevor's dunkel wird. Klar?«
»Ich wollte ja eigentlich abends mal ins Kino gehen«, sage ich.
»Das ist Quatsch«, meint er. »Für die Pornofilme biste schon zu alt, und die Horrorfilme sind mehr für die Jugend. Übrigens, du schläfst bei Tante Gusti. Bei uns geht's nich. Wir haben nämlich gerade die Handwerker. Ich laß die Ölheizung rausreißen und stelle auf Kohle um. Das ist meine Rache an den Ölscheichen. Die könn' mich mit ihren Preisen nich in die Knie zwingen.«
Da sag ich: »Die Preise machen aber eigentlich ganz andere. Schon mal was gehört von Shell oder Texaco und so?«
Ich kann nämlich im Zug nicht schlafen, und da habe ich während der Fahrt dreimal von vorne bis hinten das ND gelesen. Ich hätte noch ganz andre Korken draufgehabt. Den ganzen Krisencharakter hätt ich ihm hinblättern können.
Mein Neffe war ganz blaß. Er sagt: »Opa, was ist bloß aus dir geworden! Ich kenn dich nicht wieder.«
Ich sage: »Ja, ich weiß ooch nich. Es muß am System liegen. Aber laß uns aufhörn mit der Politik. Ich soll dich übrigens grüßen von Onkel Richard.«

»Onkel Richard«, schreit er. »Was macht'n die alte Flasche? Der muß doch auch bald Rentner sein.«
»Quatsch«, sage ich. »Der ist immer noch munter auf'm Bau. Der ist übrigens ausgezeichnet worden. Hat Banner der Arbeit gekriegt.«
»Banner der Arbeit?« sagt da mein Neffe. »Was is'n das? Ick kenne bloß Banner gegen Körpergeruch.«
»Das liegt am System«, sage ich, hab mich rumgedreht und bin mit'm nächsten Zug nach Hause gefahren.
Ich dachte mir: Wenn du hier noch weiter agitierst, denken die, ich bin vom ZK geschickt als Unterwanderer. Außerdem hat der Lenin mal gesagt: Man kann die Revolution nicht exportieren. Und an solche Weisungen muß man sich halten. Ooch als Rentner.

Altes Märchen – neu erzählt

Rotkäppchen

Weibliches Schulkind schleppt
Kuchen und Alkohol durch
den Wald zu verwandter
Rentnerin. Räuberischer
Vierbeiner überlistet Kind
und Oma, und erst bewaffnetem
Organ gelingt es, Ordnung und
Sicherheit wiederherzustellen.
Moral: Hast du die Oma
nicht im Hause, haste nischt
wie Huddelei.

Erna

Ich war vor Jahren mal zu einem Kurzlehrgang, bei dem ich die Geschichte der KPdSU und Erna Wrucke kennenlernte. Erna war damals eine Frau in den besten Jahren, was jedoch nicht sonderlich auffiel. Sie gab sich betont schlicht. Auch im Seminar. Im Konspektieren aber war sie eine Kanone. Der Umfang ihrer Niederschriften war größer als der des Lehrbuchs. Die Lehrgangsleitung betonte beim Abschied, »daß man die Kollegin Erna Wrucke als eine sehr fleißige Kollegin einschätzen könne«, und wünschte ihr weitere Erfolge, »gesellschaftlich und privat«. Erna reichte uns allen ihre kräftige Hand, sagte zwanzigmal kernig: »Machs gut, Genosse!« und marschierte hinaus ins politische Leben.
Vorige Woche traf ich sie zufällig wieder, bei einer LPG-Vollversammlung. Der Vorsitzende begrüßte sie als Kollegin vom Bezirk und sagte, es sei schön, daß sich auch mal jemand hier sehen lasse, »wo man den Mond mit der Stange hochschiebt«!
Erna Wrucke antwortete: »Überall gibt es prächtige Menschen, und die Zeiten, wo man den Mond mit der Stange hochschob, sind bei uns vorbei!« Dann machte sie sich Notizen. Die Bauern erzählten, der Konsum schaffe nicht genügend Getränke ran; und manchmal habe man Durst wie 'ne Zicke. »Kollegen«, rief Erna, »wir wollen die Sache nicht ins Lächerliche ziehen! Schließlich sind wir in einer Versammlung!« Und sie versprach, beim Konsum in Fragen Getränkeversorgung vorzustoßen.
»Können Sie nicht auch mal nachforschen«, fragte ein Opa, »wo der versprochene Eber bleibt? Wenns nämlich noch lange dauert, stirbt unser alter Philipp mal mitten im Sprung.«
»Ein schöner Tod!« krähte eine Frauenstimme, und der Saal dröhnte vor Lachen. Der

Vorsitzende schlug sich unter Ernas strafenden Blicken wiehernd auf die Schenkel.
Als wieder Stille eingetreten war, verkündete Erna Wrucke mit Grabesstimme: »Ich habe mir das mit dem Eber notiert.«
»Na, hoffentlich nicht alles!« schrie jemand. Worauf eine neue Lachsalve den Saal erschütterte.
Erna erhob sich. »Kollegen«, rief sie, »seid doch gefälligst ernst. Wir wollen hier ja keinen bunten Abend veranstalten. Schließlich befinden wir uns in der Erntespitze.«
Nach der Versammlung begrüßte mich Erna mit einem kräftigen Handschlag. »Wo steckst 'n du jetzt?« fragte sie mit Sherlock-Holmes-Miene.
»In Berlin«, sagte ich.
»Na, da hast du's ja leichter!« meinte sie. »Hier, in dieser Ecke politische Arbeit leisten – Junge, Junge, da mußte Humor haben!«

Limerick

Es war mal 'ne Jungfrau aus Döbeln,
die suchte seit Jahren nach Möbeln.
Da kam ein ganz alter
Möbellagerverwalter.
Den ließ sie. – Wer wills ihr veröbeln?
Den ließ sie. – Wer wills ihr veröbeln?

Problem gelöst

»Du, Hannes?«
»Ja, Heinrich?«
»Hast du das gestern in der Zeitung gelesen?«
»Nein.«
»Du weißt doch gar nicht, was ich meine.«
»Ach so. Ja, was meinste denn?«
»Na, den Artikel.«
»Ach so, ja, den habe ich gelesen.«
»Mensch, du weißt doch gar nicht, welchen Artikel ich meine.«
»Haste auch wieder recht. Also, welchen Artikel meinste denn?«
»Na den, wo sie schreiben, daß immer noch zuviel Wohnraum zweckentfremdet wird für Büros oder Lagerräume oder ähnliche Scherze.«
»Auch in unserer Stadt?«
»Aber genau!«
»Dagegen müßte man was unternehmen!«
»Jawoll! Wir gründen eine Kommission, die sich mit der Zweckentfremdung befaßt.«
»Da mach ich mit.«
»Ich auch.«
»Brauchen wir aber ein Büro.«
»Der alte Lehmann ist doch gestorben.«
»Stimmt! – Da sind wir ja arbeitsfähig. Auf ins Büro!!«

Frühstückspause

»So Leute, dann wolln wa erst ma 'ne kurze Fuffzehn machen. Denn wie sagte doch schon olle Goethe:
Wat nützt es, wenn die Räder schnurren,
tut dir der Magen elend knurren.«
»Also, ick möcht bloß ma wissen, Heiner, wo de det immer allet so hernimmst. Ick meine diese bildungsmäßigen Bongmotts. Vasteh ma richtich, ick kieke bestimmt ooch ville im Fernsehn, aber wat bei dir allet so hängenbleibt, du – det schaff ick nie.«
»Det is doch janz einfach, Hotta. Du dürfst

nich immer bloß diese Krimis in dir rinschlürfen! Ooch diese lehrreichen Dinge mußte mit durchstehn. Einfach isset oft nich. Aber ick sage mir immer, Heiner, sage ick: Jebrauchen kannste allet. Und wenn et die Lottozahlen sind.«
»Na, det is doch logisch. 'n Fünfer kann jeder jebrauchen.«
»Du vastehst ma miß, Hotta. Ick spiele ja jar nich. Aber die Maschine schon alleene. Det is doch hochinteressant. Also Junge, Junge – det hat doch'n Tüftler ausjeknobelt. Da kannste doch'n Hut ziehn vor diesen Neuerer.«
»Haste recht, Heiner. Mußte ooch jar nich denken, det mir die jeistigen Sendungen nich interessiern. Also ehrlich, du, ick nutze jeden Abend und jede freie Minute vor de Röhre. Erst jestern wieder det Ding: Klock acht unterm Strom. Nich nur wejen die Musik und diese Seemannschangtrees. Da treten doch Künstler auf aus alle möglichen Länder! Und jeder in seine Heimatsprache. Mein lieber Herr Gesangverein. Det is 'n Stimmgewirr. Da kriegste 'n Überblick fürt jroße Ganze. Die weite Welt in deine eigene Stube!«
»Aber jenau! Fernsehn is die elektronische Zeitung, sacht Willi Schwabe oder der Fischkoch – na, is ja ooch ejal –, jedenfalls kann man sich jetrost 'n Stücke abschneiden.«
»Aber jenau! Sind wa doch ma ehrlich! Heute, wo allet immer komplizierter wird, mit die Datumsverarbeitung und so – da kann man sich nach Feierahmd nich einfach in die Falle haun, sondern man muß an sein Jeist feilen. Meinste nich ooch, Emmes? Warum sachst'n du überhaupt nischt? Warum beteiligst'n dir jar nich ans Jespräch? Haste keen Fernseher?«
»Doch, aber der is schon vier Wochen lang kaputt.«
»Vier Wochen kaputt? Mensch, da mußte ja schon richtig verblödet sein! Sach ma, wat hast'n jemacht die janze Zeit?«
»Meine Meisterprüfung!«

Was ist ein Fatzke?

Ich weiß es. Ohne im Großen Duden oder in andern Wörterbüchern nachzusehen.
Fatzken sind für mich in erster Linie Verkäufer und Verkäuferinnen.
Oder Servierer und Serviererinnen.
Oder Taxifahrer.
Oder Angestellte in öffentlichen Ämtern.
Oder ...
Genügt. Die Richtung dürfte klar sein.
Klar sein muß aber auch, daß hier nicht von der Mehrzahl die Rede ist, sondern von einzelnen Herrschaften.
Die Mehrzahl ist gut. Häufig noch besser.
Fleißig, höflich, ehrlich.
Sie steht ihren Mann und steht häufig gelobt und geehrt im Lichte der Öffentlichkeit.
Und die andern stehn im Dunkeln?
Leider nicht.
Sie stehen oder sitzen uns genauso öffentlich gegenüber. Sie gehen mit uns um. Oder springen mit uns um.
Und das Schlimme an der Sache: Die tägliche Tuchfühlung, sprich Konfrontation. Ein fatzkenhafter Stahlschmelzer vor dem glühenden Hochofen stört uns nicht. Ein fatzkenhafter Genossenschaftsbauer auf dem ratternden Mähdrescher läßt uns kühl.
Moment mal. –
Da stimmt doch was nicht.
Hat man überhaupt mal was von ausgesprochenem Fatzkentum in Stahlschmelzer-, Bergmanns-, Bauarbeiter- oder Genossenschaftsbauernkreisen gehört?
Wohl nicht.
Ich kenne einen, der steht von morgens bis abends im Schweinestall, füttert, tränkt und entmistet die Viecher und ist ein ganz freundlicher, bescheidener Mensch.
Während ein anderer, den ich auch kenne und der in einem großen Restaurant die gesotte-

nen und gebratenen sterblichen Reste der Schweine verteilt, sich benimmt wie ein gesengtes Muttertier der erwähnten Vierbeiner. Ich kenne weiterhin einen, der von morgens bis abends in einer großen Halle steht, mit ölverschmierten Händen schnelle Automotoren zusammenbaut und ein ganz freundlicher und bescheidener Mensch ist.
Während ein anderer, den ich auch kenne und der in einem feinen Autosalon die nagelneuen Wartburgs und Trabants verteilt, sich benimmt wie Graf Koks von der Gasanstalt.
Sie kennen sicherlich ähnliche Leute.
Ein ganz normales junges Mädchen, das Hemden näht, und eine aufgeblasene Lady mit dem exquisiten Schwan, die Ihnen so ein Ding in der Klarsichtfolie überreicht, als wärs ein Stück von ihr.
Oder ein schüchterner Spulenwurm bei Stern-Radio und ein naßforscher großmäuliger Stereoanlagen-Verkäufer im Warenhaus.
Oder ein Häuserbauer und ein kommunaler Häuserverwalter. Oder ein ...
Was ist eigentlich los?
Wer gibt einzelnen Fatzken das Recht, die Werte, die andere schaffen, lediglich als Requisiten für ihre Star-Auftritte zu betrachten?
Keiner.
Dieses Recht nehmen sich die im Licht der Öffentlichkeit stehenden trüben Tassen selbst.
Und da wäre es eigentlich an der Zeit, daß wir mal wieder zu einer Enteignung schreiten.
Konsequent – aber natürlich in netter Form.
Denn die Grafen Koks von der Gasanstalt sind ja schließlich auch unsere Leute. Sie lassen sichs eben nur nicht so anmerken.

Neuerdings ...

tauchen im Stadtbild gelegentlich Automaten auf, die nach einem unbekannten Prinzip arbeiten.
Sie funktionieren.

Wachtmeister Pfiffig philosophiert:

»Kreisverkehr kommt in den besten Kreisen vor.«

Egon sieht nicht durch

Vor kurzem trat mein Kumpel Egon in ein Jagdkollektiv ein. Am Anfang hat der Leiter ja noch beide Lichter zugedrückt, aber als Egon den ersten Hasen anbrachte und meinte: »Der läßt die Ohren aber ganz schön hängen«, blickte er schon ziemlich verbissen drein. Das zweite Verhängnis trat am Rande einer Schonung zutage. Egon sah einen Hirsch aus dem Gehölz hervortreten und rief: »Der kuckt ja wie ein Auto!« Da sperrte der Leiter des Kollektivs seinen Fang weit auf, ließ sein Gewaff blitzen und äugte sehr ernst, so, als wittere er weiteres Unheil. Darum gab er auch sofort Laut und wieherte: »Idiot!« Egon ließ sich jedoch nicht aus der Fassung bringen und sprach: »Der Bursche hat aber ganz schön stabile Beine.« Das gab dem Waidmann den Rest. Er stellte die Lauscher steil, setzte seine Läufe in Bewegung und schnürte mit einem Affenzahn davon.
Zu Hause legte er sich in der Suhle auf die Schwarte und wünschte von ganzem Herzen, Egon möge für alle Zeiten auf der Strecke bleiben oder richtig sprechen lernen.

Gewußt wo

Es schleicht durch
die nächtlichen Büsche
so einsam ein Mann daher.
Er wittert
nach allen Seiten,
doch plötzlich,
da kann er nicht mehr.

Er läßt das Brünnlein fließen,
es plätschert hell und klar
und trifft genau
die Stelle,
wo einst ein Lokus war.

Kopf hoch, Semmelzwirn!

Zu einer menschlichen Tragödie besonderer Art kam es am vergangenen Sonnabend im Ostseebad Warnemünde.
Der sympathische und geistig rege wirkende Urlauber Mathias Semmelzwirn sprang plötzlich mit irrem Gekicher in die Fluten und versuchte mit mehrfachem, langanhaltendem Untertauchen seinem Leben ein Ende zu bereiten. Angehörigen des Wasserrettungsdienstes gelang es jedoch, den nahezu Erschöpften in letzter Minute an Land zu bringen und mit etlichen Kunstgriffen aufzumöbeln.
Nach den Ursachen seines Verhaltens befragt, erzählte Semmelzwirn folgende erschütternde Geschichte.
Mit täglich wachsendem Interesse hatte er während seines Urlaubs die Grußsendungen des Rundfunks gehört. Stundenlang lauschte er am Kofferradio, in der Hoffnung, auch seinen Namen, verbunden mit einem lieben Gruß von Onkel Otto, Tante Frieda und Dackel Schnuffi, aufschnappen zu können.
Als er jedoch an diesem Unglückstage wieder nicht dabei war und das Gefühl hatte, daß nunmehr alle Bürger der Republik sich bereits gegenseitig durch den Rundfunk gegrüßt hatten, fühlte er sich als verstoßener Außenseiter der Gesellschaft und konnte seinem Weiterleben keinen Reiz mehr abgewinnen. Deshalb seine Kurzschlußreaktion.
Der Vorfall ist um so tragischer, als sich später herausstellte, daß es noch 11 andere Bürger gibt, die in keiner Grußsendung auftauchten und die dennoch normal weiterleben.
Kopf hoch, Semmelzwirn, und herzliche Grüße von der Funzel.

Keine Gefahr

»Alsojungssojung kommwa nichmehrzusamm. Nehmwa nochein. Frollein! Dreidoppelte!«
»Na, meine Herrn, wirds denn noch reingehn? Schon etwas reichlich heute abend.«
»Aberfrollein, isdochnureinmalimjahr Urlaub. Sehnsema, wir arbeitnnudasganzejahr ineinunddemselbm Betrieb, aber denkensiewirhammazeit, zusammn ein zunehm? Nurimurlaubklapps. Disisübrigens mein technischer Leiter, disismein Absatzleiter, und ichbin der Betriebsleiter. Angeneehm.«
»Was denn, und alle zur gleichen Zeit hier im Urlaub?«
»Nassselbverständlich! Warummnich? Wir hamjahier ein Betriebsferjenheim.«
»So meine ichs ja nicht. Ich meine, wer leitet denn in dieser Zeit den Betrieb?«
»Der Chefinschenjör. Dermachtnämlich zu Hause Urlaub, undda kanner imma malvorbeijehn undnachm rechtensehen. Prosd!«

An Liese-Lotte in Weimar

Ach Lilomaus, wie gern denk ich der Stunden,
da ich in Weimar war zum großen Zwiebelmarkt.
Ich hatte dich und einen Zwiebelzopf gefunden;
das hat mir mancher Mann, der leer ausging, verargt.

Wir gingen Hand in Hand durch schmale Gassen,
das heißt, wir gingen nicht, man schob uns vor sich her.
Vom Klang der Flöten und vom Kling der Ladenkassen
ward uns das Herze voll und dann die Börse leer.

Inzwischen ist die Zeit ins Land gegangen.
Ich bin allein mit meinem bunten Zwiebelzopf.
Doch die Erinnerung hält mich mit Macht gefangen,
der Zwiebelmarkt geht mir nicht aus dem Kopf.

Denn Fernsehn, Funk sowie die ganze Presse
vom Ostseestrand bis hin zur hohen Rhön
sind drauf bedacht gewesen, daß ich nie vergesse:
Der Zwiebelmarkt von Weimar, der war schön!

Doch keine von den zwiebligen Geschichten
hat, glaube ich, das Thema voll erfaßt.
Ich könnte das. – Doch dann müßt ich berichten,
wie du mich in der Nacht gezwiebelt hast.

Keine Angst, ich tu es nicht.
Gruß und Kuß, und lösch das Licht!

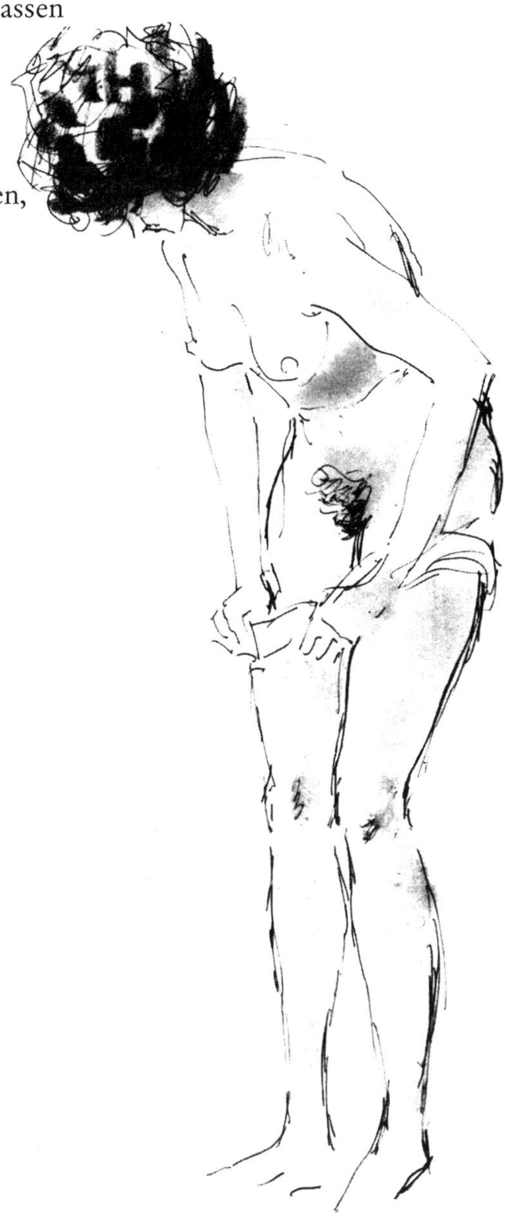

Lilomaus

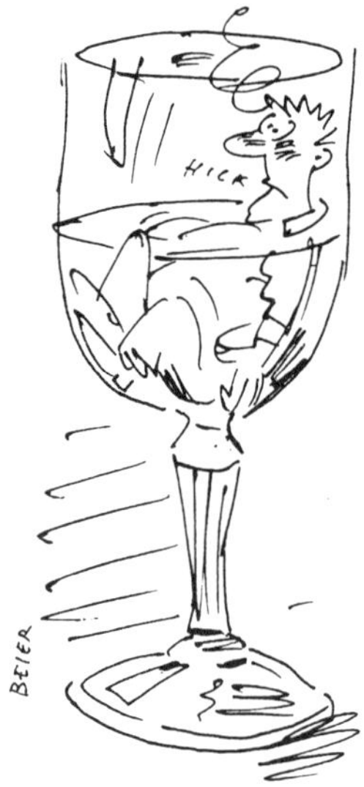

auch wenn du mir seit Tagen
nur die schöne, aber kalte Schulter zeigst
und auf all mein Bitten oder Fragen
reagierst, indem du ganz verbissen schweigst,

weiß ich – schließlich bin ich ja kein Dummer –,
meine Zechtour neulich nachts mit Heinz und Klaus
ist der Grund für deinen Zorn und deinen Kummer,
denn dir ist nun mal der Alkohol ein Graus.

Zugegeben, geistige Getränke
sind gefährlich, denn man schluckt zumeist zuviel,
und man muß dagegen kämpfen – doch ich denke:
daß Erfolg nur bringt der Kampf im großen Stil.

Werben sollte man. Vom harten, herben
bis zum süßen Fusel. Motto: »Leute, sauft!«
Die Erfahrung lehrt doch: Das, wofür wir werben,
wird bei uns am allerwenigsten gekauft.

»Komm runter, Benno, ich will wieder lieb sein!«

Schneewittchen

(wertgemindert)

Es war einmal eine Königin. Die wollte sich gern in den Finger stechen, um ein Märchen in Gang zu setzen und ein Kind zu bekommen. Aber die Qualität der Nadel war unter aller königlichen Würde und Kanone. Es kam kein Blut.

Aber übern kurzen Weg kam der König, und etliche Monde später kam auch ein Kind. Das nannte der König Schneewittchen. Denn das war der Wunsch der Königin und leider auch ihr letzter.

Der König war zunächst sehr traurig und danach sehr heiratslustig. Da stieß er beim Studium der Presse auf ein einsames und standesgemäßes Herz. Flugs verfaßte er ein Telegramm: »Bin interessiert – Bitte kommen – Heirat garantiert – Alfred IV. – König.«

Diese eindeutige Depesche löste aber am Hofe des einsamen Herzens keine große Freude aus, sondern lediglich Verwirrung. Denn die Qualität der Telegrammübermittlung war unter aller postalischen Würde und Kanone. Erst nach vielen Jahren gelang es hochspezialisierten Geheimschriftgelehrten, den Sinn der Sache zu entschlüsseln.

Getreu dem Motto: »Es ist nie, es ist nie, es ist nie zu spät, wenn es um die große Liebe geht«, machte sich das einsame Herz sofort auf die Socken in Richtung Alfred. Der gefiel ihr, und es gefiel ihr auch, daß das Kind schon aus dem Gröbsten heraus war. Weniger gefiel ihr, daß dieses Kind eine weitaus bessere Figur machte als sie selbst. Hinzu kam noch, daß die Qualität der Spiegel in Alfreds Palast unter aller königlichen Würde und Kanone war. Deshalb beschloß die frischgebackene Stiefmutter, das gute, schöne Schneewittchen von der Bildfläche verschwinden zu lassen. Mit anderen Worten: Mordgedanken.

Es fand sich auch ein verkommener Jäger, der den Auftrag nach Feierabend ausführen wollte. Doch die Qualität seiner neuen Stiefel war unter aller waidmännischen Würde und Kanone, so daß der gehbehinderte Mordbube dem flüchtenden Königskind lediglich einen mörderischen Fluch hinterherschicken konnte.

Als die böse Stiefmutter kurz danach, vor ihrer Fernsehtruhe sitzend, durch eine Reportage aus dem Lande der Zwergtätigen erfuhr, daß Schneewittchen immer noch gesund und munter war, beschloß sie, die Sache selbst in die Hand zu nehmen.

Doch sowohl der raffiniert ausgeklügelte Gürtel-Trick als auch die Kamm-Masche waren absolute Versager, weil die Qualität dieser Erzeugnisse ... Kein Wunder, daß die vergnatzte Unholdin nunmehr auch dem Obstangebot kein Vertrauen entgegenbrachte. Aber aufgeben wollte sie auch nicht. Da kam ihr eine famose Idee. Sie stiefelte spornstreichs zur nächsten Kaufhalle, nahm im Sturm die Hürde mit den Schrippen und redete dem unerfahrenen Schneewittchen ein, es sei frische Bäckerware. Da öffnete das unschuldige Kind gierig seinen süßen Schnabel, und weil die Qualität der Kaufhallenbrötchen ...

Na jedenfalls blieb ihm die Luft weg. »Das ist die Wucht in Tüten«, krähte die fiese Attentäterin und kratzte zufrieden die Kurve.

Die furchtbar traurigen Zwerge ließen einen Glassarg kommen und stellten das Opfer zwecks öffentlicher Anteilnahme vor die Tür. Als das Täubchen, die Eule und der Rabe gerade ihrer großen Anteilnahme Ausdruck gaben, passierte dem Raben etwas Tierisches. Und weil die Qualität des Glassarges unter aller pietätischen Würde und Kanone war, zersplitterte er unter der Wucht des Aufpralls, so daß dem zufällig des Weges kommenden jungen Prinzen die Sicht auf das holde Gesicht der Schlummernden verwehrt war und er demzufolge nicht begriff, was Sache ist.

Im Gegenteil. Er wetterte lauthals: »Was die

Leute auch alles in den Wald schmeißen!« und nahm vor Wut die Büchse und schlug sie an ein' Baum. Dabei löste sich nicht nur ein Schuß, der ihm den Rest gab – nein, infolge der heftigen Bewegung lösten sich auch alle Knöpfe vom neugekauften Sakko, die wiederum die wackeren Zwerge so hart trafen, daß sie sich nicht mehr davon erholten.

So kam es, daß die ganze Angelegenheit überhaupt nicht im Sinne der Brüder Grimm ausging, und sie beschlossen, dieser Geschichte das Prädikat »Märchen« zu entziehen. Denn nach ihrer Meinung gibt es in einem richtigen Märchen keine Qualitätsmängel.

Altes Märchen – neu erzählt

Rapunzel

Einsames Mädchen
läßt Haar runter und
Jüngling rauf.
Moral: Heutzutage könnte
der Jüngling sein Haar
hinaufwerfen und daran
hochklettern.
Ein schönes Beispiel
für die Gleichberechtigung.

Ein Abend bei Semmelmanns

»Ihr könnt uns doch auch mal wieder besuchen«, hatten Semmelmanns gesagt. »Wir haben nämlich durch Zufall die neue LP von Tim Triller gekriegt!«
»Die neue LP von Timmy?« rief Frau Kornbusch. »Phantastisch! Wir kommen morgen abend. Paßts euch?«
Es paßte. Und sie fuhren hin.
Frau Semmelmann hatte ein paar Häppchen gemacht. Salzsticks und Erdnüsse waren im Haus sowie eine große Flasche Doppelkorn und etliche Pullen Pils. Allerdings nur einfache. Na schön.
Semmelmann legte die Platte auf und goß ein. Kornbusch verschluckte sich wie üblich beim ersten Glas und mußte husten. Strafende Blicke aller Anwesenden. Denn der erste Titel von Tim Triller war sehr leise, sehr besinnlich. »Bäume gibts in jedem Wald«. (Text: Gisbert Humber. Musik: Traditional)
Dann kam der Heuler »Baby, I wish to wash you«. (Text und Musik: Tim Triller nach einer Idee von Corny Beef)
Semmelmann strahlte: »Schote, was?«
»O ja«, antwortete Kornbusch, obwohl er, ehrlich gesagt, das ganze Ding etwas verplärrt fand.
Besser gefiel ihm schon »Kurz vor Trapezunt war alles wund«, ein altes kaukasisches Reiterlied, neu arrangiert von Willi Muckel.
»Aber jetzt kommt der absolute Hitt«, rief Frau Semmelmann.
»Heut gibts wieder Vollmich, komm, schau sie dir an!« (Text: Volksmund/Humper. Musik: Folklore/Triller)
Als Background die Nunzies.
Da sangen sie alle mit, und Semmelmann trommelte mit zwei Salzsticks auf der Erdnußbüchse.
Stimmung.
Plötzlich schrie Frau Semmelmann auf:

»Mein Gott, es ist ja schon zwanzig Uhr! Männe, mach doch mal den Fernseher an!«
»Wird sowieso nichts Gescheites drin sein«, meinte Kornbusch.
»Sag das nicht, Erwin«, erwiderte Semmelmann. »Seit einiger Zeit bringen sie ein ganz munteres Programm.«
»Und heute kommt doch das Fräulein von Sküderieh«, sagte Frau Semmelmann.
»Ach«, stöhnte Kornbusch. »Hab ich doch schon vor Jahren im Kino gesehen.«
»Aber wir nicht«, antwortete die Gastgeberin. »Seid lieb, laßt uns mal kurz reinkucken. Wenns nichts taugt, können wir uns ja immer noch unterhalten. Ja?«
Der Film lief schon. Die Tochter des Goldschmieds turtelte gerade mit dem Gesellen des Meisters. Da kam Willy A. Kleinau dazu und machte sofort ein Faß auf. »So nicht, mein Lieber. Habenichts! Mit meiner Tochter! Haha! Ich glaube, es geht los.« In diesem Sinne. Schwer atmend setzte er sich auf einen derben Hocker. Das war sein Glück. Denn hätte er eine Sekunde länger gestanden, wäre die Whisky-Flasche, die plötzlich durchs Zimmer flog, genau an seinem Kopf zerschellt.
»Is'n da los?« murmelte Kornbusch. »Das ist doch ...« Heftiges Zischen von Frau Semmelmann brachte ihn zum Schweigen.
Der Goldschmied saß inzwischen im Keller und wühlte mit zitternden Händen in seinen Edelsteinen. Da lief eine vollbusige Blondine im Bikini vorbei. Der Meister würdigte sie nicht eines Blickes.
»Das war wohl das Fräulein von Sküderieh?« fragte Semmelmann.
»Quatsch«, meinte Kornbusch. »Das ist doch die ...«
»Pssst!« machte Frau Semmelmann. Dann kam Henny Porten in der Kutsche angerollt.
»Das isse«, sagte Frau Kornbusch.
»Das Fräulein von Sküderieh?« fragte Semmelmann. »Genau!«
»Mein Gott, so unsympathisch sieht sie doch gar nicht aus! Ich verstehe nicht, wieso dieser Knilch in dem irren Kadilljack andauernd mit der Empih nach ihr ballert. Ein Glück, daß er wahrscheinlich einen Knick im Auge hat. Denn wo der die Spritze hinhält, da ist das Fräulein immer gerade weg.«
»Aber Männe«, sagte da Frau Semmelmann empört, »der schießt ja nun ganz offensichtlich nicht auf das Fräulein, sondern auf den untersetzten Herrn dort auf dem Bootssteg. Das ist übrigens der – na, sag doch mal ...«
»Wir wissen doch gar nicht, wen du meinst!«
»Na, diesen Schauspieler von der Volksbühne oder vom Gorki-Theater, den wir erst neulich in dem Film gesehen haben. Wasser für Okantusch.«
»Ach, du meinst den Theo C. Meier«, warf Kornbusch ein.
»Unsinn!« sagte Frau Semmelmann. »Der Theo C. Meier ist doch ein ganz anderer. Der ist ja mindestens einen halben Meter größer. Deswegen nehmen sie den ja auch immer als Synchronsprecher für diesen Franzosen mit der platten Nase!«
»Belmonte!« rief Frau Kornbusch.
»Bel Mondoh, Schatz«, korrigierte ihr Mann mit penetrantem Lächeln.
»Erwin, jetzt irrst du dich«, warf Semmelmann ein. »Der Belmonte ist noch nie von Theo C. Meier übersetzt worden.«
»Synchronisiert, meinst du wohl«, erwiderte Kornbusch und grinste noch penetranter.
Semmelmann fand im Moment keine passende Antwort und goß aus Verlegenheit noch mal die Gläser voll.
Die Aufmerksamkeit der anderen richtete sich währenddessen wieder auf den Bildschirm.
Eine schwergewichtige, vermummte Gestalt hastete soeben durch eine dunkle, schmale Gasse und stieß einem gestiefelten Herrn mit breitrandigem Federbuschhut kurz und schnell ein Messer in den Rücken. Der gestiefelte Herr sank stöhnend zu Boden. Im Hintergrund sah man eine Litfaßsäule mit dem Zeichen der Leipziger Messe und vor der

Säule Theo C. Meier, der einem dunkelhäutigen Herrn in wallendem, weißem Gewand herzlich die Hände schüttelte und ihm mit einem Blick auf den noch weiter im Hintergrund sichtbaren Ozeandampfer offensichtlich eine gute Reise wünschte. Kornbusch atmete noch schwerer als der schwarz vermummte Herr auf dem Bildschirm.

»Also – das ist ja nun wirklich ...«

Das Zischen von Frau Semmelmann war absolut synchron mit dem Signal des Ozeanriesen, das aber nur als tonloses Dampfzeichen sichtbar war. Kornbusch langte am Glas vorbei zur Flasche, und das Gluckern in seiner Kehle war absolut synchron mit dem Gluckern des Abwassergrabens im Keller des Goldschmieds und dem lautlosen Gluckern der Mole, von der der Ozeanriese langsam losmachte.

Dann erhob sich Kornbusch und stakste zur Tür.

»Du weißt ja, wo's ist, Erwin«, rief Frau Semmelmann hinterher. Kornbusch wußte. Aber er ging nicht dorthin, sondern fuhr mit dem Fahrstuhl nach unten und lief mehrere Male ums Neubauviertel. Es nieselte, aber die Luft tat ihm gut.

Als er wieder nach oben kam, war bei Semmelmanns volles Licht, und die Rückseite von Tim Trillers Elpieh drehte sich auf dem Plattenteller.

»Einmal möcht ich was Störrisches tun!« (Musik von Franz von Suppé, bearbeitet und betextet von Gisbert Humper. Background: Die Nunzies.) Kornbusch unterbrach rücksichtslos die stille Andacht:

»Wie ging denn nun der Film aus?«

»Glücklich«, sagte Frau Semmelmann.

»Die Goldschmiedtochter kriegte den Gesellen, und das Fräulein von Sküderieh fuhr mit der Kutsche davon, und zwar direkt auf den Fernsehturm zu.«

»War das nicht der Eiffelturm?« fragte Frau Semmelmann. »Aber Mausi«, rief ihr Gatte. »Du hast wieder mal den ganzen Sinn nicht verstanden! Es war natürlich unser Fernsehturm! Und das ist eine Symbolik!«

Kornbuschs gingen zu Fuß nach Hause.

»Und du meinst wirklich«, sagte Frau Kornbusch, »es liegt an den Betonwänden?«

»Oder am Einfallswinkel«, antwortete er. »Da kommt es mitunter vor, daß sich das Bild vom Zweiten Programm ins Erste mit reinmischt.«

»Gibts das wirklich? Das hättste Semmelmanns aber sagen können!«

»Ach, weißt du, dann wären die Abende bei Semmelmanns nicht mehr das, was sie sind.«

Und wieder blühen die Matratzen

Funzel ist ermächtigt mitzuteilen, daß mit Termin vom 21.3. der Winter von seiner Funktion abberufen und zu einem längeren Kuraufenthalt delegiert wurde. Die Amtsgeschäfte übernahm der von breiten Bevölkerungskreisen geschätzte Frühling, der in seiner Antrittsrede auf einige noch zu überwindende Tief-Schläge verwies, darüber hinaus aber voller Optimismus eine gewisse Hoch-Stimmung in Aussicht stellte. Wie Funzels Wald- und Wiesenreporter beobachteten, hat diese Prognose überall lebhaftes Echo gefunden, wobei sich vor allem zahlreiche Krokusse und auch einzelne Maiglöckchen durch wachsendes Vertrauen zur neuen Regierung auszeichnen. Die Angehörigen der Forstwirtschaft und mehrere weniger begabte Natur- und Heimatlyriker bereiten sich auf das zu erwartende Rauschen im Blätterwald vor, und der in einschlägigen Kreisen unter dem Namen »Fuffziger-Paule« bekannte Herbert G. trägt sich mit dem Gedanken, dem Beispiel der Natur folgend, ebenfalls ein paar Blüten in Umlauf zu bringen.

In allen Groß- und Kleinstädten unserer schönen Heimat gehen fleißige Hände dem Winterschmutz zu Leibe und entrümpeln Haus, Hof und Gärtlein.

Funzel möchte in dieser großen Frühjahrskampagne ebenfalls nicht abseits stehen und gibt folgenden Aufruf heraus: Bürger! Wetteifert um den maximalen Frühjahrsputz von Heim und Herd. Derjenige, welcher uns dokumentarisch nachweisen kann, nicht nur eine alte Matratze an die nächste Straßenecke geklatscht zu haben, sondern vielleicht noch mehrere Uraltsofas, Ofenrohre, Kinderwagen, Nachttöpfe oder Gummistiefel in der nächstbesten Parkanlage malerisch verstreut hat, wird in unserem Blatt öffentlich herausgestellt und erhält mehrere Salutschüsse aus der Schrottflinte.

Kobernickel wollte angeln

Am vergangenen Sonnabendfrüh verabschiedete sich Kobernickel in netter Form von seiner Familie und sagte: »Ich fahre angeln.« Er lüpfte sogar artig seinen Hut, dann eilte er aus dem Haus, denn es war schon reichlich spät, und die Freunde, mit denen er verabredet war, hatten sicherlich schon ein paar Fische oder etwas Sperrmüll an Land gezogen.

Kobernickel warf den Motor an, ließ die Kupplung zurückschnappen und sprang mit seinem Auto um die nächste Straßenecke. Ein unausgeschlafener Zwergpinscher fand sich nach diesem Manöver mit dreieinhalb Beinen auf dem Dach der Kaufhalle wieder.

Kobernickel pfiff ein munteres Lied und drückte auf die Tube. Dann sang er »Mit 70 fängt das Leben erst an« und kam auf neunzig. Hinterm Stadtrand, auf der Landstraße, begann er, die Karre noch ein wenig zu kitzeln und nahm im Gleitflug eine Rechtskurve sowie ein Schild »Achtung Straßenarbeiten«. Ein elektrisch geladener Weidenzaun gab einen prächtigen Funkenregen sowie ein unerhört klangschönes zweigestrichenes C von sich. Auf dem Bahndamm erwischte Kobernickel aus Versehen das Rangiergleis, konnte nur mit Mühe dem Prellbock ausweichen, verließ das Reichsbahngelände, schoß durch eine Kiesgrube und dann durch die Glasveranda der Datsche des bekannten Preisträgers Meier-Motzen, der es dank seiner Beziehungen geschafft hatte, ohne Baugenehmigung ein Landhaus in unsere schöne Heimat zu setzen.

Hieran sieht man wieder einmal recht plastisch, wie kaltschnäuzig mancher Mitbürger die Bestimmungen umgeht, um sich ausgerechnet dort häuslich niederzulassen, wo andere die Natur genießen möchten zum Zwecke einer gesunden Lebensweise und zu Ehren des Frühlingserwachens.

So nicht, Meier-Motzen!

Absetzung
eines Königs

Es war einmal ein König, der hieß Kunde. Dieser König galt in seinem Lande als vernünftiger und aufgeklärter Herrscher. Er praßte nicht sinnlos herum und verjuxte auch nicht all sein Geld, sondern hielt anspruchsvollen, aber vor dem Volk vertretbaren Hofstaat. Er liebte gutes Essen und Trinken, würdevolle und knitterfreie Roben, trieb zwischen den Regierungsgeschäften etwas Pausengymnastik und holte sich mit seinem auf Teilzahlung gekauften Fernseher gern die weite Welt ins Königsappartement. Zur Befriedigung all dieser Bedürfnisse stand dem König eine große Zahl von Dienern zur Verfügung, die mit viel Fleiß und Geschick alles taten, um ihm das Leben so angenehm wie möglich zu machen. So weit – so gut.

Eines Tages jedoch kam aus irgendeinem Schlupfwinkel ein ganz mieser kleiner Geist hervor, der sich unter die Dienerschaft mischte, diesem und jenem in den Gehörgang kroch und ihm einblies: »Du mußt den König übers Ohr hauen! Es wird dein Schade nicht sein!«

Von Stunde an war der Wurm drin. Der Mundschenk war der erste, der aus der Rolle fiel. Mit der Maske des Biedermanns und unter der Flagge der Hygiene spülte er den großen Humpen vor jedem Einschenken so raffiniert in der Badewanne aus, daß ein Dreiviertelliter Wasser darin blieb und nur noch ganz wenig Wein vonnöten war, um den Pokal bis zum Rand zu füllen. Dem König stieß die Sache mit der Zeit natürlich auf, und er hätte zweifelsohne wie einst sein Kollege von Thule den Apparat einfach ins Meer werfen und nie wieder einen Tropfen trinken können. Aber erstens neigte er nicht zur Abstinenz, und zweitens fürchtete er, den Mundschenk zu verärgern. Denn Leute dieser Zunft waren ungeheuer knapp. Küchenmeister nicht minder.

Schon längst hatte der König bemerkt, daß sein Leibkoch bei der Kalkulation des Spanferkels den Span mitberechnete. Und der Span wurde mit jedem Male größer, das Ferkel aber immer kleiner. Schweinerei, sagte der König. Aber nur sehr leise. Denn der Küchenmeister hatte ein feines Gehör und außerdem die Möglichkeit, das rare Apfelsinenkompott über einen geheimen Gang einer schönen, strammen Hofdame zuzuschieben, die kein Kostverächter war.

Deshalb schluckte der König lieber die kleinen Portionen und seinen Ärger hinunter. Er sagte auch nichts, als man ihm im Turnier-Ausstatter ein Kettenhemd mit mehreren Webfehlern als erste Wahl andrehte, weil er genau wußte, daß man ihm sonst anstelle der federleichten exotischen Kamelhaar-Satteldecke eine Kalbfellimitation unterjubeln würde, die selbst in der Sektion berittener Ladenhüter verpönt war. Als jedoch eines Tages der Fernsehmechaniker für das Putzen der Linse eine Rechnung schickte, deren Endsumme der Lichtgeschwindigkeit pro Sekunde entsprach, platzte dem König der Bisamkragen. Er ordnete eine große Gerichtsversammlung an und beschuldigte seine ungetreuen Diener der Unredlichkeit und des Betruges in zahlreichen Fällen. Die Diener jedoch gingen zum Gegenangriff über. Sie wiesen nach, daß der

König stets geschwiegen und sogar ein bis zwei Augen zugedrückt hatte. Er habe sie deshalb letzten Endes in ihrem Tun ermuntert und folglich jede Autorität verloren. Man müßte ihm also fürderhin jegliche Anerkennung verweigern und seine Absetzung fordern.

*

Leider ist nicht überliefert, wie der Prozeß ausging. Gerüchten zufolge hat der König zwar gewonnen, aber sein Thron soll dabei ganz schön ins Wackeln gekommen sein. Und wenn er nicht gestorben ist, wackelt er heute noch.

Mode

Wenn meine Frau sich auszieht,
wie die dann aussieht!
Da bleibt kein Auge trocken,
da biste von die Socken!

Nur Sachen aus Importen
von fernen Orten.
Die Strümpfe Marke »Bella«,
der Rock »Estrella«,
das Blüschen »Juanita«,
der Slip »Chonchita«
und der BH, Signore,
Modell »amore«.

Doch, Leute, im Vertrauen:
Direkt aus Plauen,
da stammt der ganze Plunder.
O welch ein Wunder.
Jekooft in diesen Tagen
in Friedrichshagen
am Müggelheimer Damm.
Der Laden heißt »la Famm«.
Olé!

Das ist ein Geschäft!

Warum weinst du, holde Gärtnersfrau?
Du hast Kies, das weiß ich ganz genau.
Und den Kies, den füllst du in ein' Pott,
und in den Pott steckst du 'ne Nelke flott.

Und dann stellst du, holde Gärtnersfrau,
diesen Pott im Laden hin zur Schau.
Du wirst sehn, die Leute kaufen dies,
und du machst – juchhei – dir Kies mit Kies!

Sabinchen

Sabinchen war ein Frauenzimmer,
treu und tugendhaft.
Sie diente treu und redlich immer
bei ihrer Dienstherrschaft.

Die Dienstherrschaft hieß Konsum.
Konkret: »Zur blauen Maus«.
Dort nahm sie keine Silberlöffel,
sie nahm die Gäste aus.

Kaum war ein Jahr und mehr vergangen,
da kam der Schummel raus.
Da jagte man mit Schimpf und Schande
Sabinchen aus dem Haus.

Da kam aus Neuenbrizzen
ein Mann von der HO.
Nun tut sie in Neuenbrizzen stibitzen
Farija, farija! – Oh!

Immer wieder sonntags

»Ein Sturmtief über den britischen Inseln! – Das ist weit. – Aber immerhin. Was ist, wenn Ausläufer auch unseren Raum streifen? – Egal. Wir müssen durch. Nervös, Lydia?«
»Ein bißchen, Fred.«
»Ruhig Blut. Die Maschine ist tapfer und stark! Angeschnallt, Lydia?«
»Ja, Fred.«
»Na denn! Drei, zwei, eins, null – Start!«
»Kuppeln, Fred!«
»Wieso, Lydia? Ach so. Gut, gut. Und jetzt beschleunigen. Hei, jeu, jeu!«
»Vorsicht, Fred. Da kommt was!«
»Zu spät. Nein, doch noch nicht. Glück gehabt, der Kerl. Wahrscheinlich Ausländer. Feuerrotes Gesicht. Oder der Schreck.«
»Es stinkt, Fred. Hinten stinkts!«
»Verdammt! Bremse war nicht gelöst. So, jetzt gehts besser. Tupf mir mal den Schweiß ab, Lydia. Danke. – Warum werden wir so langsam?« – »Der Motor ist aus, Fred.«
»Auch das noch! – Da unten ist so ein Hahn. Dreh mal nach rechts. Oder nach links. Nein, lieber nach links. – Siehste, jetzt kommt er wieder.«
»Warum blinkst du, Fred?«
»Ich blinke? Tatsächlich. Keine Absicht. Zufall.«
»Warum ruckt es so?«
»Krieg das Bein nicht gerade. Hose kneift. Mach mal hinten die Träger los! So, jetzt ists besser.«
»Ich muß mal, Fred. Halt an.«
»Auweiauwei! Gar nicht gesehen, daß einer hinter uns war. Brüllt der was?«
»Na klar. Hörst du's nicht?«
»Nee. Hab Watte im Ohr wegen der Zugluft. Fertig?« – »Fertig.«
»Also weiter. – Ach, da sind wir ja schon! Tach, Lenchen, Tach, Robbi. Na, heute habt ihr wohl mit Oma und Opa nicht gerechnet, was? Keine Angst, wir bleiben nur ein paar Minuten. Wolln noch 'ne kleine Runde drehen. Denn wenn man einen Trabant hat, muß man ihn auch ab und zu mal bewegen. So'n Auto kommt sonst aus der Übung. Und das ist verdammt gefährlich. Stimmts, Lydia?«
»Ja, Fredelchen. Wo hastn überhaupt deine Brille?«
»Zu Hause vergessen.«
»Na, Gott sei Dank. Ich dachte schon, beim Pullern verloren.«

Mutters Hände

Aus Mäcky Lehmanns Aufsatzheft

Meine Mutter hat zwei Hände. Eine linke und eine rechte. Wenn wir gemeinsam mit Papa baden gehen, dann liegt Papa auf der Decke und auf dem Bauch und brummelt: »Ach, ist das langweilig!« Dann nimmt Mutter die rechte Hand und läßt die flinken, zarten Fingerchen über Papas Rücken krabbeln. Dann stöhnt Papa: »Ach, ist das schön!«

Da muß ich albern lachen, und da nimmt Mama ihre linke Hand und gibt mir einen scherzhaften Klaps hinters Ohr. Dabei fällt mir fast das Ohr ab, denn Mamas linke Hand hat eisenharte Finger mit Muskeln drum, und auch der Arm ist nicht von Pappe. Deshalb schüttelt sie auch Herrn Krausenickel, den sie nicht besonders leiden kann, immer mit links die Hand, denn dann geht er wie ein angeschlagener Boxer auf die Bretter.

Meinem Papa ist das manchmal peinlich, und außerdem ärgert ihn, daß er eine Frau hat, die auf der einen Seite sanft und auf der anderen brutal ist. Da empört sich Mama und sagt, er hätte dann eben keine Kassiererin aus der Kaufhalle heiraten dürfen, die rechts auf den Tasten klimpert wie Papanini in seinen besten Zeiten und links wie ein Lastkran vom Rostocker Hafen täglich ein paar Tonnen Stückgut von einem Korb in den anderen hievt.

Worauf Papa erwidert: Dann müßte man eben mal Kassen erfinden, wo die Kunden links und auch rechts vorbeigehen können, damit die Kassiererin als Mensch in der Mitte bleibt und auf beiden Seiten belastet wird. Oder man müßte überhaupt noch weiter knobeln, damit das alberne Hinundhergepacke von Bierpullen, Milchtüten, Fleischpaketen, Zahnbürsten, Kohlköpfen oder flüssigen Badejungen wegfällt.

Da sagt Mutter: Das sind technische Probleme, und die technischen Probleme kann man nicht in den Vordergrund rücken. Das Wichtigste ist der Mensch.

Da hat Papa keine Argumente mehr und gibt Mama aus Hilflosigkeit einen Kuß.

Aber ich lache nicht über ihn. Denn Papa hat zwei gleichmäßig ausgeruhte Arme, weil er eine Arbeit macht, wo man nur denkt und nichts dabei bewegt.

Feinfühliges Aufklärungsgespräch

»Herr Lehmann«, sprach Biologielehrer Krauß,
»Sie können mir kolossal nützen,
indem Sie die Aufklärung Ihres Sohns Klaus
durch väterliches Wort unterstützen.
Am besten, Sie gehen mit ihm mal hinaus
in die grünende, blühende Flur
und greifen geschickt ein Exempel heraus
aus dem Treiben der Mutter Natur.
Erklärn Sie's dem Kläuschen
am Beispiel der Mäuschen!«

Sie sitzen am Feldrain, der Sohn ist ganz stumm
und auffällig rot um die Ohren.
Herr Lehmann sagt: »Junge, kein langes Drumrum,
haste schon deine Unschuld verloren?
Also nicht! Doch ich weiß es, du hast schon bei Nacht
deine Eltern ganz heimlich belauscht
und gesehn, was der Vater mit Mutter da macht,
wenn sich lustig die Bettdecke bauscht.
Genauso, mein Kläuschen,
machens die Mäuschen!«

Aus dem Strassenhandels-Leben:

Die Schnippel-Trude

Jetzt kommt Stimmung in die Bude,
denn – jetzt kommt die Schnippel-Trude!
Grüne Bohnen, Gurken, Möhren
kannste nich im Stück verzehren!
Die Gefahr, dran abzunippeln,
ist sehr groß – drum mußte schnippeln!

Sehnse, Damen und Herren, und zu diesem Zweck hab ich hier das Universal-Schnippeleisen MZ-74SL – im Volksmund auch scharfe Johanna genannt.
Nu seh ick schon, wie Sie höhnisch grinsen. Denn als moderne, völlig durchelektrifizierte DDR-Bürger hamse natürlich für solche Zwecke die tollsten Apparate. Von der einfachen halbautomatischen Schnippelmaschine bis zur volltransistorisierten Super-Komet-Mühle mit Hykomatschaltung, Zeilenregler und Stereo-Schnipplung.
Aber wat Se nicht haben, is Trudes schlichtes, unverwüstliches Schnippeleisen. Und das is Ihr Fehler, Damen, Herren!
Denn hamse schon mal gemerkt, wieviel Zeit Sie brauchen, um einen modernen Haushaltsroboter, mit dem Sie vorhin vielleicht gerade Quarkspeise gequirlt haben, plötzlich auf Gurkensalat umzurüsten? Da dauert doch der Umbau länger als der ganze Schnippel-Akt! Und was is, wenn die Kardanwelle klemmt oder der Keilriemen explodiert? Da hamse den Salat, aber keen Gurkensalat.
Und da bringse das Gerät zur Reparatur. Und wennses nach'm halben Jahr zurückkriegen, hamse entweder keenen Appetit mehr oder keene Gurken.
Sehnse! Det alles kann Sie mit Trudes Schnippeleisen nich passieren.

Schnippelst du mit Trudes Blechen,
brauchste keen Monteur bestechen!

Das Gerät ist dermaßen einfach in der Handhabung, daß man es schon nach zweimaligem Probieren auch mit den übriggebliebenen vier oder dreieinhalb Fingern bedienen kann.
Die linke Hand, die sogenannte Packhand, packt den Apparat, drückt ihn fest auf die Tischplatte und schiebt gleichzeitig die Gurke Stück für Stück unters Klappmesser, welches Sie mit der rechten, der sogenannten Spielhand, rhythmisch hoch- und runtersausen lassen.

Selbst der Fischkoch – muß man wissen –
schnippelt damit Gabelbissen.

Wennse jetzt nich zugreifen, sindse selber schuld! Außerdem könnse froh sein, daß Se hier eine Verkaufskraft vor sich haben, die Ihnen das Gerät, das se anbietet, ooch erklären kann.
Ich wollte mir neulich einen ganz tollen Plattenspieler mit Farbtasten koofen, und als ich die Verkäuferin fragte: »Wie funktioniert das Gerät?«, sagte die: »Det intressiert mir doch nicht. Wolln Sies haben oder ick?«

Wem Gott will rechte Gunst erweisen,
dem schenkt er Trudes Schnippeleisen!

Das heißt, verschenken tu ichs natürlich nicht. Das hab ich schon 1947 nicht gemacht. Damals hab ick nämlich den Apparat als Tabakschneider für selbstgebastelten Krüllschnitt unter die Massen geschleudert.
Natürlich nich für Geld, sondern für Mohrrüben und Gurken. Der Umsatz war nich dolle. Wat mir wundert. Denn reden konnte ich schon damals ganz munter. Aber wahrscheinlich hatte ich nich die richtigen Argumente, oder die Leute hatten keene Mohrrüben und Gurken.
Heute ham wa beides. Oft sogar zur gleichen Zeit!
Und wenn Se nu fragen, warum ick heutzutage so'n altes Eisen wieder auf'n Markt

schleudre, dann kann ick Ihnen das janz einfach erklären:
Wenn im Zuge der Nostalgie, die in unserer Landschaft vornehm Kunstgewerbe heißt, Omas Petroleumfunzeln und Knöchelröcke wieder ap tu date sind, dann wird ooch Trude so manchen Esel finden, dem es so wohl ist, daß er nicht nur aufs Eis, sondern ooch aufs alte Eisen steigt.

Selbst der Kunstpreisträger Meier
schneid't mit Trudes Eisen Eier!

Sie werdens vielleicht nich wissen, aber es ist so:
Ich entstamme einer uralten Bauchladenhändler-Dynastie!
Mein Vater verkaufte in den zwanziger Jahren die abwaschbare, immerglatte Jopo-Krawatte mit angeschweißtem Vorhemd. Mit dieses Kleidungsstück brauchte man weder Unterwäsche noch Frackhemd. Man hängte sich das Ding um den Hals, zog 'n Jackett drüber, und auf gings in Ritas Tanzpalast!

Ick habe neulich unserm Außenministerium vorgeschlagen, dieses Kleidungsstück für Diplomaten in tropischen Ländern als Dienstkleidung zuzulassen. Der Vorschlag wurde abgelehnt mit dem Argument: Ein DDR-Bürger hat es nicht nötig, sich den Rücken freizuhalten.
Außerdem: Unsere Diplomaten schwitzen nicht einfach drauflos – sie transpirieren konsequent im Rahmen der internationalen Beschlüsse.

Doch auch in Diplomatenkreisen
schätzt man Trudes Schnippeleisen!

Denn wenn beispielsweise unser Mann in Havanna oder Westafrika eine mit Hilfe der DDR gebaute Fabrik oder Schule einweihen will, dann braucht er sich beim Durchschneiden des Bandes nicht mit 'ner Schere aus unserer Produktion zu blamieren, nein, er nimmt Trudes Apparat, und schwupp, findet er Anerkennung und Bewunderung.
Doch nicht nur mein Vater, auch alle anderen Vorfahren unserer Familie waren als fliegende Händler tätig.
Mein Großvater zog als Hoflieferant mit Schnürsenkeln und Gummiband durch die Hinterhöfe und verfaßte schon damals gemeinsam mit Heinrich Zille den Spruch: »Man kann einen Menschen mit 'ner Imbißbudenbulette genauso erschlagen wie mit einer Axt.«
Diese Zeiten sind Gott sei Dank vorbei. Denn:

Ist so'n Klops auch hart wie Stein,
mit Trudes Messer kriegst'n klein!

Schon im Mittelalter betätigte sich einer meiner Urahnen als ambulanter Händler. Er verkaufte handgemalte Star-Fotos von Walter von der Vogelweide und Wolfram von Eschenbach. Während der Kreuzzüge stieg er dann auf Nachschlüssel für Keuschheitsgürtel um, was ihm jedoch als Verkehrsdelikt angerechnet wurde und mehrere Stempel sowie Entzug der Feile einbrachte.
Und weil man damals als krimineller Handelsmann keine Gelegenheit hatte, in der nächsten HO-Gaststätte oder Verkaufsstelle einen neuen Job zu finden, ging er in ein Kloster.
Dort erfand er den »Grauen Mönch«, der dem Kloster in Leipzig Messegold und ihm persönlich den Goethe-Preis einbrachte. Der Preis wurde ihm später jedoch wieder aber-

kannt, weil sich herausstellte, daß Goethe noch gar nicht lebte.
Da kann man mal sehen, wie wenig Übersicht damals bei der Ordensverleihung hatte. Und das bei der geringen Stückzahl! Schleierhaft ist mir jedoch in diesem Zusammenhang, warum ick für mein Universal-Schnippeleisen noch nich die geringste Auszeichnung erhalten habe.
Vielleicht isset nich scharf jenug?
Wat ick aber nich gloobe.
Denn Jurken schneidets jut.

Adschö!

Limerick

Es war mal ein Mädchen
aus Jena.
Das sagte zu jedem:
»Na, Kleena,
wie wärs mit uns zwein?«
Und so mancher stieg ein.
Doch geblieben
ist leider nich eena.
Doch geblieben
ist leider nich eena.

»Nicht mal 'nen ordentlichen Strammen Max haben die hier!«

Neue Brause vorgestellt

Große Aufregung herrschte vor einigen Tagen in unserer verträumten Funzel-Redaktion. Wie ein Blitz aus heiterem Himmel hatte ein Telefonanruf eingeschlagen. Der Direktor der Großbrauerei »Blauer Durst« war höchstpersönlich am Apparat gewesen und hatte uns zu einer Pressekonferenz eingeladen, bei der es, wie er sagte, darum ginge, der gespannten Öffentlichkeit einen neuen Schlager seiner Brauerei vorzustellen, an dem ein Kollektiv von Neuerern und Erfindern seit langem geknobelt hatte.
Als unser Sensationsreporter am Tatort eintraf, war bereits eine große Anzahl neugieriger Journalisten und interessierter Ehrengäste versammelt. Stimmengemurmel aus allen Dialekten aller Bezirke erfüllte den Raum, Fotoapparate klickten und Filmkameras schnurrten.
Dann endlich wars soweit. Brauereidirektor Zapfbach betrat in Begleitung mehrerer schwitzender und von den Strapazen harter Arbeit gezeichneter Brauer den Raum. »Und nun, meine Damen und Herren«, so rief er feierlich, »stellt Ihnen unsere Brauerei die seit langem ersehnte Brause vor!« Und bei diesen Worten stieß er mit elegantem, weltmännischem Schwung eine bis dahin geschlossene Tür auf, die erhitzten Brauer entledigten sich ihrer Kleidung und sprangen mit munterem Gekicher unter die frisch-fröhlich spritzende und sprudelnde Dusch-Anlage.
Unser Funzel-Reporter verließ daraufhin in Hochstimmung die Brauerei und löschte in einem nahen Familienlokal seinen Durst mit einer Flasche Sekt. Brause war zufällig nicht vorhanden.

Wahre Begebenheit

»Was denn«, sagte der Mann, »schon wieder Kartoffelsuppe?«
»Das ist der Rest von gestern«, entgegnete die Frau.
»Die hat mir gestern schon nicht geschmeckt«, gnatzte der Mann.
»Gut«, sagte die Frau, »dann schneide ich 'ne Wurst rein, mache 'n bißchen Butter ran, und dann kriegt die Suppe eben der Hund.«

Vorschlag

Funzel trägt sich mit dem Gedanken, einigen mehr oder weniger bekannten Persönlichkeiten nebst Gattinnen für ihr Auftreten in der Öffentlichkeit den Titel »Intersnob« zu verleihen.

Bekanntmachung

Jeder hat sein Päckchen zu tragen.
Briefe werden vorläufig noch zugestellt.

Deutsche Post

»Warum ...

... sind Mode-Fotos eigentlich Kunst, Tim Tobby?«
»Weilse keen Abklatsch der Realität sind, Dummchen!«

Artistenschicksal

»Herr Schmacke-Duzius, Sie entstammen, wie wir hörten, einer alten Artistenfamilie. Schon Ihr Urgroßvater trat als Gaumenkünstler auf.«

»Ja, das stimmt. Mein Vater führte dann diese Arbeit fort, baute die Nummer noch etwas aus und vermachte sie mir, als ihm der Tod den Löffel aus der Hand nahm.«

»Obwohl Sie eine fertige Nummer übernahmen, mußten Sie natürlich auch von der Pike auf anfangen, wenn man so sagen darf.«

»Ei freilich. Ich verkostete zunächst nur Biersorten und bestimmte lediglich die betreffenden Brauereien und das Abfüllungsdatum. Später ging ich dann dazu über, mit verbundenen Augen Milch zu trinken und die genauen Fettprozente zu bestimmen.«

»Schlagzeilen machte ja seinerzeit Ihr Auftreten im Auguststadtpalast, als Sie Abend für Abend zehn Teller Bratkartoffeln verspeisten und genau definierten, ob Brehms Mittelfrühe oder Späte Hulda in die Pfanne gehauen wurden.«

»Später stieg ich dann auf Rühreier um, wobei ich jeweils die Hühnerrasse und das Alter der Henne herausschmeckte. Der Erfolg war der gleiche.«

»Wir erinnern uns nur zu gut. Bedauerlicherweise ist es in der letzten Zeit etwas ruhiger um Sie geworden. Sind Sie erfolgsmüde oder hängen Ihre Geschmacksnerven durch?«

»Keins von beiden. Ich arbeite schon Jahre an einer neuen Nummer. Leider ohne Erfolg. Mitunter zweifle ich schon an meinen Fähigkeiten. Ich kann nichts mehr unterscheiden. Sie schmecken alle gleich.«

»Wer oder was bitte?«

»Unsere Fischbüchsen!«

Paternoster in Bottelkow

Das ist 'ne echte Doppelfetze, Fäns.

Ich meine, Paternoster schockte ja schon immer. Selbst in der Fernsehsendung »Rums«, wo die Gruppe einen etwas weicheren Draht zuppelte, war sie der große Hammer. Aber in freier Wildbahn, in unseren schönen Städten und Gemeinden – also, wenn da die Jungs um Ringo Rutsche, dem Mann mit dem Nasenglöckchen, ihrem Affen

Zucker geben, da gehts runder als rund, und da ist nichts mit Ei känn Bucki. No Söhr, da ist Hartrock die Stufe eins der Rakete, und danach wirds dann ganz langsam heiß. Die Jungs können aber auch soft – ganz soft. Wie's gewünscht wird.

Soviel zu Paternoster. Ach, halt. Das vielleicht noch: Anfangs hatten sowohl weltliche als auch kirchliche Kreise leichte Bedenken hinsichtlich des Namens der Band. Da wechselte Ringo Rutsche, der Chef, berufsmäßig vom Fleischkombinat zum VEB Aufzugbau – und nun ist der Name abgesichert.

Also, soviel zu Paternoster.

Nun zu Bottelkow.

Wird nicht jeder kennen. – Mit Ausnahme des Ministerrats. Der schickte nämlich auch dorthin einen Durchschlag seines Beschlusses zum Thema Jugendtanz.
Der Bürgermeister von Bottelkow las den Beschluß und schloß daraus, daß der jährliche Feuerwehrball im »Bottelkower Krug« beim Ministerrat entweder nicht registriert oder als schlappe Leistung verbucht wird.
Seit dem Tage gabs im »Bottelkower Krug« Disko.
Jeden ersten Mittwoch im Monat.
Das war immer ein günstiger Tag.
Da waren die Tischdecken schon abgenommen, weil Donnerstag immer das Wäschereiauto aus der Kreisstadt kam, und frische Decken waren noch nicht da, weil sie das Wäschereiauto ja erst Donnerstag brachte.
Da waren die Tische und Stühle schon übereinandergestellt, weil donnerstags der Saal gefegt wurde, und somit hatte das junge Volk eine schöne große Fläche zum Schabbern, und da sägte Humpels Anton immer Holz, was allerhand Kraftstrom fraß, so daß die Verstärkerboxen der Disko-Anlage nicht den vollen Saft bekamen und die Jugend zwar ihren Schwof, aber die Gemeinde ihre Ruhe hatte.
Außerdem gabs keine Cola und somit keine klebrigen Flecke, und weil für vier Fans jeweils nur ein Bierglas rausgerückt wurde, achtete jeder drauf, daß keiner einen Tropfen verschüttete, der den anderen vielleicht an der Stimmung fehlen könnte.
Natürlich brachten einige Fäns auch immer ein paar Granaten mit. Und weil es ja im Falle einer zufällig des Weges kommenden Kontrolle ganz schön blöd aussieht, wenn Atze Boofke mit ner Pulle Korn in der Faust angetroffen wird, bekam er mit seinen Kumpels einen Tisch, unter dem man notfalls alles verschwinden lassen konnte. Auch der Wirt macht sich strafbar, und ein popliger Jugendtanz lohnt dieses Risiko ja nun wahrlich nicht.
So lief alles bestens.
Die Diskotheker kamen und gingen. Sie spielten, was sie auf Platte und Band oder in der Hinterhand hatten, und der Bürgermeister war stolz, sowohl beim Ministerrat als auch bei der Jugend einen Stein im Brett zu haben.
Aber die Jugend ist ja nie zufrieden. Auch in Bottelkow.
Plötzlich sagten die Fäns: Disko ist gut, aber ab und zu mal 'ne echte, lebendige Truppe auf der Bühne, das ist besser. Paternoster muß her! Auch wir wolln Ringo Rutsche mal am Glöckchen kitzeln!
Und der Bürgermeister dachte: Auch mich könnt ihr mal. Aber sonstwo. Doch da kam ein Brief vom Fernsehen. Ausgerechnet in Bottelkow wollten sie mal was drehen. Übern Jugendtanz auf dem flachen Lande, und die Gruppe Paternoster sei an diesem Wochenende sowieso zum großen Binnenfischerfest im Bezirk, und da ließe sich doch ...
Kurz und gut:
Paternoster kam nach Bottelkow. Und die Jugend kam. Es kam mehr Jugend, als laut Statistik eigentlich vorhanden ist. Und das Fernsehen kam, und aus diesen Gründen kamen Freunde der Jugend vom Bezirk und vom Kreis, von der FDJ, von der GST, vom agrochemischen Zentrum, vom Mischfutterwerk, vom Volkseigenen Gut und von der Kooperativen Abteilung Pflanzenproduktion.
Der Pfarrer kam nicht. Er hatte zwar Lust, aber Grippe.
Der Bürgermeister hatte nicht mit soviel Jugend, aber genau mit soviel Offiziellen gerechnet und im Vereinszimmer ein kleines Büffet arrangiert. Der Fernsehregisseur tat ihm den Gefallen und zog eine Kamera und ein Mikrofon aus dem Saal ab. Da lasen die Offiziellen nacheinander eine kleine Stegreifrede über die Entwicklung des Jugendtanzes in Bottelkow, dankten der Regierung und sich selbst für diese und jene Initiative und erhoben das Glas auf dieses und jenes und auch auf die Jugend.
Diese stand im Saal und lauschte mit glühen-

den Augen und Ohren dem kehligen Gesang von Ringo Rutsche, der einen uralten, aber frisch aufgerauhten schottischen Choral zum morschen Dachgebälk des Bottelkower Kruges hinaufstöhnte. Am Ende schüttelte er leise den Kopf, und das Glöckchen an seiner Nase machte plim, plim, und der letzte Gitarrenakkord verhallte wie der Klagelaut eines sterbenden Elches im schottischen Hochmoor.
Ein etwas dummes Mädchen quietschte hysterisch, die anderen schluchzten erschüttert, und Atze Boofke trocknete sich die Tränen mit einem Tischtuch. Es war das erste Mal, daß er beim Jugendtanz weinte, und es war das erste Mal, daß ein Tischtuch da war.
In dieser Art ging das Konzert der Gruppe Paternoster dann weiter. Leider gab es Störungen. Aus dem benachbarten Vereinszimmer drangen Ziehharmonika-Klänge, und gutgeölte Kehlen forderten mehrstimmig »Laß doch der Jugend ihren Lauf«, versicherten, »Wir machen durch bis morgen früh und singen bumsvallera« und behaupteten, daß sie General und Ataman bis zum Stillen Ozean gejagt hätten, humba-tätärä.
Paternoster hatte aber dann doch ein paar Watt mehr auf den Boxen und legte einige heiße Kohlen auf. So gingen das Konzert und der anschließende Tanz aus dem Stand gut über die Bühne. Das Fernsehen machte schöne Bilder und ein paar muntere Interviews, die später auch alle gesendet wurden. Mit Ausnahme eines Satzes. Da hatte nämlich ein junger Bottelkower gesagt: »Der Abend hat schwer eingefetzt. Aber sag mal: Was war'n das eigentlich für 'ne kaputte Truppe da im Nebenzimmer?«

Geierkralle

stieß daneben

Tiefbetrübt muß die Funzel all ihren Freunden mitteilen, daß sich ein lange geplantes und sorgfältig eingefädeltes Vorhaben zerschlagen hat. Zahlreichen Leserwünschen nachkommend, wollten wir heute an dieser Stelle mit dem Abdruck eines Fortsetzungskrimis beginnen. Der bekannte Krimi-Autor Hansfranz Blauleuchter hat jedoch versagt. Er lieferte zwar ein auf den ersten Blick sensationelles Manuskript, das aber bei näherem Hinsehen einen entscheidenden logischen Fehler aufwies und somit nicht zu verwenden war. Zur Erklärung für unsere Leser möchten wir hier die mißglückte Passage in Stichworten wiedergeben:
Eine halbe Stunde vor Ladenschluß betritt ein Herr mit einem außergewöhnlich langen Arm das Lebensmittelgeschäft in der Berliner Glinkastraße. Der mürrische Blick der klei-

nen Kassiererin (»Jetzt kommt der Olle noch angelatscht!«) läßt ihn eiskalt. Mit harter Hand greift er zum Körbchen und stapft zum Fleischwarenstand. In diesem Moment begibt sich die mollige Verkäuferin aus irgendeinem, für diesen Fall unwichtigen Grund in den Hinterraum des Ladens. Da greift der Langarmige zu! Wie eine Geierkralle stößt seine Hand über die Trennscheibe hinweg. Ein großes saftiges Stück Rindfleisch und ein halbes Pfund gekochten Schinkens verschwinden unter dem weiten, verwaschenen Lodenmantel ...
Sehen Sie, liebe Leser, an dieser Stelle griffen auch wir zu. Wir nahmen das Manuskript des berühmten Hansfranz Blauleuchter und schlugen es ihm mit der Bemerkung um die Ohren: »Schreib gefälligst etwas aus unserem Leben, Schlingel.«
Denn zu behaupten, daß man sich eine halbe Stunde vor Feierabend im Laden noch ein gutes Stück Rindfleisch oder gekochten Schinken greifen könne, ist absoluter Quatsch.
Solche Dinger kann man um diese Zeit nur im Lagerraum drehen.

Surabeier Schonni

Unsere LPG hatte in der Zeitung gestanden. Nicht gerade rosig. Schlechte Schichtarbeit während der Getreideernte, ungenügende Strohräumung und schleppende Schälfurche – das waren so die massivsten Bolzen, mit denen man uns beschoß. Außerdem noch ein paar kleinere Querschläger am Rande in Richtung Leitungstätigkeit.
Kein Wunder also, daß die Stimmung im Dorf nicht himmelhoch jauchzend war, sondern beinahe gedämpft.
Der Vorstand hatte schon eine ganze Nacht getagt und überlegt, wie man die Leute wieder auf andere Gedanken bringen könnte, aber leider nicht den richtigen Dreh gefunden. Doch immer, wenn du denkst, es geht nicht mehr, kommt von irgendwo ein Lichtlein her. In unserem Falle kam es in Form einer Handvoll Künstler vom Kreistheater. Sie boten sich an, aus Werbegründen in unserer Konsumkneipe »Zum Nassen Sack« ein paar Schnurren von Brecht und Emmes Kallmann zu bieten, wenns sein muß, auch anschließend Tanz. Wir griffen dankbar zu und machten am Schwarzen Brett die Gemeinde mobil. Eine halbe Stunde nach dem Füttern war der Saal voll. Die Künstler hatten sich nach dem Entrümpeln der Bühne frisch gewaschen und bemalt sowie ein paar Tropfen gegen das Lampenfieber genommen. Dadurch waren sie gut aufgelegt, aber fielen nicht aus der Rolle. Was man von Erich Lupfer nicht sagen konnte, denn der kam direkt von der Arbeit und war voll wie tausend Mann. Zum Glück schlief er beim Eröffnungsmarsch gleich ein und warf somit keinen Wermutstropfen ins Programm. Über dieses selbst, also das Programm, kann man nur sagen: Alle Achtung. Flotte Weisen am laufenden Band, dazwischen mal was Besinnliches, aber nie so, daß man den Eindruck hatte, jetzt wirds politisch oder artet aus.

Und was der Pianist aus unserem alten Klavier herausholte, es stammte übrigens noch aus der Zeit, bevor es Konsum wurde, also, was der da rausholte, hat man im Fernsehen auch noch nicht besser gehört.
Ja, und dann passierte das Ding mit dem Surabeier Schonni. Sie kennen es ja sicherlich. Im Fernsehen haben sies auch mal gebracht, ich glaube, mit der Gisela May, der Lieblingssängerin von Brecht. Ist ja ein ziemlich gewagtes Coupleh, aber bitte schön – wo's hinpaßt, einverstanden.

Na, jedenfalls kommt doch da die Stelle: »Nimm doch die Pfeife aus dem Maul, du Hund!«
Unser alter Opa Mäckel, der ständig, wo er geht und steht, seinen Knösel im Mund hat, so auch an diesem Abend, allerdings kalt wegen der Feuerwehrbestimmung – Opa Mäckel also muß das wohl persönlich aufgefaßt haben und ließ vor lauter Schreck die Pfeife mit lautem Gepolter in den Saal fallen. Natürlich drehten sich alle um, und auch die Sängerin, es war übrigens nicht die Gisela May, kam etwas aus dem Tritt, aber sie fing sich wieder auf.
Opa Mäckel tauchte nun unter und fingerte den Fußboden nach seiner Tabakspfeife ab. Dabei muß er im Halbdunkeln wohl aus Versehen der vor ihm sitzenden Uschi Nebel an die im ganzen Kooperationsverband bekannten strammen Waden gegrapscht haben. Denn Uschi juchzte schrill auf, woraufhin ihr Verlobter, Egon Glasow, der als freiwilliger Feuerwehrmann in der ersten Stuhlreihe Dienst tat, durch den Saal hechtete, dem neben Uschi sitzenden Traktoristen Jumbo Krause an die Wäsche ging und schrie: »Komm ma mit raus!« Eifersucht natürlich!
Die beiden also raus. Sie hatten sich auch schön zurechtgestellt, als unser Parteisekretär hinterhergeschossen kam und brüllte: »Egon, du als Genosse solltest dich was schämen – und Jumbo, von dir als Parteilosem hätte ich mehr Bewußtsein erwartet!« Dadurch wurde ein feiner Halbschwergewichtskampf im Keime erstickt und Egon und Jumbo der Kulturabend verekelt. Sie gingen gar nicht mehr in den Saal zurück, sondern in die Gaststube.
Dort schluckten sie ihre Wut und etliche Lagen in sich hinein, kamen sich menschlich näher und beschlossen, ihre Kräfte auf höherer Ebene zu messen. Sie machten zwei Traktoren und zwei Schälpflüge flott und zogen ins Feld.
Zwei Tage später stand unsere LPG wieder in der Zeitung. Gelobt. Wegen hundertprozentiger Schälfurche und kameradschaftlichen Umpflügens der halben Nachbar-LPG.
Der Zeitungsmensch betrachtete das als Erfolg seiner Kritik von neulich. Laß ihn. Hauptsache, wir selbst wissen, daß die Wurzeln viel tiefer liegen. Nämlich in der Kunst und Musik, wo uns solche Evergriens wie der Surabeier Schonni auch heute noch ansprechen und eine große Effektivität erzielen, im Hinblick auf die Schälfurche und Versorgung der Bevölkerung mit hochwertigem Imbiß.

Limerick

Es war mal ein Mädchen
aus Gera,
das liebte ganz heiß
seinen Lehra.
Doch sagen wollte sies nicht,
schreiben konnt sie noch nicht.
Die Erotik
wird auch immer schwera!
Die Erotik
wird auch immer schwera!

Patentlösung

»Stimmt es, Hermann, daß du Silvester mit deiner Frau und deiner Freundin unter einem Dach verleben willst?«
»Na klar.
Wir feiern in der Kneipe.«

Abwechslungsreiche Kost

können Sie mühelos und auch ohne großen finanziellen Aufwand zu sich nehmen. Essen Sie täglich Gulaschsuppe – jeweils in einer anderen Gaststätte. Sensationelle Überraschungen!

Benno und Lenin im Oktober

»Guten Tag«, sagte Benno Blaschke und sah den Mitgliedern des Prüfungskollegiums nacheinander fest in die Augen. Ziemlich blaß, die Typen, dachte er. Möchte bloß wissen, warum? Der ganze Film ist doch so gut wie gelaufen, und außer Ronny Müller und Tina Muffland ist doch kein Schwanz eingebrochen. Aber vielleicht ist das schon zuviel? Man weiß ja nicht, was sie sich fürn Kampfziel gesteckt haben. Mein Gott, jetzt haut sich Fräulein Mirschel noch 'ne Dröhnung rein. Die hat doch vorhin in der Pause schon ein Pfund Tabletten geschluckt. Ob die überhaupt noch durchsieht? Außerdem könnte sie sich ein bißchen straffer hinsetzen. Hat doch was zu zeigen, die Mutter. Jetzt grinst se krampfhaft. Armes Huhn. Schade, daß man nicht so kann, wie man möchte. Na schön, ich glaube, der dicke Bombach willn Satz ablassen. Was sagt er? Ob ich präpariert bin? Ein Komiker vor dem Herrn! Hat mich doch selber präpariert. Gespickt sagt man ja wohl nicht. Immer sauber bleiben. Also, dann wolln wir mal. Ich werds kurz machen. Die Fans haben sicherlich schon ganz schönen Knast in den Röhren.
Benno Blaschke räusperte sich kurz und trocken, schlug die Beine übereinander und begann:
»Lenin im Oktober. Als Lenin auf dem Bjelorussischen Bahnhof ankam, hatten sich die Dekabristen und die anderen Mitglieder der Duma vollzählig zu seiner Begrüßung eingefunden. Immer wieder erscholl der von rhythmischem Klatschen begleitete Kampfruf ›Aus dem Funken wird die Flamme schlagen!‹. Lenin wehrte bescheiden ab, bestieg das sprichwörtliche Panzerauto und appellierte an die Putilowarbeiter, unverzüglich die Elek-

trifizierung des ganzen Landes in Angriff zu nehmen, denn das zaristische Rußland war ein Völkergefängnis. Darauf fuhr Lenin zum Winterpalais und leitete von dort den Sturm auf den Smolny, nachdem die Schüsse auf der Newa das Eis des Schweigens gebrochen hatten. Die Revolution ergriff dann auch die Massen, weil sie das schwächste Kettenglied gefunden hatten und mit Disziplin und den vier Faktoren der Überlegenheit ausgerüstet waren. Hinzu kam, daß sich an den Fronten eine Kriegsmüdigkeit zeigte. Mit dem Appell an alle, an alle, an alle wurde dann der Boden denen zugeführt, die ihn bearbeiten, und die Partisanen vom Amur jagten die Kulaken bis zum Stillen Ozean. Zusammenfassend kann man sagen, daß Lenin als kollektiver Organisator, Agitator und Propagandist speziell in diesen Oktobertagen mächtig einfetzte, so daß wir heute in einer Epoche leben, die gekennzeichnet ist vom weltweiten Übergang des Kapitalismus in den Sozialismus. Ich danke für die Aufmerksamkeit.«

Benno Blaschke erhob sich und verließ mit nettem Gruß den Prüfungsraum. Bei der Beratung wollen sie sicherlich unter sich sein, dachte er.

An der Tür schaute er sich noch einmal um und war leicht erschrocken über das Bild des Jammers, das sich ihm bot. Fräulein Mirschel lag mit dem Oberkörper auf dem Tisch und stopfte sich eine Tablette ins Ohr. Der dicke Lehrer Bombach versuchte seinen Schlips zu zerbeißen, Studienrat Knippling warf sich pausenlos Zigaretten über die Schulter und sang dazu das Sandmännchenlied. Und Direktor Timmermann hielt seine Taschenuhr in die Blumenvase und murmelte: »Wir verlesen jetzt die Wasserstandsmeldungen und Tauchtiefen.«

Benno Blaschke schloß leise die Tür von außen, setzte sich ins Flurfenster und steckte sich erst mal eine an. Die Mitschüler umringten ihn. Die üblichen Fragen.

»Alles okay«, sagte Benno. »Ich hatte nicht einen Hänger. Aber die Typen sind von der ganzen Prüferei schon so mürbe, ich glaube, die haben bloß die Hälfte kapiert.«

Dann wurde Benno wieder hineingerufen. Fräulein Mirschel saß straff und gut geformt und lächelte. Der dicke Bombach hatte seinen Schlips korrekt gebunden und lächelte. Studienrat Knippling steckte die letzte Zigarette in die gut gefüllte Schachtel und lächelte. Direktor Timmermann trug seine Uhr wieder in der Westentasche, lächelte und sprach: »Lieber Benno Blaschke. Du hast einen entscheidenden Fehler gemacht: Die von dir gebrauchte Formulierung ›Lenin fetzte mächtig ein‹ zeigte uns, daß du uns ein bißchen auf den Arm nehmen wolltest und deinen ganzen Vortrag gewissermaßen als heitere Conférence, als Jux abgezogen hast. Du glaubst, da du ja deinen Lehrvertrag bereits in der Tasche hast, können wir dir auch mit der schlechtesten Note nicht mehr die Suppe versalzen.

Das ist vom moralischen Standpunkt so schäbig, daß wir fast geneigt waren, dich entsprechend zu benoten.

Die Fülle der schelmisch durcheinandergewirbelten konkreten Fakten, Begriffe und im weitesten Sinne sogar Zitate, mit denen dein Vortrag durchsetzt war, zeigte uns jedoch, wie gut du eigentlich im Stoff stehst, und wir kommen trotz deines ungehörigen Schülerstreichs nicht umhin, deine Leistung mit gut zu bewerten und dir zur bestandenen Prüfung zu gratulieren. Herzlichen Glückwunsch, lieber Benno.«

Auf dem Heimweg traf Benno einen von der 26. Oberschule. Er erfuhr, daß dort drei Schüler durchgefallen waren.

»Bei uns bloß zweie«, sagte Benno. »Da stehn unsere Lehrer statistisch besser da. Fetzt ein!«

Und er merkte wieder nicht, daß er mit dieser Formulierung nahe daran war, aus seinen Worten einen Jux zu machen.

Vater und Sohn

»Wann warst du denn eigentlich das letzte Mal beim Friseur, Junge?«
»Als du dir selber die Schuhe geputzt hast, Vater!«
»So siehste auch aus, du Lümmel!«

Altbauten ...

... sind Häuser, in denen noch jeder jeden grüßt.«

Hugo Krauseminze (Mieter)

Krausemuckel
sieht nicht durch

Als der lange Linksaußen der Hotspot-Rammlers die Pille mit einem rasanten Fallrückzieher ins kurze Eck unseres Kastens schnippelte, rieb sich Torwart Krausemuckel vergnügt die Hände und sagte: »Das fängt ja gut an!«
Als der Libero der Hotspot-Rammlers in der achtzehnten Minute nach einem furiosen Alleingang mit einem Hackentrick zum 2 : 0 erhöhte, kicherte Torwart Krausemuckel kurz auf und sagte: »Bravo, bravo – weiter so!«
Als der Halbrechte der Hotspots in der 43. Minute aus todsicherer Position das Gehäuse um fast zwei Meter verfehlte, schrie Krausemuckel empört: » O Mamamia sinjore: So not mei Boy!«

Doch als in der 63. Minute aus einem Getümmel im Strafraum heraus ein Querschläger den linken Posten streifte, auf den Kopf eines Rammlers zurückprallte und von diesem mit leichtem Nicken in die Maschen befördert wurde, frohlockte Krausemuckel: »Köstlich, köstlich, es läppert sich zusammen!«
Kaum zu beschreiben war sein Jubel jedoch, als in der 89. Minute der gegnerische Torwart mit einem Direktschuß über die Köpfe hinweg das 4. Tor für die Hotspots einklinkte. Krausemuckel wischte sich den Schweiß der Erregung von der Stirn und sagte: »So, Leute, das hätten wir wieder mal geschafft.«
Als anschließend jedoch seine Mannschaftskameraden über ihn herzogen und ihn eine ungeheure Pfeife nannten, ging er ganz zerknirscht von dannen und sagte im Weggehen nur noch ganz leise: »Verstehe gar nicht, was die Knalltüten wolln! Na schön, vier Dinger reingekriegt. Aber alles echte Import-Ware! Na also!«

Straßenbekanntschaft

»Guten Tag«, sagte der freundliche Herr freundlich. »Zur Schillerstraße sieben, bitte.«
Der freundliche Taxifahrer sagte nichts. Aber er fuhr freundlich los. Der Motor schnurrte freundlich, und schon war man am Ziel.
»Sechs Kilometer«, brummelte der Fahrer und sagte dann laut: »Macht Fünfdreißig.«
Der freundliche Herr gab sechs Mark und sagte: »Stimmt so.«
»Danke«, murmelte der Fahrer ziemlich freundlich.
Da fragte der freundliche Herr ganz sachlich: »Sie nehmen also an?«
»Was?« fragte der Lenker.
»Na, siebzig Pfennig Trinkgeld für sechs Kilometer.«
»Sie hams mir doch gegeben«, rief der Fahrer gar nicht sehr freundlich.
»Natürlich. Sie sollns ja auch behalten«, sagte der freundliche Herr. »Aber dann bekomme ich von Ihnen siebzig Mark, bitte schön.«
»Sach mal, willste mir auf die Nudel schieben?« rief der Fuhrmann. Das vertrauliche Du war Ausdruck höchster innerer Erregung.
»Keineswegs«, antwortete der freundliche Herr deshalb besonders freundlich. »Die Sache ist nur die: Sie waren in diesem Jahr einmal in Zittau und zweimal in Spremberg. Sicherlich haben Sie dort Verwandte.«
»Was geht'n Sie das an?«
»Gar nichts, natürlich. Aber es sind insgesamt sechshundert Kilometer. – Sie nehmen für sechs Kilometer siebzig Pfennig Trinkgeld. Das macht bei sechshundert Kilometern siebzig Mark. Ist doch klar, nicht wahr?«
»Sind Sie meschugge?« brüllte der Fahrer.
»Nein, Müller«, antwortete der freundliche Herr, »Erwin Müller. Der Lokführer.«

Ein Toter randaliert

In den gestrigen späten Abendstunden kam es auf dem Weihnachtsmarkt zu einem außergewöhnlichen Zwischenfall. Eine äußerlich verhältnismäßig unauffällige männliche Person erregte durch ihr merkwürdiges Verhalten die Aufmerksamkeit und das Erstaunen zahlreicher Besucher. Der Mann hatte sich fast zwei Stunden lang durch das Menschengewühl gezwängt, hatte sich mit nahezu kindlicher Naivität und Begeisterung auf diversen Karussells getummelt und sich sogar im Hunde-Varieté köstlich amüsiert.
Besonders angezogen fühlte er sich aber offensichtlich von einigen Los- und Glücksbuden. Immer wieder griff er in die Lostöpfe, drehte das Glücksrad oder warf mit Ringen nach Weinflaschen, Aschenbechern und ähnlichen Kostbarkeiten.
Plötzlich geschah es. Fortuna war unserem Mann hold und bescherte ihm einen mittleren Gewinn: Es handelte sich um einen prächtigen, brünstig-röhrenden Porzellanhirsch, der besonders durch seine lebensechte Bemalung ins Auge stach.
Der Gewinner zeigte jedoch nicht die geringsten Anzeichen von Freude, sondern vollführte wahre Veitstänze. Er stieß irre Schreie aus, zertrümmerte den Hirsch und fiel schließlich in Ohnmacht, wobei er noch deutlich hörbar stammelte: »Das habe ich nicht gewollt!«
Auf der Unfallstation stellte sich später heraus, daß es sich bei diesem komischen Kauz um einen Vertreter des Jenseits handelte, der zu einem kurzen Studienaufenthalt auf die Erde delegiert worden war. Er nannte sich Böttcher und gab vor, das Porzellan erfunden zu haben.

Lilomaus

du denkst noch oft an Vitte,
wo du zur Sommerzeit mit mir gewesen bist.
Träumend lenkst du heut noch deine Schritte
dorthin, wo der Segler-Hafen ist.

Doch daß dich nicht der Boote Schönheit lockte,
Schatz, habe ich von Anfang an gewußt.
Dich zog der Kerl, der auf der »Windsbraut« hockte,
mit seinem Kilo Wolle auf der Brust.

Du weißt, daß ich dir keinen Flirt verwehre,
ich habe ja auch drüberweggeschaut,
als dir beim Anblick dieses Tigers aller Meere
die Bluse enger wurde und die Haut.

Wie gerne wärest du auf wilden Wogen
mit ihm geschaukelt, auf und nieder, lange Zeit.
Da hab ich dich vom Bootssteg weggezogen
und sagte nur: Jetzt geht der Scherz zu weit!

Du blicktest noch zurück ein wenig lüstern
und glaubst noch heut, du hast etwas verpaßt.
Bei ihm bestimmt nicht, Kind. Ein Mäuschen
tat mir flüstern:
Dem bricht schon bei dem kleinsten Sturm
der Mast.

Zu spät erkannt

»Das ist der Gipfel«, schrie Herr Luchspuschel und haute mit der Faust an der Nasenspitze seines Sohnes vorbei knallhart auf den Tisch. »Mit einer Durchschnittszensur von 2,3 willst du Klavierstimmer werden?«
»Aber ich habe in Musik eine Eins«, stotterte der Sohn.
»Na und!« brüllte der Vater. »Das macht den Kohl auch nicht fett! Mit 2,3 haste dir alles verhunzt, du Faulpelz!«
Vor Aufregung bekam Herr Luchspuschel eine Gallenkolik. Er mußte ins Krankenhaus. Man stellte Steine fest.
Die Operation verlief reibungslos. Bald war Luchspuschel wieder im Kreis seiner Lieben. »Der Professor hat mich selbst operiert«, erzählte er. »Aber eigentlich hätte ers gar nicht machen dürfen. Ich habs leider erst hinterher erfahren. Er hatte als Student einen Durchschnitt von 2,1.«

Sonntagmorgen

»Mutter, Vater rasiert sich!«
»Soso, da wird er wohl heute nicht mit uns frühstücken, sondern gleich zum Frühschoppen gehen.«

Wartezeit

Bewegungsarmut ist die Quelle vieler Beschwerden: Besonders für Leute, die nicht körperlich arbeiten. Unter diesen haben es die Kollegen vom Automobil-Salon noch am besten. Sie können wenigstens ständig mit dem Kopf schütteln.

Altes Märchen – neu erzählt

Die Prinzessin auf der Erbse

Überzarte Dame aus
besseren Kreisen reagiert
sauer auf gepolsterte
Hülsenfrucht.
Moral: Wer tagsüber
keine richtige Arbeit hat,
den stört nachts die
Falte im Nachthemd.

Viel gesehen

»Ohne Auto«, erzählte Krausnickel, »hätte ich im Urlaub ganz schön alt ausgesehen. Die ersten zwei Tage in Ahlbeck hab ichs zwar nicht gebraucht, denn die paar Schritte konnte ich zu Fuß gehen. Und nach Heringsdorf ist es ja auch nicht weit. Da bin ich am dritten Tag hingelaufen. Aber dann wurden die Entfernungen doch schon etwas weiter. Am vierten Tag Bansin. Am fünften und sechsten Koserow. Am siebenten nach Zinnowitz. Dann zwei Tage Ueckeritz, zwei Tage nach Trassenheide, einen Tag nach Zempin und dann noch zwei Tage Wolgast. – Es war einfach herrlich. Und wie gesagt, ohne Auto hätte ich das alles gar nicht machen können.«
»Das glaube ich gern«, sagte Kaminzke. »Ich beneide Sie. Da müssen Sie ja unheimlich viel gesehen haben!«
»Sie sagen es«, sagte Krausnickel und hält sich den Bauch vor Lachen. »Jeden Tag ›Plattfuß am Nil‹! Ein herrlicher Urlaub!«

Pappelmann packt aus

Soeben ist die mit Spannung erwartete Betriebsversammlung beendet worden. Wir wenden uns an den Leiter, Kollegen Pappelmann.

Funzel: Kollege Pappelmann, wenn wir Sie auf zwei Minuten bitten dürften, uns ein paar Fragen zu beantworten?

Pappelmann: Na schön, machen Sie´s kurz!

Funzel: Welche Themen standen im Mittelpunkt der Versammlung?

Pappelmann.: Nun, ganz offen unter uns gesagt: Es wurden allseits interessierende Fragen behandelt.

Funzel: Gibt es neue Tendenzen zu verzeichnen?

Pappelmann: Im Prinzip: Ja! Die Entwicklung schreitet voran.

Funzel: In welcher Hinsicht, wenn ich so unverblümt fragen darf?

Pappelmann: Der Prozeß bewegt sich weiterhin zum Positiven!

Funzel: Wie können wir das verstehen?

Pappelmann: In der derzeitigen Situation, das werden Sie einsehen, möchte ich darüber keine Angaben machen.

Funzel: Können Sie, unter Umständen, nicht vielleicht doch etwas konkreter werden?

Pappelmann: Doch. Betrachten Sie bitte dieses Gespräch als Hintergrundinformation.

Das Drama an der Kiesgrube

Man hörte ein leises Stöhnen und Wimmern. Der große Dunkelhaarige mit der brandroten Narbe auf dem Rücken schaute sich verstohlen nach allen Seiten um. In seinem Blick lag gnadenlose Härte, aber da war auch ein leichtes Flackern, ein Anflug von Angst. Wurde er beobachtet? Nein. Nichts deutete darauf hin. Mit nerviger Faust zog er die alte Decke noch fester zusammen. Das stöhnende Etwas unter der Decke wand und krümmte sich. Es bäumte sich auf und sackte jäh wieder zusammen.

Keuchen. Schnaufen. Der Dunkelhaarige schwitzte. Kleine Rinnsale flossen den muskulösen Rücken hinunter.

Da faßte der Mann mit rohem Griff unter die Decke, bekam etwas zu packen, riß und zerrte, stauchte und quetschte.

Zwischen seinen harten, dünnen Lippen preßte er die Worte hindurch: »Na, also!«

Dann schlug er die Decke auseinander. Ein kleines, molliges Frauchen kniete auf dem Grasboden und rief schluchzend: »Jäzz hasde mirn Trächer zerrissn!«

Da zischte er zurück: »Ich hab dersch ja gleich gesacht. In dein Alder noch Pikini!«

Doch plötzlich quietschte sie: »Ach nee! Er ist noch heile!«

»Na siehsde«, sagte er und lächelte ein gutes, jungenhaftes Lächeln. Dann faßten sie sich bei der Hand und stiegen über hundert Leiber hinweg zum See hinunter.

Das Umziehen war geglückt.

Und anständig.

Arme Oma

Meine Oma fährt im Hühnerstall Motorrad.
Meine Oma macht das schon seit eh und je.
Und der Grund ist nicht nur der, daß sie
Humor hat,
nein, der Grund ist auch: Sie wohnt nicht
an der See.

Denn wo Oma wohnt, da ist fast keine
Landschaft,
und dort sagen sich die Füchse gute Nacht,
und noch niemals hat ein Urlauber
Bekanntschaft
mit dem kleinen Nest, wo Oma lebt,
gemacht.

Wohnte Oma an der See, ich möchte wetten,
wär der Motorsport dahin mit Sang und
Klang.
Denn dann ständen in dem Hühnerstall
vier Betten,
und die Oma hätt ein Konto auf der Bank.

Altes Märchen – neu erzählt

Die Bremer Stadtmusikanten

Vier verkrachten Existenzen
gelingt es, durch
ohrenbetäubenden Lärm
ganze Räuberbande in die
Flucht zu schlagen und
Hausbesitzer zu werden.
Moral: Schwache Solisten
können als Gruppe immer
noch einen ganz schönen
Reibach machen.

Der mürrische Alfred

Viele Kollegen mögen Alfred nicht sonderlich. Obwohl er weder faul ist noch pfuscht. Im Gegenteil. Er ist emsig wie eine Biene, und was er macht, ist fehlerfrei und tadellos. Trotzdem haben die Kollegen Schwierigkeiten mit ihm. Denn er ist ein verdammt mürrischer Hund. Sagt Karl, der sich immer etwas derb ausdrückt.
Die anderen lassen den Hund weg. Aber ihr Urteil ist das gleiche. Womit sie recht haben. Alfred kriegt den ganzen Tag kaum den Mund auf. Und wenn er mal die Zähne auseinanderklappt, brubbelt und blubbert er um sich rum wie der Seewolf aus dem Film »Der Seewolf«. Das können Sie sich ja vorstellen.
Komischerweise: Mich mag er. Auf seine Art natürlich.
»Na, du alte Träne – trinken wir'n Bier zusammen?«
Oder:
»Wo hastn wieder dieses dolle Hemde her? Paßt doch gar nicht auf deinen Spitzbauch.«
So redet er mit mir.
Gestern, kurz vor Feierabend, sagte er: »Ich hab neu tappziert.«
Ich sagte: »Nanu? Ich denke, du wohnst draußen in dem Neubauviertel. Und noch nicht mal ein ganzes Jahr.«
»Is ja auch nicht, weil die alte Tapete alt war. Gefiel mir bloß nich. Außerdem, der Mensch braucht Abwechslung.«
Und nach einer großen Pause: »Kannst ja mal mit rauskommen. Ankucken. Hab auch noch 'ne Flasche Doppelkorn rumliegen.« Also fuhr ich mit.
Die Straßenbahn brauchte sehr lange.
Zunächst durch die halbe Innenstadt. Alfred hockte auf seinem Sitz und trat sich fast auf die Mundwinkel.
Ab und zu stieß er mich an und sagte etwas.

»Da is'n Kino.«
»Da spielnse Fußball. Alte Herren.«
»Fanny's Biertunnel. Mit Gesellschaftszimmer.«
»Hallenbad. Mit Russisch-Römisch.«
Dann sagte er nichts mehr. Denn es kam nichts mehr.
Weder Kino noch Sportplatz, noch Kneipe mit Gesellschaftszimmer, noch Hallenbad.
Es kam das Neubauviertel.
Wir stiegen aus – und Alfreds Mundwinkel zogen sich Millimeter um Millimeter in die Höhe.
Er lächelte.
Er lächelte wie Johannes Heesters in seinen unwiderstehlichen Jahren.
Plötzlich zog er den oft bewitzelten dürren Hut und grüßte charmant hinüber zur anderen Straßenseite.
Dort lief ein ungeheurer Busen mit ungeheuren Beinen. Kuck an, der Alfred, dachte ich.
»Nicht, was du denkst«, brubbelte Alfred. Und er brubbelte mit hochgezogenen Mundwinkeln.
Eine alte Dame wollte gerade ihren Rollfix samt Einkaufstasche die Bordsteinkante hinaufheben. Das hätte sie nicht tun sollen. Denn Alfred hechtete auf sie zu, riß ihr das Gerät aus den Händen und schrie, rot vor Erregung: »Aber, das ist doch nichts für Sie, Madamm! Noch sind wir da!«
Und er hob den Rollfix mit unnachahmbarer Geste auf den Fußweg und setzte ihn zart und sanft aufs Rauhe Pflaster. Dann lüftete er wieder den Hut und eilte beschwingt weiter.
»Wir müssen noch schnell in die Kaufhalle. Korn ohne Bier rutscht nicht.«
In der Halle war nicht mal mehr ein Stehplatz frei. Das Neubauviertel ist sehr groß. Aber wir kämpften uns bis zu den Bierkästen durch. Ich war zuerst da. Alfred brauchte länger. Denn er hatte viel zu tun.
Er grüßte nach links, lächelte nach rechts, zwinkerte nach vorn und winkte nach hinten. Und jedesmal wurde mit leicht fragendem, überlegendem, aber immer mit lächelndem Gesicht zurückgegrüßt, zurückgezwinkert und zurückgewinkt.
Draußen, auf der Straße, konnte ich nicht mehr an mich halten.
»Kennst du denn all diese Leute?« fragte ich.
»Eben nicht«, blubberte Alfred. »Das ist ja das Problem. Man muß bei jedem damit rechnen, daß er mit einem im selben Haus wohnt. Und will man vielleicht als Muffel gelten, der ohne Gruß und Anstand durchs Gelände stampft? Hä?«
»Natürlich nicht«, antwortete ich eilfertig. Denn ich merkte, daß er sich erregte. Trotzdem wagte ich noch eine Frage.
»Wieso weißt du eigentlich nicht, wer mit dir unter einem Dach wohnt?«
»Weil wir zusammenwohnen, aber nicht zusammenkommen. Die Kommunikationsmöglichkeiten sind nicht gegeben. Weder gesellschaftszimmermäßig noch russischrömisch. Verstehste?«
Ich verstand, obwohl mir Alfreds Sprachstil plötzlich etwas merkwürdig vorkam. Aber ich dachte mir, vielleicht ist das im Neubauviertel eben auch anders als sonstwo.
Außerdem dachte ich noch: Wieso ist er im Betrieb so mürrisch? Ich erklärte mir das so: Er muß auch mal ausruhen. Er hat mal erzählt, hier draußen wohnen achtzigtausend Menschen. Und immer alle anlächeln, weil man ja nicht weiß ... das strengt an.
Vor Alfreds Haustür stand ein Möbelwagen. Ein junges Paar machte sich gerade an einer mächtigen Stehlampe zu schaffen. Alfred hielt mich fest. »Wart mal'n Moment.«
Dann ließ er mich los und ging mit mir an dem jungen Paar vorbei ins Haus. Grußlos.
»Warum grüßt'n nicht?« fragte ich.
»Haste nich gesehen? Die laden auf! Also ziehn se aus! Und ich kann ja nicht auch noch Leute aus anderen Stadtbezirken grüßen!«

Lilomaus

ich bin bestimmt
ziemlich tolerant.
Doch mir scheint, seit kurzem nimmt
etwas überhand,
was man grobe Scherze nennt.
Drum glaub mir, liebste Maus:
Wenns sein muß, bin ich konsequent.
Dann ist der Ofen aus.

Voller Sehnsucht rief ich dich
gestern abend an,
fragte leise: »Liebst du mich?«
»Ja, du wilder Mann«,
hast du voller Glut gesagt,
ich habs, wie stets, geglaubt.
Doch hinterher hast du gefragt:
»Wer spricht da überhaupt?«

Aus dem Leben der Landstreitkräfte

»Sie kommen zu einer Motschützeneinheit«, sagte der Herr von der Musterungskommission und lächelte höflich.
»Das ist recht«, antwortete Hubert Lorchel. »Für lange wirds ja nicht sein.«
»Nun, es sind immerhin anderthalb Jahre«, sprach der Offizier schmunzelnd.
»Ach, glauben Sie doch das nicht«, entgegnete Lorchel, zog sich die Hosen hoch und verabschiedete sich mit einer netten Verbeugung. Da lachten die Genossen herzhaft.
»Sie kommen in den Granatwerferzug«, sagte der Offizier in der Kaserne.
»Das ist recht«, antwortete Lorchel. »Aber drei Monate hätte ich ruhig bei den Motschützen machen können.«
»Die Granatwerfer gehören zu den Motschützen, Genosse. Und etwas länger als drei Monate wirds sicherlich dauern, haha!«
»Ach, glauben Sie doch das nicht«, erwiderte Lorchel und trabte zur Kleiderkammer.
Lorchel kam zu den leichten Granatwerfern. Er machte den Kanonier 3, den Kanonier 2 und den Kanonier 1. Er schleppte das Rohr, das Zweibein, die Bodenplatte – und alles, was er tat, war exakt, vorbildlich. Er baute die Empih im Schlaf auseinander und zusammen, er ölte den Lauf nicht zu stark und nicht zu schwach, er trug Kragenbinden so weiß wie Schnee und Stiefel so schwarz wie Ebenholz. Er half langsamen Soldaten beim Bettenbau, teilte seine letzte Zigarette mit einem Kettenraucher, und wenn der dicke Spieß beim Dienstsport mit Ach und Krach übers Seitpferd grätschte, murmelte er halblaut, aber gut hörbar: »Bravo!«
Kurzum, Lorchel war allseits beliebt.
Deshalb nahm man es auch nicht allzu krumm, als er eines Tages beim Marschieren anstelle des Spanienlieds »La Paloma« anstimmte. Kritischer wurde es schon, als er beim Regimentsappell den Oberstleutnant mit einem dreifachen »ahoi« begrüßte. Lediglich seine bisherige tadellose Führung bewahrte ihn vor einer kleinen Arbeitsverrichtung außer der Reihe. In einer nicht gerade lockeren Aussprache mit dem Politoffizier begründete Lorchel sein Verhalten mit der Vermutung, daß er demnächst zur Marine versetzt würde. Er räumte jedoch gleichzeitig ein, daß er sich offensichtlich geirrt hätte, und entschuldigte sich in aller Form.
Am nächsten Tage holte er sich aus der Bücherei das Fliegerjahrbuch und eine Broschüre über den Fallschirmsprung mit Verzögerung. Der Kompaniechef, der Lorchel eines Abends beim Studium dieser Bücher und beim Nachahmen von Düsengeräuschen antraf, schüttelte zwar leicht verwundert das Haupt, fand aber, daß solche Lektüre einem Soldaten immerhin noch dienlicher ist als beispielsweise das Magazin.
Als Lorchel jedoch kurz danach bei einer Geländeübung einem zufällig des Luftwegs kommenden Hubschrauber hinterherrannte, lauthals schrie: »Hier bin ich doch! Anhalten!« und sich dabei drei Kilometer von der Truppe entfernte, durfte er noch am selben Abend seine Schlafdecke zusammenrollen und sich vorübergehend in einem wenig gemütlichen Einzelzimmer einquartieren.
Lorchels Erklärung, daß er schon seit Wochen auf seine Versetzung zu den Luftstreitkräften warte, trug keineswegs zur Entspannung der Lage bei. Sie wurde als alberne Pöbelei aufgefaßt und brachte ihm ein wenig Urlaubssperre ein.
Da machte Soldat Lorchel von seinem Recht Gebrauch und schickte eine schriftliche Beschwerde auf den Dienstweg. »An den Minister für Nationale Verteidigung. Sehr geehrter Genosse Armeegeneral! Hier ist viel-

leicht was los. Ich bitte höflich um eine schnelle Überprüfung unseres Regiments. Ich diene bereits ein halbes Jahr in ein und demselben Granatwerferzug. Wiederholt ließ ich meine Bereitschaft durchblicken, auch bei den See- und Luftstreitkräften auszuhelfen. Leider stieß ich dabei ständig auf Unverständnis, besonders des Offizierskorps. Können wir uns das eigentlich leisten, einen Soldaten eineinhalb Jahre lang am selben Arbeitsplatz zu halten? Ich meine nein und verbleibe mit einem dreifachen donnernden Hurra Ihr Soldat Lorchel.«

Die Beschwerde erzielte beim Kompaniechef einen Volltreffer und hatte Splitterwirkung bis zum Bataillonsstab. Der Bataillonskommandeur ließ den Soldaten Lorchel anrücken und zog sich mit ihm in seine Stube zurück. Das Gespräch dauerte genau 34 Minuten und endete mit einem unmilitärischen urigen Gelächter des Majors. Der Batailloner hatte folgendes festgestellt: Soldat Lorchel hatte keine kleine Macke, sondern eine ausgezeichnete landwirtschaftliche Fachschulausbildung.

Seine Versetzungsmarotte war kein alberner Kasernenjux, sondern eine Nachwirkung des Zivillebens.

Lorchel hatte in der LPG »Löwenzahn« als Spezialist für Landmaschinen innerhalb eines Jahres als Bullenpfleger, Speichermeister, Buchhalter, Küchenchef, Getreidebeizer, Eierstempler und Kartoffelvorkeimer gearbeitet.

Aus diesem Grunde war das plötzlich geregelte Granatwerferleben für ihn eine ungeheure Umstellung.

Soldat Lorchel stellte am Ende seiner Unterredung mit dem Major den Antrag, drei Jahre als Soldat auf Zeit bei der Armee bleiben zu dürfen, da er der Meinung sei, eineinhalb Jahre genügen nicht für eine Wandlung – in seiner LPG.

»Geben Sie nun endlich das Startzeichen?!«

Unter jungen Mädchen

»Mäcky hat mir jefragt, ob ick'n Ballkleid habe.«
»Wat haste jesagt?«
»Ob er wohl spinnt. Im Stadion ziehts. Da jeh ick in Kutte.«

Unter jungen Männern

»Ick hab jetzt eene, die spielt Schelloh!«
»Kannsta freun. Meine is unsportlich!«

Unter Vätern

»Mein Robert geht neuerdings boxen!«
»Meiner geht tapezieren.«
»Na siehste. Beide hart im Nehmen.«

Liebe im Betrieb
oder
Kollegiales Verhältnis

Wann immer ich Elvira seh –
mir wird ganz blümerant.
Mein Herz erbebt in wildem Weh,
mir zittert jede Hand.

Wie oft schon hatt ich im Betrieb
mal was mit der und der.
Wobei es stets ganz simpel blieb.
Nur Fleischeslust, nicht mehr.

Doch diesmal ist Gefühl dabei,
so zart, wies niemals war.
Mich schafft nur schwer die Grübelei:
Wie mach ichs ihr wohl klar?

Heut früh gelangs mir sehr geschickt.
Ich schlich mich ran ganz sacht
und hab sie in den Arsch gezwickt.
Der Anfang ist gemacht!

Meier-Motzen schwer geknickt

Nun liegt der 8. März schon wieder ein Stück hinter uns. Aber wohl ein jeder Mann bewahrt noch jetzt im Herzen Erinnerungen an schöne, frohe Feierstunden, an rührende Aufmerksamkeiten, zu denen sich selbst Kollegen, die als rauhe Gesellen bekannt sind, mit Begeisterung hinreißen ließen. O ja, es war wieder einmal schön. Doch nicht für Meier-Motzen, den bekannten Preisträger! Er hatte im engsten Familienkreise ein derart deprimierendes Erlebnis, daß er selbst heute noch mit leicht verstörter Miene herumstolpert.
Was geschah?
Bereits einen Tag vorher hatte sich der bekannte Preisträger vorgenommen, am 8. März seine liebe Ehefrau wieder einmal richtig zu verwöhnen und mit Artigkeiten zu überhäufen. Deshalb stand er auch an jenem Tag als erster auf. Er bereitete ein Wannenbad mit Schaumbad Kirschblüte vor, kochte Kaffee und Eier, deckte den Frühstückstisch und rief dann zärtlich durch den Flur: »Schatzimüpchen, aufstehen! Das Wännchen ist bereitet, und das Kaffeetischchen ist gedeckt! Huhu!«
Da steckte der halberwachsene Sohn des Preisträgers den Kopf aus seinem Zimmer heraus und sagte: »Mensch, Vadda, reiß dir zusammen. Du bist zu Hause! Wenn det nu Mutter jehört hätte!«

Limerick

Es war mal ein Jüngling
aus Dresden,
der glaubte, er hätte
den größten.
Doch der Schnurrbart
von Heiner
war noch größer
als seiner.
Nun weint er
und ist nicht zu trösten.
Nun weint er
und ist nicht zu trösten.

Lilomaus

du rauchst nicht und du trinkst nicht,
trägst nicht Nerz und auch nicht Schmuck
mit x Karat,
wohnst auch keineswegs nostalgisch,
und du bringst nicht
große Opfer dar im Antiquariat.

Brauchst auch mangels eines Autos nicht
zu tanken,
und du gehst an jeder Werkstatt stolz vorbei,
hast nicht Grund, mit fünfzig Mark
dich zu bedanken
für die allerkleinste Blinkerbastelei.

Aber dennoch ist mir manches nicht geheuer.
Gut, ich weiß ja,
du verdienst durchaus nicht schlecht.
Doch ich finde, du lebst trotzdem viel
zu teuer,
und ich frage mich, wie kommst du
nur zurecht?

Hat dir etwa eine gute alte Tante
einen Strumpf voll blanker Talerchen
vermacht?
Hast du Fischerhäuser an der Wasserkante
und beziehst vielleicht aus Künstlerkreisen
Pacht?

Denn du badest dich tagtäglich in der
Wanne.
Und du weißt ja, Mausi, ich begrüße dies.
Aber jedesmal mit Schaumbad »Edeltanne«!
Also ehrlich: Hast du wirklich soviel Kies?

»Ich kann die Garderobenmarke nicht finden!«

Der Tod kam
aus dem Zwerchfell

Oh, wie bald, oh, wie bald schwinden Schönheit und Gestalt! Gestern noch am Lenkrad und heute schon für immer aus dem Verkehr gezogen. Das ist das tragische Schicksal des treuen Busfahrers Sebastian Senkel, der um ein Haar 52 Jahre alt und noch älter geworden wäre, hätte ihn nicht Gevatter Tod jäh und brutal aus der Lebensbahn geschleudert.

Wie kam es zu diesem Trauerspiel?

Ruhig und gelassen saß Sebastian Senkel auch an jenem trüben Januarnachmittag hinter dem Lenkrad seines Doppelstockbusses. Soeben hatte der Schaffner abgeklingelt, und Sebastian war im Begriff, den Gang reinzuschieben oder, wie er des öfteren scherzhaft sagte, den Riemen uff de Orjel zu schmeißen. Da kam ein älterer und, wie es schien, leicht gehbehinderter Herr um die Ecke gehechtet und versuchte mit schlotternden Knien, den Bus noch zu erreichen.

Sebastian ließ den komischen Alten herankommen, schlug ihm mittels spielerischen Drucks auf den Preßluftknopf die Tür vor der Nase zu und fuhr davon.

Dieser an sich harmlose und keineswegs außergewöhnliche Scherz wurde Sebastian zum Verhängnis. Er kam derart ins Lachen, daß ihm die Luft wegblieb und der klinische Tod eintrat. Letzteres passierte zum Glück erst an der Endhaltestelle, so daß ein Verkehrsunfall noch einmal vermieden wurde.

Zahlreiche Kollegen der BVG verpflichteten sich spontan, zu Ehren Sebastian Senkels täglich einige Gedenkminuten Verspätung einzulegen.

Wiese
mit Mohn

»Verzeihung«, sagte der kleine alte Herr zu dem dünnen Jüngling auf der Parkbank, »ist hier wohl noch ein Plätzchen frei?« Der Jüngling zog seine Nase aus dem Physikbuch, musterte das Herrchen mit einem schnellen Blick und sagte: »Na ja, wennse nich gleich 'ne Kofferheule anschmeißen. Ich brauch nämlich Ruhe.«

»Oh, diese Gefahr besteht bei mir nicht.«

»Verstehen Sie mich richtig. Ich hab nichts gegen die Transistoren und auch nichts gegen einen richtigen, harten Beat. Aber im Moment muß ich ackern.«

»Ach, ich verstehe. Ein Studiosus gewissermaßen«, sagte das Herrchen.

»Nee, nee, Oberschüler und kurz vor der Prüfung. In so 'ner Lage sieht man verdammt alt aus.«

»Ja, ja, per aspera ad astra.«

»Was meinen Sie?«

»Ich meine ungefähr, vor den Erfolg haben die Götter den Schweiß gesetzt.«

»Heutzutage heißt das: Lernen, lernen und nochmals lernen – aber es ist genau der gleiche Hammer.«

Für eine Weile herrschte Ruhe. Dann sagte das Herrchen: »Ein herrlicher Sonnenschein heute. Dieses Flimmern und Flirren dort über der Wiese mit den Mohnblumen – das erinnert mich an Renoir.«

»Verstehen Sie denn was von Autos?«

»Wie kommen Sie denn darauf?«

»Na, haben Sie nicht eben was von Reno gesagt?«

»Oh, Sie haben mich offenbar mißverstanden. Ich sprach von Renoir. Das war, wie Sie sicherlich wissen, einer der bedeutendsten Impressionisten mit einer hochinteressanten Technik.«

»Hochinteressante Technik? Also dann

müßte ich von dem Mann schon mal was gehört haben. Ich stehe ja nun wirklich im Stoff.«

»Ich glaube, Sie irren sich wieder«, sagte der alte Herr mit einem leichten Schmunzeln. »Ich meinte die Mal-Technik. Renoir war nämlich ein Maler. Aber dieses Gebiet liegt wohl nicht in Ihrem Interessenbereich?«

»Will ich gar nicht mal sagen, Opachen. Ich bin eigentlich allroundinteressiert. Aber man kann sich nicht verläppern. Ich habe mich nun mal knallhart auf Elektronik eingepegelt, und wenn ich Ihnen sage, daß sich alle paar Jahre das technische Wissen der Menschheit verdoppelt, dann können Sie sich vorstellen, wie man ranklotzen muß, um an der Rolle zu bleiben. Und gesellschaftspolitisch soll man nebenbei auch noch voll dasein. Das ist hart, mein Lieber!«

»Aber wichtig. Denn auch die Elektronik ist letzten Endes ein Politikum.«

»Das hamse gar nicht mal schlecht gesagt. Muß ich mir gleich notieren. Was denken Sie, wie das fetzt, wenn ich so 'ne Losung beim nächsten Stabü-Unterricht zwischenstreue.«

Der alte Herr schüttelte ganz leicht den Kopf – dann lauschte er andächtig dem Gezwitscher der Vögel. Aber nach einer Weile verspürte er doch wieder den Wunsch, ein wenig zu plaudern. Er hüstelte und sagte: »Gönnen Sie sich doch mal eine kleine Pause, junger Freund, und genießen Sie ein wenig die herrliche Natur. Oder, um es anders zu sagen: Hat dein heimatliches Land keinen Reiz für deinen Sinn?«

»Schon, schon. Aber warum drücken Sie das so geschwollen aus?

»Nun, das war gewissermaßen ein Zitat. La Traviata. Sie erinnern sich gewiß.«

»Natürlich erinnere ich mich. Da hat doch diese kleine verknautschte Italienerin mitgespielt und dieser fetzige Enzenie Quinn.«

»Den Film La Strada kenne ich zwar auch, aber ich meine eigentlich eine Oper von Verdi. Sie interessieren sich wohl nicht so für Musik?«

»Doch! Die Dreigroschenoper habe ich schon viermal gesehen. Aber für Beethoven und ähnliche Oldtimer habe ich nicht die richtige Antenne. Außerdem sagte ich ja schon, ich tendiere mehr zur Elektronik, und da muß man ein bißchen haushalten mit den Kräften und mit dem Kopf. Diese Sorgen haben Sie ja nicht mehr. Was waren Sie'n eigentlich vor der Rente?«

»Ich war Physikprofessor.«

»Eh! Da staun ich aber!«

»Wieso?«

»Na, daß Sie da so abwegige Neigungen haben. Flimmernde Wiese, heimatliche Reize und so.«

»Nun, ich glaube, das ist so abwegig nicht. Es gab weitaus größere Naturwissenschaftler mit musischen Ambitionen. Denken Sie nur mal an Einstein. Er spielte hervorragend Geige.«

»Na schön. Aber dafür hat er wieder politische Macken gehabt.«

»Und Lenin? Ich glaube, der kannte beispielsweise Renoir besser als Sie.«

»Nun ists gut, Väterchen. Lenins Lebenslauf habe ich drauf. Mit diesem Renoir hat er sich nicht mal in der Verbannung getroffen!«

Limerick

Es war mal ein Mädchen
aus Riesa,
so schön, wie man keines
noch nie sah.
Aber sprach sie ein Wort,
dann lief jeder gleich fort.
Denn sie sprach
wie die Zeitung, nur miesa.
Denn sie sprach
wie die Zeitung, nur miesa.

Das Weib
des alten Gauners

Wenn Herr Krausenickel am Sonntagmorgen noch in sanftem Schlummer liegt, schlägt seine liebe Frau zwei Topfdeckel zusammen und brüllt aus Leibeskräften: »Aufstehen, du alter Eierkopp!«
Da erhebt sich der alte Eierkopp, wäscht und rasiert sich, und sobald der Ruf ertönt: »Komm frühstücken, du Gauner!«, setzt er sich an den gedeckten Kaffeetisch und reicht seiner lieben Frau aufmerksam Butter und Konfitüre.
»Danke, alter Schieber«, sagt dann Frau Krausenickel zärtlich, gieß ihm duftenden Mokka ein und ruft laut: »Laß dirs schmecken, du Pfeife!«
Dann kauen beide eine Weile schweigend, bis die liebe Frau die Stille unterbricht mit dem schrillen Schrei: »Willst du noch eine Tasse, Knallkopp?«
Krausenickel will und bekommt noch einmal eingeschenkt. Anschließend räumen beide den Tisch ab, dann packt die liebe Frau die Reisetasche, drückt sie ihrem Mann in die Hand und brüllt: »Nun beeil dich aber, Triefnase, sonst verpaßt du noch deinen Zug, du Blödmann.«
Dann küßt sie ihn innig, und Krausenickel eilt von dannen, froh und zufrieden, ein Weib zu haben, das ihm jedesmal auf so feinfühlige Weise einen nahtlosen Übergang verschafft von der Welt der Familie ins öffentliche Leben eines Schiedsrichters unserer gebildeten Sportnation.

»Wieder 'n Bettelzettel der Polizei hinterm Scheibenwischer!«

Das große Rennen

»Halloo, halloo – meine Damen und Herren, verehrte Hörerinnen und Hörer! Hier meldet sich der Streckenreporter Hans-Baldrian Mörtel!
Ich stehe mit meinem Mikrophon direkt an der Haarnadelkurve in unmittelbarer Nähe der alten Bäckerei.
Ein zauberhaftes Bild bietet sich dem Reporterauge:

Schneeverhangen die Tannen,
brechend unter der Wucht.
Nebel spinnen und spannen
sich um Pfade und Schlucht!

So oder auch ähnlich möchte man mit Dichterworten sprechen. Aber es bleibt keine Zeit zur Romantik, denn soeben vernehme ich aus dem Kopfhörer, daß das Rennen gestartet wurde, daß die harten Jungs auf ihren schweren Maschinen auf die Reise gegangen sind, und es kann sich nur um Sekunden handeln, dann werden sie hier in der Haarnadelkurve auftauchen, mit Heldenmut die schräge Wand angehen und mit atemberaubenden Furioso an der alten Bäckerei vorbei hinunterschießen, hinein in die Beethovenstraße und der Endstation der Sehnsucht, dem Ziel, entgegendonnern.
Und da taucht bereits der Spitzenreiter auf! Es ist, fast hätte ich es geahnt, Atze Schrupper, ein alter Haudegen und Routinier auf dieser Strecke.
Phantastisch, wie er den schweren, schalldämpferlosen Koffer im Griff hat, dem Motor aus der großzügig eingestellten Einspritzpumpe vollen Saft gibt und selbst in der halsbrecherischen Kurve voll auf die Klötzer tritt. Schon ist er vorbei! Dahin, dahin – und schon schießt in geschlossener Front das Hauptfeld heran, die tollkühnen Männer in ihren fliegenden Kisten. Es ist fast unmöglich, einzelne Fahrer auszumachen! Doch ich entdecke Manne Rumpel, den Stier von Lichtenberg! Und dort Kutte Wumbach, den Mann mit dem eisernen Bein – und da kommt auch der kleine Puppi Rückstoß, der drahtigste und dennoch brutalste Fahrer im ganzen Pulk. Hehehe! Er winkt sogar zu uns herüber. Mit einem eleganten Damenhut in der Hand. Offenbar hat sich eine penetrante Fußgängerin zu dicht an die Rennstrecke gewagt, und Puppi Rückstoß hat ihr kurzerhand den Filz vom Kopf gefetzt. Ein Tausendsassa, dieser Bursche! Doch was sehe ich denn da? Madonna mia – Manne Rumpel, der Stier von Lichtenberg, hat offensichtlich die Kurve nicht genau gekriegt und ist mitten durch die alte Bäckerei hindurchgeschossen. Hunderte frischer Schrippen, Brote und Pfannkuchen kullern auf die Straße. Doch der Verkauf geht im Freien weiter!
Und damit gebe ich ab zum Ziel und rufe Waldifritz Feldafink!«
»Ja, hier ist das Ziel an der Schuttkippe!
Leider, leider, meine Damen und Herren, hat unser Hans-Baldrian Mörtel das Mikrophon mal wieder zu spät aus der Hand gelegt, so daß ich nur noch sagen kann: Die Fahrer, die diesmal annähernd Schallgeschwindigkeit fuhren, sind lange hier. Das Rennen ist gelaufen.
Erwartungsgemäß siegte Atze Schrupper, der alte Haudegen, und auf die Plätze kamen Puppi Rückstoß und Kutte Wumbach. Manne Rumpel, der Stier von Lichtenberg, kam leider als letzter an. Sein Fahrzeug war stark beschädigt. Er hatte versucht, den Weg abzukürzen, war durch einen Brückenbogen gefahren und dabei dem fahrplanmäßigen D-Zug Rostock-Berlin begegnet.
Und hier haben wir unseren Sieger, Atze Schrupper, zu einem kleinen Kurzinterview am Mikrophon.
Atze Schrupper, wie fühlen Sie sich?«
»Jut, wie immer, wa!«

»Gab es für Sie einen besonderen Höhepunkt während der Fahrt?«
»Wie mans nimmt, wa. Mir hamse 'n Strafzettel verpaßt.«
»Wieso das?«
»Ick hab aus Versehn 'ne Straßenbahn mitjenommen und an die Haltestelle nich anjehalten. Aber die Strafe juckt mir nich. Die zahl ick spielend von die Spurtprämie.«
»Vielen Dank, Atze Schrupper. Und damit, verehrte Hörerinnen und Hörer, beenden wir unsere Reportage von einem ganz gewöhnlichen Arbeitstag der Kipperfahrer des Tiefbaukombinats!«

Altes Märchen – neu erzählt

Der Wolf und die sieben Geißlein

Olle Ziege läßt Kinder ohne Aufsicht. Getarnter Klassenfeind erschleicht sich Vertrauen mit Mehl und Kreide. Geißlein im Vorschulalter versteckt sich im Uhrkasten und rettet dadurch die ganze Familie.
Moral: Mit einer modernen, flachen Wanduhr wäre die ganze Sache in die Hosen gegangen. Hoch die Nostalgie!

Lilomaus

du schmollst mit mir.
Das hat nur einen Grund:
Ich sage dir, dein Ölverbrauch
ist langsam ungesund.

Knapp drei Tage sind wir hier,
und – ich bin schockiert –
drei Kanister hast du schon
in den Leib massiert.

Ich kaufe die Bestände auf
von Usedom bis Poel,
doch statt auf Liebe stoße ich
bei dir nur noch auf Öl.

Ich hab zum Baden keine Zeit.
Ich bin nur unterwegs.
Mir geht dein Sonnenbräunekult
ganz sachte auf den Keks.

Doch wenn du mich des Nachts verhöhnst,
von wegen: etwas schlapp;
dann sage ich: du irrst, mein Schatz –
ich rutsche einfach ab.

Jahreszeitliches

Frühling
»Du, du liegst mir im Märzen!«

Sommer
»Einer muß den August machen.«

Herbst
»Man soll nichts über die Pflaumen peilen!«

Winter
»Hauptsache, die Kohlen stimmen!«

Poesie des Alltags

»Guten Tag, Herr Balzer! Na, wie gehts? – Ich habe gehört, Sie haben im Tele-Lotto gewonnen?«
»Jaja, Herr Schnalzer. Aber nur 'ne mittlere Quote. Doch fürn paar Anschaffungen hats gereicht. Meine Frau kaufte sich die WL 32 – das ist die verbesserte RM 702, außerdem noch als Zusatzgerät die kleine P3x, mein Sohn erhielt seinen heißersehnten KT 66 mit eingebauter BFC 1-0, ich selbst habe mir diesen herrlichen BVB 407 in Stereo gekauft – ein Riesenvieh, sage ich Ihnen –, und außerdem haben wir uns noch, für die ganze Familie gewissermaßen, die mittelschwere W-W-3 angeschafft.«
»Donnerwetter! Da staune ich aber! Wo bringen Sie denn das alles unter? Soviel Platz haben Sie ja in Ihrer P-2 gar nicht!«
»Wem sagen Sie das, Herr Schnalzer! Ich möchte ja auch gern in eine Q-P-99 tauschen. Aber für so einen großen Wohnungstyp komme ich ja personenzahlmäßig gar nicht in Frage. Ja, wenn unsre Oma noch lebte, sähe die Sache anders aus. – Na, vielleicht klappts nächstes Jahr. – So, nun muß ich aber gehen. Meine Frau wartet mit dem Essen.«
»Was gibts denn?«
»SML.«
»SML?«
»Na ja, Sülze mit Leinöl! Als Essen ein alter Hut, aber als Abkürzung EDV – ein duftes Futter!«

Hoffnung

Alle Vögel sind schon da,
alle Vögel, alle.
Vielleicht kommt auch Veronika
vom Einkauf aus der Halle.

»In unserer Schule ...

... raucht bloß noch der Sportlehrer!«
Mäxchen Pfiffig (Klasse 5b)

Variante

Wenn man für das Geld, das innerhalb einiger Jahre für Zigaretten ausgegeben wird, Sanatorien bauen würde, hingen an den Sanatorien bald Schilder mit der Aufschrift: »Suchen Patienten aus der rauchenden Bevölkerung, auch stundenweise.«

Danachbetrachtung

Jetzt stehst du unten, Dicker, fieberst nach dem Bus.
Dein D-Zug fährt genau in zehn Minuten.
Du hörst ja nicht. Schon vor dem Abschiedskuß
sprach ich zu dir besorgt: Du mußt dich sputen.

Du meintest, wenn du rennst, kämst du zurecht.
Ich wußte, daraus wird wohl nicht viel werden.
Nach solchen Nächten sprintet jeder schlecht,
selbst Weltrekordler hätten Startbeschwerden.

Dein Zug, mein Schatz, ist weg. Ach, pfeif doch drauf!
Du wirst den Schnellverkehr um zehn Uhr zehn benutzen.
Und iß die Stullen, die ich machte, bitte auf!
Sonst könnte deine Frau heut abend stutzen.

Lilomaus

man lobt dich in der Zeitung,
denn dein Wort zum Thema Effektivität
ist so wahr und klug, daß nicht allein die Leitung,
sondern jeder in Begeisterung gerät.

Nun, das freut mich, denn ich weiß, du meinst es ehrlich.
Dein Appell gilt nicht nur andern, nein, auch dir.
Doch was mich betrifft, ich glaube, sehr beschwerlich
wird dein Wunsch nach Effektivität bei mir.

Sieben Kinder, meinst du, wollen wir uns schenken.
Die Verhältnisse sind gut, ich bin bereit.
Doch das schöne Tun auf eine Nacht beschränken,
geht der Natur, mein Schatz, genau sechsmal zu weit.
Mir dreimal.

Der Blick ins Leben

Am vergangenen Donnerstag wurde der bekannte Theaterregisseur Krühwackel um fünf Uhr dreißig in der Frühe durch bohrende Kopfschmerzen aus dem Schlummer gerissen.
Die Ursache des Kopfschmerzes war starker nächtlicher Alkoholgenuß. Der Alkoholgenuß war durch Seelenschmerz verursacht worden, und der Seelenschmerz war die Folge der mißglückten Premiere des neuen Stückes »Morgenwind«. Also Grund genug. Krühwackel schluckte zwei Gelonida und zwei große Doppelkorn und steckte – eingedenk der alten Weisheit, daß die Natur der beste Arzt ist – seinen Ölkopp zum Fenster raus.
Der Morgenwind, der ohne jegliche Regieanweisung von Krühwackel um die Häuser strich, umfädelte nun auch die Denkerstirn des verkaterten Theatermannes, so daß dieser nach kurzer Zeit in der Lage war, die schweren Augendeckel zu heben und Umwelteindrücke wahrzunehmen.
Diese Eindrücke – und hier zitieren wir nun Krühwackel persönlich und wörtlich – »diese Eindrücke waren so aufwühlend und tiefgreifend, daß noch viel Zeit vergehen wird, ehe unsereins sie in ihrer Gänze zu bewältigen weiß.«
Und wir zitieren Krühwackel weiter: »Ich gucke, und ich denke, ich gucke nicht recht. Pechschwarze Nacht. Aber dennoch Licht. Straßenlaternen. Und im Schein der Laternen Menschen. Unsere Menschen, zweifelsohne. Alle eilenden Schrittes. Männer, Frauen und Frauen mit Kindern.
Busse rumpeln, Straßenbahnen quietschen. Männer putzen Trabantscheiben oder größere, Motoren heulen. Frauen putzen Vorschulnasen oder größere, Kinder heulen. Andere lachen. Alte Raucher husten und spucken, junge hüsteln. Eine Uniformierte stürzt mit einem Bündel Zeitungen in unser Haus. Und kommt mit leeren Händen wieder raus. Ein bunter Hund zieht eine weißhaarige Dame den Gehweg entlang. Der Hund hebt an einem Verkehrsschild das Bein und kläfft. Die alte Dame steht still und schweigt. – Ich schweige auch und gehe wieder ins Bett. Und denke.«
Und was dachte Krühwackel? Wir wissen es. Er dachte: Wenn die Leute tagtäglich so früh auf den Beinen sind, muß man viel mehr Stücke spielen, bei denen sie Kraft schöpfen können. Diesem Anspruch wird meine Inszenierung von »Morgenwind« in idealer Weise gerecht. Denn der Schlaf vor Mitternacht ist der gesündeste.

Die Leiden des jungen W.

(W wie Weihnachtsbaum)

Ich bin eins zweiunddreißig.
Für eine Fichte nicht gerade Gardemaß, aber für einen Weihnachtsbaum durchaus noch eine handelsübliche Größe.
Allerdings leichte Haltungsschäden und etwas mager. Jedoch eine entfernte Bekannte von mir, die war regelrecht verwachsen und ist trotzdem als schmückendes Element eines Fernbahnsteigs groß rausgekommen. Ich hatte also Hoffnungen und sang bereits seit Wochen Abend für Abend das alte Lied »Vorfreude, schönste Freude«.
Eines Morgens kamen zwei mürrische Männer mit einer noch mürrischeren Axt. »Sauwetter«, sagte der eine. »Und lauter Krepelzeug«, knurrte der andere. »Die Stückzahl

muß rauskommen«, antwortete der erste. Ich bekam einen ungeheuren Schlag vors Schienbein und ging zu Boden.
Der Hänger, auf dem ich zu mir kam, mußte von einer LPG sein. Dem Geruch nach. Mir wars Wurscht. Ich träumte von einer gemütlichen Stube, von Pfefferkuchenduft und sang leicht erregt das alte Lied »O Tannenbaum!«
Der Weihnachtsbaumverkauf fand an einer verdammt zugigen Straßenecke statt. Den Verkäufer hatte man aus der nichtarbeitenden Bevölkerung abgeworben. Wahrscheinlich mit Gewalt. Aber manchmal war er auch freundlich. Nämlich, wenn er nicht rausgeben konnte.
Für mich kamen harte Tage. Ich wurde gezerrt, gestaucht, getreten, weggeworfen, wieder hochgerissen, gebogen, gedreht und zweimal sogar angespuckt. Mehrmals nadelte ich vor Angst und Scham unter mich. Aber nachts, wenn alles ruhig war, faßte ich wieder Mut und sang das alte Lied »O du fröhliche«.
Der mich nahm, hatte eine Betriebsweihnachtsfeier hinter sich und den Empfang zu Hause vor sich. Deshalb fackelte er nicht lange, zahlte doppelt und treidelte mit mir von dannen.
»Jedes Jahr dasselbe«, sagte seine Frau. Mehr Zeit war nicht, denn aus den Nachbarhäusern tönte schon Gesang.
Dann erstrahlte ich im Licht der Kerzen und im matten Glanz mehrfach getragener Kugeln.
Die Kinder und die Oma wurden hereingelassen.
Die alte Dame sang zitternd »Stille Nacht«. Alle drei Strophen.
Die Kinder stürzten sich auf den zentnerschweren Geschenkesack.
Der kleine Meik warf den nahezu lebensgroßen Raupenschlepper an und rief: »Der Boom steht im Wege!«
»Der Baum bleibt stehen«, sagte die Mutter. Der Vater hielt zum Sohn. Die Oma zur Mutter. Ramonachen bekam Angst und heulte. Ich hielt mich raus und sang leise das alte Lied »In den Herzen ists warm, still schweigt Kummer und Harm«.
Am zweiten Feiertag kam Onkel Robert. Er sah mich an, lachte sich scheckig und schrie: »Mensch, Otto, geklaut haste den bestimmt nich!« Das genügte Otto. In der Nacht darauf flog ich aus dem Fenster. Da lag ich nun auf der Grünfläche und sang voll Wehmut das alte Lied »Und ein Reh tritt aus dem Wald heraus«. Aber es war nur ein Schäferhund. Er hob das Bein. Gegen mich. Einen Liegenden – einen Weihnachtsbaum.
Das ist das Ende. Mir soll keiner mehr was erzählen vom Fest der Liebe. Wenn ich wieder mal zur Welt komme, werde ich Buche und gehe in die Hotelbranche als Bettgestell. Da ist bestimmt mehr Stimmung. Und das nicht nur zur Weihnachtszeit!

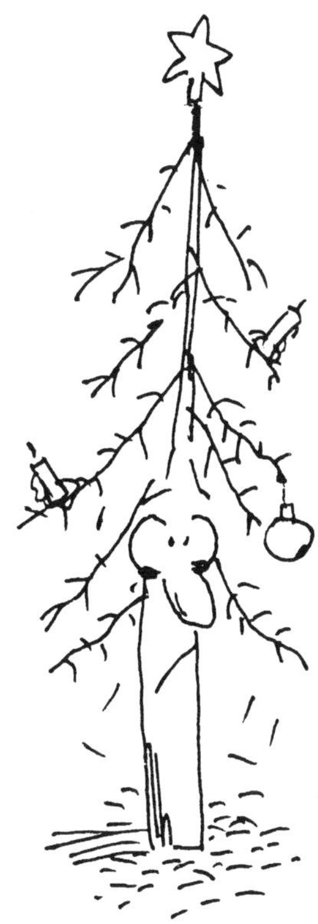

Namensgebung

Hällo, Mjusikfäns. Hier spricht der Sachverständige für Jazz, Beat und alles, was losgeht. Ich hab mir mal so Gedanken gemacht über die Namen unserer Kapellen, Bands und Combos und so weiter. Und da habe ich festgestellt: Alles, was irgendwie fetzt, ist ja schon vergeben. Von Allstars über Stromers, Stampers, Skiffel-Schiffel-Schnuffel-Band bis hin zu Pappa Bummis Bierbänd.
Wie also sollen sich neue, aus dem Boden schießende Klangkörper nennen?
Da ist guter Rat teuer, wie?
Oh, nein, Leute. Ich habe da so einige Vorschläge!
Zum Beispiel wäre es doch passend, würde sich die Tanzkapelle der Großhandelsgesellschaft Obst, Gemüse, Speisekartoffeln »Schikoree-Combo« nennen!
Für eine Singegruppe vom VEB Minol wäre »Mischa-Ölig-Chor« geeignet. Eine Beatgruppe junger Kipperfahrer vom VEB Tiefbau könnte »Middle of the road« heißen. Gattinnen alternder Preisträger könnten sich zum »Erbe-Chor« zusammenschließen. Und für das Ensemble Herbert Roth würde ich vorschlagen: »The hearts of Suhl.«

Volle Pulle

Lieblich war die Maiennacht,
Karl und Anna flogen
auf der Jawa über Land,
denn die Ostseewogen
zogen beide mächtig an,
wirkten fast magnetisch.
Karle gab dem Motor Saft.
Anna rief pathetisch:
»Vor dem ersten Sonnenstrahl
tauch ich in die Fluten!«
Karle schrie: »Verflucht noch mal,
dann muß ick mir ja sputen!«
Der Motor heult, der Auspuff dröhnt!
Ein winzig kleiner Hase
hat fast unhörbar aufgestöhnt
und lag zerfetzt im Grase.
Beim ersten, fahlen Morgenlicht,
da fraßen ihn die Raben.
Den Karl mit Anna gottlob nicht,
denn die hat man begraben.

Lilomaus

ich will dir mal was sagen:
Unsre Zeit ist frischer Wind, und zwar nach
vorn.
Schwere Axt am Baum braucht Kraft und
satten Magen,
unser Strom trägt unsre Schiffe ohne Zorn.

Morgenrot bringt Licht und auch die
Zeitung.
Regen mischt sich mit der Stirne Schweiß.
He, du Typ, verfatz dich aus der Leitung!
Hier wächst Korn, und weiter weg,
da wächst der Reis.

Bremse los und Saft in die Lamellen!
Steifes Ohr und wilde Liebe unterm Hemd.
Hunde, die nicht beißen, müssen bellen.
Rotes Haar ist eben rot, auch ungekämmt.

Lilomäuschen, fang nicht an zu schmollen!
Das ist doch kein Brief, das ist ein Lied!
Bin gesund und rede deshalb nur
verquollen,
weil ich Texte mache für modernen Beat:
Uauh!

Gruß und Kuß an dich und alle Fans
im Staat
von deinem Schnacki und der Gruppe
Appa-Rad!

Meier-Motzen

machts im Liegen

»Da kommt wieder der olle Tolpatsch«, sagte die Schuhfachverkäuferin Elli zu den Schuhfachverkäuferinnen Leni und Rosi, als der bekannte Preisträger Meier-Motzen den Laden betrat.
Das Gestänge an den Wänden war voller Schuhe.

Von der obersten Reihe sah der kleine Preisträger nur die Sohlen. Ein Paar Sohlen gefielen ihm. Er vermutete, daß auch die dazugehörigen Schuhe geschmackvoll sein könnten. Als er sich die Anprobiersitzbank herangeschleift hatte, draufgekrabbelt war und sich die Treter langen wollte, fielen ungefähr zwölf Paar mit Gepolter zu Boden. Meier-Motzen machte vor den Fachverkäuferinnen eine tiefe entschuldigende Verbeugung und sortierte schnaufend alles wieder ein. Es gelang ihm, und der gefürchtete Anschnauzer blieb aus.
Dann probierte er die erwählten Schuhe. Die viermal geknotete Schnur des Schuhlöffels war verdammt kurz. Das Probieren gelang nur in der Rückenlage auf dem Fußboden. »Für sein Alter isser noch recht gelenkig«, sagte die Fachverkäuferin Elli zu den Fachverkäuferinnen Leni und Rosi.
Im Liegen waren die Schuhe bequem. Beim Laufen drückten sie. Meier-Motzen entschloß sich zum Kauf. Das Risiko beim Wiedereinsortieren war ihm zu groß. Bezahlen ging reibungslos. Kartons zum Einpacken gab es auch. Der kleine Preisträger fand für seinen Karton sogar einen passenden Deckel. Die Fachverkäuferinnen waren erstaunt und nickten anerkennend. Die Schnurrolle war rund und dick. Die Schere stumpf. Ein Jüngling in Zimmermannstracht riß mit einer Hand etwas Strippe ab und half beim Verschnüren.
Meier-Motzen war tief gerührt und lud den freundlichen Helfer zu einem kleinen Schluck ins benachbarte Espresso ein. Die Fachverkäuferinnen wären gern mitgegangen.
Aber das ging aus zwei Gründen nicht.
Erstens: Arbeitsdisziplin.
Zweitens: Alle Hände voll zu tun.

Trudchens Klage

Er hieß Lutz und war Jockei und wog
80 Pfund.
Er war drahtig und sehnig und rundrum
gesund.
Und ich könnt auf ihn setzen, so sprach er.
Doch das Herz meiner Freundin,
das brach er.
Und sie ließen sich trauen behördlich.
Ich nehme halt alles zu wörtlich.
Ich nehme halt alles zu wörtlich.

Dann kam Fred, der war groß
und war Stahlbaumonteur,
und er fuhr auf Montage durchs Land
kreuz und quer.
Und er sagte ganz leise: »Mensch, Kleine,
für mich gibt es wirklich nur eine.«
Das meinte er leider stets örtlich.
Ich nehme halt alles zu wörtlich.
Ich nehme halt alles zu wörtlich.

Zur Zeit hab ich Hugo, der hat etwas Bauch
und ist Kontrolleur für den Starkstrom-
verbrauch.
Er predigt tagtäglich, ob spät oder früh:
»Die wichtigste Lösung heißt:
Spart Energie!«
Doch gestern im Bett sprach er zärtlich:
»Du nimmst wirklich alles zu wörtlich!«

Der Jubilar

vor der Wende

»Meier-Motzen wird sechzig!« sagte Antonia de Moll zu ihrem Gatten, dem bekannten Konzert-Meister Anton de Moll.
Der Meister, der nie hinhört, wenn seine Frau spricht, sagte: »Jaja, wir müssen alle mal abtreten.«
»Er ist nicht tot!« rief Antonia. »Meier-Motzen wird sechzig. Am Sonnabend! Und ich glaube, da müssen wir hingehen!«
»Zu seiner Beerdigung würde ich lieber gehen!« murmelte Anton.
»Anton!« rief Antonia. »Versündige dich nicht!«
»Wieso denn?« sprach de Moll. »Da siehste doch endlich mal, was dieser Meier-Motzen für ein fauler Hund ist. Wird einfach sechzig! Wer für die Gesellschaft was leistet, hat in dem Alter wenigstens schon den zweiten Herzinfarkt. Lieste keene Zeitung?«
Antonia de Moll schluchzte: »Wie kannst du nur so reden? Noch dazu über einen alten Freund! Hat nicht Meier-Motzen mit dir gemeinsam Musik studiert?«
»Nee, nee – das war Schulze-Batzmann, der in Weißensee die Eisdiele hat.«
»'ne Eisdiele? – Ich denke, der war Flötist beim Landtheater? Warum flötet'n der nich, sondern verkauft Eis?«
»Mußte dir mal sein Grundstück in Hessenwinkel ansehen, dann weißtes!«
»Unwahrscheinlich«, murmelte Frau Antonia.
»Stimmt«, sagte Anton. Und dann sagte er weiter: »Also schön. Meier-Motzen wird sechzig. Müssen wir hingehen. Wo findet der Vorbeimarsch statt?«
»Im Hotel ›Nobél‹.«
»Du meinst, im Nóbel-Hotel.«
»Nein. Es heißt Hotel ›Nobél‹. Haben die Schweden gebaut.«
»Für Nobél-Preisträger, wie?«

»Nein, man kann auch schon mit dem ›Abzeichen für gutes Wissen‹ rein.«
»Gibts das überhaupt noch, gutes Wissen? Heute weiß doch fast jeder alles besser.«
Antonia schwieg.
»Na schön«, sagte Anton. »Meier-Motzen wird sechzig. Da müssen wir hingehen. Es gehen sicherlich fast alle. Auch das Ministerium wird vertreten sein. Mit einer Grußadresse und mit einem kleinen Orden.«
»Das glaube ich nicht«, sagte Antonia. »Meier-Motzen ist doch in letzter Zeit nicht negativ aufgefallen. Warum sollte man um ihn werben?«
»Wer im Hotel ›Nobél‹ feiert, der erwartet was«, sagte Anton de Moll. »Und das weiß auch das Ministerium. Oder denkst du, die Genossen dort wollen sich hinterher vorwerfen lassen, sie hätten von nichts gewußt?!«
»Also schön«, sagte Antonia de Moll. »Meier-Motzen wird sechzig. Was schenken wir?« Es müßte was Komisches sein. Sachwerte machen in diesen Kreisen ja kaum noch Eindruck. »Wir haben doch noch die Flasche Schangrilu – weinhaltiges Getränk. Von Hiltn oder Wilthn.«
»Was iss'n daran komisch?« fragte der Konzertmeister.
»Das Komische ist«, sagte Antonia, »das Zeug war eigentlich für die Landesverteidigung gedacht. Als Raketentreibstoff. Aber beim Manöver kam sogar der Generalstab nicht in die richtige Stimmung. Danach hat ein Neuererkollektiv noch etwas Zückli rangehaun, und nun ballern sies unter die Leute.«
»Na schön«, sagte Anton, »das wäre vielleicht ein exklusives oder explosives Geschenk – aber Alkohol ist mir für Meier-Motzen zu profan. Wie wärs mit meinem Schaukelstuhl? Auf dem sitze ich sowieso wie der Affe aufm Schleifstein!«
»Das ist ja interessant«, schrie Antonia. »Den Schaukelstuhl hat dir meine Mutter zu unserem zehnten Hochzeitstag geschenkt. Und du hast ihr dankbar die Hände geküßt!«
»Jaja«, antwortete Anton. »Was habe ich damals nicht noch alles geküßt.«
»Anton!« rief Antonia.
Anton schwieg. Dann sagte er: »Also schön. Meier-Motzen wird sechzig. Da müssen wir hingehen. Nehmen wir 'ne Taxe oder fahrn wir nüchtern hin?« Sie nahmen eine Taxe.
»Zum Hotel ›Nobél‹«, sagte Anton de Moll.
Der Taxifahrer sagte: »Geht in Ordnung, Mei-stro. Übrigens, ich habe neulich im Fernsehen Ihr Konzert gesehn. War nicht schlecht. Besonders bei der Etüde über ein Thema von Kamille Zang-Zang warn Sie einsame Spitze. Bloß bei den Tempi, da hatten Sie Schwierigkeiten.«
»Das können Sie doch gar nicht beurteilen«, schnaufte Anton de Moll.
»Doch«, sagte der Taxifahrer. »Ich bin Komponist. Kantatenmeier. Festmusiken müssen sein für Parteien, Massenorganisationen, Kirchenkreise.«
»Und da fahren Sie Schwarz-Taxe. Warum?«
»Erstens, weil ich neuerdings 'ne Genehmigung habe. Zweitens habe ich heute Ruhetag, und drittens baue ich gerade. Und beim Fahren lernt man auch Leute kennen. Ich habe heute schon einen Butzenscheibenglaser aufgerissen. Jetzt fehlt mir nur noch ein Bildhauer. Meine Frau möchte nämlich in unserer Kellersauna gern einen Gipskopf von Costa Cordalis haben. Das is eben die Sehnsucht nach dem Süden. Meinetwegen. Hauptsache, sie bleibt im Lande, die Sehnsucht. – Macht 8,50 Mark.«
Anton de Moll gab 12 Mark und sagte: »Der Rest ist für Ihre Frau und für Costa Cordalis.«
Im Hotel »Nobél« herrschte riesiges Gedränge. Soeben waren zwei Reisegruppen aus Ulan-Bator angekommen und außerdem zwei Angehörige vom Denver-Clan. Die Freunde aus der Mongolei bekamen trotzdem ein Zimmer.
Anton de Moll fragte nach der Privat-Feier von Meier-Motzen.
»Im blauen Salon«, erfuhr er.

Die Gesellschaftsräume befanden sich im Zwischengeschoß. Aus dem roten Salon erklang das Forellen-Quintett und danach das Lied von der Fischerin am Bodensee. Irgendeine Fete vom Anglerverband. Im gelben Salon sangen Andi Bork und Roland Kaiser. Vom Band. Danach der Ententanz. – Irgendeine Feier vom DFD.
Aus dem blauen Salon drang eine brüchige Fistelstimme. Sonst nichts.
Anton de Moll öffnete die Tür einen Spaltbreit und erstarrte. Er erblickte einen leeren Raum mit einem gewaltigen kalten Büfett. Auf dem gewaltigen Büfett saß Meier-Motzen auf einem gewaltigen Rehrücken und sang »Lützows wilde, verwegene Jagd«. Dabei rollten ihm dicke Tränen über die Wangen.
»Armer Kerl«, flüsterte Antonia. »Es ist keiner gekommen. War vorauszusehen! Er hätte seinen Geburtstag bekanntmachen sollen!«
»Es wurde in der Aktuellen Kamera gemeldet«, sagte Anton.
»Hörst du nicht zu?« rief Antonia. »Er hätte es bekanntmachen sollen!«

Siebenschläfer

Der Juni war einmal besonders reich an Tagen.
Es gab den Tag des Kindes,
den Weltumwelttag,
den Tag der Jugendbrigaden,
den Tag des Eisenbahners und der Werktätigen des Verkehrswesens,
den Tag des Lehrers,
den Tag der Werktätigen der Wasserwirtschaft,
den Tag der Genossenschaftsbauern und Arbeiter der sozialistischen Land- und Forstwirtschaft,
den Tag des Bauarbeiters –
und: Siebenschläfer (27. Juni).
Im Gegensatz zu den genannten Ehrentagen stand Siebenschläfer nicht in jedem Kalender. Deshalb wußte ich auch nicht, ob ich und wem ich an diesem Tag gratulieren sollte.
Ich vermutete sogar, daß dieser Tag offiziell gar nicht als Tag begangen wird.
Denn in keiner Zeitung erschienen Aufrufe zur Spalierbildung – und auch in der Aktuellen Kamera wurde kein vorbildlicher Schläfer vorstellt.
Nun werden Sie fragen, woher ich dann eigentlich wußte, daß am 27. Juni Siebenschläfer ist.
Von Tante Hermine.
Die hat alle Daten im Kopf. Sie ist eine wandelnde EDV-Anlage. Ihr Mann benutzt sie mehr als Waschmaschine.
Aber eins weiß Tante Hermine auch nicht.
Wer ist oder war dieser Siebenschläfer?
Wie sah oder sieht er aus?
Wahrscheinlich ziemlich müde.
Aber wieso kriegt so ein müder Typ bei uns einen eigenen Tag?
Da müßte ja so mancher einen kriegen.
Nein, ich vermute eher, es war ein Kollektiv. Sieben Schläfer.

So wie die sieben Zwerge.
Nur nicht so positiv.
Mehr eine Gammeltruppe.
Denn der Volksmund sagt: »Wenn es am Siebenschläfer regnet, dann regnet es sieben Wochen lang.«
Mein Neffe Robbi sagt: »Diese Theorie ist großer Quatsch – es kann aber auch was dran sein.«
Er ist Meteorologe.
Ich wollte es aber genau wissen und beschloß, mal herumzuhören, was die Leute so meinen.
So ging ich am Siebenschläfer zunächst in mein Stammlokal. Es ist eine kleine Kneipe direkt neben meinem Betrieb. Wir nennen sie Werk II.
Die Wirtin heißt Rosi. Sie sieht aber mehr aus wie Winnetou. Nach der dritten Lage sagte ich zu ihr: »Rosi, wie denkst du über Siebenschläfer?«
Sie schaute mich mit ihren schwarzen Glutaugen an und sagte: »Du alter Bock!«
Da wechselte ich die Gesichtsfarbe und das Lokal.
Ich ging zum nahegelegenen Interhotel.
Dort haben sie eine Glastür, die geht von selbst auf, sobald man kurz davor ist. Neuerdings sogar nach innen. Man kommt jetzt ohne Beule rein.
In der Hotelhalle stand ein geschniegelter Herr. Er hatte einen unheimlich abweisenden Blick. Daran erkannte ich: Es ist der Empfangschef.
Ich drückte ihm meinen Briefkastenschlüssel in die Hand und sagte: »Fahren Sie meinen Wagen in die Garage.«
Als er aus der Ohnmacht erwachte, saß ich schon an der Hallenbar. Auf dem Barhocker neben mir hockte ein Barhocker und schnarchte. Der Barmixer machte bei jedem Schnarcher einen Strich auf die Rechnung. Ich bekam Mitleid mit dem Schläfer, weckte ihn und fragte: »Was halten Sie von Siebenschläfer?«
»Überhaupt nichts«, rief er. »Es ist eine Schande, daß so ein lahmer Gaul noch zum Rennen zugelassen wird. Wahrscheinlich kennt er einen einflußreichen Amtsschimmel.«
Dann erzählte er mir noch, daß er schon mehrmals auf der Trabrennbahn in Karlshorst einen großen Einlauf hatte.
Er sah auch sehr blaß und dünn aus.
Ich trabte von dannen. Draußen regnete es.
Ich winkte nach einem Taxi. Der Taxifahrer winkte zurück. Schade, daß ich ihn nicht kannte. Nun kann ich mich nicht in der Abendzeitung für diese nette Geste bedanken.
Ich ging zur Bushaltestelle.
Eine kleine Omi sagte zu einem kleinen Opi: »Glaubs nur, Hermännel! Wenns am Siebenschläfer regnet, dann regnet es sieben Wochen lang.«
»Ist das schon mal eingetreten?« fragte ich.
»Schon oft«, sagte die Omi. »Man muß bloß da wohnen, wo es regnet.«
Als ich im Bus war, merkte ich, daß er nicht in meine Richtung fuhr.
Aber aussteigen wollte ich nicht. Bezahlt ist bezahlt, behauptete ich jedenfalls, als der Kontrolleur kam. Er glaubte es erst, nachdem ich ihm 20,- Mark gegeben hatte.
Im anderen Bus, mit dem ich dann doch nach Hause fuhr, bezahlte ich normal mit zwanzig Pfennig.
Es kam kein Kontrolleur. Wie mans macht, ist es verkehrt.
Meine Frau war in Gewitterstimmung.
Ich kroch unter den Tisch.
Er ist aus Buchenholz.
»Die Buchen sollst du suchen!« sagt der Volksmund.
Es schlug trotzdem ein.
Meine Frau kennt wahrscheinlich die alten Sprüche nicht.
Das ist traurig.
Für mich folgten genau sieben trübe Wochen – aber ich bin durchgekommen. Und wenn die Zeit ran ist, mache ich noch mal eine ganz fetzige Untersuchung übern Altweibersommer.

Frühlingsgedicht

Im Frühling wird der Wald schön grün,
da kann man drin spazieren
und in der Gastwirtschaft »Jasmün«
verschnaufen bei drei Bieren.

Vielleicht jedoch kann man es nicht,
denn meistens ist geschlossen.
Insofern steckt in dem Gedicht
auch etwas Sinn, Genossen.

Mein Backenzahn plagt mich seit Tagen
gemein.
Was kann ich vor Schmerzen bloß machen?
Sollen das diese Frühlingsgefühle sein?
Hör auf! Ich zerfetz mich vor Lachen!

Aktuelle Kamera

(Nachrichten)

Leipzig
In einer Feierstunde wurde acht tapferen Bürgern der Titel »Kosmonaut der DDR« verliehen.
Die kühnen Messestädter – unter denen sich sogar zwei Frauen und ein Schulkind befanden – hatten sich 48 Stunden lang ohne Verbindung mit der Bodenstation in schwebendem Zustand befunden.
Inzwischen ist der Fahrstuhl wieder repariert worden.

Rationell

Ich lasse meine Frau nie mehr
alleine gehn zur Halle.
Wir kaufen jetzt gemeinsam ein,
weil ich in diesem Falle,
was angenehm und wichtig ist,
'ne Menge Zeit erspare.
Denn während wir an der Kasse stehn –
da schneidse mir die Haare.

Man tut,
was man kann

»Keinen Finger mache ich krumm!« rief ich. Meine Frau rief zurück: »Das habe ich beinahe erwartet!«
»Kein Wunder«, rief sie weiter, »daß dein Bauch immer dicker wird! Das macht die Trägheit, die elende Trägheit!«
Dieser Vorwurf war im Moment absolut unpassend. Denn ich sah mir gerade ein Oberligaspiel an und flatterte vor Wut am ganzen Leibe. Von Trägheit keine Spur.
Meine Frau gab keine Ruhe.
»Ich bitte dich noch einmal ganz herzlich«, sagte sie mit heiserer Stimme, »schaff dem Mann die Bedingungen, die er erwartet. Er garantiert sonst für nichts!«
Da gab ich mich geschlagen, wankte in die Küche und machte mich an die Arbeit.
Worum ging es?

Um unser Spülbecken. Es war seit Wochen nicht mehr das, was es mal war.
Es hatte an etlichen Stellen die Emaille von sich gestoßen und meiner Frau beim Abwaschen einen Fingernagel abgezwackt. Sie war zur KWV gelaufen und hatte – raffiniert, wie sie ist – mit dem nagellosen Finger auf das Problem hingewiesen. Dadurch konnte sie einen Reparaturschein und den dazugehörigen Beckenbauer herausschinden.
Der kam auch, schneller als erwartet, und machte eine Spülplatzbesichtigung. Dabei teilte er mit, daß er eigentlich kein Becken hätte und eigentlich auch keine Lust.
»Aber der Appetit kommt beim Essen«, rief er dann und fügte hinzu: »War natürlich nur 'n Scherz. Wir helfen, wo wir können, und wo wir nicht helfen, da können wir nicht!«
Und dann sagte er weiter: »Also schön, junge Frau. Ich komme morgen früh gleich nach sieben oder kurz vor sechzehn Uhr. Und Ihr werter Gatte hat ja sicherlich 'n Hammer – und anderes Werkzeug. Damit soll er mal schon immer die Blende – das ist die kleine Leiste an der Wand hinterm Spülbecken –, also, die soll er abmachen. Dann soll er im Klo am Rohrleitungskasten die Klappe wegnehmen, den Haupthahn zudrehen, dann in der Küche das Abflußrohr vom Spülbecken lösen, den ganzen Spültisch einen guten Meter nach vorn ziehen, dahinter etwas saubermachen, denn ich weiß, wies dahinter aussieht, das ist keine Schande, das kommt in den besten Familien vor, und dann soll er das alte Spülbecken aus dem Spültisch rausheben, aufn Flur stellen, so daß ich dann absolute Baufreiheit habe und den neuen Eumel bloß noch reinzuklinken und anzuschrauben brauch. Alles klar? Also dann, bis morgen. Und, wie gesagt: Wir helfen, wo wir können!«
So – und nun stand ich also in der Küche und schwang den Hammer. Die Leiste löste sich – und aus der Gipswand, die Küche und Toilette trennt, lösten sich gleichzeitig ein paar faustgroße Brocken. Ich bestrich sie mit Kittifix und drückte sie wieder in die Wand. Solange ich drückte, hielten sie. Als ich mal eine rauchen wollte, fielen sie polternd zu Boden.
Ich ließ sie liegen, nahm Reißzwecken und bedeckte die Löcher mit einem Farbposter der Gruppe »Fez«. Unsympathische Typen. Aber wann wasch ich schon mal ab!
Die Klappe zum Haupthahn in der Toilette klemmte. Ich nahm ein Stemmeisen und den Hammer.
Ein kurzer, trockener Schlag. Das Stemmeisen landete in der Küche, und die Klappe verpaßte mir eine saftige Ohrfeige. Ich warf sie aus dem Fenster. Die Genossen im Funkwagen meinten, ein zertrümmertes Blaulicht sei eine finstere Angelegenheit, und sie machten mir eine ansehnliche Lichtrechnung.
Dann half mir der Große noch, den Spültisch vorzurücken, und der Kleine trug das Becken auf den Flur. Über das der Große dann auch prompt stolperte. Er schnauzte den Kleinen an, worauf mein Nachbar Dobermann die Tür öffnete und schrie: »Wenn zu dieser nachtschlafenden Zeit nicht bald Ruhe herrscht, rufe ich die Polizei!«
Als ich ihm das Becken für seinen Garten schenkte, war er versöhnt.
Kurz vor sieben ging ich zu Bett.
Sieben Uhr zehn kam der Handwerker.
Er lobte meine gute Vorbereitung seiner Arbeit.
Diese dauerte genau sieben Minuten.
Das Rechnungs-Schreiben zog sich bis acht Uhr hin. Als er sich verabschiedete, sagte er: »Das alte Becken muß ich natürlich mitnehmen. Gehört der KWV. Es ist nur ein Austausch!«
Seitdem spielt mein Nachbar Dobermann nicht mehr mit mir Schach. Man glaubt gar nicht, wie mir das fehlt. Mir ist jeder Freitagabend jetzt furchtbar langweilig.
Meiner Frau gehts besser.
Sie hat Ablenkung.
Kann pausenlos abwaschen.

Der Strandlöwe

Da wandeln sie auf bloßen Sohlen,
beschwingt vom Glück der Urlaubszeit,
und sie bewitzeln unverhohlen
des Strandkorbes Gebrechlichkeit.

Sie reden gar von Schmach und Schande,
die dem gebührt, der solch ein Wrack
geldheischend aufbaut hier am Strande,
zum Hohn auf Schönheit und Geschmack.

Da knurrt es in des Korbes Dunkel.
Ein Mähnenlöwe tritt heraus.
Im Auge Raubtierlustgefunkel,
stößt er den Schrei der Wildnis aus.

Die Schönen werden seine Beute
und kommen dadurch spät nach Haus,
doch leben sie zum Glück noch heute.
Jedoch der Korb hielt es nicht aus.

Der Löwe liegt seit jenem Tage
voll Trauer unbehaust am Strand.
Doch ihm entweicht kein Wort der Klage.
Nur seine Rute peitscht den Sand.

»Aber wer von uns wird wohl der Löwenanteil sein?«

Erfolg

»Wir haben jetzt in unserm Betrieb einen ganz tollen Computer entwickelt, der was ganz Tolles macht.«
»So? Was macht er denn?«
»Er lacht uns alle aus!«

Jawohl, Brömmel tut uns leid!

Norbert B. Brömmel, der sympathische, rüstige Mittvierziger. Denn: Ganz gleich, an welcher Kasse seiner Kaufhalle er sich anstellt, immer wieder passiert es, daß die Kassiererin mal muß oder mal will oder gerade Schichtwechsel hat.
Und da zeigt sie mit dem Finger auf Norbert B. Brömmel und ruft: »Junger Mann! Hinter Ihnen ist Schluß! Lassen Sie keinen mehr ran!«
Und Brömmel, von Beruf Brückenbauer in einem zahntechnischen Institut, also keineswegs verpflichtet, Befehle der Kaufhalle auszuführen – Brömmel nimmt diese Anweisung ernst. Er steht – alle Sinne zum Zerreißen gespannt – am Ende der Schlange, und sobald er hinter sich verdächtige Geräusche hört oder gar heißen Atem im Nacken verspürt, dreht er sich um und sagt freundlich, aber bestimmt: »Hier nicht mehr anstellen. Hier ist Schluß.«
Und was ist der Lohn für diese seine Feierabendarbeit? Brömmel wird von den Abgewiesenen mit giftigen Blicken beschossen, angegrunzt, mit Ausdrücken belegt, und kürzlich streckte ihm sogar eine gar nicht mal so häßliche Dame eine verdammt häßliche Zunge raus.
Auch außerhalb der Kaufhalle geht sein Martyrium weiter. Jüngst hörte Brömmel im Vorübergehen, wie ein junges Mädchen zu ihrer Freundin sagte: »Kiek mal, da looft der olle Sack, hinter dem immer Schluß ist.«
Vorgestern hat Brömmel die Kaufhalle gewechselt.
Als er sich dort an der Kasse anstellt, dreht sich ein vor ihm stehender Gartenzwerg um und sagt: »Hier nicht mehr, hier ist Schluß.«
Brömmel hat schallend gelacht und den Gartenzwerg geküßt. Das hat Aufsehen erregt.
Man will Brömmel demnächst in den Kaufhallenbeirat wählen.

Bekenntnis

Ihr wißt, daß ich ein Tierfreund bin.
Ich tat es nie verhehlen.
Mich ziehts zu jedem Hündchen hin;
selbst Schafen und Kamelen,
die man für ziemlich blöde hält,
blieb nie mein Herz verschlossen,
weil mir ihr Anblick so gefällt
wie der von stolzen Rossen.

Auch Katzen bin ich zugetan,
obwohl sie listig schmeicheln.
Ich möchte jeden forschen Hahn
voll Anerkennung streicheln.
Dem schlauen Fuchs, dem Gänsedieb,
mißgönn ich nicht die Beute.
Er ist mir ganz genauso lieb
wie eine Jagdhundmeute.

Mich rührt der größte Elefant
und auch das kleinste Mäuschen.
Frißt mir ein Eichhorn aus der Hand,
gerat ich aus dem Häuschen.
Den schwarzen Panther liebe ich
und auch die weiße Möwe.
Das liebste ist und bleibt für mich
jedoch der »Gold'ne Löwe«.

(Gaststätte »Goldener Löwe« – das gepflegteste Bier weit und breit.)

Aktuelle Kamera

(Nachrichten)

Rostock
Als Frau Bollenhagen unlängst ein Kleid bügelte, erhielt sie plötzlich einen elektrischen Schlag, der solche nachhaltige Wirkung hatte, daß sie seitdem an Nervenzuckungen im linken Oberschenkel litt.
Die bedauernswerte Hausfrau brachte das defekte Bügeleisen zum Dienstleistungsbetrieb »Elektrofix«, von dem sie es bereits nach zwei Monaten generalüberholt zurückbekam.
Als Frau Bollenhagen nun ihr Kleid weiterbügeln wollte, erhielt sie plötzlich einen elektrischen Schlag, der solch nachhaltige Wirkung hatte, daß die Nervenzuckungen im linken Oberschenkel wie weggeblasen waren.
Ein schönes Beispiel handwerklicher Wertarbeit.

Alter Gag

Der Lehrer hat zu Anton gesagt: »Du hast in der schriftlichen Arbeit dieselben zehn Fehler wie dein Nebenmann, der Bruno. Wie kommt das?«
Sagt Anton: »Wir haben ja auch denselben Lehrer.«

Schweinisches

Ein Schwein mit einem Hängebauch
kroch jüngst in einen Gartenschlauch.
Da ist der Schlauch geplatzt.
Da rief das Schwein vergnatzt:
»Sehr deutlich sieht man wieder mal:
So aasen sie mit Material.
Sie ziehn es in die Länge.
Doch fürn Gebrauch zu enge.

Ruhestörung

Gestern bin ich aufgewacht
schon lang vor Morgengraun.
Was hat mich um den Schlaf gebracht?
Der Weidenkätzchen Miaun.

Mein Leben
für den Sport

Schon in meinen ersten Lebensjahren hatte ich einen angeborenen Drang zum Sport.
Ich fiel als Kleinkind bei Spaziergängen im Laufgitter oder im Stadtpark immer so elastisch auf die Nase, daß ich für eine Karriere im Judo-Sport geradezu prädestiniert schien. Da ich damals aber noch nicht wußte, daß es diese Sportart überhaupt gibt, wurden meine Fallübungen immer lässiger, und so verkümmerte mein Talent.
Aufgewachsen bin ich in der Rhön der DDR. Dort stehen viele Berge.
Sie sind nicht besonders hoch und besonders spitz, sondern haben alle etwas Bauch.
Ich paßte in die Landschaft.
Thüringer Wurst gibt viel Kraft, und diese Kraft muß ab und zu verdampfen. Disko gabs damals noch nicht. Auch keinen speziellen Jugendtanz. Wenn getanzt wurde, schwooften alle. Alt und Jung. Und alt und jung sang aus vollem Hals den damaligen Spitzenhit: »Meine Oma kocht Gelee – tätärä-täteree!«
Wir Minderjährigen mußten um zweiundzwanzig Uhr den Tanzsaal verlassen. Jugendschutz.
Natürlich waren wir stinksauer.
Denn die planmäßigen Schlägereien fanden immer erst zwischen dreiundzwanzig und vierundzwanzig Uhr statt.
Was Wunder, daß wir uns in den Sport flüchteten. Allabendlich fanden auf dem Fußballplatz harte »Knödel«-Wettkämpfe statt.
Die Fußballschuhe waren identisch mit den Tanzschuhen. Also alles ohne Stollen.
Deshalb waren die Verletzungen auch meist nur geringfügig. Fußball war nicht meine Stärke.
Ich ließ mich immer als Linksaußen oder Rechtsaußen aufstellen. Je nachdem, auf welcher Seite des Platzes die Mädchen zuschauten.
Als Linksaußen hatte ich Probleme mit dem linken und als Rechtsaußen Probleme mit dem rechten Bein. Die Mädchen quiekten in jedem Falle vor Vergnügen. Nur die dralle, blonde Bärbel war immer ganz still und hatte Tränen in den Augen.
Ich spielte dann nicht mehr mit, und Bärbel guckte nicht mehr zu.
Es war eine herrliche Zeit.
Trotzdem ging ich nebenbei noch Gewichtheben.
Ich gehörte zu den Anbetern eines muskelbespickten Müllerburschen, der aus einer eisernen Heuwagenachse und zwei mit Feldsteinen gefüllten Eimern eine Art Hantel gebaut hatte, die er stundenlang mit Reißen, Stoßen und Drücken in die Höhe wuchtete.
Ich nahm die Steine aus den Eimern und wuchtete mit.
Da die Achse allein schon fast einen Zentner wog, habe ich noch heute etwas Hohlkreuz, aber auch ein ziemlich muskulöses Gesäß.
Mein damaliger Mitstemmer Hubert hat beides nicht. Ihm fehlt heute der rechte große Zeh, weil damals der Eimer mit den Steinen draufgefallen ist.

Hubert läuft aber ganz normal und sogar federnd, hat es zum angesehenen Professor gebracht und zeugte ein kluges, hübsches Kind.
Ein Beweis mehr für die ungeheure Wirkung des Sports – die auch ich immer wieder gespürt habe.
In meiner Studentenzeit habe ich ein wenig geboxt.
Ich war normaler Linksausleger, und meine kurzen, trockenen rechten Haken waren im Prinzip sehr gefürchtet.
Da aber mein Körpergewicht in ungünstigem Verhältnis zur Körperhöhe stand, hatte ich meistens Gegner, die vier Köpfe größer waren und mindestens drei längere Arme hatten.
Ein paar Zähne sind mir geblieben, aber knusprige, frisch aufgebackene Brötchen muß ich mir verkneifen.
Doch ich habe trotzdem Spaß am Leben und an den Leibesübungen.
Da mir die reinen Kampfsportarten leider versagt sind, versuche ich gelegentlich, etwas abzuschwitzen durch nervöses Umherrennen.
Ich nenne es allerdings nicht Jogging, denn ich betrieb die Schinderei schon lange vor dem Aufschwappen dieser Modewelle.
Ich trage beim Wetzen auch nicht poppige Puls- oder Knöchelwärmer und indianische Stirnbänder, sondern eine Schiebermütze, dicke, löchrige Pullover und uralte Schleuder-Jeans.
Und ich führe beim Traben an meiner rechten, nervigen Hand ein verrottetes Fahrrad aus der Gründerzeit der Marke Mifa.
Ich mache also ein kombiniertes Radfahr-Lauftraining.
Ein Stück rennen, ein Stück radeln.
Der Vorteil ist:
Man kann ein größeres Waldgebiet bestreichen, lernt mehr Bäume, mehr Vögel und auch mehr Waldläufer kennen.
Der Nachteil ist:
Man gerät leicht in den Verdacht, kriminell zu sein. Ein glattgescheitelter Herr mit zottigem Schäferhund stellte mich im Köpenicker Forst und forderte mich auf, ihn zur nächsten Telefonzelle zu begleiten, da er der Volkspolizei die Festnahme eines Sittenstrolches vermelden wollte.
Erst als ich ihm erklärte, daß ich mich nur verkleidet hätte, um einem Wilddieb aufzulauern, ließ er mich laufen und versprach, sich an der Fahndung zu beteiligen.
Ich habe mir nach diesem Erlebnis einen Trainingsanzug gekauft.
Aber ich finde, harmloser sehe ich darin auch nicht aus.
Deshalb hat mich wahrscheinlich auch noch niemand für die Teilnahme am Turn- und Sportfest in Leipzig geworben.
Man fürchtet wohl, ich störe den Gesamteindruck.
Was ich bezweifle.
Denn in der Masse fällt ein schwarzes Schaf gar nicht sonderlich auf.
Das sehe ich doch in der eigenen Familie.
Einer meiner Brüder befaßt sich ernsthaft mit Fußball.

Nachricht aus Familienkreisen

Sie klaute der Mutter die Pille, das Luder.
Nun kriegt sie kein Kind, aber kriegt einen
Bruder.

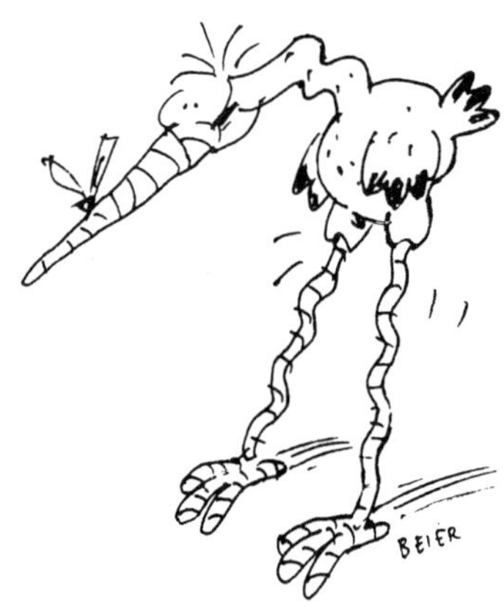

Altes Märchen – neu erzählt

Das tapfere Schneiderlein

Pfiffiger Hänfling bleibt
Sieger durch List und Beschiß.
Moral: Pfiffiger Hänfling
bleibt Sieger durch List
und Beschiß.

Beweis

Wer Kleider klaut im Warenhaus,
ist ein gemeiner Sack,
und außerdem stellt sich heraus:
Der Kerl hat keen Geschmack.

Irrtum

Es gibt Pädagogen, die glauben, sie könnten allein schon deshalb mit Kindern umgehen, weil sie selbst mal Kind waren.

Schwitzhaftes

Vor Wochen habe ich mir im Warenhaus eine Heimsauna gekauft. Ich wollte eigentlich weißes, unliniertes Schreibpapier.
Da müßte ich wieder mal nachfragen, sagte man.
Die Heimsauna konnte ich gleich mitnehmen. Mit dem Honorar für ein paar komische Geschichten würde ich das Geld schon wieder reinkriegen, redete ich mir ein.
Dazu brauche ich aber weißes, unliniertes Schreibpapier. Auf liniertem bin ich ziemlich schwach. Da sind am Ende viele Sätze unter dem Strich.
Und die Redaktion bevorzugt Artikel, bei denen alles zwischen den Zeilen steht.
Trotz meines Hungerleiderlebens nehme ich nicht ab. Auch die Heimsauna hilft nicht.
»Kann sie auch nicht«, sagte mein Freund Antek, der Medizin studiert hat und dann Arzt geworden ist. »Durch Sauna hat noch keiner abgenommen«, sagte er weiter.
Aus diesen Worten folgere ich, daß die Kolleginnen und Kollegen der Funktaxi-Zentrale immer in der Sauna sitzen. Denn egal, wann ich anrufe: Es nimmt nie einer ab.
Pardon. Solche Kalauer sind Auswirkungen des Schreibens auf liniertem Papier.
Was die Auswirkungen der Sauna betrifft, so muß ich meinem Freund und Medizinmann Antek dennoch widersprechen. Es ist, so las ich einmal, wissenschaftlich bewiesen, daß der Mensch zu mehr als 75 Prozent aus Wasser besteht.
Ich schlußfolgere daraus, daß ich mich bei konsequentem und permanentem Schwitzen in der Sauna auf die Figur von Klein Zack herunterschrumpfen könnte.
Aber ich will nicht nur in Hoffmanns Erzählungen leben und mich nicht von Regiegewaltigen auf der Bühne herumscheuchen lassen. Deshalb schwitzte ich beim Besuch von

Sauna-Einrichtungen in unseren öffentlichen Hallenbädern bisher auch immer nur so viel heraus, daß ich beim Verlassen des Etablissements nicht mit Charly Chaplin verwechselt und gar um Autogramme gebeten werden konnte.
Dennoch: Ein klein wenig dünner machen möchte ich mich schon.
Deshalb habe ich ja auch zur Heimsauna gegriffen.
Nun werden Sie mich sicherlich für leicht trullig halten und sagen: Wenn er sowieso laufend in die Sauna latscht, warum will er dann auch noch zu Hause schwitzen? Ich antworte: Um erst mal ein Sauna-Schau-Gewicht zu erreichen.
Denn es ist unerhört deprimierend, als Beleibter beim Betreten der Sauna von anderen Beleibten mit dem mitfühlenden Blick des Leidensgefährten beäugt zu werden.
Nichts gegen den Trost der Leidensgemeinschaft! Wie wohltuend sind mitfühlend geflüsterte Fragen:
»Essen und trinken Sie auch aus seelischem Kummer?«
»Kann es sein, daß auch Männer nach dem ersten Kind ganz schön auseinandergehn?«
Kann sein.
Aber ich sage nichts.
Ich lehne es ab, daß mich diese Typen auf ihrer Saunastufe einordnen. Ich möchte nur einmal erleben, daß mein Betreten des Schwitzkastens den allgemeinen Schrei auslöst: »Is der dünne! Was will'n der hier?!«
Die Heimsauna war eine Fehlinvestition. Obwohl das ganze Gerät im Prinzip vom Hersteller sehr gut gemeint war. Es stammt aus dem Massenbedarfsgüterprogramm des VEB Bagger- und Schaufelbau.
Das Grundelement der Sauna besteht aus einem eimerähnlichen großen Bottich, dessen Boden mit einer Heizspirale versehen ist. Am oberen Rand des Bottichs ist ein ziehharmonikaartiger Plastschlauch angeschweißt, dessen Ende mit einer farbenprächtigen Schnur zusammengezurrt werden kann. Der Heimsaunagang vollzieht sich nun folgendermaßen:
Man steigt mit dicken Holzpantinen in den Eimer, erfaßt mit beiden Händen den Plastschlauch und zieht ihn sich bis zum Hals hoch oder auch über den Kopf und bindet zu.
Danach betätigt man mit dem linken Fuß oder auch mit dem rechten – hier sind individuellen Neigungen keine Grenzen gesetzt – einen Schaltknopf am Eimerboden und bringt dadurch die Heizspirale zum Glühen. Den Gestank schmorender Holzpantinen kann man durch einen Aufguß von Sanopin-Wasser-Gemisch neutralisieren und damit auch aufsteigende Dämpfe hervorlocken, die der ganzen Sache nicht nur den Tatsch einer trockenen finnischen Sauna, sondern auch das Flair eines russisch-römischen Dampfbades geben.
Dennoch bin ich von der Heimsauna wieder abgekommen.
Der Stromverbrauch steht in einem zu ungünstigen Verhältnis zur Transpiration.
In dem Eimer mit Plastschlauch schleppe ich nun Kohlen und Holz vom Keller in die Wohnung.
Ich bin danach jedesmal schweißgebadet.
Ein Beweis, daß auch im untauglichen Massenbedarfsartikel ein gesunder Kern steckt.
Den herauszuschälen ist des Schweißes der Edlen wert.

Aktuelle Kamera

(Nachrichten)

Chemnitz
In den gestrigen Mittagsstunden entgleiste in der Straße der Nationen eine Straßenbahn der Linie 5.
Ermittlungen ergaben: Ein Chemnitzer Junge hatte eine Kaufhallensemmel auf die Schiene gelegt.

Äffisches

Ein Affe ging zum Fußballspiel.
Vom Spiel bemerkte er nicht viel.
Weil ihn mehr interessierte,
was sonst noch so passierte.
Am meisten hab'n ihm imponiert,
die Fäns, auf Macke kostümiert,
in Flicken und in Fransen.
Er hielt sie für Schimpansen.
Auch Orang-Utans waren
vorhanden dort in Scharen.
Sie schlagen voller Lust
sich auf die schmale Brust;
das ist bei ihnen Pflicht,
wenn sie der Hafer sticht.
Das Äffchen, das ich nannte,
fand ringsherum Verwandte
und hörte, wie man grölt und singt,
und sprach: »Mensch, Mensch,
wie stolz das klingt.«

Kurzes Glück

Ich traf sie in der Eisenbahn,
im Zug nach Warnemünde.
Als wir uns in die Augen sahn,
wars schon ein Hauch von Sünde.

Sie setzte sich auf meinen Schoß,
als wären wir alleine.
Ich dachte für Sekunden bloß:
»Mensch, hat die dünne Beine!«

Doch als sie anfing, zart und leis,
am Nacken mich zu krabbeln,
da konnte ich, soviel ich weiß,
nur noch ganz hilflos brabbeln.

Sie summte mir dann noch ins Ohr
ein Lied mit dünner Stimme.
Mir kams wie Todesahnen vor.
Und dann geschah das Schlimme:

Sie hauchte still ihr Leben aus.
An einer Bahndammbiege,
da warf ich sie zum Fenster raus –
die kleine Eintagsfliege.

Camping

Sie hocken zusammen mit Kegel und Kind.
Und der Regen drischt dumpf auf die Plane.
Die Mutter löst Rätsel, und Väterchen spinnt,
denn er ist noch von gestern im Trane.

Ramona muß Groß, und Klein Meiki muß auch.
Doch den Regenschirm hat man vergessen.
Das Häuschen ist weit, und so nah ist der Strauch.
Doch der Platzwart schlägt zu wie besessen.

Im Nachbarzelt drehn sie das Radio laut:
Onkel Otto grüßt Tante Trude in Göhren,
ein Quatschkopf erzählt, bei empfindlicher Haut
schützt vor Sonne nur Saft frischer Möhren.

Ein Muskelmensch rast durchs Gelände und quakt,
gegen fünf Uhr wär heute für alle
ein riesiges Volleyball-Match angesagt.
Wer nicht teilnehme, gelte als Lalle.

Die Wolken sind tief, und sie weinen sich aus.
Doch der Campingfan kennt keine Klage.
Der Urlaub verrinnt – und bald geht es nach Haus.
Und dann kommen die lustigen Tage.

Pech

Zwei fröhliche Schaben
im Gasthaus »Zum Stier«,
die wollten zu Fuß
in die Preisstufe vier.
Sie fielen ins Rührei
und wurden zerrieben.
Ach, wär'n se
doch lieber zu Hause geblieben!

Na Hund?!

Ich gehe gern zu Volksfesten. Ob es sich um das Treffen der Heimatchöre auf der Schlupfenburg handelt, um den Heiratsmarkt in Röhnhausen oder den Pferdemarkt in Havelbusch – ich fahre hin, mische mich unter die Leute und bade meine Seele in den Wellen der Begeisterung der fröhlichen Menge, die bei solchen Anlässen zusammenströmt.

Neulich besuchte ich eine Hundeschau.

Rassehunde – natürlich.

Aber gemischt. Vom Rehpinscher bis zum Bernhardiner war alles vertreten, was nicht nur an Laternenpfähle pinkelt, sondern einen echten Stammbaum hat. Ich bin wirklich ein großer Hundefreund. Deshalb gehe ich ja auch hin.

Aber ich muß ehrlich sagen: Gleiches Vergnügen bereiten mir die an ihren vierbeinigen Lieblingen hängenden Herrchen und Frauchen.

Sie allein sind schon fast das Eintrittsgeld wert.

Apropos Eintritt.

An der Kasse saßen zwei Männer in mittlerem Alter. Der eine hatte eine Neufundländerfigur, und der andere glich einem Seehund. Übrigens der einzige Seehund auf dieser Ausstellung. Wahrscheinlich ist die Zucht und Pflege in Großstädten nicht ganz einfach.

Nett waren beide Kassierer. Sie klopften einen nicht wie beim Fußballspiel nach verstecktem Alkohol ab. Ich bekam auch eine Plakette zum Anstecken. Auf der Plakette war der Kopf eines Schäferhundes. Das war im vergangenen Jahr genauso. Obwohl es im vergangenen Jahr eine Spezial-Dackelschau gab. Aber der Schäferhund gilt wohl bei vielen immer noch als eine Art König unter den Hunden.

Was mich wundert. Denn mein Nachbar hat auch einen Schäferhund. Der versteckt sich unterm Tisch, wenn in einem Fernsehschwank ein Trunkenbold behauptet, er hätte einen mächtigen Kater.

Doch es gibt gewiß auch tapfere Schäferhunde. Manche sind ja sogar beim Betriebsschutz. Und da ist es gar nicht so einfach, nachts ein paar Bretter zu klauen.

Vor allem, wenn einen der Hund nicht kennt.

Doch zurück zur Schau.

Ich betrat also das Gelände und war überrascht, wie viele Hunde hier versammelt waren. Mein mich begleitender Freund, der dürre Carl, sagte: »Di komm ni bloß aus Berlin. Ooch aus Sachsen und Düringen.« Als ich aufs Bellen achtete, merkte ich, daß er recht hatte. Überall waren auf dem Rasen mit Stricken große Quadrate abgesteckt, Boxringen ähnlich. Sie hießen aber Führringe. In den Führringen rannten schwitzende Männer und Frauen im Kreis herum und zogen mürrische Vierbeiner hinter sich her, die von mehreren sogenannten Preisrichtern ziemlich scharf beäugt wurden. Ich fand, daß ein bestimmtes Frauchen eine wesentlich bessere Figur machte als ihr Hund. Trotzdem wurde sie von dem Chefrichter Position für Position nach hinten rangiert und landete schließlich auf dem letzten Platz. Das Geläuf des Rüden sei nicht in Ordnung, so hieß es, er habe noch Wolfskrallen, die Rute sei zu kurz, und er könne im ganzen auch etwas trockener sein.

Ich fand das albern und uncharmant. Laut rief ich: »Bei so einer Frau ist es doch piepegal, wie der Köter aussieht!«

Es gab ein großes, allgemeines Gelächter. Mein Freund Carl sagte leise: »Mach keen Quatsch! Das is 'ne Hundeschau und keene Miß-Wahl!«

Wir gingen weiter.

Wo man hinsah, Hunde. Die meisten Rassen kenne ich ja. Erdölterrier, Tibetanischer Schluchtenjodler, Peking-Ballasthund – und wie sie alle heißen. Aber es gab auch Viecher darunter, denen möchte man nicht im Dunkeln begegnen. Zum Beispiel diesem schottischen oder irischen Hirten- oder Wolfshund.

So genau weiß ich das nicht mehr.
Auf jeden Fall, das ist ein Tier – also dagegen ist der legendäre Hund von Baskerville eine harmlose Küchenschabe.
Den Besitzer des Untiers hätte ich auch nicht gerade küssen wollen.
Ich mußte überhaupt staunen, wie viele Herrchen und Frauchen ihren Schützlingen ähnelten. Oder umgekehrt.
Eine rundköpfige und breitbrüstige Matrone sah fast so aus wie ihr Schau-Schau. Sie trug auch eine aus ausgekämmten Hundehaaren gestrickte Weste. Ich schaute die Dame sehr lange sehr aufdringlich an und hoffte, daß sie mir vielleicht wütend die Zunge rausstreckt. Sie tat es nicht. Schade. Aber ich wette, die ist blau.
Am besten gefielen mir auf der ganzen Schau diese völlig zugewachsenen Hunde, bei denen, so glaube ich, nicht mal der Besitzer weiß, wo vorn oder hinten ist.
Ich bin überzeugt, oft bekommt so ein Tier das Halsband an der falschen Stelle umgeschnallt. Und dann muß es während des ganzen Gassi-Gehens rückwärts laufen. Daher wohl auch der Ausdruck: armer Hund.

Holzer und die anderen

Immer wenn der stattliche, akademisch gebildete Enddreißiger Hanno Holzer am Sonnabendmorgen in knackigen Jeans, blütenweißen Tennisschuhen und poppigem Freizeitjäckchen das Haus verläßt und mit elastischem Schritt seinem Sportplatz zustrebt – dann schaut ihm das kleine Fräulein Ruth mit wehmütigem Blick nach, fühlt ein leises Kribbeln im Nacken, schließt dann das Fenster und sagt mit ein wenig Resignation: »Nun ja, man muß auch verzichten können.«
Immer wenn der stattliche, akademisch gebildete Enddreißiger Hanno Holzer am Sonntagmorgen in verwaschenem Trainingsanzug, mit Eimern, Lappen, Bürsten und Tinkturen dem Parkplatz vor seinem Neubaublock zustrebt und dort seinen silberbläulichen Import-Wagen eine Vollwaschung mit Massage und anschließender stummer Anbetung zuteil werden läßt – dann schaut ihm der gemütliche Wäschereiauto-Fahrer Emil Lauge mit wehmütigem Blick zu, spürt ein leises Kribbeln im Nacken, schließt dann das Fenster, geht in den Keller, zieht an seinem privaten Fahrrad ein paar neue Speichen ein und sagt mit ein wenig Resignation: »Nun ja, man muß auch verzichten können.«
Immer wenn das kleine Fräulein Ruth und der gemütliche Wäschereiauto-Fahrer mit anderen Hausbewohnern die Grünfläche vor dem Neubaublock beharken, die Rosensträucher von Unkraut, Keksschachteln, Konservendosen und zerschlissenen Strumpfhosen befreien, die jungen Birken begießen und die alte Bank streichen – dann schaut der stattliche Enddreißiger Hanno Holzer von seinem Wohnzimmerfenster aus ganz kurz auf das rührige Treiben, spürt ein leises Kribbeln im Nacken, schließt Fenster und Gardine, schiebt eine rockige Kassette in die Stereo-Anlage und sagt mit ein wenig Resignation: »Man muß auch verzichten können.«
Woran man erkennt, daß Hanno Holzer genauso ein Mensch ist wie jeder andere Hausbewohner und aus diesem Grunde gar nicht begreifen kann, daß mancher von ihm eine ziemlich trübe Meinung hat.
So nicht, Leute! Gerechtigkeit für Holzer!

Der Feiertag
(Damals war's)

Als erste kam die Direktion.
Sie kam um 8 Uhr zehn
mit vier Mann hoch, die mußten schon
um 11 Uhr wieder gehn.
Auch BPO samt BGL
erschien mit einem Strauß.
Der Sekretär ging ziemlich schnell,
die anderen hielten aus.
Um 9 Uhr kam die VVB,
drei Männer, eine Frau –
mit einer weißen Orchidee,
die war um 12 auch blau.
Um 10 Uhr kam ein General,
ein Freund der Heiterkeit.
Der blieb, vergnügt wie jedesmal,
als Gratulant auf Zeit.
Der DFD kam auch vorbei.
Drei Damen, etwas kühl.
Sie blieben steif bis um halb zwei.
Dann wurden sie mobil.
Um 3 Uhr war die Bude voll.
Im Sekretariat,
da tanzte Fräulein Marlies Knoll
Calypso mit Spagat.
Man fand die Gratulantenschar
bis Mitternacht noch wach.
Die Hälfte sieht bis heut nicht klar,
die andere liegt flach.
Doch bald schon geht es wieder rund.
Man weiß zwar noch nicht wo.
Doch irgendwie gibts immer Grund
zum Feiern im Büro.

Der zerrissene Krühwackel

Alljährlich – so in der Junimitte – spricht Wernfried Krühwackel zu seiner Ehefrau Karola folgende Worte: »Ach, Karola« – so spricht er – »ich bin wieder mal reif für den Urlaub. Du glaubst ja gar nicht, wie sehr mir die lieben Kollegen zum Hals raushängen; der Chef mit der Schlenkerhose, die kichernde Lina, der dürre Heinrich, die verklemmte Rosita, der traurige Felix und Armin, der Muskelzwerg.«
Und alljährlich – so in der Junimitte – fährt Wernfried Krühwackel, nachdem er diese Worte gesprochen hat, mit seiner Ehefrau Karola in Urlaub zu einem ganz einsamen Fischer in einer ganz einsamen Bucht an einer ganz einsamen Stelle der Küste.
Ganze zwei Wochen lang liegen Krühwackels tagsüber in einem kleinen einsamen Schilfnest und lassen sich die liebe Sonne auf ihre einsamen Bäuche scheinen, und ganze zwei Wochen lang spielen Krühwackels allabendlich in dem kleinen Fischerhaus mit dem einsamen Fischer und der einsamen Fischersfrau Schafskopf.
In der dritten Woche spricht Krühwackel zu seiner Frau Karola: »Es geht nichts über einen schönen Urlaub in schöner Einsamkeit. Aber noch schöner wäre es, wenn noch ein paar filzige Typen hier wären, mit denen man mal einen kleinen Fez machen könnte. Ich denke da zum Beispiel an den Chef mit der Schlenkerhose, die kichernde Lina, den dürren Heinrich, die verklemmte Rosita, den traurigen Felix und an Armin, den Muskelzwerg.«
Dann ist der Urlaub zu Ende, und Krühwackels fahren aus der Einsamkeit zurück nach Hause.
Nach dem ersten Arbeitstag fragte Karola Krühwackel ihren Mann: »Wie wars?«
Krühwackel antwortete: »Wie solls gewesen sein? Es hat sich nichts geändert. Dieselben Knallköppe. Der Chef mit der Schlenkerhose, die kichernde Lina, der dürre Heinrich ...«

Ziehung der Postleitzahlen

Meine Damen und Herren, wir kommen nunmehr zur Ziehung der Postleitzahlen.
Ich begrüße sehr herzlich den Leiter der Ziehung, Herrn Schluckbauch, und den Notar, Herrn Oberpichler – die sich zur Zeit in der Kantine befinden. Der Notar hat sich vorhin bereits von meinem Gesundheitszustand überzeugt und das Postleitzahlenbuch zerschnitten sowie die Zahlen im Gerät in ungeordneter Reihenfolge angeordnet.

Ich schreite nun zur Ziehung!

Die Gewinnzahlen lauten:
2209 Großmunkelsdorf
4712 Unterbatzbach
8687 Weinbrandenburg
2 zu 0 Ballstadt
und
333 bei Issos Keilerei.

Ich gratuliere allen glücklichen Gewinnern, die ihre Neujahrskarten an diese Adressen geschickt haben. Sie werden wahrscheinlich pünktlich ankommen – aber wir übernehmen keine Gewähr.

Und nun unser Unterhaltungsbeitrag: Da unterhalten sich zwei Frauen. Sagt die eine: »Wissen Sie, mein Mann entwickelt sich immer mehr zum Choleriker!« Sagt die andere: »Das schafft meiner nie – der ist zu faul zum Studieren.«
Ende der Ziehung. Tschühüs!

Pech

»Ehrlich, Ede, der Tätowierer war wirklich Spitze. Aber warum iss'n dein linket Been noch nackt?«
»Ja, da kam leider die Amnestie.«

Altes Märchen – neu erzählt

Der Froschkönig

Zeitweiliger Frosch rettet herrschaftlichen Ball vor dem Ertrinken und wird durch jungfräulichen Kuß wieder Mitglied des Hochadels und Mensch.
Moral: Etwas Balleinsatz zahlt sich anscheinend doch aus.

Strafe

»Mensch, Gertchen, lange nicht gesehen. Siehst schlecht aus.«
»Jaja, hatte dreieinhalb Jahre Bau.«
»Um Gottes willen! Na, sei froh, Junge, daß du's hinter dir hast.«
»Hab ich ja nicht. Jetzt fehlen mir immer noch die Schieferplatten für die Giebelwände.«

Goethe hat es nie gegeben!

Goethe hat es nie gegeben! Das ist sicherlich ein großer Schock für alle Goethe-Freunde. Aber die Funzel hat sich nun mal vom Beginn ihres Bestehens der Verbreitung der Wahrheit verschrieben, und sie will und kann von diesem Prinzip nicht lassen.
Und die Wahrheit ist:
Schiller hat es gegeben. Lessing gab es. Und Eduard Mörike gabs. Hölderlin gab es. Und – was sicherlich das Verblüffendste ist – sogar Faust gab es. Aber Goethe, Goethe hat es nie gegeben.
Darunter hat Eckermann zeit seines Lebens gelitten. Er machte allerdings kein Aufhebens davon. Andere waren nicht von solch nobler Verschwiegenheit. Postillone trompeteten es sich von weitem zu, Barbiere flüsterten es ihren Kunden ins Ohr, und ein italienischer Schankwirt schrie es mit höhnischem Gelächter einem Reporter ins Gesicht: »Limo-Lire? Ein Trinkgeld? O no, Signore! Goethe nicht! Goethe hat es nie gegeben!« Und das ist leider wahr, Freunde. Alle gaben es in dieser oder jener Form. Mehr oder weniger reichlich. Goethe gabs nicht. Nicht ein einziges Mal. Er hat es nicht gegeben.
Knickrigkeit oder Charakter? Entscheiden Sie selbst, verehrte Goethe-Fans.
Wir als Funzel enthüllen nur.
Wir richten nicht.

Charmehaftes
(Couplet)

Man hört und liest noch oft genug,
daß wir zuviel verschwenden.
Manch einer schmeißt zum Fenster raus
das Geld mit vollen Händen.
Mit Material und Arbeitszeit
aast man, daß Gott erbarm.
Doch nirgends hört man Klagen:
Wir verschwenden zuviel Charme.
Vielleicht lieg ich da schief.
Doch ich finds nicht positiv!
Denn ein bissel Verschwendung von Charme
macht was aus und uns alle nicht arm.
Denn ein bissel Verschwendung von Charme
macht was aus und uns alle nicht arm.

Drum hab ich mir mal ausgemalt,
wies wär, wenn wir charmanter
im Umgang miteinander wärn
und eine Spur galanter.
Zum Beispiel sagt Herr Schulz nicht mehr
zu seiner Frau Anett:
»Hör endlich auf zu fressen,
du bist schon viel zu fett!« –
Er faßt sie um den Leib
und ruft: »Hab ich viel Weib!«
Ja, ein bissel Verschwendung von Charme ...

Frau Meier bügelt ihrem Mann
das Hemd und auch das Höschen.
Dann fährt er dienstlich weg und schläft
mit einer, die heißt Röschen.
Er kommt dann furchtbar schlapp nach Haus,
die Glieder schwer wie Blei.
Frau Meier weiß genau, warum,
und sagt ganz nebenbei:
»Hurra, ich habs gewußt:
Du kannst – wenn du nicht mußt!«
Ja, ein bissel Verschwendung von Charme ...

Die Prominentengattin Schrumm
war gestern sehr in Eile
und fuhr bei Rot 'ne Ampel um
und eine Litfaßsäule.
Der Hauptwachtmeister grüßte nett,
die Dame sprach mokant:
»Nun haunse schon den Stempel rein!«
Da sagte er galant:
»Erweisen S' mir die Ehr,
und nehm Sie zwei Stück mehr!«
Ja, ein bissel Verschwendung von Charme ...

Wir kämpfen um Verkaufskultur,
wir ringen um Kollegen,
wir schlagen eine Winterschlacht,
wenn wir nur Schnee wegfegen.
Wir haun die kleinste Kleinigkeit
hinaus mit hundert Phon
und machen uns die Ohren taub
für einen leisen Ton.
Vielleicht lieg ich da schief,
doch ich finds nicht positiv!
Denn ein bissel Verschwendung von Charme
macht was aus
und uns alle nicht arm.

Altes Märchen – neu erzählt

Hans im Glück

Naiver Werktätiger wagt
Tauschgeschäfte, macht sich
dabei zum Trottel, aber
bleibt glücklich.
Moral: Die Umwelt
formt den Menschen.

Aktuelle Kamera

(Nachrichten)

Berlin
Einem Historikerkollektiv ist es nach langwierigen Forschungen gelungen, den Erfinder der Reichsbahn zu ermitteln.
Es war Galileo Galilei, denn er prägte bekanntlich den Satz: »Und sie bewegt sich doch!«

Was hamsen damit gemacht?

Zwitscherbart hatte sich einen Hut gekauft. Kein Prachtstück. Ein unauffälliges, graues Allzweckgerät. Breite Krempe mit 'ner Knickbeule darüber.

Zwitschi, wie ihn seine Freunde nennen, behielt den Hut nach dem Probieren gleich auf. In der Mozartstraße begegnete Zwitscherbart der bekannten Schlagersängerin Mia Spirelli, die in ihrem Heimatdorf im Bezirk Schwerin früher Karla Köhm hieß. Karla-Mia gilt in Fachkreisen als Stimmwunder, denn es ist verwunderlich, daß in einer solch großen Oberweite eine derart kleine Stimme wohnt.

Zwitschi, ein irrer Fan von Oberweiten – mit und ohne Stimme –, riß sich beim Anblick von Mia Spirelli verzückt den neuen Hut vom Kopf und schwenkte ihn mit spanischer Grandezza. Als er sich nach diesem Imponiergehabe den Hut wieder aufs hochrote Haupt stülpen wollte, bemerkte Zwitscherbart, daß er nur noch die Knickbeule in der Hand hielt. Die Krempe hatte nach einem spiralförmigen Flug eine weiche Landung auf dem Hochplateau der verehrungswürdigen Sängerin vollzogen. Die Künstlerin warf den Filzring wie einen Diskus zurück und rief in akzentfreier Bühnensprache: »Döhnsbüdel!« Zwitschi fing die Krempe im Fluge auf und wankte mit ihr samt Knickbeule zurück zum Hutsalon.

»Man wirft einen neuen Hut nicht unter die Straßenbahn!« sagte die Verkäuferin mit eisiger Stimme.

»Ich tat es auch nicht«, stammelte Zwitscherbart.

»Wollen Sie mich verklapsen?« tönte es zurück. »Irgendwas müssen Sie doch mit dem Hut gemacht haben!«

»Ich habe ihn gezogen«, rief Zwitscherbart, »einfach nur gezogen. Vor der berühmten Mia Spirelli.«

»Vor solch einer Ziege zieht man nicht den Hut«, sagte die Salondame, »denn die hat nicht die geringste Qualität!«

»Was man auch von diesem Hut sagen kann«, entgegnete Zwitschi und verlangte einen tadelsfreien Ersatz oder sein Geld zurück. Da biß er bei der Verkäuferin aber auf Granit. Sie sagte kurz und knapp, ein seriöser Hutsalon sei keine Tauschzentrale für senile Schnulzenopis, die aus Fanatismus für eine Schlagermieze ihren Hut zerfetzen. Als Zeichen ihres guten Willens verkaufte sie ihm dann noch mit zwei Mark Preisnachlaß ein Paar Ohrenschützer, die der VEB Rohrleitungsbau innerhalb des Konsumgüterprogramms aus Isolierwatte-Abfällen herstellt.

Die Ohrenschützer wärmten zwar nicht besonders, und die Glaswolle zerstach die Ohren, aber schalldicht waren die Dinger. Deshalb war Zwitschi auch nicht sonderlich schockiert, als ihm sein halbwüchsiger Sohn Hannibal zu Hause zwei neue Lautsprecherboxen vorstellen wollte, die er aus Flaschenpfandgeldern und einer großzügigen Spende von Onkel Herbert finanziert hatte.

Sohn Hannibal hatte sich die Boxen im Laden vorführen lassen. Bei dem Schöbel-Oldie

»Die Sprache der Liebe ist leis'« hatte es auf allen U-Bahn-Strecken einen totalen Stromausfall gegeben, und der Fernsehturm schwankte über das ganze Stadtzentrum.
So fetzig waren die Boxen. Im Laden.
Zu Hause sagte die eine gar nichts, und die andere gab Töne von sich wie eine Fahrradluftpumpe im Rentenalter.
Hannibal schleppte die toten Beschaller zur Vertragswerkstatt.
»Was hast'n damit gemacht?« fragte der Ersatz-Meister.
»Jar nüscht«, sagte Hannibal. »Ick wollte damit Musik hörn.«
»Aha! Und dabei unheimlich uffjedreht, wie?«
»Ich denke, es sind Lautsprecher«, sagte der Jüngling.
»Na und?« rief der Dienstleistende. »Was laut ist, bestimmt der Hersteller und nicht der Kunde.«
Danach ließ sich der Meister breitschlagen. Er werde, so sagte er, weil er ein Herz für die Jugend habe, die Heuler hinzubiegen versuchen, aber er sage noch einmal mit aller Deutlichkeit: Wenn danach durch unsachgemäße Behandlung wieder eine Macke auftrete, dann garantierten er und der gesamte Industriezweig für nichts.
Die Boxen sind inzwischen repariert. Sie spielen laut und leise. Ganz nach Belieben von Hannibal Zwitscherbart.
Vater Zwitschi hört auch gern zu. Ohne Ohrenschützer. Denn die Klappen hat er neulich beim Durchqueren eines Fahrradweg-Schlagloches verloren.
Das Fahrrad übrigens auch. Das Loch war sehr tief.
Zwitscherbart war ein paar Tage traurig.
Dann stieg er auf Dschogging um. Früher sagte man dazu laufen. Zwitschi erstand auch ein paar Laufschuhe. Sie sahen sehr flott aus.
Bevor sich die Sohlen lösten.
Der Dschogger reklamierte im Laden.
»Sie müssen doch mit den Dingern irgendwas gemacht haben«, sagte der Verkaufsstellenleiter.
»Ich bin gerannt«, stotterte Zwitschi.
»Dann ist es kein Wunder«, meinte der Fachmann, »denn solche Schuhe gelten als hochmodisch und werden vor allem von Pop-Sängern auf den Bühnen des Landes getragen. Für Sturzäcker und Waldwege sind sie nicht gedacht.«
Zwitschi nimmt jetzt Pop-Gesangs-Unterricht. Er ist chronisch heiser. Der Arzt sagte: »Ihre Stimmbänder sehen nicht gut aus. Was hamsen damit gemacht?«

Aktuelle Kamera

(Nachrichten)

Chemnitz
Bei seinem gestrigen URANIA-Vortrag bekam Professor Dr. Weißwas von einem Zuhörer die Frage gestellt, ob auch Atheisten an Gott glauben.
Der Professor antwortete: »Natürlich. Beobachten Sie nur mal, wie manche Auto fahren!«

O wie bald –
o wie bald

Ein Sonnabend im März.
Herr Lehmann nähert sich der Gaststätte »Schmuckstück«. Er zupft sich den Binder zurecht, pustet sich ein winziges Stäubchen vom Jackett und steigt federnd die Stufen zur Terrasse empor. Die Terrasse ist voller vergnügter Leute, die artig und anmutig Törtchen oder Eis schleckern, am Schoppen nippen, Zigarettchen paffen und den beschwingten Weisen der kleinen Combo lauschen, die zur Unterhaltung aufspielt. Herr Lehmann durchquert die Terrasse und nimmt im Speiserestaurant Platz. Der blütenweiße Ober Fridolin eilt herbei, fragt nett nach Wunsch und Sonderwunsch, serviert flink Speis und Trank und läßt unaufdringlich ein kleines Späßchen fallen. Herr Lehmann genießt die gepflegte Atmosphäre, ißt und trinkt, plaudert mit einem gutgelaunten Tischnachbarn, zahlt und schlendert vergnügt und zufrieden nach Hause.
Ein Sonnabend im Juni.
Herr Lehmann nähert sich der Gaststätte »Schmuckstück«. Er knüpft sich den Binder ab und steigt die Stufen zur Terrasse empor. Die Terrasse ist voller übereinandergestellter Tische und zusammengeklappter Sonnenschirme. Zwei kaputte Jünglinge hocken in der Ecke und lauschen der Dampframme, die in ihrem Kassettenrecorder zur Unterhaltung aufspielt.
Herr Lehmann nimmt im Speiserestaurant Platz. Der fleckige Ober Emmes stellt ein Bier und einen Doppelkorn auf den Tisch, fragt, ob »Bock-Brot« oder »Bock-Salat«, bringt keins von beidem und läßt einen saftigen Kalauer vom Stapel. Herr Lehmann schluckt, weckt einen vollgefüllten Tischnachbarn, schluckt noch einen und noch einen, zahlt die Zeche, bezahlt Emmes, klopft zum Abschied mit der Faust auf den Tisch und schlingert nach Hause. Oder auch nicht.
Nachsatz: An dem Sonnabend im März wurde die Gaststätte »Schmuckstück« eingeweiht. An dem Sonnabend im Juni war sie vier Monate alt und somit aus dem Gröbsten raus. Kommste ooch ma hin, Atze, alter Pfeifenwichs?

Bildbericht vom Frühling in unserer Heimat (auszugsweise).

Lilomaus

ich weiß, Du harrst
meiner schon seit Stunden.
Doch wenn Du auch vor Schreck erstarrst,
ich sag es unumwunden:

Ich kann Irene und Lulu
nicht einfach sitzenlassen.
Das gleiche trifft für Röschen zu;
sie würde es nicht fassen.

Sogar die stramme Edeltraut
mit ihrer spröden Seele
bekäme eine dünne Haut
und Schluckauf in der Kehle.

Ich muß noch mal mit letzter Kraft
und Schmerz in den Gelenken
sie einzeln und mit Leidenschaft
in wildem Rhythmus schwenken.

Kann sein, daß mich nicht jede mag.
Doch keine stört das weiter.
Ich bin nun mal – zum Frauentag
abkommandierter Leiter.

Die traurigen Weiber
von Windsor

Sechsuhrzweiunddreißig.
Sie standen eng aneinandergepreßt im Bus – die kleine, mollige, graumelierte Frau und das große, schlanke, naturblonde Mädchen.
»Ich glaube, wir sind Kollegen«, sagte die kleine Frau.
»Wieso?« fragte das große Mädchen.
»Weil ich Sie gestern in der Kantine gesehen habe. Im VEB ›Windsor‹. Ich bin dort Knotenknüpferin.«
»Und ich soll das lernen«, antwortete die schlanke Blonde und gähnte. – Zähne wie Perlen.
Die kleine Frau unterdrückte ein Gähnen. Wegen der Zähne.
Dann sagte sie: »Wissen Sie, ich bin heute ziemlich traurig. Es ist mein letzter Tag. Verstehen Sie mich nicht falsch. Natürlich freue ich mich auf ein bißchen Ruhe. Die Enkelkinder, der Garten – alles wunderschön. Aber man hängt auch an den Kollegen und an der Knoterei. Und da sagt man sich: Nur noch acht Stunden bis zur Rente – das geht einem ehrlich ans Gemüt, ehrlich.«
Das große blonde Mädchen hatte plötzlich ziemlich feuchte Augen.
Da sagte die kleine, graumelierte Frau: »Aber, Kindchen! Nicht doch! Warum denn so traurig? Sie haben doch noch das ganze Leben vor sich!«
Die Blonde schluchzte: »Das isses ja! Und jeden Tag acht Stunden bis zum Feierabend. Das geht einem echt aufn Docht, echt mal!«

Altes Märchen – neu erzählt

Schneewittchen

Königliche Alte ist sauer auf hübschere Junge und schlägt mehrfach mordsmäßig zu. Fehlanzeige. Aber ungewohnter Obstgenuß streckt Opfer flach. Zwergtätige Freunde veranstalten Schaubegräbnis mit Stolpereffekt. Schönheit stößt auf und sich gesund durch Liaison mit betuchtem Prinzen.
Moral: Man soll wirklich nicht alles runterschlucken, was einem geboten wird.

Kraft-Fahrer

Das weiß man ja inzwischen:
Wenn man im Trabant vor sich einen mit Hut am Lenkrad vor sich hat, dann weiß man, wen man vor sich hat. Onkel Otto. Und da ist Vorsicht geboten.
Der blinkt links – und fährt auch wirklich nach links. Bis er merkt, daß er eigentlich nach rechts will und deshalb entnervt geradeaus weiterfährt beziehungsweise scharf bremst, so daß man nur noch über ihn samt Trabant mit Hut hinwegrutschen kann.
Danach muß nicht nur der Hut ausgebeult werden.
Aber um Onkel Otto geht's hier nicht.

Die machen Fehler aus Unsicherheit.
Was nachweislich oft sehr tragische Folgen hat.
Aber Onkel Otto ist kein Krawallfahrer.
Er gehört zu jenen, denen zwar nicht die Polizei, aber der Herr vergibt, weil sie nicht wissen, was sie tun.
Andere wissen, was sie tun und was sie mit anderen machen.
Gerade deshalb machen sie's.
Es sind die schneidigen jungen Männer in den besten oder besseren Jahren. Und ihre Autos sind auch nicht von Pappe.
Im Gegensatz zu Onkel Ottos.
Nein. Sie sitzen im Blechgehäuse. Wartburg, Dacia, Lada.
Und das Blech empfinden sie als Ritterrüstung. Und den Lada-Motor als geglückte züchterische Weiterentwicklung von Dschingis-Khans wilden Pferdestärken.
Und deshalb geben sie dem Pferd die Sporen und treiben es zu Tempo 80 an, wo 50 geboten ist, und fegen mit vorgeschobener Kinnlade und mit dem Blick des Mannes, der Pfeife raucht, die müden Typen in ihren »Sackkarren« an die Bordsteinkante, wo all jene hingehören, die mit dem Slogan »Aufmerksam, rücksichtsvoll und diszipliniert« sympathisieren.
Und nicht immer nur lenken sie ihr feuriges Roß bloß mit einer Hand, während sie mit der anderen einer stolzen Schönheit hinterm Öhrchen krabbeln. Dann fiele die ganze Sache lediglich unter die Rubrik »Imponiergehabe«.
Oft sitzen diese aggressiven Herrenfahrer ganz allein in ihrer rollenden Stereo-Anlage und lassen jene Kräfte frei, die sie bei der Arbeit zurückgehalten haben.
Mir fällt nämlich auf, daß sich die Renommiertypen im Habitus alle ziemlich ähneln.
Man hat das Gefühl, daß sie einem schon mal einen verdünnten Schnaps verkauft, widerwillig einen Plattenspieler vorgeführt oder einem in irgendeiner Dienststelle kurz und knapp erklärt haben, daß sie nicht zuständig sind.
Dieses Gefühl hat man.
Aber das Gefühl kann täuschen.
Vielleicht sind es auch ganz andere Zeitgenossen.
Feine, nette Kollegen. Treue Versammlungsbesucher. Kulturvolle, gebildete Menschen.
Na schön: Sie machen gelegentlich mit gekrümmten Daumen und Zeigefinger hinter der Scheibe ein kreisrundes Zeichen, das mir gelten soll.
Aber vielleicht ist es nur meine schmutzige Phantasie, die mir weismacht, daß dieses Zeichen Arschloch heißt.
Vielleicht wollen sie mir ganz was anderes sagen – »Heute geht's wieder rund« – oder so.
Ich bin mir da manchmal wirklich nicht ganz sicher.
Sehr sicher bin ich mir allerdings bei der Feststellung, daß mir einige dieser lustigen Burschen schon ganz brutal die Vorfahrt nahmen, mich schnitten, schnippelten, abdrängten und einklemmten.
Ich bin mir auch sicher, daß sie eigentlich gar nichts gegen mich persönlich haben.
Denn mit anderen machen sie's ja genauso.
Unangenehm ist nur, daß dabei gelegentlich jemand unter die Räder kommt.
Ich habe bisher Glück gehabt.
Die aber auch.

Die Macher

Sie saßen und tranken in Sesseln
und sprachen sehr kühl und sehr viel.
Bulgakow vermöge zu fesseln,
Paustowski begeistre durch Stil.
Sostschenko sei himmlisch ironisch
und Fedin mitunter zu flach
und Ehrenburg hart und lakonisch,
Jessenin verträumt, dennoch wach.

Rasputin sei prall wie das Leben
und Gladkow wie spröder Zement,
Katajew, nun ja, also eben
Katajew – jedoch ein Talent.
Und Schukschin sei unübertroffen,
Poet und genialer Akteur.
Wo finde sich, frage man offen,
ein Nachfolger seiner Couleur.

»Warum nicht in unserem Kreise«,
sprach Fräulein Isolde geziert.
Ein Preisträger murmelte weise:
»Der hätte sich artikuliert.«
Sie ließen die Blicke rasch wandern,
ein jeder trug Stolz im Gesicht.
Ihm dünkte, es dächten die andern,
er könne, doch wolle nur nicht.

Sie klagten, wie hart dem Propheten
das Brot sei im eigenen Land.
Das klagten sie ohne Erröten
mit leerem Papier in der Hand.
Das war dann gemeinsam beschrieben.
Bis anderen Tages gelangs.
In Kürze erscheint Folge Sieben
eines dümmlichen, schlüpfrigen Schwanks.

Altes Märchen – neu erzählt

Aschenputtel

Armes, fleißiges Mädel
macht sein Glück, weil es
nicht auf großem Fuße lebt.
Moral: Die Bescheidenen
kommen im Märchen
immer weiter.

Die feine englische Art

Der Pförtner des VEB »Glashart« saß in seiner Bude und las »Winnetou«.
Als es an die Scheibe klopfte, sah er auf und zuckte zusammen. Draußen standen zwei Herren. Ein langer knochiger mit karierter Mütze und Shagpfeife und ein kleiner dicker mit Melone und Geigenkasten.
»Mister Holmes und Mister Watson!« schrie der Pförtner. »Wat is se mätter, Müssjöhs?«
»In diesem Betrieb stinkts«, sagte Watson. »Wir haben Auftrag, die Ursache herauszufinden.«
»Haben Sie einen Ausweis?« fragte der Pförtner.
Holmes zeigte ein Billett vom Piccadilly-Zirkus.
»In Ordnung«, sagte der Pförtner und leierte die eiserne Schranke hoch.
Die beiden Detektive überquerten den Hof. Aus einem großen, mit zerschlissenen Autoplanen bedeckten Haufen sickerte trübe Brühe hervor.

»Kombiniere«, sagte Watson, »vergammeltes Material. Unter diesen alten Fetzen stinkts, Chef. Der Fall ist klar.«
»Irrtum, Watson«, antwortete Holmes. »Das ist nur ein Indiz. Die Ursache liegt tiefer beziehungsweise sitzt höher.«
Ein Gabelstapler fegte um die Ecke und schleuderte einen Container voller Hartglas an Holmes' Kopf vorbei gegen die Hallenwand.
»Das war ein Attentat!« schrie Watson.
»Irrtum«, sagte Holmes. »Das war der tägliche außerplanmäßige Bruch.«
Der Staplerfahrer wankte von dannen.
»Er scheint verletzt zu sein, Chef.«
»Glaube ich nicht, Watson. Kinder und Betrunkene fallen sehr geschickt.«
Dann durchquerten sie die Produktionshalle I. Zwei junge Männer ölten die große Presse und riefen sich dabei faule Witze und chemische Formeln zu.
»Verstehen Sie die Formeln, Chef?« fragte Watson.
»Nein. Ich habe ja nicht Chemie studiert wie diese beiden Absolventen dort.«
»Woher wissen Sie, daß es Absolventen sind, verehrter Meister?«
»Weil sie als Schmiermaxen eingesetzt sind, Watson. Seien Sie doch nicht immer so weltfremd.«
»Werde mir Mühe geben, Chef. Aber jetzt muß ich kurz verschnaufen.«
Watson setzte sich auf einen alten eisernen Ofen und sprang mit irrem Schrei wieder hoch. »Der ist ja heiß!«
»Logisch, Watson«, sagte Holmes und grinste. »Darauf machen sich die von der dritten Schicht Röststullen.«
»Irrtum, Meester«, rief eine Stimme aus dem Hintergrund, »dritte Schicht gibts hier nicht.«
Ein älterer Arbeiter kam zum Vorschein und schüttelte den beiden die Hand. Dann sagte er: »Den Ofen heizen wir in der Frühschicht immer etwas an. Denn in der Halle ziehts, und morgens isses oft verdammt kühl. Und mit klammen Fingern Skat spielen, das ist nich der wahre Frühling.«
»Sie spielen während der Arbeitszeit Skat?« rief Watson erstaunt.
»Nee, nee, nicht immer. Bloß, wenns Material nich rankommt.«
»Also dreimal die Woche«, meinte Holmes.
»Sie sehen durch, Meester«, sagte der Arbeiter und ging mit nettem Gruß.
»Na, Watson, merken Sie nun, was hier eigentlich stinkt?« sagte Holmes, als sie die Treppe zur Verwaltung hochstiegen.
»Ich habe so eine Vermutung«, antwortete Watson und öffnete nach höflichem Klopfen die Tür zum Sekretariat des Direktors.

Nach sechs Minuten kamen beide wieder heraus.
Watsons Miene war traurig.
»Es ist das erste Mal, daß wir uns zum Schweigen verpflichtet haben«, jammerte er.
»Das ist Ehrensache, Watson. Sie haben es doch gehört. Das ist eine neu zusammengesetzte Leitung. Und einer neuen Leitung muß man erst mal Zeit und Ruhe lassen. Da wären Enthüllungen und Vorwürfe unfair.«
Der Pförtner rief schon von weitem: »Na, Mister Holmes-Watson. Was haben Sie herausgefunden?«
»Nichts«, sagte Holmes.
Da riß der Pförtner Mund und Nase auf und brummelte schließlich: »Das kann doch nicht wahr sein! Seit wann arbeiten Sie so schlecht?«
»Seit heute«, erwiderte Holmes und tauschte mit Watson die Kopfbedeckung sowie Pfeife und Geigenkasten.
»Wir sind nämlich eine neuformierte Leitung«, rief Watson und sagte danach kichernd zu Holmes: »Chef, ich habe wieder was von Ihnen gelernt.«
»Und ich was von denen da drin«, antwortete Holmes.
Der Pförtner aber verstand gar nichts. Denn er war schon ziemlich lange in diesem Betrieb.

Der Feiertag

Als erste kam die Direktion.
Sie kam um 8 Uhr zehn
mit vier Mann hoch, die mußten schon
um 11 Uhr wieder gehn.

Auch BPO samt BGL
erschien mit einem Strauß.
Der Sekretär ging ziemlich schnell,
die andern hielten aus.

Um 9 Uhr kam die VVB,
drei Männer, eine Frau –
mit einer weißen Orchidee,
die war um 12 auch blau.

Um 10 Uhr kam ein General,
ein Freund der Heiterkeit.
Der blieb, vergnügt wie jedesmal,
als Gratulant auf Zeit.

Der DFD kam auch vorbei.
Drei Damen, etwas kühl.
Sie blieben steif bis um halb zwei.
Dann wurden sie mobil.

Um 12 Uhr war die Bude voll.
Im Sekretariat,
da tanzte Fräulein Marlies Knoll
Calypso mit Spagat.

Man fand die Gratulantenschar
bis Mitternacht noch wach.
Die Hälfte sieht bis heut nicht klar,
die andere liegt flach.

Doch bald schon geht es wieder rund.
Man weiß zwar noch nicht wo.
Doch irgendwie gibts immer Grund
für Feiern im Büro.

Blickkontakt

Wir sind am Ende

Du wolltest doch im alten Jahr
ein bißchen an dir schleifen
und manchen wilden Trieb sogar
dir rigoros verkneifen.
Du wolltest dir den alten Zopf
am Herzen abrasieren
und auch ein Winkelchen im Kopf
moderner tapezieren.
Du hast dich aufgerafft. O doch!
Hast dir die Brust gewaschen.
Doch am Charakter laufen noch
ein paar ganz alte Maschen.

»Prost Neujahr!« rufst du dennoch heut
und auch: »Erfolgreich weiter!«
Das wird gemacht. Und was uns freut:
Mit dir. Und das wird heiter.

2. KAPITEL

Märchen, Macken und Milljöh

Kapitel 2 enthält Texte des Buches
Zwischen Frühstück und Kohlrouladen
sowie verschiedene andere Arbeiten
aus der Zeit der Ehemaligen.

Zwiegespräch

zwischen Meier-Motzen (M-M)
und Petersdorf (Pe)

M-M: Petersdorf, Sie waren gut 26 Jahre bei der Zeitschrift *Eulenspiegel* – die Hälfte der Zeit davon aber in Ihrer Stammkneipe, der *Niquet-Klause.*
Pe: Das ist übertrieben.
M-M: Finde ich auch. Dennoch haben Sie sich aber im Laufe der 60er und 70er Jahre als satirischer Autor einen recht brauchbaren Namen gemacht.
Pe: Zu gütig, Meier-Motzen.
M-M: Sei's drum. Zu größerer Popularität in der Ehemaligen gelangten Sie aber über den Bildschirm. In *Berlin-Original* mit Sergio Günther und als Märchenerzähler *Zwischen Frühstück und Gänsebraten.* Davon reden die Älteren heute noch.
Pe: Danke.
M-M: Es blieb nicht aus, daß Ihre damals schon markante Figur nun auf allen möglichen Bühnen des Landes auftauchte: Kulturpalast Dresden, Stadthalle Karl-Marx-Stadt, Haus der Kultur Gera und so weiter – und Palast der Republik, natürlich, mit Ihren Eulenspiegel-Kollegen.
Haben Sie überhaupt damals noch was geschrieben?
Pe: Doch, doch, aber vorwiegend für den Eigengebrauch – für meine kabarettistischen Auftritte, für Conferencen, Lesungen, Moderationen.
M-M: Und aus dem ganzen Zeug haben Sie später wieder Bücher gemacht?
Pe: Cosi fan tutte.
M-M: Ich meinte, »Zwischen Frühstück und Kohlrouladen« ...
Pe: Und ich meinte: »So machen es alle.«
M-M: Danke für den Schuß mit der Mozartkugel. Apropos Musik. Neuerdings, so erzählt man, ziehen Sie sogar mit der Gitarre umher und streuen in Ihr Programm selbstgebastelte Liedeln ein. Ein Glück, daß diesem Buch keine Schallplatte beiliegt.

Rotkäppchen
mit Mayonnaise

Es waren einmal zwei deutsche Kinder.
Die hießen Pätrick und Pätrischija.
Aber das wußten sie nicht, denn sie waren erst vier Wochen alt.
Sie wuchsen und wurden dabei älter.
Als sie in den Kindergarten kamen und dabei feststellten, daß dort alle Pätrick und Pätrischija hießen, nannten sie sich aus Protest Hänsel und Gretel.
Ein kleines Mädchen rief: »Ihr doofen Konservativen!«
Hänsel rief zurück: »Rote Socke!«
Das war ein Irrtum. Denn das Mädchen trug ein rotes Käppchen. Deshalb hieß es auch so.
Rotkäppchen lud Hänsel und Gretel zu sich nach Hause ein.
Sie spielten mit dem CD-Player und dem Computer.
Dann sagte Rotkäppchen zur Mutter: »Uns ist so langweilig.«
»Guckt in die Röhre«, sagte die Mutter.
Die Kinder schalteten an.
Zwei Männer traten sich gegenseitig in den Bauch und hauten sich die Nasen krumm.
»Das ist für Schulkinder!« rief die Mutter.
Auf einem anderen Kanal schüttete eine rosa Kuh einen Eimer Nudeln in sich hinein und sang dabei mit vollem Maul: »Schacki, schnacki, Makkaroni, Mayonnaise!«
Da lachten alle, und Rotkäppchens Mutter lachte am lautesten, denn sie war die Zielgruppe der Werbung.
Nach der Kuh tanzte eine dünne Tänzerin den sterbenden Schwan.
»Ein Glück, daß unsere Oma noch ziemlich munter ist«, sagte Rotkäppchens Mutter.
Und Rotkäppchen sagte: »Ich werde mal in den Wald dschoggen und der lieben Omi 'ne Flasche Wein und ein paar Walnüsse bringen.«
»Walnüsse?« fragte Gretel.
»Warum nicht«, erwiderte Rotkäppchen. »Der alte Oberförster hat neulich gesagt, die Oma ist noch ganz schön knackig.«
»Wir werden dich begleiten!« rief Hänsel, und die drei Kinder machten sich auf den Weg.
Sie fuhren mit der Straßenbahn.
Plötzlich sprang ein Mann mit Pistole auf und brüllte den Fahrer an.
»Die Bahn fährt zum Leuchtturm, oder es knallt!«
Der Fahrer sagte ruhig: »Zum Leuchtturm führen keine Schienen, und schwimmen kann die Bahn nicht.«
»Wird Zeit, daß wieder deutsche Ordnung in den Laden kommt!« brüllte der Pistolenmann. Dann zog er die Notbremse und sprang ab.
Die Kinder erreichten den Wald.
Sie kamen zu einem wunderschönen Pfefferkuchenhaus.
Hänsel knabberte ein Stück Satellitenschüssel.
Da öffnete sich die Tür, die Hexe erschien im Bikini und rief: »Wollen Sie mich schon wieder beim Fitness-Training fotografieren?«
Doch als sie die Kinder erkannte, bat sie die drei ins Haus und bewirtete sie mit allerlei Leckereien aus der Tiefkühltruhe.
Da erschien der Wolf. Die Hexe zeigte vielsagend auf die Kinder und sagte: »Liebster Freund, der Plausch auf Plüsch fällt heute leider aus.«
»Okay«, sagte der Wolf, wandte sich zu den Kindern und meinte: »Ihr wollt doch sicherlich zur Oma. Kommt, ich zeige euch den Weg.«
Die Oma saß im Bett, sah fern und weinte bitterlich.
»Grand-Prix-Schlagervision?« fragte Rotkäppchen.
»Nein. Komiker-Stadl«, sagte die Oma.
Als sie den Wein getrunken hatte, kam sie in bessere Stimmung und tanzte einen flotten Sürtaki.

Die Kinder klatschten begeistert.
Der Wolf schnappte die Oma und drehte mit ihr einen Salcho mit dreifacher Schraube.
Da erschien der alte Oberförster.
Als er die Tanzenden sah, rief er empört: »Eine Schande! Seit der Wende hat die Oma kein Feindbild mehr!«
»O doch«, sagte die alte Dame, »das werdet ihr bei der nächsten Wahl sehen.«

Die Bremer Stadtmusikanten

Es war einmal ein Esel, der wollte nach Bremen. Aber nicht, weil es ihm zu wohl war, sondern im Gegenteil. Jahrelang hatte er seinen Herren treu gedient, hatte alle möglichen und unmöglichen Säcke ertragen und bei Jubelfesten immer brav »Ija-Ija« geschrien.
Er hatte zwar immer satt zu essen gehabt, aber nun hatte er auch manches andere so ziemlich satt.
Es wurmte ihn, daß immer weniger Wasser auf die Mühle kam, aber immer lauter geklappert wurde.
Deshalb schüttelte er den Mehlstaub von den Hufen, ging auf die Straße und sang das alte Lied:

Den grauen Esel in seinem Lauf
halten weder Ochs noch Bulle auf.

Als der Esel so eine Weile vor sich hin demonstriert hatte, fand er einen Hund am Wege liegen, der jappte und schnappte gar mächtig.
»Nun, Bürger, was schnappst du so?« fragte der Esel.
»Ich schnappe nach Luft«, sagte der Hund.
»Schnapp lieber nach Schadstoffen«, rief der Esel, »da hast du das Maul voller!«
Und dann sagte er weiter: »Was bist du überhaupt für einer?«
»Ich bin Jagdhund – und war Staatsjagd-Hund.«
»Verstehe«, sagte der Esel. »Du hast im ein-

gezäunten Wald immer das Wild aufgestöbert für die prominenten Knaller.«
Der Hund erwiderte: »Das Wild war in Lehrgängen vorbereitet und lief von selbst vor die Flinte.«
Der Esel hielt das für Jägerlatein – aber er nahm den Hund mit auf die Reise, denn er dachte sich: Solche Stories können wir drüben vielleicht 'ner Illustrierten unterjubeln und das Begrüßungsgeld aufstocken.
So zogen die beiden gemeinsam weiter und sangen das alte Lied:

Wer Kleider klaut im Warenhaus,
der treibt nicht Schabernack.
Es stellt sich leider auch heraus:
Der Kerl hat keen Geschmack.

Da stießen sie auf eine Katze. Die schrie unaufhörlich: »Mir fehlen Mäuse! Mir fehlen Mäuse!«
Es war offensichtlich eine Geldkatze.
»Uns allen fehlen Mäuse«, sagte der Esel. »Vor allem bunte. Weiße Mäuse haben wir genug.«
»Nichts gegen die weißen Mäuse!« rief die Katze. »Die haben's nicht leicht. Die wissen bei manchem rasenden Volvo nicht: Sollense pfeifen oder grüßen!«
Da sagte der Esel: »Du bist 'ne ziemlich ausgeschlafene Katze. Komm mit uns!«
So zogen sie gemeinsam weiter, und die Geldkatze stimmte das alte Lied an:

Im schönsten Devisengrunde,
da steht mein Heimathaus.
Dort guckt zu jeder Stunde
der Neckermann heraus.

Da war plötzlich in der Luft ein lautes Krähen, unsere drei Wanderer schauten nach oben. Vor ihnen aber saß ein Hahn auf der Straße und sprach: »Warum schaut ihr nach oben? Oben wird jetzt nicht mehr so laut gekräht. Ich war der zentrale Schönwetterhahn. Bin ganz schön runtergekommen.«
Die Katze sagte: »Da hättest du nicht auf dem Rathaus hocken dürfen, sondern besser auf dem Kirchturm.«
»Da ist kein großer Unterschied«, rief der Hahn. »Heutzutage gehn die Pfarrer auf die Straße und die Genossen in die Kirche! Am besten, man geht in seinen alten Beruf zurück und macht auf'm Hühnerhof den Eierbestempler.«
Sie nahmen den Hahn mit auf die Reise und sangen gemeinsam das alte Lied:

Im Volkskammergut,
da kammer gut lustig sein.

Sie konnten aber die Stadt Bremen in einem Tag nicht erreichen und kamen in einen Wald, wo sie übernachten wollten. Dort bereiteten sie sich ein Nachtlager unter einer Fichte. Die nadelte pausenlos unter sich.
»Was soll die Ferkelei?« krähte der Hahn.
Die Fichte sagte: »Ich kann nichts dafür. Ich bin sauer!«
Da sah der Hahn in der Ferne ein Licht.
»Dort muß ein Haus sein!« rief er. »Da läßt es sich gewiß bequemer übernachten.«
Als sie das Haus erreichten und durchs Fenster schauten, sahen sie eine Anzahl bekannter, würdiger Herren, die standen um einen grünen Tisch herum.
Aber sie standen nicht direkt um die Tischplatte, sondern waren alle etwas zurückgetreten.
Sie hatten die Schuhe in der Hand und versuchten, sich gegenseitig Schuld hineinzuschieben.
Da kletterten die vier Tiere vor dem Fenster aufeinander, und sangen lauthals das alte Lied:

Kein schöner Landsitz weit und breit
als der in Wandlitz – doch 's ist Zeit:
's ist Feierahmd.

Da verließen die Herren diszipliniert das Haus, und die vier Musikanten zogen ein.

»Es ist ein angenehmes Haus«, sagte die Katze. »Hier sollten wir bleiben und Weihnachten feiern. Was wollen wir in Bremen?«
»Du hast recht«, sagte der Hund. »Aber das Haus muß gründlich renoviert werden.«
Da klopfte es an die Tür, und herein trat ein älterer, hagerer Herr und fragte fröhlich: »Darf ich beim Tapezieren helfen?«

Aschenputtel

Es war einmal ein reicher Mann, der hatte eine Frau, die war krank und starb daran.
Das kleine Töchterlein weinte gar bitterlich, denn es hatte seine Mama sehr lieb gehabt.
Der Mann weinte weniger bitterlich, denn er hatte seine Frau vor sehr langer Zeit mal lieb gehabt.
Dennoch ließ er ein prächtiges Begräbnis ausrichten, aber er sprach mehrmals leise zu sich selbst: »Scheidung wäre billiger gewesen, und das Kind hätte man der Mutter zugeschlagen. Jetzt bin ich angeschmiert.«
Dann sprach er weiter: »Laß die Toten ruhn!« und nahm sich eine Lebendige. Die hatte eine bewegte Vergangenheit und zwei erwachsene Töchter.
Die Töchter waren zwar von stattlicher Körperhöhe, aber richtige Giftzwerge. Sie schikanierten ihre Stiefschwester, wo sie nur konnten.
Während sie selbst, die Töchter, stundenlang bunte Illustrierte lasen, mußte die Stiefschwester stundenlang Erbsen lesen.
Aus der Asche.
Deshalb nannte die böse Stiefmutter das Mädchen auch Aschenputtel, und die Töchter wieherten einfältig vor Vergnügen.
Denn sie merkten nicht, daß sie auch nur Asche lasen.
Aschenputtel trug ihr Schicksal mit Geduld, denn es hatte mal einen Parteiredner sagen hören: Gäbe es keine unteren Schichten, wäre niemand motiviert, sich nach oben zu arbeiten.
Außerdem hatte das brave Mädchen beim Erbsenlesen fleißige Helfer. Es waren als Tauben kostümierte Studenten der Musikhochschule »Richard Tauber«.
Sie verlangten keinen Lohn für ihre Hilfe. Ihnen genügten die schlechten Erbsen, denn damit beschossen sie mittels Katapult in Frei-

reuth bestimmte Festspielgäste und Regisseure.

Eines Tages gab der König ein großes Fest.

Er lud dazu durch Postwurfsendung alle Schönen des Landes ein.

Grund: Der Prinz und designierte Thronfolger brauchte eine attraktive Gemahlin, die er bei Auslandsbesuchen ohne Hemmungen vorzeigen konnte.

Aschenputtels Stiefmutter und ihre Giftzwerge warfen sich natürlich sofort in die teuersten Fummel und rasten zum Ball.

Vorher warfen sie dem armen Mädchen noch einen Sack Erbsen in die Asche und riefen höhnisch: »Mach dir 'n gemütlichen Abend!«

Da kamen die Tauberiche und sprachen: »Sei nicht doof. Draußen am Brunnen vor dem Tore, da steht ein Lindenbaum. Aus dem kannst du die schärfsten Modell-Kleider schütteln!«

Aschenputtel flitzte hin, klopfte dreimal auf Holz und rief:

»Bäumchen rüttel dich
und schüttel dich,
wirf Ohdkotür-Zeug
über mich!«

Da gab es einen leisen Knall, und Aschenputtel trug vom Kopfe bis zu den Füßen die prächtigste Abendrobe der Welt und war schön wie der junge Morgen.

Kein Wunder, daß der Prinz beim Ball sofort ein Auge und sich selbst auf die Schöne warf, denn er hielt sie für das Top-Model Laura Binnenschiffer.

Das war natürlich ein Irrtum, denn die echte Laura drehte gerade einen Werbe-Spot für Laufsteg-Schuhe Marke »Molto Beene«.

Aschenputtel hielt den Prinzen für den weltberühmten Opernstar Tassilo Flamingo, denn er sang pausenlos: »Reich mir die Hand, mein Leben, komm auf mein Schloß mit mir!«

Das ließ sich die Schöne nicht zweimal sagen. Aber sie stolperte über eine Unebenheit der Protokollstrecke und verlor eines ihrer zierlichen Schühchen.

Dadurch kam eine schwarze Socke zum Vorschein, und Aschenputtel rannte vor Scham davon.

Der Prinz wetzte mit dem liegengebliebenen Schühchen hinterher und suchte unter all den Balldamen den passenden Fuß.

Die Giftzwergtöchter riefen sofort: »Come here! Come together!«

Aber ihre Füße hatten das Format von Flurschadentretern.

Da hackte sich eine den großen Zeh und die andere ihre Ferse ab.

Beide hatten sich geschnitten, denn der Prinz gab großzügig Fersengeld und verduftete.

Er irrte tagelang durchs Land, klapperte alle Nobelherbergen und Szene-Kneipen ab – aber nirgends fand er die angebetete Schöne.

Da wandte er sich an die Detektiv-GmbH »MFS«, das hieß: »Mir finden se.«

Aber die Jungs brauchten gar nicht zu suchen. Sie kramten nur in ihrer Erinnerung und sagten: »Aschenputtel, mittelgroß, parteilos, unauffällig religiös, ehemals Straße des Roten Oktober, jetzt Lila-Pause-Promenade, Jungfrau.«

Der Prinz staunte, engagierte die Herren für seine Wach- und Schloßgesellschaft und galoppierte zum Aschenputtel.

Er herzte und küßte sie, machte sie zur Frau und dann zu seiner Gemahlin.

Die böse Stiefmutter und ihre Giftzwergtöchter aber brachte er beim Fernsehen in der Serie »Protzki« unter. So waren sie bald landesweit in Verschiß, und kein Hund nahm ein Stück Brot von ihnen.

So hart waren damals die Strafen – und wenn sie nicht gestorben wären, gäb's die Sendung heute noch.

Rotkäppchen
und die Umwelt

Es war einmal ein kleines Mädchen. Das hieß Rotkäppchen, weil es immer ein rotes Käppchen trug. Obwohl es eigentlich mit den Grünen sympathisierte.
Aber die Mutter bestand auf Rot – weil sie immer Schwarz wählte und die Wahl geheim bleiben sollte.
Das kleine Rotkäppchen war ein sehr wißbegieriges Kind.
Pausenlos stellte es allerlei Fragen.
»Mütterchen«, sagte es neulich, »was ist eigentlich die Umwelt?«
»Ganz einfach«, sagte die Mutter. »Wir sind hier auf der Welt, und drumherum ist die Umwelt.«
»Diesen doofen Gag hat mir schon Rumpelstilzchen erzählt!« rief die Kleine.
»Entschuldige«, sagte die Mutter. »Die Umwelt ist alles, was uns umgibt. Die ganze Erde praktisch.«
»Dann ist der liebe Gott der oberste Umweltminister, stimmt's?«
»Naja, könnte man so sagen.«
»Dann muß der wohl auch nach Berlin?«
»Nein, er hat ja nicht in Bonn gesessen.«
In diesem Augenblick piepte der Telefax-Apparat.
Botschaft von Omilein.
»Seit wann hat die denn Telefax?« murmelte die Mutter.
»Vielleicht hat sie beim Glücksrad gewonnen, Mama. Was schickt sie denn für 'ne Messitsch?«
»Sie fühlt sich nicht wohl und möchte 'ne Flasche Rotkäppchen-Sekt und 'ne Video-Kassette mit Dolly Buster-Keyton. Besorge alles und bring's hin.«
Das brave Mädchen schlüpfte in sein T-Shirt und in die Rollschuhe und schnurrte davon.
Das gewünschte Video durfte an Kinder nicht verkauft werden.
Der Verkäufer sagte: »Nimm doch dafür den Heimatfilm ›Der weiße Friese‹. Darin kommt das schöne Lied vor ›Wo die Nordseewellen trecken an den Strand‹«.

Das kluge Rotkäppchen sprach: »Das Lied ist in Zingst entstanden und heißt ›Wo die Ostseewellen ...‹«.

Der Verkäufer rief: »Eine Schande, daß euch immer noch die alten DDR-Begriffe im Kopf rumspuken!«

Rotkäppchen-Sekt gab's nur als Öko-Getränk mit grünem Punkt.

»Was bedeutet der grüne Punkt?« fragte das Kind.

Die Verkaufsdame sagte: »Gar nichts. War mal so 'ne Idee.«

Rotkäppchen rollte in Richtung Oma und verließ die Stadt.

Auf einer Wiese weideten Kühe.

Sie rutschten dabei auf den Knien.

»Ihr Ärmsten!« rief Rotkäppchen. »Schon wieder ein neuer Virus?«

»Quatsch«, brummte eine Schwarzbunte, »die Bundeswehr hat wieder Tiefflüge angekündigt.«

Plötzlich hüpfte ein giftgrüner Frosch vorüber.

Er trug ein altes NVA-Käppi und russische Leutnantsschulterstücke.

Als er den verduzten Blick der Rindviecher sah, quakte er: »In unserm Froschteich schwimmen so viele militärische Altlasten, da hätte ich als Zivilist gar keinen Zutritt.«

Rotkäppchen wünschte ihm Gesundheit, rollte weiter und überquerte einen Schiffahrtskanal. Dabei spuckte es von der Brücke auf einen Lastkahn voller Kies. Der Schiffer lachte freundlich – und die Kleine rief: »Wieviel Kies haben Sie denn drauf?«

»So viel wie 38 volle LKW!«

»Au weia!« sagte Rotkäppchen, »die fehlen jetzt auf der Autobahn.«

Im nächsten Dorf saßen der Bürgermeister und der Pfarrer auf der Bank unter der Linde. Sie knobelten mit Streichhölzern, ob der neue VIP-Golfplatz mit einem Gottesdienst oder einem Frühschoppen eingeweiht werden sollte.

Man einigte sich auf beides.

»Wo ist denn der Golfplatz?« fragte Rotkäppchen.

Der Bürgermeister sagte: »Dort, wo früher die Kleingärten waren, gleich neben McDonalds, wo einst das Hünengrab war.«

Da fiel die hölzerne Naturschutz-Eule von der Linde, und Rotkäppchen suchte vor Schreck das Weite.

Es begegnete einer wandernden Elefanten-Herde. Die Dickhäuter waren in Stimmung, denn sie bewarfen sich mit Bierflaschen und Cola-Büchsen.

»Warum tut ihr das?« rief Rotkäppchen.

Der Reiseleitbulle sagte: »Das ist der sanfte Tourismus. Früher haben wir Bäume ausgerissen!«

Dann hob er den Rüssel und trompetete »Il silencio«.

Ein vorüberfliegender Hubschrauber drehte durch und verschwand im Ozon-Loch.

Endlich erreichte Rotkäppchen den Wald, in dem die liebe Oma wohnte.

Da hörte es plötzlich ein seltsames Gewieher und erblickte vor sich ein schmuckes, schneeweißes Einhorn.

»Hällo, Hornie!« rief die Kleine. »Ich dachte, Ihr seid ausgestorben!«

»Sind wir auch. Ich bin ein Geklonter.«

»Und die echten? Warum wurden die damals abgewickelt? Kam 'ne Eiszeit?«

»Im Gegenteil«, antwortete das Einhorn. »Zu viel Hitze. Treibhauseffekt.«

»Verstehe«, meinte Rotkäppchen, »zu viel Treibgas-Mähnenspray, die veraltete FCKW-Stallkühlung, stickige Abgase und so weiter. –Wir sind ja auch kurz vorm Kollaps!«
»Stimmt«, sagte das Horntier.
»Jede Woche wird eine halbe Millionen Treibhausgase in die Luft geblasen.
Jedes Jahr wird die Ozonschicht um 2 Prozent dünner.
Jeden Tag gehen 40 Pflanzenarten ein.
Jede Minute werden 30 Hektar Regenwald zerstört ... Soll ich weiterreden?«
»Du bist ja ganz schön bewandert«, sagte Rotkäppchen, »liest wohl viel Fachliteratur?«
»Auch. Aber vor allem treibe ich Ursachenforschung. Studiere die Börsenberichte.« – Rotkäppchen wünschte ihm und sich ein langes Leben und zog weiter.
Es erreichte schließlich das Häuschen der Oma. Die alte Oma lag nicht im Bett, sondern saß kichernd auf dem Dach und hämmerte und schraubte an einem großen Solar-Zellen-Gestell herum.
»Nieder mit den fossilen Brennstoffen!« rief sie. »Ich stelle auf Sonnenenergie um!«
»Aber Omi!« rief Rotkäppchen. »Durch die Bäume kommt doch kein einziger Sonnenstrahl!«
»Die Bäume kommen ja weg, mein Kind. Denn hier entsteht ein Forschungsinstitut für Umweltschäden.«
Das hörte der alte Oberförster und weinte bitterlich. Doch er fing sich und sprach: »Dann werde ich eben umschulen. Ich baue aus den Baumstämmen 'ne Blockhütte und eröffne das Erotik-Center ›Der letzte Balzer mit dir‹«.

Der Favorit

»Guten Morgen, Herr Direktor!«
»Morjen! Ah – Moment mal. Kenne ich Sie?«
»Ich glaube nicht, Herr Direktor. Ich arbeite in Ihrem Betrieb.«
»Na und? Denken Sie, ich sehe nicht durch? Klar kenne ich Sie. – Bollermannn! Stimmt's?«
»Na ja, eigentlich ...«
»Was heißt hier eigentlich? Warum denn so gehemmt, alter Junge? Wir ziehen doch alle am selben Strang. Ob ich nun da oben in der Direktion oder Sie da unten in der Drahtzieherei. Der Betrieb ist unsere gemeinsame Mutter! Unsere Amme, möchte ich mal sagen. Ihre Brüste nähren uns alle. Stimmt's?«
»Naja. Ich denke nur ...«
»Ach nee. Sie denken? Schote, Schote! Denkender Arbeiter. Das ist ja das, was das Unternehmen braucht. Das ist das Mark in den alten morschen Knochen, die mein Betrieb so mit durchschleppt. Wie denken Sie zum Beispiel über unser Betriebsklima?«
»Ich kann nicht ...«
»Sie können nicht klagen! Ist ja logisch! So 'ne anständige Bude, wie man so sagt, finden Sie bestimmt nicht alle Tage, stimmt's?«
»Naja, bloß diese ungesunde Luft und die Hetzerei.«
»Wem sagen Sie das, lieber Bollermann! Die ständige Hetze der Linken vergiftet die ganze Atmosphäre. Da muß der Arbeiter sich auch mal selbst zur Wehr setzen. Warum soll sich denn nur der Boß immer mit Repressalien unbeliebt machen? Stimmt's?«
»Naja, *noch* unbeliebter können Sie sich ja eigentlich ...«
»Stimmt, lieber Bollermann! Noch unbeliebter kann ich mich machen, wenn ich die tragenden, unternehmensstützenden Kräfte der Arbeiterschaft vielleicht übersehe. – Aber da passe ich schon auf. Deshalb war es schön und wichtig, mal mit Ihnen geplaudert zu haben, lieber Bollermann!«

»Verzeihung, Herr Direktor. Ich bin Krauseminze, Ankerwickler Krauseminze.«
»Na, so was! Warum sagen Sie denn das nicht gleich?«
»Ich wollte nicht so hart und unhöflich widersprechen.«
»Donnerwetter, Mann. – Wissen Sie, was ich mich jetzt frage? Warum ist so einer wie Sie nicht im Betriebsrat? Na, vielleicht läßt sich was einfädeln. Also dann: Auf Wiedersehen, lieber ... wie war doch der Name?«
»Bollermann, Herr Direktor, Bollermann.«

Meier-Motzen
rettet Verdi

Zu einem bemerkenswerten Zwischenfall kam es am gestrigen Abend im hiesigen Opernhaus.
Man gab wieder mal »Othello«, und unser seit vielen Jahren geschätzter und verehrter Kammersänger Meier-Motzen bestritt wie immer die Titelpartie.
Doch statt des für Herrn Kammersänger zur Selbstverständlichkeit zählenden Auftrittsapplauses empfingen ihn sowohl aus dem Parkett als auch von den Rängen etliche Pfiffe, und es ertönten Rufe wie »Ausländer raus!« und »Hau ab, Kanake!«.
Meier-Motzen zog sich geistesgegenwärtig in seine Garderobe zurück, schminkte sich ab – und als er nach einiger Zeit in der Maske eines hinlänglich bekannten Rechtsradikalen auftrat, begrüßten ihn sowohl aus dem Parkett als auch von den Rängen etliche Hurra- und Heilrufe.
Die Oper konnte dann ohne weitere Zwischenfälle über die Bühne gehen.
Allerdings wurde Othello am Ende von Desdemona erwürgt. Pfiffe und Buhrufe.
Für die schweigende Mehrheit war es aber ein gelungener Abend.

Dornröschen

Es waren einmal ein König und eine Königin, die sprachen jeden Tag: »Ach, wenn wir doch ein Kind hätten!«
Doch sie kriegten keins.
Die Königin schob alles auf den König.
»Das kommt nur von deinem ständigen Herumgehocke auf dem Thron! Da sterben nicht nur die Füße ab!« Ein paar steile Hofdamen lächelten besserwissend und dachten: Gut, daß nicht jeder auf dem Thron weiß, was die unteren Organe so treiben.
Eines Tages ging die Königin baden.
Als sie in der Wanne saß, kam aus dem Abflußrohr plötzlich ein Frosch hervor.
»Häälo, Görl!« rief der Glitschige.
Die Königin rief: »Hei! Komm, sei kein Frosch!«
Dieser tat ihr den Gefallen, denn er war eigentlich ein verkleideter Klempner, der gern mal was nebenbei machte.
Als er seinen Auftrag erfüllt hatte, sagte er: »Ehe ein Jahr vergeht, wirst du eine Tochter zur Welt bringen.«
Da gab ihm die Königin ein schönes Trinkgeld und sagte noch: »Aber tratsche es nicht überall herum, denn du weißt ja: Bei Prominenten achten die Leute auf jeden Seitensprung.«
Was der Frosch prophezeit hatte, geschah.
Die Königin gebar ein Mädchen, und der König veranstaltete ein mächtig gewaltiges Freudenfest.
Er lud dazu nicht nur pflichtgemäß die Verwandtschaft ein, sondern auch die Oberhäupter der Fürstentümer seines Reiches. Es waren 15 an der Zahl.
Der König hatte aber nur 14 Porzellanteller, weil er die übrigen gegen eine acht Jahre alte Reitpferd-Anmeldung getauscht hatte.
»Da muß eben einer zu Hause bleiben«, meinte die Königin.

»Am besten der autonome Gebirgler. Den würde der Glanz in der Residenz ohnehin nur verwirren.«
Als das große Fest heran war, erschien der Nichtgeladene dennoch und rief: »Die Königstochter wird sich an einer Spindel stechen und tot umfallen! Und nun wünsch ich noch einen schönen Abend. Holladrijoh!«
Da weinten alle Anwesenden ziemlich heftig, bis einer rief: »Der Staatsanwalt hat das Wort!«
Es erhob sich ein Herr mit exquisiter Römerfrisur und sagte tränenden Auges: »Mußte es so weit kommen?«
Und nachdem alle »Nein« gerufen hatten, sprach er weiter: »Tod kommt natürlich nicht in Frage. Wir werden auf hundertjährigen Schlaf herunterhandeln.«
Da klatschten alle in die Hände, denn sie sagten sich: Bei dem heutigen Streß kann ein etwas längerer Schlaf gar nicht schaden.
Der König aber ließ wegen der angedrohten Spindelstecherei alle Spinnräder im Königreich verbieten und vernichten.
Nur die Exportspinner durften weitermachen. Dadurch kamen Devisen ins Land, und mit den Devisen konnte man auswärtige Stoffe kaufen, die man sonst selbst gesponnen hätte. Mit anderen Worten: Handel und Wandel blühten – und das Königstöchterlein erblühte zu einer knackigen Kirsche.
Eines Tages ging es in die Rumpelkammer des Schlosses, um in der Truhe der Urgroßmutter ein paar alte Röcke und Stiefeletten für die Disko zu suchen.
Dabei stieß die Königstochter auf eine uralte Spindel, hielt das Gerät für ein Produkt der heimischen Unterhaltungselektronik und stach sich prompt in den Finger. Voller Erfolg. Sofortiger Tiefschlaf. Der gesunde, vor Mitternacht.
Auch das ganze Schloß schnarchte.
Die Diener, die Kammerzofen, die Gärtner, Glas- und Gebäudereiniger, der Hofnarr und sein Gag-Man: Alle, alle schliefen.
Sogar die Kellner vom Schloßrestaurant schliefen im Stehen gleich weiter. Nur einer schaffte es noch, ein Schild an die Tür zu hängen mit der Aufschrift »Geschlossene Gesellschaft«.
Über dieses Schild hätte sich die Bevölkerung nicht gewundert, doch sie konnte es gar nicht sehen, denn um das Schloß wuchs eine riesige Dornenhecke mit ein paar Rosen - oder wie die höfische Presse schrieb: eine riesige Rosenhecke mit ein paar Dornen.
Viele Jahre vergingen.
Da kam eines Tages ein junger Prinz des Weges, sah das zugewachsene Schloß und sprach: »Junge, Junge, schon wieder verlotterte Altbausubstanz!«
Als er aber durch einen informellen Mitarbeiter von der Schönheit des schlafenden Dornröschens hörte, gab er seinem Pferd die Sporen. Es flog über die Dornenhecke, und da Roß und Reiter sehr hoch flogen, landeten sie genau in Dornröschens Turmzimmer.
Der Prinz wollte sofort drauflosküssen, aber es war ein Kuß in den Ofen.
Denn die Schöne lag nicht im Tiefschlaf, sondern saß an der Nähmaschine und machte aus Bettlaken, Schnallen, Haken und Ösen putzige Blusen und Hosen.
»Du bist ja ein ganz ausgeschlafener Typ!« rief der Prinz. »Mit diesen Modefummeln können wir doch auf den Weihnachtsmarkt ganz schön Kies machen.«
»Dort nicht«, sagte Dornröschen. »Wir müssen uns an die Regeln halten: Modisches auf dem Trödelmarkt!
Auf'n Weihnachtsmarkt Töppe und Latschen mit Bockwurst und Rippchen!«

Rotkäppchen
und der Saurier

Als das liebe Rotkäppchen der Mutter beim Pfefferkuchenbacken half, warf es aus Versehen ein Glas um und einen Blick aus dem Fenster.
»Mütterchen!« rief die Kleine, »dort drüben auf dem Arbeitsamt ziehen sie eine Fahne hoch und schwenken Wunderkerzen!«
»Vielleicht erwarten sie den Kanzler«, sagte die Mutter.
»Ist der auch entlassen?« fragte Rotkäppchen.
»Noch nicht«, antwortete die Mutter und blickte traurig. Dann knipste sie den Fernseher an.
Es gab Werbung: Dauerfestiger für Engelshaar, Schneeschieber mit Servolenkung und Christbaumkugeln mit Autogrammen von Maria und Joseph.
In der Werbepause erschienen die Wildbecker Scherzbuben und sangen das alte Weihnachts-Stimmungslied: Ich trink den Wein nicht gern allein – ich trink ihn nur mit Jesulein.
»Apropos Wein!« rief Rotkäppchens Mutter, »laden wir die Oma ein, oder schicken wir ihr zum Fest einen Schluck Landwein im Tetrapack?«
»Überflüssige Frage«, sagte Rotkäppchen. »Die Omi hat ein Telefax geschickt. Sie liegt im Bett und möchte 'ne Flasche Rotkäppchen-Sekt und eine Videokassette mit der Operette ›Henry Maske in Blau‹.«
»Gut«, sagte die Mutter, »besorge alles und bring's hin. Und leg noch ein Äpfelchen dazu – es ist schließlich das Fest der Liebe.«
Das brave Mädchen setzte sein rotes Käppchen auf, schlüpfte ins Mäntelchen und in die Rollschuhe und schnurrte durch die Straßen.
Im Stadtzentrum gab es eine Demo der Treuhand. Die Demonstranten riefen im Chor: »Nieder mit dem schlechten Ruf!«
Einige waren vermummt.
Polizisten schlugen dabei auf ihre Schutzschilde und sangen: »Morgen, Kinder, wird's was geben!«
Rotkäppchen winkte allen fröhlich zu und rollte weiter. Vor einem staatlichen, geschlos-

senen Glaspalast verkaufte ein Mann Abreißkalender.

Nebenan stand ein künstliches Königsschloß und flatterte im Abendwind.

»Kein Wunder«, sagte Rotkäppchen, »es ist total hohl.« In der Videothek gab es keine Operettenvideos, aber jede Menge Musikkassetten.

»Oldies sind in«, sagte Rotkäppchen und nahm eine CD mit beliebten FDJ-Liedern und dem Freiheits-Chor der Parteiveteranen.

Der Herr in der Weinhandlung sagte: »Rotkäppchen-Sekt und Nordhäuser sind wieder ganz stark im Kommen. Vielleicht kriegen sie bald den Staatstitel ›Wertkonservativ‹.«

Rotkäppchen machte sich auf den Weg zur Omi. Die alte Dame lebte am Stadtrand im Wald. Der bestand aus 211 Bäumen.

Die anderen hatte man gefällt, um Platz zu schaffen für einen Gewerbemarkt für Äxte und Motorsägen.

Rotkäppchen hüpfte fröhlich von Baum zu Baum. Da hörte es plötzlich einen gewaltig urigen Schrei und erblickte vor sich einen riesigen Saurier.

»Hällo Drolli«, rief die Kleine, »bist du ein Brontosaurus, ein Triceratops, ein Deinonychus, ein Iguanodon oder ein Parasaurolophus?«

Das Urvieh sprach: »Diese Kollegen kenne ich nicht. Sind vielleicht Berater von drüben. Die kriechen hier überall rum. Ich bin Tyrannosaurus Rex. Fleischfresser!« Er riß sein riesiges Maul auf.

»Unsere Oma bräuchte auch neue Zähne«, sagte Rotkäppchen, »aber dafür müßte sie ihr Häuschen günstig verkaufen.«

Da lachte das Urvieh und machte einen unvorstellbar gewaltigen Sprung.

Bei dem macht keiner Dopingkontrolle, dachte Rotkäppchen.

Dann sagte es: »Wieso kommt'n eigentlich nicht der Wolf?«

Der Saurier antwortete: »In der Zeitung stand, daß die Wölfe neuerdings aus Polen kommen. Und du weißt ja, wie lang die Wartezeiten an der Grenze sind. – Ich bin übrigens ein Freund deiner Oma. Bin ihr Steuerberater.«

»Aber du stammst doch aus der Urzeit.«

»Das Steuergesetz auch!«

Sie erreichten das Haus der Oma.

Die alte Dame saß im Bett und das tapfere Schneiderlein auf der Bettkante.

»Er ist jetzt bei der Versicherung!« rief die Großmutter. »Ich habe gerade Haftpflicht und Kasko abgeschlossen.«

»Aber du hast doch gar kein Auto!« rief Rotkäppchen.

»Egal«, sagte die Oma, »der arme Kerl will auch leben. Er möchte so gern unser Landesvater werden. Aber eine süddeutsche Wahrsagerin hat ihm gesagt: Das schaffste morgen net und auch net heit, Mann!«

In diesem Moment trat der Wolf herein und sagte: »Entschuldigt die Verspätung. Habe mir 'nen Wolf gelaufen.«

Als er den Saurier sah, sagte er: »Was machst'n du hier? Du gehörst doch ins Kino!«

»Um Himmels willen«, rief der Dino, »da lacht man sich ja als echter Saurier tot! – Ich will aber nicht aussterben!«

»Wir würden dir ein Denkmal setzen«, sprach das Schneiderlein, »in Berlin, Unter den Linden, auf hohem Sockel: Tyrannosaurus Rex!«

»Dort reitet doch schon Fridericus Rex!« rief die Oma.

Da sagte der Wolf: »Ob Fridericus oder Tyrannosaurus, Rex bleibt Rex!«

»Und zur Einweihung singt Rex Gildo!« sagte Rotkäppchen.

Da lachten alle, tanzten fröhlich um den Lichterbaum und sangen:

Morgen kommt der Weihnachtsmann
mit seinem Sack vorbei.
Und wenn er steckenbleibt im Stau,
kommt er zum 1. Mai!
Juchhei!

Semper furniert

Solch kurze und lakonische Meldungen findet man selten.
Aber das ist nebensächlich. Am erstaunlichsten fand ich die Formulierung »Die nicht verwendten Stämme und Blätter ...«
Ich bin ein altgedienter, harter Raucher. Schon in den spätpubertären Jahren gehörten »Turf« und »Casino« zu meiner Schulspeisung. Ich habe seinerzeit noch die legendäre »Yeu« geschmaucht – leicht angeröstet –, genoß die kleine »Muck« mit einem Zug, habe meine »Karo«-Krise durchlitten und sehe heute mit »Cabinet« und »Club« und Würde meinem letzten Husten entgegen.
Kurz gesagt: Ich bin kein Nikotinehdscher mehr, sondern ein gestandener Rauchverzehrer.
Um so überraschender für mich die Mitteilung von »nicht verwendeten«, weil – so schlußfolgere ich – nicht verwendbaren Teilen der Tabakpflanze.
Diese Meldung, aus Dresden kommend, hätte ich unbedenklich für schlitzohrigen sächsischen Humor unserer Glimmstengelproduzenten gehalten. Denn ich finde seit Jahren in fast jeder Schachtel mindestens zwei bis drei Zigaretten, die aus nicht verwendbaren Stämmen und Blättern zu bestehen scheinen. Dieses Vertrauen in meine tapfere Lunge machte mich immer ein wenig stolz.
Aber nun diese überraschende Meldung aus Bulgarien.
Aus allem, was ich bislang in mich reingezogen habe, machen sie nun Schrankwände, Sitzbänke oder Doppelbettcouches. Was, wenn Hellerau diese Methode übernimmt?
Dann streiten sich vielleicht künftig Möbelmacher und Zigarettendreher um die kernigsten Teile des Tabaks.
Ich hoffe aber, man räumt dem Raucher weiterhin Vorkaufsrechte ein.
Aber etwas reizt mich an den Tabakmöbeln doch: Wie oft schon habe ich zu nächtlicher Stunde beim verbissenen Ausbrüten eines Artikels die ganze Wohnung auf den Kopf gestellt, um noch irgendwo eine Zigarette zu finden.
Natürlich immer erfolglos.
Dieses Problem wäre gelöst.
Ich könnte mir in Notsituationen mühelos ein paar Scheiben vom Schreibtisch abschneiden und sie in der Pfeife rauchen.
Der größere Genuß aber wäre gewiß ein Club-Sessel!

Unter anderem Knickspreizfuß

Ich habe einen Raucherhusten, also, ich kann nur sagen: Ich sage lieber nichts.
Nur soviel: Ich werde gelegentlich bei medizinischen Symposien engagiert. Als Objekt. Was tut man nicht alles für die Wissenschaft. Über meinen Husten haben schon etliche Jungmediziner gearbeitet, wie es in dieser Branche heißt. Und immer mit Erfolg. Für sie. Ich huste in gleichbleibender Qualität. Nur im Krankheitsfalle schwächer. Im Bett rauche ich auch weniger.
Auch mein Blutdruck ist nicht der beste. Überhaupt: der ganze Kreislauf. Vom medizinischen Standpunkt hochinteressant. Es liegt aber nicht nur am Rauchen. Auch am vielen Sitzen. Brecht soll ja im Stehen gedacht haben. Meine Verhältnisse, die sind nicht so. Wenn ich morgens in meinem Arbeitsstübchen stehe und der Chef kommt im Zuge seiner ziemlich unauffälligen Kontrollgänge hereingeschneit, muß ich damit rechnen, daß er sagt: »Na? Noch gar nicht Platz genommen – oder schon wieder auf dem Weg zur Kantine?«

Also sitze ich lieber, und das Blut rollt träge durch die gebeugten Arterien.
Logisch, daß ich nach Feierabend einen Ausgleich suche. Am Skattisch. Ein saftiger Knickspreizfuß und eine kleine Bierwanne sind die Folgen. Mitunter muckt auch die Magenschleimhaut ganz schön auf. Da würge ich mir ein bis vier Tabletten runter.
Die Schleimhaut beruhigt sich. Allerdings auch der Darm. Mit Abführtee mache ich ihn mir wieder gefügig. Man muß danach oft rennen. Wenn ich renne, schwitze ich. Wenn ich schwitze, und es weht auch nur ein winziges Lüftchen, brauche ich auf den Schnupfen nicht zu warten. Er kommt sofort.
Also, ich glaube, Sie merken schon, was mit mir los ist. Viel nicht. Ein ziemlich Kaputter, wie man so sagt. Aber ich versuche, mein Schicksal mit Würde zu tragen. Das Dumme ist nur das Gestichel der Kollegen. Ihre Zeigefinger! Ich arbeite nämlich in einem Team, ehemals Kollektiv, das vor Gesundheit nur so strotzt. Da wirke ich wie ein Bazillus.
Aber sie sind freundlich zu mir. Weil ich es auch bin und mir nicht anmerken lasse, wie unheimlich mir ihre Gesundheit ist.
Obwohl ich mir manchmal so meine Gedanken mache.
Über diesen und jenen.
Ich will nur mal ein paar herausgreifen. Zum Beispiel Josefina.
Frau im besten Alter. Von Natur aus schlank und durch gelegentliche Hungerkuren noch schlanker. An manchen Stellen vielleicht zu sehnig. Aber das ist Geschmackssache. Der Ehemann hat eine recht verantwortliche Position. Nichtraucher und Nichttrinker, aber sonst kein schlechter Kerl. Tanzt gern. Auch zu Haus. Und wenn zufällig »Herzilein« erklingt, wird er bacchantisch und öffnet ein Fläschchen Helles.
Da nimmt dann Josefina auch einen Teelöffel voll. Was dann kommt, entzieht sich meiner Kenntnis, und es würde auch nicht hierherpassen. Aber gesund ist es.
Ein anderes Beispiel: Unser schöner Franz. In meinem Alter. Aber gegen mich wurmstichige Pflaume ein blühender Pfirsich oder so ähnlich.
Trägt nur maßgeschneiderte Anzüge und einen maßgeschneiderten Don-Giovanni-Bart. Hektik, Erregung, Nervosität sind für ihn Begriffe aus einer anderen Welt. Ich habe meine Uhr verkauft. Franz ist mein Zimmernachbar. Die Wände sind dünn. Wenn ich ihn das Fenster öffnen höre, ist es acht Uhr vier. Raschelt das Butterbrotpapier, ist es zehn Uhr, und wenn er seiner lieben Frau telefonisch mitteilt, daß er nun zu Tisch geht, schlägt eine Minute später die Rathausuhr zwölfmal.
Die Rathausuhr geht eine Minute nach. Franz hat schon mehrfach Eingaben gemacht. In netter Form, versteht sich. Denn Unbe-

herrschtheit und wallendes Blut sind nicht seine Art.
Er ist freundlich. Auch gesellig. Als ich mal im Kreise der Kollegen meinen Geburtstag begoß, trank auch er auf mein Wohl ein Gläschen Wodka. Am anderen Morgen öffnete er das Fenster erst acht Uhr sechs. Er war völlig durcheinander. Aber seine Bärennatur brachte ihn bis zum Mittagsgeläut der Rathausuhr wieder in den richtigen, gesunden Rhythmus.
Nehmen wir schließlich noch Karl.
Ein Kerl wie ein Baum. Gut fünfzig Jahre hinter sich, und dem Händedruck nach zu urteilen hat er noch einmal so viele vor sich. Er trägt eine starke Brille und hat trotzdem den Eindruck, daß ein Siebenhundertgramm-Eisbein auf dem Teller eine ziemlich mickrige Murmel ist. Er versteht es aber, die Kalorien wieder abzuschütteln. Er wühlt in seinem Garten, daß die Fetzen fliegen. In dem mit eigener Hand ausgebaggerten Swimming-Pool wälzt er sich herum wie Moby-Dick und bläst aus beiden Nasenlöchern meterhohe, urgesunde Fontänen in die gesunde Stadtrandluft. So ein gesunder Kerl ist Karl.
So ein knackfrischer Bursche ist Franz. Und so eine straffe Mutter ist Josefina.
Bei den anderen Kollegen liegen die Verhältnisse ähnlich. Halt! – Liegen ist falsch. Lagen muß ich sagen und gleichzeitig zugeben, daß meine bekannte nervliche Zerrüttung einen entscheidenden Schreibfehler verursacht hat. Alles bisher Gesagte hätte eigentlich in der sogenannten Vergangenheitsform ausgedrückt werden müssen.
Denn die Lage hat sich verändert. In unserem Betrieb fand nämlich eines Tages eine Reihenuntersuchung statt. Der Fachmann sagt wohl Dispensär dazu. Und was trat zutage?
Unter der straffen, zarten Haut unserer diätgestählten Josefina muckert eine geschwollene Leber, und an den elastischen Beinen schleppt sie zwei tadellose Knickspreizfüße. In dem gesunden Körper des geregelten, schönen Franz herrscht ein Blutdruck, daß die Ventile flattern, die Nerven und die Füße sind völlig durchgetreten, und die Leber hat ein recht unschönes, gespreiztes Benehmen.
Der Hüne Karl läuft auf Füßen, für die er nicht einmal mehr die A-Note 2,5 bekäme, die Leber sitzt auch nicht da, wo sie hingehört, und die meterhohen Fontänen bläst er wahrscheinlich aus dem Zwerchfell, auf keinen Fall aus seiner Lunge.
Bei den anderen Kollegen sieht es nicht günstiger aus. Knickspreizfuß ist das Harmloseste, und darüber wird sogar noch gewitzelt. Alles andere ist ihnen so in die Knochen gefahren, daß es einen Hund jammert, sieht man sie durch den Flur schleichen und mit glanzlosem Blick Pillen schlucken oder Tropfen schlürfen. Selbst der Chef hat über Nacht seinen Spitzbauch zu einem sanften Hügel abgetragen. Er behauptet: durch Enthaltsamkeit.
Aber es ist nur der Schreck.
Gestern konnte ich dieses Elend nicht mehr mit ansehen. Ich kaufte ein paar Pullen und etliche handfeste Bissen und lud die Meute in meine Bude ein.
»Laßt euch nicht so gehen«, rief ich. »Haut mal anständig was auf den Knorpel. Nur wer sich selbst aufgibt, der ist verloren ...«
In diesem Sinne sprach ich. Lange und mit Nachdruck. Sie griffen und langten zu. Es wurde ein lustiger Abend. Hei, wie die Knickspreizfüße den Sürtaki stampften! Es fiel gar nicht auf, daß ich selbst weder rauchte noch trank. Es kostete mich zwar viel Überwindung. Aber ich wollte den Arzt nicht enttäuschen. Er hatte gesagt: »Ihr Gesamtzustand gefällt mir zwar auch nicht. Aber Sie sind wahrscheinlich noch am ehesten der Typ, der in diesem ganzen angekränkelten Verein die Fahne hochhält.«
O ja – der bin ich!

Feiern

Jemand sagt, man übertreibe
mit den Feiern dieserzeit.
Zur Besinnung, sagt er, bleibe
manchmal kaum Gelegenheit.

Und ein andrer, reich an Jahren
und an Spuren im Gesicht,
sagt, er müsse selbst erfahren
mancher Feier schwere Pflicht.

Nicht allein der Reden Länge
sei es, die ihn strapaziert,
oftmals auch des Weines Menge
und was sonst die Tafel ziert.

Doch, so sagt er, er begreife
Freudenfest und Überschwang,
ebenfalls, daß man ihn schleife
von Empfängen zu Empfang.

Denn wir sind, so sprach er, gründlich.
Jede Tat wird registriert.
Jährlich, monatlich und stündlich.
Augenblicklich wird addiert.

Und die Summe dividieren
wir durch sechzig. Was kommt raus?
Wolln wir gründlich jubilieren,
reicht der Monat gar nicht aus!

Und auf das, was wir nicht schafften,
schließlich auch ein Glas zum Trost.
Ja, man muß schon was verkraften,
sprach er. Also: Wohlsein, Prost!

Das Vorbild ist Piepe

Hubert Pieperella, von seinen Kollegen einfach Piepe genannt, fährt einen Barkas.
Falls es jemand nicht wissen sollte: Das ist ein Auto. Größer als ein Trabant. Und das ist gut für Piepe. Denn Piepe, der privat auch einen Trabant fährt, hat einen sehr großen Garten. In Hangelsberg. Das ist außerhalb Berlins, Richtung Fürstenwalde.
Der Garten bescherte dem Kollegen Piepe in diesem Jahr eine gewaltige Apfelschwemme. Im Geräteschuppen türmten sich unlängst Säcke und Kisten voller köstlicher Äpfel aller Farben und Geschmacksvarianten.
Piepes Frau will einen beträchtlichen Teil davon zu Mus zerkochen und die restlichen Zentner unter den Betten der Pankower Wohnung für den Weihnachtsteller frischhalten.
Piepe sagte sich: Mit dem Trabant muß ich mindestens dreimal hin- und herjuckeln. Das haut spritmäßig ganz schön in die Äppel. Der Barkas bewältigt das Transportproblem auf einen Ritt – und tankt aus der allgemeinen Kasse.
Piepe hatte am vergangenen Dienstag eine Betriebsfahrt nach Königs Wusterhausen. Von dort aus kann man – wenn man will – über Neu-Zittau und Erkner quer rüberstoßen und kommt auf die Fürstenwalder Strecke, also auch nach Hangelsberg in Piepes Garten. Gleich hinter Erkner bot sich dem Kollegen Piepe ein Bild des Jammers.
Der Jammer bestand aus einem ziemlich neuen Wartburg und einem etwas älteren Herrn.
Der ältere Herr war Piepes ökonomischer Direktor, Kollege Strickmüller. Auf seiner Stirn wölbten sich einige prächtige Beulen. Die Stirn des Wartburgs war von großen Sorgenfalten zerklüftet.
»Plötzlich schlug es mir das Lenkrad aus der Hand«, sagte Strickmüller, »und dieser blöde Chausseeappelbaum gab nicht nach.«
»Hauptsache, Sie selbst sind okay«, sagte Piepe. »Und die Karre wollte der Direktor ja sowieso umspritzen lassen, weil er einen einheitlichen Fuhrpark haben möchte. – Na schön, da werde ich Sie mal abschleppen.«
»Nicht nötig«, sagte Strickmüller. »Habe schon angerufen. Alwin und Herbert müssen jeden Moment hier sein. – Wo fahren Sie denn überhaupt hin?«
»Nach – nach – nach Fürstenwalde«, antwortete Piepe, »wegen Reifen!«
»Menschenskinder!« rief Strickmüller. »Das trifft sich ja wunderbar. Tun Sie mir bitte einen Gefallen und nehmen Sie hier den Kühlschrank mit. Der ist nämlich für meine Schwiegermutter in Fürstenwalde. Betty Nackelmann, Dr.-Puhlmann-Straße 5. Sie wissen ja, wie's ist. Verkaufen kann man so 'ne historische Schmetter nicht mehr, aber 'ne olle Dame freut sich. Und Alwin muß ja auch nicht unbdingt mitkriegen, warum ich hier in dieser Gegend rumgekutscht bin. Obwohl ich natürlich auch dienstliche Gründe hatte. Logisch.«
»Logisch«, meinte Piepe. Er hievte den Kühlschrank in den Barkas, sagte dem Kollegen Strickmüller noch ein paar tröstende Worte und brauste los.
»Blöder Mist«, knurrte er hinter der nächsten Kurve. »Extra noch nach Fürstenwalde.« Diese Flitzpiepe Strickmüller! Warum schleppt'n der den Kühlschrank nicht am Wochenende mit seinem eigenen Lada nach Fürstenwalde? Da steh ich stundenlang rum, und meine Äppel muß ich nach Feierabend im Dunkeln verladen!«
Die alte Dame war zu Hause, und Piepe war dann bald in seinem Garten in Hangelsberg und hatte auch bald den Apfelberg hinter sich - im Barkas.
Kurz vor Erkner bot sich dem Kollegen Piepe ein Bild des Jammers. Der Jammer bestand aus

einem verbeulten Herrn und einem zerknautschten Auto.
»Alwin und Herbert sind immer noch nicht hier«, rief Strickmüller. »Ich fahre mit Ihnen mit. Wir müssen denen ja unterwegs begegnen. Dann kriegen sie die Schlüssel und können den Dampfer zum Betrieb schleppen. Ich kann ja hier nicht stundelang meine Arbeitszeit im Straßengraben absitzen!«
»Logisch«, meinte Piepe.
Strickmüller kletterte in den Barkas. Er schnupperte, kuckte, runzelte die Stirn samt Beulen und sagte streng: »Nanu? Keine Reifen, sondern Äppel? Wie darf ich das verstehen?«
Apfelpiepes Kopf bekam Tomatenfarbe.
»Tja«, sagte er nach einer Weile. »Mit den Reifen, das war 'ne Fehlinformation. Falscher Termin. Aber wie's der Teufel so will, heute ist wirklich die Hölle los. Mitten in Fürstenwalde ein Fahrzeug von der GHG mit Federbruch. Und die Jungs betteln mich, daß ich die Äppel mitnehme nach Köpenick zur Kaufhalle in der Lindenstraße. Sie kämpfen um den Titel, und da wolln sie Termintreue halten und so. Konnte ich natürlich nicht abschlagen. Logisch.«
»Logisch«, meinte Strickmüller.
Er half sogar beim Abladen vor der Kaufhalle.
»Komisch, daß keiner rauskommt und mit anpackt«, sagte er.
»Wahrscheinlich kämpfen die nicht um den Titel«, sagte Piepe.
Als Strickmüller wieder im Barkas saß, winkte Piepe einen halbwüchsigen Jungen heran.
»Iß soviel Äpfel wie du willst«, sagte er, »aber paß auf, daß kein anderer rangeht.«
»Geht klar«, sagte der Junge. »Aber ich rauche seit kurzem auch wieder. Neue Juwel.«
»Schäm dich«, sagte Piepe und gab ihm vier Mark für Club. Dann fuhr er Strickmüller zum Betrieb, weil der noch nach Alwin und Herbert forschen wollte, um den zerknautschten Wartburg von der Landstraße zu bergen.
Beim Abschied sagte Strickmüller: »Etwas Gutes hatte die ganze Sache. Durch den Kühlschrank und die Äpfel hatten Sie keine Leerfahrt. Weder hin noch zurück. Und so soll es ja wohl auch sein, nicht wahr?«
»Logisch«, antwortete Piepe.
Dann fuhr er wieder zur Kaufhalle. Der Junge spendierte ihm eine Club, und als sie aufgeraucht hatten, machten sie sich daran, die Apfelkisten wieder in den Barkas zu laden.
»Bleiben Sie mal stehen, Herr Pieperella!« rief plötzlich eine fistelige Männerstimme.
Die Stimme gehörte dem Abendblatt-Fotoreporter Birnstiehl, einem Haus- und Flurnachbarn von Piepe.
»Das ist ja 'ne Wucht«, rief Birnstiehl, »wie Sie, Herr Pieperella, als Kleingärtner den Bevölkerungsbedarf mit absichern helfen. Das bringe ich groß raus! Locker stehn! Danke!«
Der Reporter half dann noch beim Ausladen der Kisten.
»Ich nehme Sie mit nach Hause«, sagte Piepe, »dann ist es keine Leerfahrt.«
»Wirklich vorbildlich«, krähte Birnstiehl. »So soll es ja auch sein!«

Rotkäppchen
und die Agentin

Das kleine Rotkäppchen half der Mutter beim Abwaschen und schaute dabei aus dem Küchenfenster.
»Mütterlein, dort drüben auf dem Rathaus ziehen sie eine Fahne hoch!«
Die Mutter sagte: »Wahrscheinlich haben sie wieder die Mieten erhöht. Da feiern sie immer ein bißchen.«
Dann wuschen beide ab. Jede einen kleinen Teller und ein Obstmesser. Denn sie hatten nur zwei kleine Apfelsinen gegessen. Wegen der Gesundheit und wegen der Marktwirtschaft. Denn eine einzelne Apfelsine aus Apfelsinien ist billiger als eine Leberwurst aus der Oberpfalz oder Eberswalde. Obwohl ein Apfelsinendampfer mehr Sprit verbraucht als ein Wurstauto. Aber in der Wurst sind mehr Geheimnisse als in der Apfelsine, deshalb ist sie wertvoller und teurer.
Aber weiter im Märchen.
»Rotkäppchen«, sagte die Mutter, »ist es nicht seltsam, daß unsere Omi so lange nicht geschrieben hat?«
»Die schreibt jeden Tag«, antwortete das Mädchen. »Aber denkst du, ich mache mir die Mühe, aus dem Reklameramsch im Briefkasten die echte Post rauszusuchen?«
Da war die Mutter zornig und sagte: »Sofort fährst du zur Omi und bringst ihr Kuchen und Gamza in der Korbflasche!«
»Den Bulgarenwein in der Korbflasche gibt's schon lange nicht mehr!«
»Das hab ich geahnt!« schrie die Mutter. »Ich bin nächtelang mit der Kerze auf der Straße rumgelaufen und hab gesungen ›Ich bin das Volk‹ – und jetzt gibt's nicht mal mehr Gamza in der Korbflasche. Helmut, du wirst mich kennenlernen!«
Rotkäppchen merkte, jetzt wird die Mutter politisch, und haute ab. Sie kaufte im Supermarkt eine Flasche »Helgoländer Südhang-Spätlese« zum Aktionspreis und drei zu Weihnachtsmännern umgeschmolzene Schokoladen-Osterhasen.
Die Oma wohnte am Stadtrand im Wald, genauer gesagt in dem, was davon übrig war. Sie hatte eine Pumpe im Garten sowie Außentoilette, deshalb war die Kaltmiete relativ günstig.
Oma hatte ein kleines Verhältnis mit einem gewissen Herrn Wolf.
Der war früher mal Barmixer, Spezialität Molotow-Cocktails.
Seit seiner Begnadigung war er einer von den 183 Autohändlern, die sich in der kleinen Stadt eingenistet hatten.
Er wollte der Oma unbedingt ein Spitzenmodell mit Servus-Lenkung und Schieberdach aufschwatzen.
Er meinte, sie könne die Karre auch leasen.
Oma hatte gesagt, sie spiele Glücksspirale, Mittwochs-Lotto und rubble auch ganz kräftig. Bei so vielen Losen könne sie nicht auch noch leasen.
Dennoch mochte sie Herrn Wolf. Denn er brachte immer ein Fläschelchen mit, und danach guckten sie gemeinsam Karl Knall oder anderen Horror.
Als Rotkäppchen bei der Oma angekommen war, saß die Seniorin im Bett und sang das Weihnachtslied:

»Wo die Ossiwellen trecken an den Strand,
sieht man oft vor lauter Wessis kaum noch Land.«

Rotkäppchen merkte, daß die Oma einen kleinen an der Glocke hatte, denn sie sagte noch: »Ich hab meine Akte eingesehn. Ich war Doppelagent. Für Zella und für Mehlis!«
Da erschien der Oberförster. Er rief: »Mir rumpelt und pumpelt's im Bauch herum, als hätt' ich lauter Wackersteine gegessen. Dabei waren's nur Konservierungsstoffe!«

»Ich esse nur Freiland-Schrippen, klinisch getestet!« sagte Rotkäppchen.
Die Großmutter verstand überhaupt nichts mehr und sagte nur noch: »Macht doch, was ich will.« Justament erschien Herr Wolf.
Er führte die aktuelle Winterpelzmode vor. – Höhepunkt: Wo eigentlich Pelz sein müßte, war überhaupt nichts. Nur ein paar schwarze Bändchen. Herr Wolf sagte: »Das ist jetzt modern.«
»Oih, oih«, rief die Oma. »Das ist ja affengeil!«
Über den weiteren Verlauf des Abends kann leider nicht berichtet werden, denn dies ist kein Erotik-Beitrag, sondern ein Märchen.
Und das endet mit dem alten Lied:

O Tannenbaum, o Tannenbaum,
man sieht dich vor Geschenken kaum,
und wenn die Kassenglöckchen klingen,
hörn Kaufhausbosse Englein singen.

O du fröhliche!

Glückliche Ehe

Die Meiers sind als Ehepaar
ein Beispiel sondergleichen.
Kein andrer kann, und das ist wahr,
das Wasser ihnen reichen.

Sie meistern jegliches Problem
durch konsequente Planung.
Ihr Motto – heut wie ehedem –
heißt: innige Verzahnung.

Das zeigt sich konsequent und schlicht
schon früh an jedem Tage.
Die Pflicht nimmt beide in die Pflicht.
Doch keiner äußert Klage.

Sie hetzen beide aus dem Haus,
so gut wie nichts im Magen.
Dann schnurrt ein jeder mit Gebraus
davon mit seinem Wagen.

Herr Meier winkt aus dem Trabant
noch zärtlich seiner Lieben.
Sie hat zum Winken keine Hand
Zekiwa muß sie schieben.

Meiers Klage

Ach, wie oft bin ich gefahren
mit dem Rade übers Land
in den frühen, kargen Jahren.
Suchte Brot, das ich nicht fand.
Bald schon brach das Rad zuammen,
und kein neues weit und breit.
Oh, wie war sie zum Verdammen,
diese Unzulänglichkeit.

Hatte Brot dann, hatte Butter,
hatte Fahrrad und Trabant,
und ich stand sehr gut im Futter,
deshalb rannte ich durchs Land.
Doch der schicke Schuh zum Wetzen
war im Laden Seltenheit.
Oh, wie konnte mich zerfetzen
diese Unzulänglichkeit.

Meine Wohnung war nicht übel.
Stube, Küche, Lokus, Flur.
Doch der Gummibaum im Kübel
nur ein Stück Ersatznatur.
Hab ein Grundstück heut mit Bäumen.
Leider schmal, ich wollte breit.
Oh, wie wurmt mich noch in Träumen,
diese Unzulänglichkeit.

Familiär kann ich nicht klagen.
Meine Gattin hat studiert,
und mein Sohn stellt keine Fragen,
denn er hält uns für borniert.
Techtelmechtel hier zu nennen,
fehlt mir etwas Grund zur Zeit.
Oh, wie peinlich zu bekennen
diese Unzulänglichkeit.

Hab zwar einen kleinen Posten,
doch bin ich im Kombinat
keine Säule und kein Pfosten,
bin noch nervlich ganz auf Draht.
Mancher sagt, daß ihm fatal ist
meine laxe Pfuscharbeit.
Oh, wie mir doch scheißegal ist
diese Unzulänglichkeit.

Ein seltener Vogel

Meine Frau arbeitet manchmal zu Hause.

Geistig.

Was sonst!

Für etwas Handfestes, Praktisches braucht man einen Betrieb oder wenigstens eine kleine Werkstatt.

Geistiges geht auch in Heimarbeit, sagen die Geistigen.

Man hat auch mehr Ruhe zu Hause.

Sagen sie.

Bei uns ist Krach. Wir wohnen im Grünen.

Direkt am Stadtrand.

Hier macht die Straßenbahn kehrt.

Widerwillig. Sonst würde sie nicht so herzzerreißend wimmern.

Der Linienbus darf noch weiter hinaus. Durch den Wald. Schöne Gegend dort. Deshalb jault er auch immer vor Freude, wenn er sich von unserer Kreuzung aus in die Natur stürzt, der Bus.

Was man von den Pehkawehs nicht sagen kann.

PKW heißt Personenkraftwagen.

Diese sture Bezeichnung gönne ich den dämlichen Vehikeln. Ich habe auch eins.

Man muß sich wehren.

Meins hört man aber kaum. Vor allem, wenn man drin sitzt. Und wenn es nachts im Hof steht, gibt es nicht den kleinsten Mucks von sich.

Der Kontaktbereichsbeamte verhält sich ebenso.

Er klemmt den Strafzettel hinter den Scheibenwischer und geht davon.

Kein lautes Wort gegen das Auto.

Meine Frau arbeitet manchmal zu Hause.

Wie gesagt.

Am schlimmsten arbeitet sie nachts.

Geistig. – Wie gesagt.

Je dunkler die Nacht. desto klarer sieht sie.

Meint sie.

Sie raucht auch dabei. Deshalb ist das Fenster immer halb offen. Sie sitzt nicht gern im Qualm.

Allerdings auch nicht gern im Lärm.

Aber wenn sie das Fenster schließt, sitzt sie im Qualm.

Im Park auf der anderen Straßenseite blühen zur Zeit der Weißdorn und dies und das. Man riecht es auch. Und nachts schlägt eine Nachtigall. Sagt meine Frau.

Ich sage: »Das ist Quatsch! Hier draußen gibt es keine Nachtigall!«

Ja, wenn wir noch im Stadtzentrum wohnten, würde ich's glauben.

Meine Frau ist überzeugt, in den überlaufenen und überfahrenen Ausflugsgebieten halten sich noch gefiederte Freunde auf.

Ich eile also neulich im Schlafanzug ans offene Fenster, als meine Frau wieder glaubt, die Nachtigall zu vernehmen.

Im Fernsehen lief gerade das Jazz-Festival aus Dresden. Meine Frau sagte: »Gejazzt wird oft. Nachtigall ist seltener.«

Ich besitze ein altes Opernglas.

Das habe ich vor vielen Jahren mal in der S-Bahn gefunden und nicht abgegeben. Weil ich damals noch was gegen Opern hatte.

Ich holte das Gerät und spähte in die Nacht.

»Nachtigallen muß man hören«, sagte meine Frau. »Aufs Sehen kommt's überhaupt nicht an! – Jetzt! Jetzt! Hörst du sie?«

»Es ist die Straßenbahn!«

Sie wurde wütend – die Straßenbahn.

Meine Frau auch.

»Du mußt über das Quietschen hinweghören! Dort hinten im Fliederbusch, da singt die Nachtigall!«

Ich nahm das Glas. »Im Fliederbusch steht der Straßenbahnfahrer. Es kann aber auch ein Soldat sein!«

»Das ist kulturlos«, meinte meine Frau. »Die Toilette steht daneben.«

»Dort traut sich der tapferste Soldat nicht rein. Ich weiß es.«

»Nun ist es genug! So ein mieses Thema, wenn die Nachtigall singt!«

»Ich höre sie aber nicht! – Der LKW bringt Bier zur Kaufhalle. Theater und Kino sind längst aus. Wo kommen die bloß alle mit ihren Autos her?«
»Vielleicht von der Spätschicht.«
»Glaub ich nicht. Wer müde ist, drückt nicht mehr so auf die Tube.«
»Jetzt! Jetzt hört man sie ganz deutlich! Dühp-dülüdidüppdüpp-dühb!«
Meine Frau warf den Kopf in den Nacken und flötete in die Nacht hinein.
Ich ging in die Küche und nahm einen Daumenbreit Korn.
Fast hundertmal habe ich erlebt, wie der bekannte Schriftsteller John Stave öffentlich Vogelstimmen imitierte. Ich hatte da jedesmal so meine Zweifel. Aber nun wußte ich: Im Vergleich mit meiner Frau war er doch die bessere Nachtigall.
»Wo bleibst du denn?« tönte es aus der Stube. »Jetzt jubiliert sie silberhell!«
Mir schien, der Jubelgesang kam mehr aus dem Nebenhaus. Silberhochzeit.
Die Silberbraut sang im Duett mit Costa Cordalis und mit Tränen in der Kehle.
Kein Wunder. Ich kenne den Silberbräutigam. Und ich glaube nicht, daß er vor 25 Jahren besser aussah. Sie hätte ihn ja nicht nehmen müssen – so wie sie noch heute aussieht.
Aber ich gönne ihr die Trauer. Ich werde ihr auch nie mehr in der Kaufhalle die Tür aufhalten, wenn sie mit zwei Beuteln voll Bierflaschen angebuckelt kommt. Denn ich glaube, sie hat sogar in dieser Situation nur Costa vor Augen. Mich nicht.
Doofes Weib. Außerdem hat sie seinerzeit mal ...
»Das kommt von deinem fuseligen Korn!« rief meine Frau. »Da schläfst du sogar am offenen Fenster!«
»Ich schlafe nicht, ich lausche der Nachtigall.«
»Aber du hörst sie doch gar nicht!«
»Ist das wichtig?« fragte ich leise.
Und sagte weiter: »Hauptsache, du hörst sie. Wenn du sie hörst, mein Liebling, dann genügt es doch. Deine Freude ist auch meine Freude. So muß es sein.«
Die Gaststätte nebenan warf die letzten Zecher in die Nacht. Stille Zecher waren es nicht.
Sie sangen: »Alle Vögel sind schon da.«
»Nur die Nachtigall nicht!« brüllte ich hinunter.
Da lachten sie sich scheckig, und einer rief hinaus: »Opa, geh schlafen! Morgen mußte frisch sein, da is Disko!«
Der Rufer war ein ziemlich kleiner Dicker. Sie nannten ihn Ejon. –
Aus einem Fenster rief eine Frau: »Egon, komm sofort ins Bett!«
Da lachte der Männerchor, und einer krähte: »Nachtigall, ick hör dir trapsen!«
Meine Frau sagte: »Siehste! Sogar die Suffköppe hören die Nachtigall. Nur du nicht!«
Sie ging ins Bett.
Ich nahm noch ein Quentchen Korn. Und noch eins.
Dann sang ich La Paloma. Mit mehr Gefühl als jede dämliche Nachtigall.

Hänsel und Gretel

Es war einmal ein armer Holzfäller mit seiner armen Holzfällersfrau. Sie sind schon eine Weile tot und haben deshalb in dieser Geschichte auch keine tragende Rolle. Aber sie waren die Großeltern von Hänsel und Gretel und sie nannten sich offiziell Holzfäller.
Die Eltern von Hänsel und Gretel waren auch Holzfäller und lebten in der DDR.
Deshalb hießen sie offiziell: »Nadel-, Laub- und Mischwaldwerktätige mit Sägediplom.«
Weil solche Berufsbezeichnungen aber die schönsten Märchen zur Schnecke machen, lassen wir die Alten am besten weg und widmen uns nur den Kindern.
Die hießen, wie gesagt, Hänsel und Gretel.
Sie waren Nichtraucher, denn sie wohnten im Wald. Sie besuchten die Oberschule und die Disko.
Die Disko auch im Krankheitsfalle.
Zur Schule fuhren sie mit der kleinen Waldbahn, zur Disko mußten sie laufen.
Denn für ein Motorrad waren sie noch zu jung, und fürs Fahrrad fühlten sie sich schon zu alt.
Das Laufen stank sie mächtig an.
Aber als ein Freund behauptete, man könne auch »Dschogging« dazu sagen, fanden sie es mächtig gewaltig.
Außerdem liefen sie mit Musik. Sie hatten diese kleinen japanischen Ohrenschützer. Natürlich die billigen, ohne Radio, nur mit Kassette. Die Musik in den Ohren schützte sie vor dem mörderischen Gegröle der Waldvögel.
Mitunter passierte es jedoch, daß sich Hänsel und Gretel im Wald verirrten. Denn sie konnten, wie es im richtigen Märchen passierte, keine Brotkrumen auf den Weg streuen, weil sie ihre Stullen schon auf dem Schulhof weggeschmissen hatten.
Arme Kinder.
Kürzlich verirrten sie sich wieder einmal. Es war schon finster und bitter, bitter kalt. Aber sie froren nicht. Denn sie hatten einen hitzigen Streit darüber, ob man sich unter dem Weihnachtsbaum verloben kann – auch wenn der Baum auf dem Fußboden steht. Plötzlich sahen sie kein Land mehr. Doch immer, wenn du denkst, es geht nicht mehr, kommt von irgendwo ein Lichtlein her.
Es war ein sehr kleines Licht. Es gehörte der Hexe, und die kämpfte um den Titel »Energiewirtschaftlich vorbildlich arbeitender Privatbetrieb«.
Aber die Sparflamme genügte, um Hänsel den Jubelruf zu entlocken: »Vorn ist das Licht!«
»Das war mal ein Lied von den Puhdys!« meinte Gretel.
»Quatsch«, sagte Hänsel. »Die Puhdys singen das Lied von Alwin.«
»Was für ein Lied von Alwin?« fragte Gretel.
»Alwin, ein Baum möcht ich werden!«
Da schüttelte Gretel den Kopf und sagte: »Wenn du weiter so albern bleibst, wirst du noch mal als Conférencier enden.«
Dann gingen sie dem Licht nach und erreichten schließlich ein kleines Häuschen. Es bestand aus Pfefferkuchen fein, und Gretel fragte: »Wer mag der Herr wohl von diesem Häuschen sein?«
Ein Namensschild war nicht zu entdecken.
Hänsel meinte: »Hier wohnt sicherlich ein Prominenter, der nicht von Autogrammsammlern oder von der Volkssolidarität gestört werden möchte.«
Da öffnete sich die Tür.
Die Hexe stand im Flur und rief: »Bringen Sie endlich die Schrankwand, Kollegen? Es ist eine Unverschämtheit zu sagen, Sie kämen zwischen Montag und Silvester! Man muß ja irgendwann auch mal zur Arbeit gehen oder zum Frisör!«
Da erkannte die Hexe, daß es sich um Hänsel und Gretel handelte und nicht um die Möbellieferanten. Sie lachte schallend, und die Kinder stimmten fröhlich ein.

Daran erkennt man, daß ein guter Humor wichtiger ist als ein schlechter Kundendienst.
Dann bat die Hexe die Kinder ins Haus und bewirtete sie mit Kakao und Kuchen.
Hänsel und Gretel waren beeindruckt.
Sie sagten schließlich: »Wissen Sie, Fräulein Hexe, von Ihnen hatten wir eigentlich eine ganz andere Meinung.«
»Ich weiß«, sagte die Hexe. »Es wird viel erzählt. Am schlimmsten sind die Gebrüder Grimm. Die machen mich schlecht, wo sie können. Sogar im kapitalistischen Ausland. Und nur, weil sie beide bei mir nicht landen konnten.«
Als Hänsel und Gretel dabei leise lächelten, sagte die Hexe: »Täuscht euch nicht, junge Freunde. Ich war auch mal ein steiler Zahn. Ihr hättet mich mal sehen sollen, als ich hundert war!«
Dann schaute die Hexe auf die Uhr und sprach: »So, Ihr müßt nun leider gehn. Ich habe heute noch einen Vortrag im Klubhaus ›Fuchs und Elster‹.«
»Worüber werden Sie da reden?« fragte Hänsel.
»Über das Thema: Was schenkt man sich zu Weihnachten.«
Gretel fragte: »Und was werden Sie da empfehlen?«
»Liebe«, sagte die Hexe, »Liebe.«
Da meinte Hänsel: »Also, das dollste Geschenk isses ja nich – aber wenn's über Genex kommt, macht's vielleicht Eindruck.«

Amtston

»Guten Tach! Moment, sagen Sie nichts, ich komme gleich drauf. Sie brauchen eine Wohnung, stimmt's?«
»Stimmt genau.«
»Ja, meine Kombinationsgabe. Ich könnte jedesmal wieder den Hut vor mir selber ziehen. Wie heißen Sie?«
»Ich heiße Riedel. Übrigens war ich schon mindestens achtmal bei Ihnen.«
»Ich bin trotzdem nicht verpflichtet, mir Ihren Namen zu merken! Kann ich auch gar nicht.«
»Verzeihung, ich wollte Ihnen ja auch keinen Vorwurf machen.«
»Schon gut, schon gut. Wir sind Anpöbelungen gewöhnt. Wenn man sich nicht so in der Gewalt hätte, könnte man mit dem Publikum überhaupt nicht umgehen. Bei der Schnöseligkeit, die man sich bieten lassen muß. Aber zur Sache: Sie waren also schon öfter hier?«
»Jaja. Aber manchmal saß auch ein anderer Kollege auf Ihrem Platz.«
»Ja, wir wechseln oft. Es reißt sonst so ein familiärer Ton ein. Es gab Fälle, da duzten uns die Leute schon.«
»Das geht natürlich zu weit. – Übrigens, rauchen Sie?«
»Ich bin mal so frei. Ah ›Cabinet mild‹! – Geschmack ist ihre Stärke. Wissen Sie noch, wie Sie seinerzeit mit Karo ankamen? Jaja, der Wohlstand geht an keinem vorüber. Und sonst, was machen die Kinderchen? Sie haben doch Kinder?«
»Ja. Ramona und Ilona. Inzwischen ist noch die kleine Karola dazugekommen.«
»Was Sie nicht sagen? Wieder ein Mädchen? Hähähä!
Das Dreimäderl-Haus. Das war mal 'n Film. Mit Humphrey Bogart.«
»Nee, mit Theo Lingen.«
»Nein, nein. Mit Belmondo!«
»Theo Lingen!«
»Wolln wir uns streiten? Auf Behörden-Ebene?«
»Natürlich nicht.«
»Na also. Wir wollen doch lieber den netten menschlichen Ton pflegen, den uns die Vorschriften auferlegen. Nicht wahr?«
»Ja, und deshalb möchte ich ganz höflich fragen, wann ich eine Wohnung bekomme?«
»Das weiß ich nicht. Im Moment haben wir nichts Passendes.«
»Aber es wird doch laufend gebaut und saniert, und laufend ziehen Leute ein.«
»Selbstverständlich. Die haben eben noch länger gewartet als Sie. Und Tausende warten immer noch.«
»Das weiß ich ja alles. Aber ich kenne Fälle, da geht es verdammt schnell.«
»Natürlich. Wollen Sie kaufen?«
»Wovon?«
»Warum tauschen Sie nicht? Viele wollen sich verkleinern.«
»Wer will denn in meine Bruchbude tauschen? Und die geschiedene Frau von Professor Kalmucke? Sitzt allein in einer Riesenwohnung, und er hat mit seiner Tänzerin eine neue gekriegt.«
»Da muß der Hausbesitzer Ihr Quartier etwas aufpolieren. Da beißt sicherlich jemand an.«
»Der Hausbesitzer will verkaufen. Der Interessent bietet für das Grundstück Hunderttausende.«
»Wer ist denn der Interessent?«
»Die BBfA.«
»Wer?«
»Die Bundesbank für Arme!«
»Wolln Sie mich verscheißern?«
»Um Gottes willen, natürlich nicht!«
»Ist ja schon gut. Alles verständlich in Ihrer Lage. Entschuldigen Sie mein Aufbrausen. Wir sind ja hier für Sie da, und wir haben die verdammte Pflicht und Schuldigkeit, entsprechend den Vorschriften immer nett und höflich zu sein.

Auch wenn sich der Besucher benimmt wie eine gesengte Sau.«
»Aber erlauben Sie mal. Ich habe mich ja nun wohl nicht im geringsten derartig benommen.«
»Es war hart an der Grenze, alter Freund. sehr hart an der Grenze, aber wie gesagt, wir sehen in erster Linie den Menschen. Auch wenn er aus den neuen Ländern ist. Wir nehmen nichts krumm.«
»Das ist schön. Aber was wird nun mit mir?«
»Sie können gerne wieder vorbeikommen. Ich bitte sogar darum. Und nun darf ich Sie verabschieden. Alles Gute. Empfehlungen an die Frau Gattin und liebe Grüße an die Kinderchen. Auf Wiedersehen!«
»Auf Wiedersehen.«
»Wie spät ham wir's denn? Junge, Junge – schon wieder zwanzig Minuten verbraten. Also, ich weiß gar nicht, was man sich höheren Ortes von der netten Art verspricht. Früher habe ich jedenfalls in der gleichen Zeit dreimal so viele abgebürschtet! Scheiß Demokratie! Scheiß Rechtsstaat!
Der nächste bitte!«

Ersatz

Der Winter ist nicht immer so,
wie mancher sich erhofft.
Es schneit zwar jeweils irgendwo,
und öfter schneit's auch oft.

Doch mancherorts, da schneit es nie,
kein Hügelchen wird weiß,
und auch der allerschnellste Ski
bringt weder Ruhm noch Preis.

Doch fällt auch keine Flocke nicht,
kein Grund für Ach und Weh.
Man liest ganz einfach dies Gedicht
und jubelt: »Welch ein Schnee!«

Thema
mit Variationen

»Nach Hause bitte«, sagte der berühmte Pianist Anton de Moll, als er das Taxi bestieg.
»Geht in Ordung, Meistro«, erwiderte der Taxifahrer. Und er fügte hinzu: »Pinguin-Bar oder Rassel-Keller?«
»Nehmse das Nächstliegende«, sagte der Meistro, »es wird Ihr Schande nicht sein.«
Der Fahrer fuhr zur »Butterbemme«. Ein Schmalzstullenlokal.
»Die Gäste dort«, sagte er »erkennen als Pianisten nur Richard Kleidermann und Hans Hick an. Da sind Sie vor Belästigungen sicher.«
»Danke für den Hinweis«, sagte de Moll.
Der Taxifahrer fuhr fort: »Übrigens, ich hab gestern im Radio Ihr Konzert gehört. Ihr Anschlag – wie immer phantastisch. Besonders bei der Etüde über ein Thema von Kamil Zang-Zangs war unüberhörbar.«
»Sie sind ein Spinner«, sagte der Meistro.
»Ich bin Taxifahrer. Und früher war ich Oboist beim Orchester des Theaters in Durolstedt. Kennen Sie das Theater und das Orchester?«
»Natürlich nicht!« erwiderte der berühmte Pianist.
»Dann können Sie sich ja vorstellen, was ich dort verdiente«, sagte der Fahrer. »Deshalb bin ich auf Taxi umgestiegen. Oboe spiele ich nebenbei im Zentralorchester des Anglerverbandes. Habe dort übrigens einen dollen Kumpel kennengelernt. Der war früher mal Zuschneider beim VEB Herrensocke. Hat sich selbständig gemacht und betreibt jetzt mit seiner Frau 'ne Eisbude mit Laufmaschenreparatur. 'ne Gold- und Silbergrube in einem, sage ich Ihnen!«
»Und was macht er im Zentralorchster des Anglerverbandes?«
»Eigentlich nichts Besonderes. Er mänätscht

uns ein wenig. Denn bevor er Zuschneider beim VEB Herrensocke war, hat er mal Kulturwissenschaft studiert. Er stand damals sogar schon im dritten Semester, als er erfuhr, daß sie im VEB Herrensocke in jedem Quartal außer dem Lohn auch noch Fersengeld zahlen. Da sagte er sich: Kassieren geht über Studieren! und machte sich auf die Socken.«

»Jaja, wie das Leben so spielt«, sagte der Pianist.

Vor dem Hotel »Grand Prix« hielt das Taxi.

»Warum?« fragte de Moll.

»Diese Frage werde ich gleich dem Barmixer stellen«, sagte der Taxifahrer, »denn der Mixer ist gelernter Autoelektriker. Er hat mir schon mehrfach aus der Klemme geholfen.«

Der Mixer arbeitet nicht mehr im Hotel. Er hat jetzt 'ne Pachttoilette im Vergnügungspark. Neben dem Bierzelt. Das ständige Einrollen der Groschen geht ihm zwar mächtig auf die Nerven, aber die Buchführung ist weniger gefährlich als in der Bar.

»Ich habe die Zentrale angerufen«, sagte der Taxifahrer zu de Moll. »Man wird mich gleich abschleppen kommen. Für Sie macht's bis hierher sechs Mark neunzig. Schade, hätte gern weiter mit Ihnen geplaudert. Sehnse zu, daß Sie 'ne Schwarztaxe kriegen.«

De Moll kriegte. Citroen. Eine charmante junge Dame saß hinterm Lenkrad.

Der nicht gerade als Charmeur bekannte Pianist fragte knallhart: »Haben Sie das nötig?«

»Nicht so, wie Sie denken«, antwortete die Dame. »Aber man lernt Leute kennen. Und das ist wichtig, denn wir bauen gerade. Und ich habe heute nacht schon einen Butzenscheibenmacher aufgerissen. Verstehen Sie zufällig was von Mosaikarbeiten?«

»Leider nicht«, sagte de Moll, »ich bin Pianist.«

»Bei welcher Gruppe?«

»Bei keiner. Ich bin Konzertpianist.«

»Lohnt sich das?« fragte die Dame.

»Es geht«, sagte de Moll, »aber ich mach's auch aus Leidenschaft.«

Da schaute ihn die Dame nachdenklich an und sagte: »Ich glaube, Sie haben ein großes Talent zum Komiker. Sie sollten wechseln.«

Die viergeteilte
Alwine

Alwine ist nicht mehr die jüngste.
Kurz vor achtzig. Deshalb auch der Name. Damals fand man das normal oder modern oder affengeil. Vermute ich.
Kommt alles wieder.
Alwine ist auch nicht mehr die Flotteste auf den Beinen. Ihr rechtes Kniegelenk ist durch die fettarmen Kriegsjahre völlig eingetrocknet. Fast unbeweglich. Wie Alfred B., der Kulturbeamte.
Aber Alwines Geist ist um so beweglicher. Sie ist mental absolut gut drauf. Vom Frühstücksfernsehen bis zum Mitternachtskrimi verfolgt sie alles, was sie sich von den Medien so bieten läßt. Am liebsten sind ihr die Nachrichten und Informationen der sie umgebenden Heimatsender. Von »Antenne Oderbruch« über »Zweiundneunzig Bier« bis zum Sender »Freies Seddin«.
Da weiß man, was man hat.
Und was hat Alwine?
Stündlich wichtige Hinweise:
»Die Max-, Ecke Moritzstraße ist wegen einer Kranaufstellung vorübergehend eingeengt. Die Polizei greift verkehrsregelnd durch.« –
»Auf der B 2 nahe Schwanebeck blockiert eine volltrunkene Person mit Überlänge die Fahrbahn in beiden Richtungen. Der Verkehr wird über Zepernick, Bernau und ausgeschilderte Beamte umgeleitet.«
»An den Grenzübergängen die üblichen Wartezeiten, serviert vom Parkidyll Nervenmühle, dem trackerfreundlichen Service-Motel.«
Wenn Alwine all diese Meldungen gehört hat, weiß sie, daß sie sich ohne Sorge auf die Straße trauen kann. Will sie doch weder zur Max-Ecke-Moritzstraße, noch auf die B 2 nach Schwanebeck oder gar nach Pomellen. Sie will lediglich mit ihrem rollenden Einkaufsbeutel – in der Ehemaligen zärtlich »Rentner-Trabbi« genannt – einkaufen humpeln.
Früher kam ja immer ein kleiner, pfiffiger Pionier. Der machte das wegen des Pionierauftrags und aus Trinkgeldgründen.
Trinkgeld würde Alwine auch jetzt opfern. Aber der Pionier hat inzwischen Familie, und seine Kinder treten nicht in Papas jugendsündige Fußstapfen.
Alwine zieht ihr Wägelchen mit der rechten Hand, und links trägt sie ihr Täschchen, das ihr in der Schubertstraße der vorbeizischende Radler immer entreißt.
Alwine hat viele alte Täschchen.
Das eigentliche mit der Geldbörse ist immer im rollenden Beutel.
Das scheckt der Radler nie!
Nach dem ersten Taschenraub trug Alwine ihre Kohle vorübergehend im Brustbeutel. Es war jenes Mini-Zwiebelsäckchen, in dem ihr seliger Otto gelegentlich pflichtgemäß sein Parteidokument mit sich führte.
Zur Wendezeit hatte Otto das Dokument vernichtet. Den Brustbeutel nicht.
Er wollte sich nicht von allem lossagen.
Doch Alwine trennte sich vom Brustbeutel. Es hatte an der Kaufhallenkasse immer Aufsehen erregt, wenn sie sich die Bluse aufknöpfte, um nach Geld zu fummeln.
»Sechzig Jahre zu spät, Mutter!« hatte ein ziemlich alter Lümmel sogar mal gerufen.
Nach dem Einkauf setzt sich Alwine draußen vor die Tür gern noch ein wenig zu denen, die sich als Arbeitslose nicht die Arbeit machen, flüssiges Brot mühsam nach Hause zu schleppen. Sie verzehren es lieber an Ort und Stelle in netter Gesellschaft. Eine verwitterte Vierzigjährige strickt dabei immer Mützchen für ihr Enkelchen.
Die Mützchen sind vormittags rosa und abends meist auch blau.
Alwine wird vom fröhlichen Völkchen stets zu einer Daumenbreite aus der Pulle eingeladen. Sie lehnt dankend ab und spendet gerührt eine Runde Büchsen.

Wenn der Kontaktbevollmächtigte vorbeikommt, berichtet ihm Alwine routinemäßig den Handtaschenraub, den er sich routinemäßig notiert, bevor er dann mit den Schluckern routinemäßig die leeren Bierbüchsen aus der Blumenrabatte sammelt.
»Ein feiner Mensch«, murmelt dann immer Alwine und denkt an ihren Otto, der nicht ganz so fein gewesen war. Am Nachmittag geht Alwine in den Seniorenklub oder zum Krankenhaus oder auf den Friedhof. Immer abwechselnd – aber regelmäßig. Denn es liegt immer etwas an. Im Seniorenklub liegt immer mal gute, alte Musik mit Kaffeeduft in der Luft, im Krankenhaus liegt immer mal irgendeine gute, alte Bekannte, und auf dem Friedhof liegt schließlich immer der gute, alte Otto.
An seinem Grab steht eine alte, morsche Bank.
Sie gehörte zu jenem Verblichenen, der hier ruhte, bevor er Otto Platz machen mußte.
Alwine hat die Bank übernommen, obwohl ein hessischer Urenkel des Vorruhenden Besitzansprüche angemeldet hatte.
Er hat sich dann aber mehr für die Deutsche Bank interessiert, und da ist er eingebrochen.
Nun guckt er dumm aus der Wäsche.
Alwine guckt abends in die Röhre.
Sie ist ein Fernbedienungsfriehk. Fanatisch klappert sie alle erreichbaren Kanäle ab, und wenn sie endlich einen findet, in dem nicht geschossen, gehaun und gestochen wird, ist sie so müde, daß sie gerade noch mit letzter Kraft ihr Bett erreicht.
Nachts träumt sie, sie hätte beim Glücksrad eine siebenwöchige Luxus-Kreuzfahrt über alle Luxusweltmeere gewonnen, und beim Erwachen ist sie heilfroh, daß es nur ein Traum gewesen ist.
Denn sie kann doch nicht verreisen. Sie wird ja gebraucht.
Vom Taschenräuber, von den Schluckspechten, vom KoB, von den kranken Freunden und von Otto.
Obwohl Otto – denkt sie – Otto könnte mal 'ne Weile ohne mich auskommen. Fürs Gießen würde sich sicherlich ein armer Call-Boy oder Student finden.
Und außerdem: Es ist gar nicht mal so sicher, ob Otto wirklich richtig tot ist.
Denn er kriegt laufend noch Post vom Versandhaus und von der Landeslotterie.

Rumpelstilzchen

»Es war einmal ein Müller, der war arm, aber er hatte eine schöne Tochter.«
Dieser Satz, mit dem im Original das Märchen der Gebrüder Grimm beginnt, machte jeden DDR-Bürger sofort stutzig.
Denn ein armer Müller, also Handwerker, wirkte sogar im Märchen leicht komisch.
Nicht komisch, sondern eher makaber wirkte die Formulierung: »Er war arm, aber hatte eine schöne Tochter.«
Wir sagen ja auch nicht: Er war Preisträger, aber ein Talent.
Denn es gibt immer noch mehr untalentierte Leute als talentierte Preisträger.
Doch weiter im Märchen.
»Nun traf es sich, daß er (der Müller) mit dem König zu sprechen kam.«
Bei diesem Satz kommt man ins Grübeln. Wie und wo traf es sich?
Verkehrten der Müller und der König in derselben Kneipe?
Fuhren sie beide mit derselben überfüllten Straßenbahn? Oder war der Müller bei der großen Weihnachtsdemonstration aus dem Fahnenblock ausgebrochen, auf die Tribüne geeilt und hatte dem König ins Ohr geflüstert: »Ich muß dich mal sprechen«?
Fragen über Fragen.
Die Gebrüder Grimm können sie uns nicht mehr beantworten.

Um so notwendiger ist es, daß man die alten Märchen nicht kritiklos in sich reinzieht, sondern sie interpretiert, um sie zu verändern.
In diesem Sinne - Rumpelstilzchen: Es war einmal ein König.
Aber er benahm sich nicht so.
Ging er ein Bier trinken, hängte er seine Krone, genau wie die anderen ihren Hut, an den Garderobenständer. Und wenn hinterher die Krone weg war, beschwerte er sich nicht, denn er hatte vor Jahren mal die Schilder erfunden: »Wir bitten, auf die Garderobe selbst zu achten.«
Der König hatte einen persönlichen Referenten, der hieß Müller. Er war nicht der Intelligenteste.
Aber weil er fast alle Leute im Land kannte, war er unentbehrlich, denn er konnte fast alles besorgen.

Eines Tages sagte der König zum Müller: »Herr Müller.«
Der König sagte immer »Herr Müller«, denn Müller war Anhänger vom 1. FC Union – und er selbst förderte »Royal-Mach-mit« – also krasse Klassenunterschiede und deshalb keine Duzfreundschaft.
Kurzum, der König sprach: »Herr Müller, der Kaiser möchte einen Bericht über die Quartalserfüllung. Wie sieht's denn aus?«
»Genau so wie im vorigen Quartal.«
»Dann sieht's verdammt trübe aus, Herr Müller. Haben Sie eine Ausrede?«
»Nee, aber 'ne Tochter, die kann Stroh zu Gold spinnen.«
Da ließ der König die Müllerstochter kommen, setzte sie in einer kleinen Kemenate an eine große Spinnmaschine und sprach: »Das ist dein rechnergestützter Arbeitsplatz!
Nun spinn mir bis morgen früh Stroh zu Gold. Schaffst du's nicht, gibt es keine Jahresendprämie – schaffst du es, wirst du meine Frau.«
Da schluchzte das Mädchen gar herzergreifend, und als es eine Weile geschluchzt hatte, stand plötzlich ein kleines Männlein vor ihr und sprach: »Jungfer Müllerin, warum weinet sie so sehr?«
»Ach«, sagte das Mädchen, »ich soll Stroh zu Gold spinnen, aber kann es nicht.«
»Nanu«, sagte das Männlein, »kommst du aus der nichtarbeitenden Bevölkerung?«
Und dann sagte er weiter: »Na schön, ich werde für dich spinnen. Was gibst du mir dafür?«
»Tja«, sagte das Mädchen, »wie wär's mit der Medaille für ausgefallene Leistungen?«
»Hab ich schon«, antwortete das Männlein, »bin Nahverkehrsexperte. Ließ so manchen Bus ausfallen.«
»Brauchst du Ersatzteile?«
»Nein, ich bin kerngesund.«
»So meine ich es nicht«, sagte die Müllerstochter, »hast du denn kein Auto, keine Datsche? Da braucht man doch immer was.«
Der Kleine sprach: »Ich bin eine Märchenfigur. Kann mir alles herbeizaubern.«
»Komisch«, sagte das Mädchen, »dann muß mein Nachbar auch so einer sein.«
»Schluß jetzt«, rief der Kleine, »ich werde für dich spinnen und bekomme dafür dein Kind!«
»Ich hab ja keins«, sagte das Mädchen.

»Warten wir's ab«, erwiderte das Männlein. »Untersteh dich!« schrie die Jungfrau. »Keine Angst, ich spinne nur, das andere macht der König.«
Der kam am anderen Morgen und fand einen Bericht vor, nach dessen Studium er sein eigenes Reich nicht mehr wiedererkannte.
»Wenn das der Kaiser liest«, rief er, »verleiht er mir sofort den Nationalpreis, und wir dürfen in jeder Straße einen Wintershop einrichten.«
Vor lauter Glück raubte er der Müllerstochter einen Kuß und die Unschuld.
Als sich nach der üblichen Wartezeit ein Kindlein einstellte, stellte sich auch das Männlein ein und forderte seine Belohnung.
»Das Kind gebe ich nicht her!« rief die junge Frau und weinte herzergreifend. Das Männlein bekam Mitleid und sprach: »Eine Chance will ich dir geben. Wenn du meinen Namen errätst, sollst du dein Kind behalten.«
Aber nun ging es los.
»Heißest du Kasper? Oder Melchior? Oder Balzer? Oder Rippenbiest, Hammelwade oder Schnürbein?«
Jedesmal brüllte der Wicht: »So heiß ich nicht! So heiß ich nicht!«
»Dann heißest du Schönfärber!« sagte das Mädchen.
»Das hat dir der Gegner gesagt?« schrie der Gnom und riß sich selbst mitten entzwei.
Seit jener Zeit wird nicht mehr Stroh zu Gold gesponnen, sondern nur noch ehrlich berichtet. Aber das ist schon wieder ein anderes Märchen.

Lustmord

Sie hatte ihn zum Fressen gern.
Fast tat das Herz ihr stocken.
Er war schon alt und selbst im Kern
verschrumpelt und ganz trocken.

Und trotzdem konnte sie vor Lust
sich einfach nicht mehr halten.
Ein Stöhnen quoll ihr aus der Brust,
dann packte sie den Alten.

Erst weichte sie ihn gründlich ein,
dann briet sie ihn behende
und schlang ihn gierig in sich rein –
den Armen Ritter. Ende.

Der Versager

»Weißte, Paule, mein Sohn, der Benno, ich glaube, aus dem wird nie was. Das is so eine Lalle, Junge, Junge.«
»Wie alt isser denn jetzt, Robert?«
»Moment mal – zweiundvierzig, glaub ich.«
»Und was arbeitet er?«
»Was heißt arbeiten! Er sitzt da und glotzt.«
»In die Glotze.«
»Nee, das war ja noch normal. – Der glotzt vor sich hin, und plötzlich kritzelt er was aufs Papier. Zahlen, Striche, Punkte, Krakel und so weiter. Jetzt soll er deswegen nach Schweden kommen, hamse geschrieben. Da kriegt er den Hobel-Preis oder so ähnlich.«
»Na, is doch prima, Robert!«
»Quatsch! Er kriegt'n ja mit noch einem zusammen. Is das nich 'ne Schande? – Ich hab unser Bad ganz alleene gekachelt, jawoll! Da brauchte ich keene Hilfe. – Aber der Junge! – Ich sag ja, aus dem wird nie was!«

Betriebsfest

VEB »Vital-Asbest«.
Im Kultursaal großes Fest.
Höhepunkt seit langer Zeit.
Kollektiv-Gemütlichkeit.
Vorbereitung wie geschmiert.
Rednerpult frisch aufpoliert.
Aus Privathand Blumenstrauß.
Technik klappt. Licht an. Licht aus.
Transparent vorhanden – doch
kühn ergänzt durch »Kühner noch!«
Rock-Band »Happy Rudolstadt«
installiert zehntausend Watt.
K- und S-Fonds durchgecheckt:
Reicht sogar zum Toast mit Sekt.
Kalte Platte. – Pro Person
halbe Flasche »Balaton«.
Ein Faß Freibier. An der Bar
Selbstbezahlung, ist ja klar.

Vor dem Fest Verwaltung leer.
Alle Damen beim Frisör.
Leitung tagt und faßt Beschluß,
daß man sich zerteilen muß.
Funktionäre unter sich
beim Betriebsfest – macht sich nich!
Hier mal hin und da mal hin!
Auch mal in die Mitte rin.
Ehrentänzchen, falls man muß,
auch gelegentlich ein Kuß.
Doch im Kopfe jederzeit
Klarheit, Ordnung, Sicherheit.

Großer Abend ist nun da.
Aber nicht gleich Trallala.
Referat. Dann Griff zum Glas.
Chef wünscht allen sehr viel Spaß.
Meier hält beim Toast sich raus,
denn er trank schon vorher aus.
Kurzprogramm der KGD
mit dem Duo »Deo-Spree«.
Eine jodelt, einer klampft.
Keiner lauscht, weil alles mampft.
Nach dem Essen volles Rohr.
Rockband stellt sich erst mal vor.
»Rucky«, »Zucky«, »Mack the Knife«,
Benno Buff, der »King of Dscheif«,
und als Singemutter, yeah,
Rosi Roß aus Weißensee.
Für die Ältren spielt dann noch
Blaskappelle »Robert Koch«.

Zäher Anfang, voller Bauch
tanzt nicht gern, geniert sich auch.
Außerdem jetzt Zeit zum Plausch.
Wichtig Klatsch- und Tratschaustausch.
»Die mit dem und der mit der –
manche sogar kreuz und quer!«
Prösterchen und Bruderkuß
für die taube, hohle Nuß,
die man sonst nicht ausstehn kann.
Langsam zieht die Stimmung an.
Heizungskellermeister Schlicht
diskutiert die dritte Schicht,
Lehmann, der nur Ausschuß macht,
sagt, er denke Tag und Nacht
an Probleme beim Export,
leider läßt der Angelsport
ihm so wenig freie Zeit.
Jubel, Trubel, Heiterkeit.

Rockband geht zur Bar und tankt,
viel Applaus, denn alles dankt,
daß nun Blasmusik erklingt.
Aufs Parkett! Und alles swingt
quietschvergnügt beim Ententanz.
In den Augen schimmert Glanz.
Bei der Polonaise gar
ist dann auch dem letzten klar:
Beßre Stimmung kann nicht sein!
Krempelt hoch das Hosenbein!
Und so klingt in Saus und Braus
das Betriebsfest schließlich aus.

Lang danach schlägt manches Herz
noch voll Wehmut und voll Schmerz.
Liesel Krauß nur macht's nichts aus.
Küßt wie vorher. Tusch! Applaus!

Der Sohn

(Kneipen-Stehtisch. Am Stehtisch Vater Otto und Freund Willi. Hinterm Tresen der Wirt Emmes.)

Otto: Und ich sage dir: Der Kerl bringt mich noch um!
Emmes: In meinem Lokal ist noch keiner umgebracht worden!
Willi: Wer redet denn von dir. Otto spricht doch jrade von sein Sohn.
Emmes: Der will dir umbringen? Ick denke, der sympathisiert nich nur mit die Grünen, sondern ooch mit die eigenen Eltern!
Otto: Ja doch. Aber er macht mir kaputt. Seelisch und zychisch. Jawoll. Schon alleene wie er rumlooft. So!
(Er deutet Mähne und Bart an.)
Willi: Mensch, Otto! Lange Haare und Sauerkohl ham doch heutzutage viele. Besser als Glatze.
Otto: Jenau det hat mein Bengel ooch jesagt. Sogar Karl Marx war bemoost, hatter jesagt.
Willi: Und wat haste jeantwortet?
Otto: Ick habe gesagt: Karl Marx hat wenigstens das Kapital geschrieben. Worauf der Lümmel meinte: Wovon du nich eine Zeile jelesen hast, Vadda! Obwohl du Funktionär warst.
Emmes: Stimmt denn det, Otto?
Otto: Kann ick jar nich mal so jenau sagen. Aber als junger Bursche hab ich viel jeschmökert. Mein alter Herr war nämlich in die Büchergilde Gutenberg, und da hat er immer zum verbilligten Preis alle Bestseller ins Haus gekriegt. »Tiger Akbar« beispielsweise oder »Das Schweigen im Walde« von Ganghofer.
Warum soll mir da nich ooch mal Karl Marx mit zwischenjerutscht sein?
Muß man ja heute nich jedem erzählen.
Willi: Ick sage immer: Ein gutes Elternhaus, det pflanzt Keime in die junge Seele, die sich später zu einem starken, fruchtbaren Baum entwickeln.
Otto: Oder zu janz ordinäret Jestrüpp. Det siehste ja an mein Sohn!
Emmes: Ick gloobe, dein Sohn hat zu dir ja keen Vertraun. Du mußt vielleicht mal richtig mit ihn reden.
Otto: Det is nich so einfach. Wir sehn uns so selten.
Emmes: Warum denn eigentlich?
Otto: Kann ick dir sagen: Der Kerl jeht nich inne Kneipe!

Das dreifache
Lottchen

Wecker rasselt, Radio quasselt,
Rücken schmerzt, Matratze alt,
muffel, muffel, schnuffel, schnuffel.
»Benno, Trottel – Kaffee kalt!«
Haare lappig, Zahncreme pappig,
Nase rot, ein Leberfleck,
muffel, muffel, schnuffel, schnuffel.
Mantel drüber, nichts wie weg!

Rechner rattert, Lottchen ackert,
Müller lacht, macht Kompliment:
»Unser Lottchen, unser Flottchen,
immer lecker, exzellent!«
Kleine Feier, Anlaß Meier,
Stimmung gut, Getränke kalt,
Törtchen, Törtchen, Flirtchen, Flirtchen.
Feierabend – tschüß bis bald!

Fahrstuhl rumpelt, Fahrstuhl pumpelt,
Türgong goingt, Pantoffel schlappt.
»Heidel, Heidel, deidel, deidel!
Benno, Süßer, Küßchen!« Klappt!
Ein paar Häppchen mit dem Päppchen,
Fernsehschau und Fleischballett.
Neckchen, neckchen, Leberfleckchen,
Lottchen lüstern schwupp ins Bett.

Wecker rasselt, Radio quasselt,
Rücken schmerzt, Matratze alt,
muffel, muffel, schnuffel, schnuffel.
Und so weiter.

Die mit dem Wolf tanzt

Rotkäppchens Oma lebte tief im Wald und einsam. Aber sie empfing über Satellit die ausgeflipptesten Sender und war deshalb manchmal mächtig angetörnt und von Sinnen.
Wenn die Oma in der Weihnachtszeit vor der Röhre saß und Strümpfe stopfte, sang sie oft das alte Lied:
»Mein Blut, es spritzt beim Stich der Nadel und auch beim Musikantenstadel.«
Eines Tages war die Oma nicht ganz okay – oder, wie man früher sagte: Sie sah verdammt alt aus. Hexenschuß! Die Hexe stritt alles ab. Sie wäre nicht Schütze, sondern Stier und hätte keinen Bock auf alte Schachteln.
Aber sie gab der Oma ein paar Kräutlein und sprach: »Die schluckst du – und bei Nebenwirkungen liest du die Packungsbeilage oder rufst den Rettungsdienst!«
Die Oma machte gar nichts, sondern sang ganz cool das alte Weihnachtslied:
»Ärmlich war das Christuskindel, hatte keine Pämperwindel!«
Dann ging sie zum Fax-Apparat und faxte an Rotkäppchens Mutter den Notruf:
»Brauche dringend Kuchen und Wein sowie die neue Video-Kassette mit dem Film ›Schimanski dreht durch – Hackfleisch nach Hausfrauenart‹.«
Die Mutter besorgte alles nach Wunsch, legte noch ein paar Gummibärchen in den Korb und außerdem das kleine Handbuch für den Steuerfahnder mit dem Titel: »Meiämi weiß – das Finanzamt weiß alles.«
Dann sagte die Mutter zum kleinen Rotkäppchen: »So, nun trabe los, aber hüte dich vor dem Wolf, denn man weiß nicht, ist er am Tegernsee oder schleicht er hier umher.«
Das Rotkäppchen schnallte sich die Rollschuhe an und fuhr zum Nulltarif und

umweltfreundlich winkend durch die Stadt. Ein paar Glatzen riefen »Heil« – Rotkäppchen rief »und Segen«, denn sie wußte nicht, was die tun.
Dann erreichte das brave Mädchen den Wald. Er sah noch recht gut aus, denn es war ein Märchenwald.
Doch da kam hinter einem ziemlich morschen Baum eine junge, dynamische Gestalt hervor und sagte zu Rotkäppchen:
»Mein schönes Fräulein, darf ich's wagen, Arm und Treuhand Ihr anzutragen?«
Die Kleine antwortete: »Ach, Herr, ich bin ein junges Blut – und Euer Leumund ist nicht gut.«
In diesem Moment trat eine Gestalt in einem Lama-Fell aus dem Unterholz und sang:
»Wir verkaufen unser Oma ihr klein Häuschen und verpassen ihr 'ne Kaffeefahrt nach Rom!«
Dann überreichte er Rotkäppchen noch sechs silberne Blechlöffel und sagte: »Empfehlen Sie uns weiter!«
Die Kleine entsorgte die Löffel in ein Elsternest und rollte weiter.
Als es das Häuschen der Großmutter erreichte, brach es in den Entsetzensschrei aus: »Ich glaub, ich steh im Wald!« Hunderte Journalisten, Polizei, Feuerwehr, Einsatzwagen, Scharfschützen, Froschmänner, Hubschrauber – alles war vertreten und lag getarnt hinter der Brombeerhecke.
Was war geschehen?
Der Wolf hatte die Großmutter als Geisel genommen.
Er verlangte ein Fluchtauto, die Ehrenbürgerrechte der Städte Wolfenbüttel, Wolfsburg und Wolfen, ein Hausboot am Wolfgangsee – sowie die 7 Geißlein.
Ein Regierungssprecher versprach alles. Deshalb war er ja Regierungssprecher.
Die 7 Geißlein hatte er aber nicht greifbar. Sie waren im Ausland mit der Schlittschuhrevue »Hollyday on Geiß. Eine frivole Show mit vielen Bocksprüngen«.
Da sagte der Wolf zur Großmutter: »Ich glaube, wir lassen den ganzen Quatsch. Geh raus und beruhige die Sensationsreporter!«
Die Oma humpelte hinaus und gab eine Pressekonferenz. Ein Super-Illustrierter fragte: »Großmutter, warum hast du denn keine großen Ohren?«
Sie antwortete: »Das hat mich die Gauck-Behörde auch schon gefragt.«
Eine Bild-Reporterin fragte: »Großmutter, warum reißt du nicht dein Maul auf?«
Die Omi sagte: »Ich bin kein Politiker!«
Danach fragte einer: »Großmutter, warum schreibst und verkaufst du nicht deine Memoiren?«
Sagte die Omi: »Weil ich keinen Dreck am Stecken habe.«
Ein junges Rundfunkmäuschen fragte: »Sind Sie für eine strikte Kondompflicht?«
»Nicht direkt«, meinte die Oma. »Leider gibts heute ernste Gründe. Aber wir haben früher nicht gesungen: ›Der Kondompfaff, der hat uns getraut‹.«
Schließlich rief einer: »Wenn Sie noch mal zur Welt kämen, was möchten Sie werden?«
»In Ruhe gelassen«, sagte die Oma.
Das Rotkäppchen aber entkorkte den Wein, goß der Omi so lange ein, bis die mit dem Wolf tanzte, und als der Tannenbaum in Flammen stand, sangen alle drei das alte Lied:

»Süßer die Glocken nie klingen.
Sie machen bimbam und bimbem.«

Und weihnachtlich hört man sie singen: »Das Gebimmel ist bloß ABM.«
Da gingen alle Reporter, die Bullen, die Scharfschützen, die Froschmänner und die Hubschrauber recht nachdenklich nach Hause.

Fortschritt

Von unserm Haus die Giebelwand
war schäbig, groß und grau.
Doch weil davor 'ne Linde stand,
sah's keiner so genau.

Man hat die Giebelwand verputzt,
da war sie nicht mehr nackt,
doch jeder guckte ganz verdutzt:
die Linde abgehackt!

Die Leute ließen Klagen los.
Sie wurden anerkannt.
Ein Künstler malte riesengroß
zwei Palmen an die Wand.

Wenn man auch bitter drüber lacht,
zur Klage reicht es kaum.
Denn schließlich hat man über Nacht
jetzt plötzlich viel mehr Baum.

Oh, wie einsam

schlägt die Brust!

Der bekannte Preisträger Meier-Motzen widmet sich in letzter Zeit vorwiegend der Pflege seiner Gesundheit. Er treibt viel Sport und bevorzugt dabei die nervenschonenden Disziplinen ohne großen Trubel. Er hat sich ein schmuckes Segelboot zugelegt, ist dem Anglerverband beigetreten und geht wandern.
Kürzlich war Ansegeln.
Hunderte Segelboote mit fröhlichen Sportmenschen tummelten sich auf dem Brömmeritz-See. Zünftige Scherzworte, kameradschaftliche Anpflaumereien, flotte Recorderklänge und Radio-Wetterberichte schwebten von Boot zu Boot und ließen die Wellen der Stimmung hochschlagen. Abends war Disko im Seglerheim. Hei, wie da die Ohren glühten. Noch lange saß Meier-Motzen nachts im Bett und sang laut und krächzend: »Yeah, yeah, yeah!«
Neulich war Anangeln.
Hunderte fröhliche Angler tummelten sich am Brömmeritz-Kanal. Zünftige Scherzworte, kameradschaftliche Anpflaumereien, flotte Recorderklänge und Radio-Wetterberichte schwebten von Rute zu Rute, und Stimmungskanone Eddi Poser ließ seinen Baß dröhnend über die Wellen streichen.
Abends war Disko im Anglerheim. Hei, wie da die Ohren schmorten. Noch lang saß Meier-Motzen nachts im Bett und sang, an allen Gliedern zuckend: »Uooh, uooh, uooh!«
Vorgestern war Anwandern.
Hunderte fröhliche Wanderer tummelten sich im Unterholz des Brömmeritzer Forstes. Scherzworte, Anpflaumereien, Recorderklänge, Radio-Wetterberichte und rauhkehlige Wanderliedgesänge schwebten von Ast zu Ast, und die Kampfrichter und Schrittmaßkontrolleure umkreisten auf nervigen Motor-

rädern das waldluftschnuppernde Wandervolk.
Abends war Disko im Wanderer-Heim. Hei, wie da Ohren qualmten! Noch lange saß Meier-Motzen nachts im Bett und sang strampelnd das alte Wanderlied: »Uffta-uffta-wuffpuff!«
Wie gesagt, Meier-Motzen widmet sich in letzter Zeit vorwiegend der Pflege seiner Gesundheit.
Bravo, Motzi, bravo!

Schneewittchen

Es war einmal eine Königin.
Die wollte so gern ein Kind.
Aber sie bekam keins.
»Kein Wunder«, sagte der König. »Wo die Pille ist, da ist auch kein Weg.«
Von Stund' an war ihm die Königin pillenlos zu Willen, und eines Tages – nach der landesüblichen Zeit – gebar sie ein Mädchen.
Weiß wie Schnee, rot wie Blut und schwarz wie Ebenholz.
Mit anderen Worten: Schon als Baby ein irrer Typ.
Man nannte das Kind Schneewittchen.
Das war der Wunsch der Königin und leider auch ihr letzter.
Der König ordnete drei Tage Staatstrauer an, und am vierten gab er eine Heiratsannonce auf:
»Verwitweter König mit Kind und Sinn für alles Schöne sucht blaublütige, junge, dynamische Dame für harmonische Wohn- und Throngemeinschaft. Ernstgemeinte Bildzuschriften an Schloß Wackerbart, Hochparterre, Kennwort Schorschi.«
Es meldeten sich ein paar dürre Prinzessinnen, ein gealtertes Jodel-Görl und eine ehemalige Schönheitskönigin. Gut ausgebeult und neu lackiert.
Der König entschied sich für die Lackierte.
Das war ein Fehlgriff.
Die Lady stand Tag und Nacht vor dem Spiegel, betrieb Fassadenerneuerung, und der König mußte dazu singen: »Bei mir biste scheen!«
Schneewittchen aber entwickelte sich in aller Stille zu einer flotten Biene, und eines Tages erklärte der Spiegel der Königin:
»Ihr seid die Schönste hier, aber Schneewittchen ist tausendmal schöner als Ihr!«
Aber da war die Alte sauer!
Sie schickte den alten Oberförster mit Schneewittchen in den Wald.
Der brave Waidmann, der sich zwar öffentlich königstreu benahm, aber bei den Kommunalwahlen in eine ganz andere Kerbe gehaun hatte, ließ Schneewittchen natürlich laufen.
Sie lief über tausend Brücken und sieben Berge zu den Sieben Zwergen. Diese waren der nichtentlassene Rest von 700 Zwergtätigen. Sie hatten eine Bergbau-GmbH gegründet und gruben nach Silber und nach Gold in der Nacht.
Aber sie hatten wenig Kohle und deshalb auch kein Heiteck. Manche hatten 'ne Schaufel und manche 'ne Hacke. Sie lebten gemeinsam in einer Hütte, und deshalb war für den einzelnen die Miete beinahe erschwinglich. Dem Schneewittchen gefielen die kleinen Kerle.
Sie las ihnen jeden Wunsch von den Augen ab.
Und jeder hatte mal einen.
Die böse Stiefmutter aber bekam durch irgendeine alte Seilschaft Wind von der Sache

und machte sich mit kriminellen Gürteln und Kämmen auf die Socken.
Aber was für eine stümperhafte Werbung.
Sie rief: »Meine Gürtel sind die Besten! Die gab's früher nur im Westen!«
Oder: »Meine Kämme, das sind Klopper! Damit kämmt sich Meister Propper!«
Logisch, daß Schneewittchen die Stümperin gehörig abblitzen ließ.
Aber als die Königin zum Vitamin-Stoß ausholte und den rotbäckigen Jonathan ins Gefecht warf, war für Schneewittchen nach dem ersten Biß der Ofen aus.
Die Zwerge bestellten beim Versandhaus einen Glassarg, betteten die Unglückliche hinein und sangen feierlich das Kufsteinlied.
Das hörte ein zufällig des Weges kommender Prinz, sah sofort durch – durch das Glas – und erkannte, daß hier ausnahmsweise etwas Schönes im Wald herumlag.
Er befahl seinen Body-Guards, Schneewittchen auf sein Schloß zu schleppen.
Die Burschen waren große Gorbatschow-Fans – und als die Pulle leer war, ließen sie den Sarg fallen, und Schneewittchen fiel der Appelgriepsch aus dem holden Mündchen.
Der Prinz machte samt Pferd einen Freudensprung und Schneewittchen einen Heiratsantrag.
Die Ausgeschlafene nahm dankend an.
Nach den Flitterwochen am Baggersee saß das Paar abends immer gemütlich vor der Röhre.
Und es geschah, daß sie dabei hin und wieder laut jubelten und riefen: »Bravo! Gib's ihnen! Jawohl, gib ihnen Saures!«
Da wußten die Leute in der Umgebung: Die beiden gucken entweder Bud Spencer oder Regine Hildebrandt.

Die Glocken vom Campanile

Es ist seltsam. Wenn ich manchmal abends so gegen 22 Uhr Hammelgulasch und Thüringer Klöße esse, dann habe ich in der Nacht oft die komischsten Träume.
Meistens träume ich, ich kann fliegen. Daran merkt man schon, daß es keine sehr durchdachten Träume sind. Es wäre doch viel logischer, ich würde im Traum als Amphibienmensch auf dem Meeresgrund hocken.
Denn ich kann mir vorstellen, daß es einem vollem Bauch viel leichter fällt unterzugehen, als sich in die Luft zu erheben. Außerdem ärgert es mich, daß ich noch nie ein Amphibienmensch war. Ich stelle mir das nämlich mächtig amüsant vor.
Ich hocke mit meinem Kloßbauch auf einem vornehmen Korallenriff, von glutäugigen Nixen umschwänzelt und von Vater Neptun persönlich mit köstlichen Verdauungsschnäpsen bewirtet. Nach dem dritten Schluck würde ich ein kräftiges Bäuerchen machen, an der Wasseroberfläche entstünde ein gewaltiges Blubbern und Brodeln, und eine bestimmte Sensationspresse könnte melden: »Chinesisches U-Boot vor Warnemünde bespitzelt sich selbst.«
Aber, wie gesagt, ich träume immer nur vom Fliegen.
Ich bin dabei kein Ikarus mit Wachsflügeln und anderen technischen Hilfsmitteln.
Ich brauche bloß die Arme auszubreiten, mir einen kleinen inneren Ruck zu geben, und schon segle ich los.
Über Städte und Dörfer, über die Bäume im Wald und das Gras auf der Wiese und das Korn auf dem Feld, kurz gesagt: über unsre schöne Heimat.
Ich habe bislang nur Inlandflüge gemacht. Natürlich würde mich auch mal ein Abstecher nach Tokio oder Las Vegas reizen.

Aber für solch weite Strecken müßte ich mich ja mächtig volltanken – und da gäbe es sicherlich Probleme mit der Leber, mit dem Zoll und anderen empfindlichen Organen.
Eines fällt mir auf:
Bei meinen Traumflügen starte ich immer von einem hohen Berg oder zumindest von einem mittleren Hang. Ich gleite ins Tal hinab, und von dort tragen mich dann günstige Thermen wieder hinauf und zerstreuen mich in alle Winde. Mal bildlich gesprochen.
Denn ich bleibe natürlich als Flugkörper fest zusammengefügt, verhalte mich aerodynamisch recht klug und verfüge sogar über eine sehr schnittige, windschlüpfrige Linienführung.
Meine Frau bestreitet das zwar. Aber ich nehme es ihr nicht übel.
Denn sie ist ja noch nie mitgeflogen.
Das war nur mal 'ne kleine Abschweifung.
Ich wollte ja eigentlich darüber reden, daß ich – und das fiel mir auf – immer nur von Erhebungen starte.
Mir ist es noch nie gelungen, mich von der ebenen Erde aus in die Luft zu schrauben. Ich bin eben kein Senkrechtstarter. Und auch die ungeheuren Höhen liegen mir nicht so.
Ich hatte neulich mal eine kleine Zwischenlandung auf einer Turmspitze des Erfurter Doms – und ich muß ganz ehrlich sagen: Da wurde mir schon ziemlich mulmig.
Ich bin dann schnell zur Krämerbrücke hinuntergeglitten. Dort wohnt Elvira in einem winzigen, alten Häuschen in der ersten Etage. Die erste Etage ist sehr niedrig, aber trotzdem bin ich dort immer den Wolken ein Stück näher. Die erste Etage ist sogar, von der Straße aus gesehen, so niedrig, daß mein Freund, der lange Harry, beim Vorbeigehen durchs Fenster sehen könnte.
Den Gefallen tun wir ihm aber nicht.
Wir ziehen zu.
Obwohl das, mal richtig überlegt, absoluter Unsinn ist. Denn Harry ist in meinen Träumen noch nie aufgetaucht. Aber vorige Woche habe ich ihn zufällig mal wieder getroffen.
In der Gaststätte »Nante-Eck«. Er saß dort sehr intim mit einer drallen Brünetten. Es war Elvira.
Das gab mir zu denken. Ich hätte nie geahnt, daß Harry dieselbe Strecke fliegt wie ich. Die Welt ist klein.
Aber ich lasse mich nicht erschüttern.
Ich fliege neuerdings mehr in Richtung Küste. Dort ist es nicht so überlaufen, und man kann leichter landen.
Soviel zu meinen Flugreisen.
Was wäre noch zu berichten?
Ach so.
Weihnachten hatten wir Gänsebraten und – natürlich Thüringer Klöße.
Meine Frau macht sie an diesen Tagen immer besonders groß. Nun ja – das Fest der Liebe.
Ich schlief sofort nach dem Mittagessen ein und flog los. Sehr hoch kam ich nicht. Wegen der Klöße.
Außerdem hatte irgendein Trottel auf dem Dach der Gaststätte bei mir um die Ecke einen mickrigen Weihnachtsbaum mit ebensolchen Kugeln angenagelt.
Ich flog voll gegen den Baum, rutschte an der Dachrinne nach unten und erwachte im Inneren des Etablissements an der Bar.
Die Bardame war kein Weihnachtsengel. Sie hatte den Teufel im Leib und ließ ihn ungeniert gucken. Ich sang spontan die alte Weise: »Leise erklingen die Glocken vom Campanile.« Die Bardame meinte, das sei kein Weihnachtslied, und sie merke an diesem Beispiel, daß ich nicht mehr ganz allein sei, und an Angetrunkene werde nichts ausgeschenkt!
Meine Frau war nicht ganz so hart in ihrem Urteil. Sie meinte nur, ich hätte mächtig geschnarcht und dann eine Art Lied gesungen. Wahrscheinlich »Kling, Glöckchen, klingelingeling«.
Von wegen Glöckchen!
Ich weiß doch, was ich gesehen habe.
Denn ich fliege ja nicht blind!

Rotkäppchen

im Wohlstand

»Eh, Mutter!« sagte das Rotkäppchen zur Mutter »weißte schon das Neueste? – Der Froschkönig hat sich ’n Wassergrundstück hingeklotzt, da faulste ab!«
»Drück dich bitte nicht so ordinär aus!« sagte die Mutter.
»Außerdem siehste nich durch! Warum hat der Frosch so ein herrliches Grundstück, hä? Weil er die olle Seekuh geheiratet hat. Und die ist die Tochter vom Wassermann. Der Wassermann aber ist der Schwager vom eisernen Holzfäller, und der eiserne Holzfäller ist befreundet mit dem großen, grünen Steinbeißer. – Nun weißt du alles!«
»Leider nicht«, sagte Rotkäppchen.
»Armes, weltfremdes Kind«, meinte die Mutter. »Also paß auf. Die Sache ist doch ganz einfach: Der Wassermann besorgt ein schönes Stück Uferstreifen. Der eiserne Holzfäller besorgt Bohlen und Bretter. Der große, grüne Steinbeißer besorgt Platten und Kacheln – und fertig ist die Laube! Beziehungen sind alles, verstehste?«
»Ja«, sagte Rotkäppchen, aber es verstand eigentlich nur Bahnhof. Deshalb fragte es auch: »Und warum hat unser liebes Großmütterchen immer noch Außentoilette?«
»Weil sie im Wald wohnt, unter Denkmalschutz steht und nicht hexen kann.«
Nach einem Gedankenstrich sagte die Mutter: »Übrigens, die liebe Omi hat für uns Kuchen gebacken und Hagebuttenwein gemacht. Du sollst vorbeikommen und das Zeug abholen. Vorhin hat sie angerufen.«
»Wieso hat die Oma plötzlich Telefon?«
»Weil sie früher mal ein Verhältnis mit dem Postillion von Longschimoh hatte. Der Postillion ist zwar schon lange in Rente, aber er singt noch im Senioren-Chor der Rohrpost. Er ist da sogar in der Leitung. Und da hat die Omi eben die Leitung angezapft.«
»Wie hat sie das gemacht?«
»Sie hat den Hirsch Heinrich geschlachtet und den ganzen Chor zum Wildgulasch eingeladen.
Das hat denen geschmeckt, und seitdem hat die Oma Telefon.
So, nun geh endlich los und hüte dich vor dem bösen Wolf.«
Der Wald begann gleich hinter der Stadt und sah auch so aus.
Aber zwischen den Sofas, Autoreifen und Nachttöpfen wuchsen auch Bäume.
An einem Baum lehnte der Wolf.
Er las die Tageszeitung und kicherte dabei vor sich hin. Damit wollte er die Vorbeikommenden täuschen. Über seinen Charakter und über den der Zeitung.
Das Rotkäppchen sagte freundlich: »Guten Tag. Du bist der Wolf, gelle?«
»Der bin ich. Möchtest du ein Autogramm?«
Der Wolf hatte nämlich kürzlich in dem Fernsehkrimi »Hühnermord in Wolfen« mitgewirkt, und seitdem freute er sich immer, wenn er auf der Straße erkannt wurde.
Er gab dem Rotkäppchen ein Starfoto.
Auf dem Foto trug er ein prächtiges Showkostüm und einen hühnereigroßen Edelstein an der Pfote.
»Ein schöner Stein!« rief die Kleine. »Der muß ja ein Vermögen wert sein.«
»Stimmt«, sagte der Wolf, »ich hab ihn dem Rumpelstilzchen abgehandelt. Der wollte meine Höhle. Er will sich ’ne Kellerbar einrichten, damit er auch mal ein paar wichtige Leute einladen kann.«
»Was sind wichtige Leute?«
»Das sind Typen, die nicht fragen ›Haben Sie?‹, sondern ›Brauchen Sie?‹«
»Typen gibt’s«, sagte Rotkäppchen, erstaunt und fuhr fort: »So, nun muß ich aber zum lieben Großmütterchen.«
»Oh, wie interessant«, rief der Wolf. »Hat die gute Dame eigentlich immer noch die alte,

buntbemalte Bauerntruhe mit den Messingbeschlägen?«
»Jaja, aber da ist der Wurm drin.«
»Na prima«, sagte der Wolf »der bringt ja die Kohlen. Kamm on, lets go tu Omi!«
Die Großmutter saß vor der Tür in der Abendsonne und knübberte aus alten Schnürsenkeln und Tannenzapfen modische Halsketten.
»Schau, schau«, sagte der Wolf. »Die Olle weiß, was Mäuse bringt.«
Dann strich er mit der Pfote lässig über die Bauerntruhe und sagte so nebenbei: »Morsche Bretter, weiter nüscht. Aber ich kenne einen Doofen, der würde dafür 'ne Tiefkühltruhe locker machen.«
»Ich brauch keine«, sagte die Oma. »Ich hänge meine Weihnachtsgans zum Fenster raus.«
»Das hat mir der Fuchs auch schon erzählt«, brüllte der Wolf und lachte sich scheckig. Der zufällig des Weges kommende alte Oberförster hielt den scheckigen Wolf für eine Tüpfel-Hyäne und drückte ab.
»Das war ein Meisterschuß!« rief er triumphierend.
Der Wolf hatte keine Gegenargumente und verschied.
Da fiel es dem Oberförster wie Schuppen von den Augen. »Ich blöder Hund!« schrie er. »Das war ja der Wolf. Was bin ich doch für ein Trottel!«
Die Oma und Rotkäppchen schauten ihn fragend an.
»Weil ich nun bei Frosteinbruch alt aussehe«, sagte der Grünrock. »Dieser nette Bursche hier wollte mir ganz billig einen herrlichen Schafspelz besorgen!«

Großreinemachen

Jahrzehntelang hatten sie sich nichts dabei gedacht, die Bewohner der kleinen Bungalow-Siedlung auf den kleinen Hügel am Waldesrand. Sie fanden die Ortsbezeichnung »Am Rotkäppchensteig« sogar recht hübsch.
Der gegenüberliegende Hang hieß »Hügel des Feudalpotentaten Drosselbart«. Weniger schön.
Oder?
Aber kürzlich wurden einige Leute vom Rotkäppchensteig sehr nachdenklich und anschließend fast zornig.
»Was soll das Wort ›rot‹ in unserem Siedlungsnamen?« riefen sie mit ihrem Chefrufer Adolf Aufmucker an der Spitze.
»Rot paßt nicht mehr in die Landschaft!«
»Aber Rotkäppchen ist doch ein liebes, braves Mädchen aus dem Rotkäppchen-Märchen«, sagte Oma Brüselbusch.
»Ach nee!« rief Adolf Aufmucker, »und die Fallschirmjäger dieser sogenannten NVA – was hatten die immer auf der Birne? Rote Käppchen!
Nee, nee, Oma! Jetzt wird aufgeräumt. Weg mit den belasteten Straßennamen!
Ich bitte um Vorschläge für eine neue Namensgebung!
Und wenn ihr schon an alberne Märchentrullen denkt, dann denkt bitte auch mal an die so oft geschmähten Gegenspieler, ohne die nichts ins Rollen gekommen wäre!«
Der Rotkäppchensteig heißt seit gestern: »An der Wolfsschanze«.

Kontakte

Frau Müller, drittes Stockwerk links,
ist gar nicht mal so häßlich.
Ihr Puder macht sie allerdings
ein wenig alt und bläßlich.

Und Fräulein Schmidt vom neunten Stock
ist irgendwie ganz witzig.
Sie trinkt, so sagt sie, gern mal Grog.
Danach wird ihr so hitzig.

Vom achten dieser Arrogant,
der zieht, das muß man wissen,
als Komiker umher im Land.
Das macht ihn so verbissen.

So hat fast jeder wohl im Haus
ganz intressante Seiten.
Doch meistens stelln sie sich heraus
nur bei Gelegenheiten.

Ich hatte die in großer Zahl,
und hab es echt genossen.
Mit jedem war ich schon einmal
im Fahrstuhl eingeschlossen.

Nostalgische Kleinigkeit

Aus'm Neubauhaus
gucken Kinder raus,
satt und frisch gekämmt
und in weichem Hemd,
gucken offn Hof,
doch da ist keen Schwoof,
da steht bloß een Baum,
und man siehtn kaum,
um ihn rum so viele
edle Blechmobile,
und keen Leiermann
schmeißt die Orgel an,
und keen Schuster kloppt,
und keen Bierhahn troppt,
keene Teppichstange –
trotzdem keene Bange:
Hier fehlt keenem wat, nö, nö!
Hier fehlt bloß Milljöh!

Hauptsache
gesund bleiben!

Für eine gesunde Lebensweise ist eigentlich jeder selbst verantwortlich.
Sagt man.
Das ist natürlich Quatsch.
Spargel, zum Beispiel, soll sehr gesund sein. Er entwässert, und er treibt Nierensteine raus. Ich habe in DDR-Zeiten eine schöne Bonbonschale voll kleiner und mittlerer Nierensteine rausgetrieben.
Ohne Spargel – mit Berliner Pilsner.
Pilsner ist auch sehr gesund. Sagt die Brauerei.
Meine Frau sagt: »Wenn man deinen Bierbauch so sieht, das ist langsam ungesund!«
So sagte sie.
Was aber will ich sagen?
Dieses: Wer in der Ehemaligen nicht in unmittelbarer Nähe eines Spargelbeetes wohnte, hatte es nicht leicht, gesund zu leben. Wenn er Nierensteine hatte.
Wobei ich bemerken möchte:
Ein Nierensteinbesitzer war ja eigentlich ein Kranker und somit eine Zielgruppe des Gesundheitswesens.
Sofern ein einzelner eine Zielgruppe sein kann. Selbst eine Parteigruppe benötigte drei Genossen.
Oder sagen wir Personen. Da ist der einzelne nicht so festgelegt.
Wie auch immer:
Das Gesundheitswesen war im großen ganzen recht gesund.
Es krankte eben nur an vielen Mängeln.
Aber was die Medizinmänner und -frauen mit und ohne Hufelandmedaille in vielen Fällen mit ausgedienten Geräten und Improvisationskunst aus den Patienten herausholten oder hineinsteckten, das wollen wir nie vergessen.
Und nicht mehr ganz so erleben im Einzelfall.
Brauchen wir ja auch nicht.

Denn selbst wenn wir trotz heute möglicher gesunder Lebensweise – immer Spargel, Apfelsinen, Ballaststoffe, Flora-Soft und Marlborough-light – also, selbst wenn wir trotz all dieser revolutionären Errungenschaften, weil wir vielleicht noch Altlasten oder einen überflüssigen Blinddarm in uns rumschleppen und, ohne unseren Anwalt vorher anrufen zu können, plötzlich unters Messer müssen; dann ist im Prinzip sicher: Messer nicht einfach nur rostfrei, sondern von der Stiftung Warentest am eigenen Leibe gespürt – Chirurg dynamisch und durchgestylt, operiert filmreif – Assistenzarzt vielleicht etwas übergewichtig oder zu mager, graumeliert oder frühglatzig, als ehemaliges SED-Mitglied beargwöhnt und beim Öffnen und Zunähen als ehemaliger Chefarzt bewundert.
Kurzum, wir haben die Chance, besser gesagt, die Gewißheit durchzukommen, müssen allerdings Glück haben, rechtzeitig in eines der nicht abgeschafften Krankenhausbetten zu hopsen, und müssen, falls wir Arbeit haben, auch einen Chef, haben, der einem 50jährigen Mitarbeiter mit Nierensteinen drei Jahre Bewährungsfrist gibt.
Falls wir noch nicht 50 sind, müssen wir zwar nicht solch einen Chef aber Arbeit haben.
Vorteilhafter ist es jedoch, ein Konto zu führen, daß einen in die Lage versetzt, ganz privatim die Gunst und Kunst berühmtester Operateure oder Spitzenheiler zu genießen.
Solch ein Konto aufzubauen erfordert allerdings einen festen Willen und Ausdauer.
Und Tausende haben diesen Willen.
Sie kaufen im Interesse gesunder Lebensweise Mixturen und Tinkturen, Pillen und Pülverchen, sie fasten schlimm und schlemmen Schlamm, sie schlucken, schlecken und entschlacken.
Und alles, was sie schlucken, produziere ich! Denn im Gegensatz zum Redukal-Sozialismus streicht nicht Honni das Ablaßgeld für Weglaßkalorien ein, sondern meine GmbH. Ich mit Gattin und beiden Hausangestellten.

Ich erzähle das so offen, denn ich bin ja schließlich einer von euch und liebe euch alle. Und wir müssen doch mal folgendes kalkulieren:
Falls mein Freund Schorschi wirklich mit seinem Plan durchkommt und in der Pankower Kleingartenkolonie »Onkel Toms Ostblockhütte« eine Art DDR ausruft und die Sache vielleicht bis nach Schwanebeck oder Dresden-Weißer Hirsch übergreift, wenn Schorschi mit einem Mountain-Bike-Bataillon das Ardenne-Reservat stürmt und die Sauerstoff-Therapie zur Staatsdoktrin erklärt – dann müssen wir vorwärtsschauend den Sprung zurück souverän in den Griff kriegen und wissen, welche Lehren wir aus der Zukunft für die Vergangenheit zu ziehen haben:
Nämlich:
Essen wie Erich, trinken wie Boris und singen wie Heino.
Dann ist die Kuh gesund.

Das Rucksackgesicht

»Also, wenn ich diese Visage noch länger im Rückspiegel sehe, dann wird mir schlecht. Ist das eine unsympathische Fratze. Es gibt Leute, die hat man noch nie gesehen, aber ist schon hundert Jahre mit Ihnen verfeindet. Am liebsten würde er mir mit seinem dußligen Nobel-Hobel hinten draufkriechen.
Jaja, drängel mal schön, du Affe! Nützt dir nüscht!
Möchte bloß wissen, warum der ständig so höhnisch vor sich hin grinst. Vielleicht einer von den Knallköppen, für die 'n Hyundai bloß 'ne Reisschüssel ist. Kann mir ja nicht an die Heckscheibe schreiben: Mein Audi ist in der Werkstatt, deshalb fahr ich die Karre meiner Frau.
Überhaupt, hab ich Erklärungen nötig? Diesem Heini?
Na, also.
Moment mal. Was issen jetzt los?
Er will rechts vorbei!
Klappt doch nicht, Jungchen, klappt doch nicht! Bleib mal schön an meiner Seite!
Im Profil sieht das Rucksackgesicht noch behämmerter aus. Aber das Hemd und die Krawatte vom Feinsten. Hatter 'ne Schlipsklemme? Schlecht zu sehn. Doch. Hatter.
Dann isser einer von den mittleren Rutschern, die nach oben wollen und die Kleiderordnung nicht verletzen dürfen.
Zwei junge Schnösel von meiner Bank kamen neulich im schwarzen Anzug ins Freibad.
Im Wasser trugen sie dann allerdings nur Badehosen. Schwarz – mit einer kleinen Zierklemme.
Komisch – er schielt nicht mal aus den Augenwinkeln rüber. Guckt stur geradeaus. Eigentlich müßte er jetzt telefonieren. Er weiß doch genau, daß ich ihn beobachte. Da muß er doch zeigen, daß er wichtig ist und wichtige Gespräche zu führen hat.
Na bitte, was hab ich gesagt.
Ich glaub, er hat 'ne Rolex um. Aber er trägt sie verkehrt rum. Mit der Zwiebel nach unten.
Das ist doch out, Junge!
Wie ich schon dachte. Kleingeist.
Jetzt zieht er vor.
Keine Bange, das schaffst du doch nicht lange.
Einen ziemlich flachen Hinterkopp hat er.
Im Hinterkopf sitzen aber die wichtigsten Gehirnteile. Es wird schon so sein, wie ich vermute. Sparsame Intelligenz, aber unheimlich ausgebufft.
Karrieretyp. Ellenbogen.
Ohrfeigt vielleicht sogar seine Frau, aber telefoniert lieb mit seiner Mami.
Vielleicht hat er auch gar keine Frau, sondern.
Also, das würde ich nicht mal so negativ sehn.
Neenee, soll jeder nach seiner Fasson.
Aber der Typ isser eigentlich nich.
Vielleicht hat er sogar 'n Rechtsdrall. Haarschnittmäßig könnte es sein.
Er blinkt nach links.
Pech gehabt, Mann.
Ich bin wieder neben dir und geh vorbei.
Jetzt isser sauer. Steckt sich hektisch eine an.
Kenn ich aus meiner Raucherzeit. Die kleinste Erregung, und schon der Griff zur Schachtel.
Ich glaube, er schwitzt.
Kreislauf. Einer von den Plötzlich-und-unerwartet-Kandidaten.
Muß aber nicht sein. Ich würds ihm auch nicht wünschen, trotz alledem. Man muß Mensch bleiben. Leben und leben lassen.
Jetzt kommt er wieder ran.
Schlackert mit dem Kopf. Wahrscheinlich hat er sich 'ne Kassette oder CD reingeschoben.
Bin mal gespannt, ob mans wummern hört.
Nee. Keine Spur von Rock oder Jam.
Hatt auch die Scheibe zu bis oben. Wahrscheinlich hört er das Napftal-Trio und schämt sich.
Jetzt singt er sogar mit.
Aber eigentlich – so nach Schluchtenjodler sieht er gar nicht aus. Eher nach Fischkopp.

Doch da paßt wieder die Autonummer nicht.
Wo isser eigentlich?
Mensch, hab ja gar nicht gemerkt, daß er soweit zurückhängt.
Tja, mein Lieber, da muß ich mich wohl mit leisem Servus verabschieden.
Oh, Schitt! Da kommt er wieder.
Was ist denn mit dieser Mutter vor mir? Die kommt ja überhaupt nicht aus der Hüfte!
Ja, bin ich denn immer nur in der falschen Spur? Jetzt pfeiffen die rechts alle vorbei!
Na, Gott sei Dank, auch hier wird Luft.
Wo ist denn eigentlich das Rucksackgesicht?
Menschenskind, ich glaube, dort vorn schmettert er schon die lange Steigung hoch.
Also, da muß ich schon sagen: Einen schönen Biß hat die Gurke. Trotzdem. Unter normalen Bedingungen wär der nie an mir vorbeigekommen.
Aber das ist eben der Mist bei Stop and Go. Mal rollts besser auf der linken Spur, mal besser auf der rechten.
Naja, meistens gleichts sich am Ende aus. Aber es kann auch passieren, daß dir ne absolute Krücke den Daumen zeigt, und du machst den Olaf.
Doch man kanns auch anders sehn.
Wenn man bei freier Bahn – was ja selten ist, aber immerhin –, wenn man da aneinander vorbeirauscht, da spielt doch der Mensch überhaupt keine Geige. Man bemerkt ihn kaum.
Bei Stop and Go jedoch, da fährt der Mensch neben dir, vor dir und hinter dir wie ein offenes Buch. Du brauchst nur noch zu lesen und weißt alles über ihn. Ja, ich möchte beinahe sagen, man kommt sich näher.
Auch der gemeine Stau, der stundenlang festsitzende, ist natürlich interessant.
Aber oft auch deprimierend.
Man hört die Leute reden – und bedauert, daß man nicht vorbeirauschen kann.

Nüssli

Meine Frau raucht auch, und nicht schlechter als ich.
Kürzlich waren meine Freunde Antek und Knobbi bei mir.
»So ein dunkelbraunes Zimmer ist ja ganz gemütlich«, sagte Knobbi, »aber ehrlich gesagt, die zartrosa Blümchentapete hat mir besser gefallen.«
»Das isse!« sagte meine Frau und hatte dabei einen sehr spitzen Blick.
»Diese Tapetenfritzen lernen's nie!« rief Antek. »Die müssen einfach robustere Blumen nehmen.«
»Brauchst nicht rumzueiern«, meinte ich, »wir haben ja verstanden. Ich nehme an, ihr helft beim Tapezieren.«
Das taten sie.
Meine Nachbarin, Fräulein Dr. Glöckchen, ist Gesundheitsapostel. Sie lebt nur von Knäckebrot und Quark. Aber sie ist kein schlechter Kerl. »Wenn Ihr Kühlschrank nicht ausreicht, können Sie auch Bier in meinem einlagern«, sagte sie. Ich dankte für das Angebot und lagerte.
Mein Kühlschrank reichte genau für das Abspachteln der alten Tapete.
Beim Vermessen und Schneiden der Bahnen wurde das Fräulein angezapft.
Plötzlich rief Antek: »Ich glaube, die Olle schluckt heimlich mit. Das kann doch nicht schon die letzte Flasche sein!«
»In der Halle ist es Sonnabendvormittag verdammt voll«, meinte ich. »Da werden wir lange stehen müssen.«
»Ich hätte meinen Rucksack mitbringen sollen«, meinte Antek. Ein Glück, daß er ihn nicht hatte. Ich kenne das Ding. Es war mal das Chapiteau des Zweimast-Zirkusses »Schmollini«. Nur geringfügige Abnäher dran.
»Dieses Netz hier wird wohl genügen«, knurrte ich.
»Jaja«, seufzte Knobbi, »wir sind alle nicht

mehr so unbeschwert wie in der Jugend. Wohlstand macht knickrig.«
Die Kundgebung vor der Kaufhalle war gar keine.
Es handelte sich nur um Leute, die nach den bekannten Drahtgestellen mit den quietschvergnügten Rädchen anstanden. Wir schlossen uns den Interessenten an und erhaschten nach einer halben Stunde solch ein Gefährt. Wir schoben es gemeinsam und verloren uns dadurch im Gewühl nicht aus den Augen.
Es gab sogar die großen Flaschen. Spezial. Wir hatten den kleinen Wagentyp erwischt. Aber 18 Pullen verkraftete er. Die längste Schlange stand an der Schnellkasse. Das ist normal. Denn die flinkeren Kassiererinnen braucht man an jenen Brennpunkten, wo Dezitonnen umgeschlagen werden. Antek, der alte Fuchs, hatte den berüchtigten Drehwürfel mit. Am Käsestand begann er mit den Manipulationen, und in der Höhe der Speiseeistruhen hatte er schon eine ganze Seite grün.
»Ich schlage vor, wir nehmen einen Schluck«, sagte er, riß seinen Autoschlüssel mit dem Flaschenöffner aus der Tasche und ließ die Kronenkorken springen.
»Wir können doch nicht schon vorm Bezahlen trinken«, sagte ich leise.
»Wieso nicht«, meinte Knobbi. »Durch die Kasse gehn wir sowieso, und ob wir nun davor oder dahinter nuckeln, das Geld ist dasselbe. Wir klaun ja nüscht!«
Das leuchtete ein.
Antek hatte einen flotten Öffner. In Höhe des Brotregals war die Hälfte der Flaschen im Korb oben ohne. Es stellt sich heraus, daß Antek nicht nur den Drehwürfel, sondern auch eine alte Mundharmonika bei sich hatte. Er spielte Knobbi zur Freude das Lied »Die blauen Matrosen sind wieder an Land«.
Knobbi fiel mit dröhnendem Baß ein, und ich sang die zweite und dritte Stimme.
Ein kleiner Junge fragte seine Mutter:
»Mama, sind det die drei Spreeathener? Warum ham die'n so scheckige Jacken an?«
»Nein Meiki«, antwortete die Mutter, »das sind sicherlich fleißige Feierabendtapezierer, die einer alten Oma die Wohnung schön machen. Und darüber freuen sie sich und singen.«
»Aba 'n leichten Zacken weg hamse ooch!« krähte das Bürschchen. Die Mutter bekam einen roten Kopf, und ich hüstelte verlegen.
»Hast aber 'n trockenen Husten«, krähte Antek und ließ den Öffner zubeißen.
»Ich will nicht mehr«, sagte ich.
»Um so besser für uns«, meinte Knobbi, »bis zur Kasse ist noch 'n weiter Weg.«
Wir schafften ihn.
»Meine Herren«, rief die Kassiererin, »was soll denn der Unsinn! Die Leergutannahme ist dort vorn in der Ecke.«
»Das ist kein Leergut«, stotterte ich. »Das sind Bierflaschen, und das Bier ham wir getrunken.«
»Das merke ich«, sagte die Kassiererin. »Wahrscheinlich die Nacht durchgemacht und noch gar nicht zu Hause gewesen. Also los, halten Sie hier den Betrieb nicht auf! Sie sehn doch, was sich abspielt. Dort ist die Leergutannahme! Abmarsch!«
Wir marschierten ab.
Das Leergutfräulein half uns sogar beim Ausladen.
»Achtzehn Flaschen. Fünfmarkvierzig. Bitte sehr!«
Ich zog die Hand zurück. »Nein, nein, das können wir einfach nicht machen. Das ist nämlich ...«
»Na, na – nu machense hier mal nich een off Lord, wa! So dicke hamses doch bestimmt nich. Wennse schon in dem Zustand nach Hause kommen, dann nehmen Sie Ihrer Frau wenigstens 'ne Schachtel Nüssli mit. Kinder hamse doch sicherlich auch! Und nun halten Sie bitte hier den Betrieb nicht auf. Sie sehn doch, was sich abspielt!«
Wir schnappten unseren Wagen und trotteten erneut durch die Halle.
»Nüssli ist Quatsch«, murmelte Antek. »Wir

kaufen noch einmal Bier, zahlen doppelt und legen die Fünfmarkvierzig noch dazu.«
Knobbi stöhnte: »Doppelt zahlen und noch Fünfmarkvierzig dazulegen. Wie willst'n das der Mutter an der Kasse erklären? Die hält uns für Randalierer!«
»Das fürchte ich auch«, sagte ich.
»Außerdem brauchen wir die Fünfvierzig nicht dazuzulegen. Die stehen uns zu. Wir haben ja die Flaschen abgegeben.«
»Stimmt«, meinte Antek. »Dann zahlen wir also jetzt achtzehn Flaschen mit Pfand, von vorhin achtzehn ohne Pfand – das macht – das macht insgesamt: Damdamdam, äh – einundfünfzig Mark und achtundvierzig Pfennige.«
»Genau!« rief Knobbi. Ich wette, er hätte auch bei 74,30 Mark »Genau!« geschrien.
An der Kasse saß eine andere. Ein junges, blondes Wesen mit rotem Kopf. Sie bearbeitete das Gerät mit ihren zarten Fäusten.
»Hier nicht anstellen!« rief sie. »Die Kasse klemmt. Ich krieg den Schub nicht auf. Stellen Sie sich bitte woanders an!«
»Meine Schöne«, schnurrte Antek. »Haben Sie ein Herz. Nehmen Sie das Geld und bongen Sie nach, wenn die Kasse wieder in Ordnung ist. Sie sehen doch, was sich an den anderen Kassen abspielt. Wir müssen so schnell wie möglich wieder an die Arbeit. Wir kämpfen um die Wanderfahne!«
»Na schön«, sagte sie, »was haben Sie denn?«
»Achtzehn Flaschen Bier«, rief ich.
Antek zog den Würfel heraus, drehte links und drehte rechts und murmelte: »Achtzehn mal einsachtundfünfzig, das macht ramdamdam und eins gemerkt weniger drei – genau einundfünfzig Mark und achtundvierzig Pfennige.
»Das kann nie stimmen«, sagte die Blondine. »Das ist viel zu viel!«
»Fräulein«, sagte ich, »sehen wir aus, als ob wir uns zu unseren Ungunsten verrechnen?«
»Eigentlich nicht«, flüsterte sie.
»Na also. Hier sind sechzig Mark, kleiner haben wir's leider nicht.«
»Aber ich kann nicht rausgeben. Die Kasse klemmt doch.«
»Der Rest ist für Sie«, sprach Antek.
»Das darf ich nicht annehmen. Nehmen Sie hier die Packung Nüssli. Die ist liegengeblieben. Ein Kunde hatte vorhin nicht genügend Geld mit.«
Antek wollte zugreifen. Knobbi war schneller.
»Vielen Dank«, rief er, »und weil Sie so nett zu uns waren, revanchiern wir uns mit einem Schächtelchen Konfekt. Das werden Sie ja wohl annehmen dürfen.«
»Ich weiß nicht«, sagte die Schöne und nahm es.
Wir atmeten auf und schoben unseren Bierwagen zum Packtisch. Da kam das Leergutfräulein vorbei.
»Das halt ich nicht aus«, rief sie. »Schon wieder 'ne volle Dröhnung Bier und nicht ein einziges, lumpiges Schächtelchen Nüssli. Schämen solltet ihr euch was, ihr miesen Typen!«
Wir haben das Bier stehengelassen und die Stube trocken tapeziert.
Es sieht schlimm aus. Wir müssen viel rauchen, damit's wieder wohnlich wird.

Pech gehabt

Nach Goethe und nach Schiller soll
man keine Straße nennen.
Die beiden waren längst nicht so,
wie wir sie alle kennen.
Ein buntes Blatt enthüllte jetzt
an exponierter Stelle:
Die beiden warn bei Horch und Guck
getarnte Informelle.
Ein Fachmann hat nun mit viel Fleiß
das Gauck-Archiv gesichtet.
Und sprach: Wir haben kein'n Beweis.
Die Akten sind vernichtet.

PdR*
oder
Gesetzmäßiges

Das hat schon Brecht gesagt:

Daß aus ganz natürlichem Grund –
wie auch immer man sich dazu stellt –
überall auf dem Erdenrund
der Regen von oben nach unten fällt.

Das hat schon Brecht erklärt:

Daß aus ganz ökonomischem Grund –
ohne Rücksicht, was man davon hält –
der Wolf selbst den ärmsten Hund
um den abgenagten Knochen prellt.

Das hat schon Brecht gewußt:

Daß aus ganz politischem Grund
der Sieger, wenn's ihm so gefällt,
mit der Freiheitsphrase im Mund
seinen Fuß auf die Brust des Verlierers stellt.

Auch uns wird täglich bewußt:

Wie sinnlos es immer auch ist,
daß vieles ganz klanglos zerschellt,
es wundert nur den, der vergißt,
daß der Regen von oben nach unten fällt.

* Palast der Republik

Es trifft immer nur die Kleinen

(leises Lied zur Laute zu singen)

Es trifft immer nur die Kleinen.
Egal, was kommt, nur die sind dran.
Weil man besonders leicht den Kleinen
auf den Hut haun kann!

Blitz und Donner überm Zoo.
Wolkenbruch wie nie,
Flamingo meldet Wasserstand:
Drei Strich überm Knie.
Zickige Giraffe schreit:
»Schockt mich keinesfalls!
Doch dem Hasen und dem Igel
stehts Wasser bis zum Hals!«

Es trifft immer nur die Kleinen.
Egal, was kommt, nur die sind dran.
Weil man besonders leicht den Kleinen
auf den Hut haun kann!

Stand 'ne Rentnerbank im Park,
Ententeich davor.
Heute steht da auch 'ne Bank,
aber mit Tresor.
Kinderspielplatz gut und schön!
Wer solls finanziern?
Supermarkt rentiert sich mehr.
Auch Kinder konsumiern!

Es trifft immer nur die Kleinen.
Egal, was kommt, nur die sind dran.
Weil man besonders leicht den Kleinen
auf den Hut haun kann!

Steuerschuld dreitausend Mark.
Nicht sehr elegant.
Drei Millionen – Holiday
in Miami am Strand.
Junge Leute braucht das Land!
Mit fünfzig ab und raus!
Doch gehst du in die Politik,
hältst du's bis hundert aus.

Es trifft immer nur die Kleinen.
Egal, was kommt, nur die sind dran.
Weil man besonders leicht den Kleinen
auf den Hut haun kann!

Sparen, sparen heißt es heut,
die Kassen, die sind leer.
Der Rentner macht den Staat kaputt,
sagt der Millionär.
Es kommt der Tag, da geht der Staat
als Bettler durch den Park
und sagt zum Rentner auf der Bank:
»Eh, haste ma 'ne Mark?!«

Es trifft immer nur die Kleinen.
Egal, was kommt, nur die sind dran.
Weil man besonders leicht den Kleinen
auf den Hut haun kann!

Große Rummelattraktion:
Schönes Riesenweib.
Lebt seit zwanzig Jahren schon
ohne Unterleib.
»Schade«, sagte Fridolin,
»nichts für'n kleinen Mann.
Oben reicht man gar nicht ran,
und unten ist nüscht dran!«

Es trifft immer nur die Kleinen.
Egal, was kommt, nur die sind dran.
Weil man besonders leicht den Kleinen
auf den Hut haun kann.

Entwicklung

Mutter Meier zu ihrer Tochter, Leipzig 1970: »Nehscher sahcht man nich. Da fühln se sich beleidigt. Sin Afrigahner!«
Tochter von Mutter Meier zu ihrer Tochter, Leipzig 1997:
»Oma sahcht Afriganr. Aber es sin natürlisch Nehscher. Und außerdäm noch Schwarze.«

Übrigens...

war ich öfter im Fernsehn als Erich. Aber er war mehr staatsnahe.«

Das Sandmännchen

Rosi zapft und klettert

»Das kommt von deinem unverschämten Übergewicht!« schrie meine Frau, als die Toilettenbrille sie erneut in ihren wohlgeformten Allerwertesten gekniffen hatte. Ich schwieg vornehm, schraubte das Ding mit dem bissigen Riß ab und trabte zum Kaufhaus. Feuerrote, blaßblaue grünliche, perl-weiße – alles da. Wo leben wir denn! Ich brauchte beige. »Es muß zu den Wandschränken und zum Spiegel passen«, hatte sie gesagt.
Ich habe bei meinen Sitzungen noch nie in den Spiegel geschaut. Aber bitteschön – ich nahm beige. 56 Mark. In meiner Stammkneipe – so ein Kauf muß begossen werden – sagte Achim: »Det Ding hätteste bei Aldi für 18 Mark gekriegt!«
»Kaufhaus war näher.«
»So kannste doch heutzutage nich mehr ranjehn, Mann, da wirste arm!«
Aus Angst vor der Armut tranken wir noch zwei bis drei.
Am Zapfhahn Rosi. Ein Prachtweib. An diesem Tag noch prächtiger. Eine Bluse an – oiih! Genauer gesagt: Wenig Bluse, mehr Weib. »Kostet auf'n Kudamm bei ›Ria Schick‹ 99. Ich hab den Fummel für 22 abgefaßt. In Bad Schandau auf'm Bergsteiger-Markt.«
»Warste da in Urlaub?«
»Nee, wir war'n bei Oma in Stützerbach. Entzückendes Häuschen, und Oma nimmt ja nischt. Ja, und da ham uns Bekannte den Tip gegeben, und wir sind schnell mal rüber gerutscht nach Bad Schandau.«
»Ja, ja«, sagte Achim, »so muß man rangehn. Früher sind wir rumgereist, um irgendwat Notwendiges oder Rares überhaupt zu schnappen, und heute gehste auf Achse, um ein Schnäppchen zu machen. Der alte Slogan hat sich nicht geändert: Gewußt wo!«

Wir tranken noch einen auf Rosi und einen auf Bluse.
Achim: »Also Rosi, ick kenn mich aus in der Welt. Die Bluse ist original fronkraisch, fronkraisch. Wie kommt'n die nach Bad Schandau?«
»Hat'n Bergsteiger von einer Klettertour in den Pyrenäen mitgebracht.« Damals wußten wir es noch nicht, aber inzwischen habe ich es erfahren: Rosi übt jedes Wochenende an der Nordwand der Barberine.
Achim und ich übten an jenem Nachmittag noch ein wenig den Umgang mit dem schäumenden Gerstensaft. Dann schlurfte ich heimwärts. Unterwegs kaufte ich auf dem Freiluftmarkt noch ein Säckchen Kartoffeln. Günstiges Angebot. 4 Mark 99.
Meine Frau sagte: »Hättest du billiger haben können. Eben haben sie im Radio 'ne Reportage gebracht vom Markt in Slubice. Dort kriegste ein Kilo Kartoffeln für sechzehn Pfennige.«
Am nächsten Tag tankte ich für 50 Mark und kaufte in Slubice für 90 Pfennige 5 Kilo Kartoffeln.
War's nun der Restalkohol, oder waren es die Bremsen? Jedenfalls hat mich meine liebe Frau vorige Woche beerdigen lassen. Niveauvoll. Für fünftausendsechshundert Mark. Allein das Streichquartett hat 400 Mark gekostet. Hätte sie billiger haben können.
Sie spielt nämlich ganz brauchbar Mundharmonika.
Besonders das Kufsteinlied.

3. KAPITEL

Aus der Szene für die Szene

Kapitel 3 enthält Texte aus dem *Eulenspiegel* der Eulenspiegel-Bückware-Zeit sowie Sketche für die Berliner Kabaretts *Distel* und *Die Klapperschlangen* und für die Fernsehshow *Ein Kessel Buntes.*

Zwiegespräch

zwischen Meyer-Motzen (M-M)
und Petersdorf (Pe)

M-M: Petersdorf, mir fiel auf, daß fast jeder dritte Ihrer Texte eine sogenannte »Spreche« ist. Liegt das an Ihrer Liebe zum Kabarett?

Pe: Nicht nur, aber sicherlich sehr. Humor und Satire sind nicht nur gut zum Lesen, sondern können sich auch prima hören und sehen lassen.

M-M: Sie waren in den fünfziger Jahren beim populären Studentenkabarett *Rat der Spötter* in Leipzig und leiteten in den Sechzigern das Berliner Studentenkabarett *Spottland Yard.*

Pe: Gemeinsam mit Professor Laitko, einem Philosophen auf dem Piano.

M-M: Das Berliner Kabarett *Die Distel* zählte Sie zu seinen Stamm-Autoren, und Ihre »Bauchladen-Emma« feierte regelrechte Triumphe.

Pe: Dank ihrer Darstellerin Ilse Maybrid, der Frau des Erzkomödianten Otto Stark.

M-M: Zurück zum Laien-Kabarett. Es gab ja unwahrscheinlich viele in der Ehemaligen. Woran lag das?

Pe: An der Unterdrückung.

M-M: Wie meinen?

Pe: Druck erzeugt Gegendruck.

M-M: Aber der Gegendruck wurde stark zensiert!

Pe: Stimmt! *Spottland Yard* erhielt sogar mal die Note 2 und damit eine Silbermedaille bei den Arbeiterfestspielen.

M-M: Ach nee ... Der eine Ihrer *Distel*-Texte, nämlich *Die Beule,* im *Kessel Buntes* aufgeführt, erregte Empörung auf höchster Ebene! Was sagen Sie nun?

Pe: Jaja, Beulen gab's genug.

Der singende Otto

(Vater Otto, Mutter Herta, Kind Uschi)

Herta: Otto! Otto!
Otto: Wat is denn nu schon wieder?
Herta: Jib doch ma Uschi den Hausschlüssel, sonst kannse nich rin.
Otto: Wo willse denn wieder hinscharwenzeln?
Herta: Zur Chorprobe will se jehn. Sie is doch bei die Fischer-Chöre.
Otto: Ach nee! Wat machtsen da?
Uschi: Mensch, Vata! Singen natürlich!
Otto: Singen? Hör ich richtich? Du singst selber? Richtige Töne? Ohne Rekorder und so?
Uschi: Aber genau! Ich war doch schon mehrmals dagewesen. Is echt stark.
Otto: Herta! Setz dir hin. Det is ein janz feierlicher Moment. Nach lange unfruchtbare Zeit bricht sich det Sängerblut von ihren Vater in die Tochter Bahn.
Uschi, mein Kind, komm zu Vatern!
(Nimmt sie auf den Schoß.)
Sieh ma, Uschiken! Schon vor viele, viele Jahre hab ich als Vorsitzender von die Freikörpergruppe Nivea-Süd anläßlich von einen Lampionfest den Satz geprägt: Wo man singt, da laß dich ruhig nieder, böse Menschen haben keine Lieder. Hautse, hautse, immer auf die Schnauze!
Herta: Otto! Benimm dir!
Otto: Wat heißt, benimm dir? Man wird doch mal ein Fußball-Lied singen dürfen. Uschimaus, nu erzähl doch mal Vatern, wat ihr da im Chor so singen tut.
Uschi: Allet mögliche, Vata. Zum Beispiel von Goethe Heidenröslein ...
Otto: Ach Jott, hab ick ja früher ooch so jerne jeträllert!
(singt)
»Sah ein Knab ein Röslein stehn von hundertachzig Pfund!«
Herta: Otto!
Otto: Und wat singt ihr noch so Uschi?
Uschi: Volkslieder und ...
Otto: Volkslieder! Herrlich!
(singt)
»Solange der Bauch in die Weste paßt, wird keine Arbeit angefaßt!«
Uschi: Wir singen eigentlich andere, Vater ...
Otto: Naja, is ja klar, heute is eben alles viel amerikanischer. Bluhs und Negro-Spiritus. Aber nu erzähl doch mal weiter. Wat singt ihr denn noch so?
Uschi: Naja, Wanderlieder, Sportlieder ...
Otto: Sportlieder! Det is ja mein Metier!
»Und nach einen knappen Dreivierteljahr,
da war ein kleiner Fußballspieler da!«
Oder ein Wanderlied!
»Klotz am Bein, Klavier vor'm Bauch,
wie breit is die Chaussee!
Hundehütte, Hundehütte, wau, wau, wau!«
Sing doch mal mit, Herta!
Beide: »Hundehütte, Hundehütte, wau, wau, wau!«
Otto: Dufte! Ach ja, der Gesang. Wie sagt doch der Dichter so schön: Und ewig singen die Wälder! – Und wat singt ihr noch so, Uschiken?
Uschi: Na, zum Beispiel Scherzlieder ...
Otto: Heu, heu! Scherzlieder! Also, weeßte, in puncto Scherzlieder ist dein Vater früher jewissermaßen eine Fundgrube jewesen. Zum Beispiel den kernigen Kanon hier, kennste den?
»Sie hatte im Grase sich hingestreckt, oho, oho! Ihr schneeweißer Busen war halb nur bedeckt, oho, oho!«
Oder hier, det andere Ding:
»Rumkandidel. Min Mann sin Büdel is leer, da muß Verpflegung her ...«
Herta: Otto!
Otto: Wat quakste denn dauernd, Herta! Mußte mich denn mit Jewalt aus mein Illysium reißen? Grade wollt ick noch det schöne Ding intonieren: »Erst der Meier, dann der Lehmann, und dann ich ...«

Na schön, dann erzähl ma weiter, Uschimaus, wat ihr noch so singen tut!
Uschi: Ach, weeßte, Vata, ick gloobe, det kennste doch alles nich so richtig. Zum Beispiel neue Liebeslieder ...
Otto: Naja, die neuen kenn ich vielleicht nich so. Aber die juten alten:
(singt)
»Lolita, du geile Schlange, du kannst es so schön und so lange.«
Herta: Otto, jetzt is aber genuch!
(Uschi ist inzwischen kopfschüttelnd gegangen.)
Herta: Siehste, Otto, jetzt haste ihr verletzt!
Otto: Wieso denn verletzt? Von Frau Wirtin hab ick doch jar nich gesungen. Denn Schweinereien, Herta, kommen nich über meine Lippen. »Ick hab den dicksten, ich hab den dicksten, ich hab den dicksten Mann der Welt gesehn!«

Karl und Anna
oder
Was wäre wenn?

Angedeutete Kneipe mit Stehbiertisch. Ein Ober, zwei Hausfrauen. Hausfrauen mit Arbeitsschutzhelm und umgeschnalltem Leibriemen, in der Art von Zimmermannskoppeln. An diesen Koppeln anstelle der Zimmermannsgeräte Haushaltsgegenstände (Kochlöffel, Kaffeesieb usw.)

Karl (*kommt ins Lokal):* Mahlzeit!
Ober: Mahlzeit! Karla, wie immer ein Hausfrauengedeck?
Karla: Wie immer! Und für dich auch einen Doppelten!
(Ober bringt Bier und Wodka).
Ober: Auf dein Spezielles, Karla!
Ober, Karla: Prost! Prost!
Anna *(betritt das Lokal und ruft schon im Gehen):* Ein Rade, ein doppelter Kali!
Ober: Ein Radeberger, doppelter Kaffeelikör!
Karla, Anna: Tach Karla! Tach Anna!
Karla: Na, Kinder schon aus der Schule zurück?
Anna: Gott sei Dank noch nicht. Hab grade noch so die Kurve gekriegt. Der Alte guckt zwar dumm aus der Wäsche, aber ich habe gesagt: bin in Werk II. Wenn was besonderes ist mit die Görn, soll er anrufen. Aber nicht wegen jeden Pup, höchstens bei Ruhrverdacht!
Beide: Hähähä!
Karla: Meiner ist noch sauer von gestern Nachmittag. Sei mal ehrlich, ich glaube, wir haben da wieder ganz schön einen abgebissen. Als ich jedenfalls heute früh mein Haushaltsgeld gezählt habe, hättes mich beinahe umgehaun. Wenn ich diese Woche nich ein

paar Bohnerstunden mehr anschreibe, sehe ich Sonntag beim Frühschoppen verdammt alt aus.

Anna: Nu mach dir mal keen Fleck ins Flatterhemd. Zwei ganze Kinder, neuer Wartburg, Mann mit leitende Funktion und Waschmaschine – da wirste wohl noch 'n paar Piepen auf der Kante haben. Oder soll ich dir als ungelernte Hausfrau wat pumpen?

Karla: Quatsch keene Opern! Du hast ja recht. Und wer recht hat, gibt eenen aus!

Anna: Ober! Zweimal ein Gedeck!

Ober *(kommt mit Bieren und Likören):* Sehr zum Wohle die Damen!

Beide: In diesem Sinne, rinn in die Rinne! Prost!

(Beide lümmeln sich gelangweilt auf den Stechtisch und triefen in Kneipenstumpfsinnigkeit vor sich hin) Naja! So siehts aus! Oder nich? Aber genau! Aber laß ma jut sein! Mit mir nich! Worauf du einen lassen kannst!

Anna: Trotzdem stinkt mich das an!

Karla: Was denn?

Anna: Na diese Stichelei von den Alten. Sachta neulich zu mir: Du könntest ma die kleene Ramona die Nase putzen! Wat denn, saje ick: am arbeitsfreien Sonnabend? Wurde der affig! – Na, ich bitte dich! Hab ick det nötig? Bei dem Essen, wat der kocht. Und zehn Jahre verheiratet, und noch nich mal 'ne Treueprämie jekricht. Von die Nachtschichten janz zu schweigen. Nee, nee, bei mir nich! Ich habe bloß gesagt: Kiek dir mal die Heiratsannoncen an! Es kostet mich ein müdes Lächeln, und schon habe ich 'ne andre Stelle. Da war er von die Reifen. – Siehste, det ist det schöne heutzutage. Mit die Personalmangel kannste se alle plätten. Sogar den eigenen Alten. Prost!

Karla: Ober! Zwei Gedeck! *(zu Anna)* Trudeln wir eenen aus? Chicago? Macke verschärft?

Anna: Wie spät isn? Viertel acht! Nee! Da is das Sandmännchen vorbei, die Kinder liegen im Bett und der Alte wartet mit'n Abendbrot!

Karla: Lassn doch warten. Kannst doch ooch mal über die Arbeitszeit raus saufen.

Anna: Nee! Weeßte, alles möchte ich ihm nun doch nicht nachmachen. Der Herr im Hause muß immer noch eine gewisse moralische Überlegenheit haben.

Couplet

Es warn mal zwei Sportler, die soffen für drei,
mit Recht, denn es war noch der Trainer dabei.
Dann stand in der Zeitung 'ne Meldung geschrieben. –
Ach wärn se doch lieber zu Hause geblieben.

Der Jim und der Jonny, die fuhrn nach Hanoi.
Sie kamen zurück, in der Brust etwas Blei.
Zum Begräbnis erklang der Choral Nummer sieben:
»Ach wärn sie doch lieber zu Hause geblieben!«

Sie wünschen im Gasthaus ein Gulasch, ein Bier.
Das Essen kommt kalt, aber warm ist das Bier.
Sie sagen zum Ober: »Das ist übertrieben!«
Da brüllt der: »Mensch, wärste zu Hause jeblieben!«

»Mein Auspuff ist futsch«, schrieb Herr Müller ans Werk,
»er schmorte mir durch bei 'ner Fahrt übern Berg.«
Der Kundendienst spurte und hat prompt geschrieben:
»Ach, wärn Sie doch lieber zu Hause geblieben!«

Lolita war sechzehn und fuhr an die See.
Dann kam sie zurück und ging zur Charité.
Der Doktor sprach: »Kindchen, Sie hams übertrieben,
ach, wärn Sie doch lieber zu Hause geblieben!«

Sie suchen 'ne Hose für den sechsjährigen Fritz,
die derb ist und fest ist und außerdem sitzt.
Sie kriegen in jedem Geschäft nach Belieben
die Auskunft: »Ach, wärn se zu Hause geblieben.«

Macht schöner die Städte, macht mit und packt an,
nach dieser Devise, da klotzt alles ran.
Doch Matratzen im Park, das ist übertrieben!
Die wären wohl besser zu Hause geblieben.

Onkel Max kommt vom Lande, und sie sagen: »Du Spund,
zieh dich an, wir gehn aus, in der Nachtbar gehts rund.«
»Aber nein«, schreit der Max, »tät Bravheit ich lieben,
dann wär ich viel lieber zu Hause geblieben!«

Zwei Schaben und zwei Asseln aus dem Gasthaus »Zum Stier«,
die wollten zu Fuß in die Preisstufe vier.
Sie fielen ins Rührei und wurden zerrieben.
Ach, wärn sie doch lieber zu Hause geblieben.

Sammerteim

Ein Feldrain. Man hört Mähdreschergeräusch. Ein Bauer kommt auf einem Fahrrad angefahren. Er hält an. Guckt verstohlen um sich. Er pfeift auf zwei Fingern und ruft leise: »Lisa!«
Das Mähdreschergeräusch hört auf. Lisa (die Mähdrescherfahrerin) kommt. Macht sich das Kopftuch ab.
Schüttelt den Staub davon ab.
Wischt sich den Schweiß von der Stirn.
Lisa *(glücklich):* Da bist du ja!
Bauer: Ja, da bin ich.
Lisa: Hat dich auch niemand gesehen?
Bauer: Ich glaube nicht. Ich bin unten am Bach langgefahren. Da war bloß Heinrich mit den Schafen. Und der sieht ja schlecht.
Lisa: Aber hier ist es eigentlich ungünstig. Kein Baum, kein Strauch. Man kann uns meilenweit sehen.
Bauer: Wir können doch dort hinter den Strohhaufen gehen.
(Sie verschwinden hinter den Kulissen, und man hört nur noch die Stimmen.)
Lisa: Eigentlich ist es nicht richtig, was wir machen. Es ist gemein.
Bauer: Aber ist es nun mal nicht zu ändern. Und wenns keiner sieht, kann es auch kein Gerede geben.
Lisa: Also gut. Schnell, schnell!
(Schmatzende Geräusche, zufriedenes Stöhnen. Dann kommen beide wieder vor.)
Lisa: Ah! Das tat gut!
Bauer: Ja. Und im Winter, Lisa, können wir es sogar wieder öffentlich machen. Dann liefert das Getränkekombinat ganze Kästen voll und keiner kann neidisch sein, wenn jemand Brause trinkt!

Gustav und Mike

Gustav: Nahmd Leute, hällo Fäns oder wie sie alle heißen!
Da bin ick mal wieder! Falls mir dieser oder jener noch nich kennen sollte: ick bin Justav. Justav, der Spatz vom Alexanderplatz. Uralter Berliner Vogel. Das heißt: *So* alt bin ick nun ooch wieder nich. Sonst wär ick ja schon in Rente und nich mehr bei der Post. Theoretisch! Denn praktisch kann man ja beidet sein. Von wejen Arbeitskräfte.
Ehre den Rentnern!
Sojar noch im Alter
stehn se im Leben
oder sitzen am Schalter!
So, det wollt ick bloß mal zwischenstreun, damit se n bißcken mehr Respeckt vor die Leistungen der älteren Semester kriegen. Besonders die Jugend hat det manchmal nötig.
Seh ick ja an Mike, was mein Lehrling is. Ick bilde ihn nämlich für die Rohrpost als Rohrspatz aus. Er hat noch nich das erste Lehrjahr hinter sich, aber is schon so frech wie 'n Ausjelernter. Zum Beispiel hätte er schon vor 'ne halbe Stunde hier sein müssen. Aber wo isser?
Mike: Hier! – Hällo Justav, alte Eule!
Gustav: Wie war det eben?
Mike: Zeihung! Nahmd, Chef, wollt ick sagen.
Gustav: Na also! Wo kommst'n jetzt her?
Mike: Von Schmöckwitz aus de Dachrinne!
Gustav: Hör mal zu: Wenn de anjetrunken bist, mach ick dir entweder einen Einlauf oder 'ne Eingabe an die Konfliktkommission!
Mike: Beides nich nötig, Chef. Bin stocknüchtern. Komme wirklich von Schmöckwitz. Und det kam so: Wie Sie wissen, hause ick ja eijentlich im alten Dom in sone Jemäuerritze. Aber nich aus relljöse Gründe!
Gustav: Sag bloß, wejen der Nachbarschaft zum Palast der Republik!

Mike: So isset! Ick dachte mir nämlich, wenn sich da mal 'n Riß zeicht, rutschte rin und hast ne Wohnung im ersten Haus am Platze.
Gustav: Da haste aber die Rechnung ohne den Wirt jemacht.
Mike: Sagen wir lieber ohne die Bauleute. Absolut spatzenfeindlich. Keen Riß einjeplant. Da kriegt unsereener nie 'ne Wohnung. Und deswejen bin ick ja ooch raus zu Tante Trudchen nachs Neubaujebiet am Weißenseer Weg.
Gustav: Jibs da etwa Risse?
Mike: Möglich isset. Aber darum jings mir nich. Tante Trudchen hat sich da inne Baubude unterm Dach ein jemütliches Nest ausjebaut und zwar allet aus Abfallmatrijal. Det wollt ick mir mal ankucken. Also eins kann ick Ihnen sagen, Chef. Janz jemütlich war et da!
Gustav: Keen Wunder. Die Häuser dort ham alle Fernheizung, und wenn die Leute die Fenster aufreißen, weils ihnen zu warm is, is ooch draußen ne anjenehme Tempratur.
Mike: Und det is jenau det Richtige für sone olle Dame, die schon 'n bißcken die Gicht inne Flügel hat.
Gustav: Nu komm mal endlich zur Sache! Du hast doch behauptet, du kommst direkt von Schmöckwitz!
Mike: Komm ick ja ooch. Det war nämlich so. Ick hatte mir bei Tantchen een bißcken verplauscht. Es wurde Schlafenszeit, und mit die Olle in een Nest, also so schön isse ja nu ooch nich mehr – also ick runter auf die Baustelle und rin in son Stapel Regnrohre. Nagelneue Dinger. Sauber und bequem. Ich hatte ooch son Kniestück erwischt, wo man sich besonders jemütlich reinlümmeln kann. Ich schlafe ooch sofort ein, und als ick aufwache, bin ick in Schmöckwitz auf'n Jrundstück.
Gustav: Was fürn Grundstück? Ick meine, von wem?
Mike: Weeß ick nich. Name stand nich dran. War ja ooch erst halb fertig, der Bögalo. Aber der Nachbar heißt Hase!
Gustav: Woher weißt 'n det?
Mike: Weil er zu dem LKW-Fahrer gesacht hat: »Also, wenn das mit der Badewanne klappt, dann geht die Sache mt den Wartburg-Kotflügeln klar. Und Sorgen brauchste dir nich zu machen, mein Name ist Hase, ich weiß von nischt!« – Hatter jesacht!
Gustav: Det is ja ein dicker Hund!
Mike: Ne, nee, ne – es war son janz Spacker. Aber ne 700-Mark-Lederjacke an. Wahrscheinlich frißt er nischt und steckt allet in die Klamotten!
Gustav: Du hat doch noch 'n kindlichet Jemüt. Aber ne Schweinerei isset trotzdem, daß de erst jetzt zum Dienst kommst.
Mike: Ick wäre pünktlich gewesen, wenn ich nich ne Taxe jenommen hätte.
Gustav: Dir fehlt gleich'n Been!
Mike: Ohne Flax, Chef! Als ick mir vons Grundstück absetzte und in Richtung Einflugschneise zum Stadtzentrum startete, sah ick, wie 'ne kleine alte Dame mitn großen Koffer eine Taxe winkte. Der Taxifahrer hielt ooch an.
Gustav: Find ick aber nett!
Mike: Fand ick ja ooch. Und noch netter fand ick, daß er bereit war, sie zum Bahnhof Lichtenberg zu fahren, wenn sie ihm ooch die Rückfahrt mitbezahlt. War sie auch einverstanden.
Gustav: Wahrscheinlich hatte se jrade Rente jekriegt.
Mike: Is übrijens 'ne dufte Masche, diese Rückfahrt. Mitbezahlerei. Sowat könnten wir bei der Post ooch einführen. Zum Beispiel bei Telefonjespräche!
Gustav: Wie soll ick'n det verstehn?
Mike: Janz einfach. Wir sagen: Ein Telefonjespräch wird auf elektrische Wellen zum Empfänger transportiert. Und die Wellen müssen ja ooch wieder zurück, damit der nächste wieder telefonieren kann. Also: Rückweg mitbezahlen!
Gustav: Solche krummen Dinger sind bei uns nich drin. Die Post ist ehrlich!

Mike: Sind Se da sicher, Chef?
Gustav: Absolut: Wenn wir an'n Schalter schreiben »Der Schalter ist geschlossen« – denn is er ooch wirklich geschlossen.
Mike: Apropost, schreiben. Hamse det Ding jehört, Chef?
Da ham doch welche 'ne 10 Kilometer lange Telefon-Außenleitung verlegt und dabei mitberechnet, detse auf 5 Kilometer Bäume ausästen mußten. Ick bin jestern die Strecke abjeflogen. Da steht überhaupt keen Baum!
Gustav: Jetzt nich mehr. Hättste eben vorher langfliegen müssen.
Mike: Konnt ick ja nich. Man weiß doch vorher nie, auf welcher Strecke jemauschelt wird. Jenau wie bei mein Taxifahrer.
Hätt ick jewußt, daß der mit die olle Dame zum Bahnhof Lichtenberg erst dreimal durch die janze Stadt fährt, dann wär ick ja nich in Kofferraum mit rinjerutscht und mitjefahren.
Gustav: Womit du nun endlich jesacht hast, warum du zu spät hier anjetanzt bist. Junge, Junge, det war aber 'ne lange Story!
Mike: Det kommt bloß davon, weil ick Ihnen die Wahrheit jesacht habe! Anjeschissen hätt ick Ihnen viel kürzer!
Gustav: Wat erlaubst du dir!
Mike: War doch nur 'n Scherz, Chef. Wissen Se doch jenau. Zwischen uns beede jibts keene krummen Touren. In diesem Sinne, drei, vier:
Beide: Keine Bange,
wir bleiben bei der Stange!
Denn nur, wer ziemlich dumm ist,
der dreht ein Ding, das krumm ist.
Ein echter Vogel
verzichtet aufs Gemogel
und auf den alten Schnee
und sucht'n neuen Dreh!
Ein echter Vogel
verzichtet aufs Gemogel
und auf den alten Schnee
und sucht'n neuen Dreh!

Gesunde Lebensweise

Köbbert, Uhlig, Stückrath – alle drei in weißen Kitteln.
Größeres Rednerpult, hinter dem alle drei stehen können.

Köbbert: Werte Anwesende! Weil wir erfahren haben, daß der letzte Urania-Vortrag über die gesunde Lebensweise wiederum nur von 6 Rentnern und zwei Leistungssportlern besucht war ...
Uhlig: Und weil wir Sie, die's eigentlich nötig hätten, gerade mal so schön auf einem Haufen haben ...
Stückrath: Deshalb sehen wir uns veranlaßt, Ihnen einen kurzen Lehrgang zum Thema gesunde Lebensweise unter die Weste zu jubeln.
Köbbert: Der Lehrgang kostet Sie keine zusätzlichen Gebühren. Er wird durch die Eintrittskarten finanziert und mit Lotto-Mitteln gestützt!
Uhlig: Mitglieder sozialistischer Brigaden können den Vortrag in ihren Kultur- und Bildungsplan aufnehmen und abhaken ...
Stückrath: Und Teilnehmer am Parteilehrjahr haben trotzdem weiterhin ihre planmäßigen Zirkelabende zu besuchen.
Es geht los!
Die gesunde Lebensweise im Wandel der Zeiten!
Köbbert: Die gesunde Lebensweise ist eine Abart des normalen Alltags und kommt mitunter sogar in den besten Familien vor.
Uhlig: Die gesunde Lebensweise ist so alt wie die Menschheit. Sie führte schon lange, bevor Darwin entdeckt war, einen harten Kampf ums Dasein!
Köbbert: Das wird durch folgendes Zitat bewiesen:

»Am Amazonas, da saßen unsre Ahnen
und warfen mit Bananen!«

Stückrath: Gesammelte Werke, Band III!

Uhlig: Diese Schmeißerei war eine äußerst negative Einstellung zum Obst und somit eine sektiererische Haltung zur gesunden Lebensweise.

Köbbert: Durch die Menschwerdung des Affen kam es zu positiven Veränderungen, und wir können heute mit Stolz feststellen, daß es nur noch selten vorkommt, daß einem jemand Bananen hinterherschmeißt!

Stückrath: Trotzdem erlebte die gesunde Lebensweise in ihrem Kampf um Anerkennung immer wieder Rückschläge.

Als sich Eva einen Apfel schnappte, was übrigens schon damals mit einer Schlange verbunden war, bekam sie mit ihrem Adam ein mächtiges Ding übergebraten und wurde zu körperlicher Arbeit verdonnert.

Uhlig: Was jedoch kein ausgesprochener Nachteil war, denn Bewegung an frischer Luft ist ein entscheidender Bestandteil der gesunden Lebensweise.

Köbbert: Leider wurde diese gesunde Arbeit von den alten Germanen schwer vernachlässigt. Das wird durch folgendes Zitat bewiesen:

»Sie lagen auf Bärenhäuten
und tranken immer noch eins!«

Stückrath: Gesammelte Werke, Band IV.

Uhlig: Das Lieblingsgetränk der alten Germanen war der Met.

Köbbert: Deswegen heißt es ja auch noch heute: Met in Germany.

Er war trüb, leicht säuerlich und somit ein Vorläufer des Flaschenbieres. Besonders verdienstvolle Zecher wurden vom damaligen Getränkekontor mit dem Titel Doktor Met geehrt.

Stückrath: Und an allen Wanderwegen hingen damals Schilder mit der Reklame »Öfter mal ins Metropol!«

Köbbert: Wenn die Germanen etliche Humpen gekübelt hatten, stießen sie urige Schreie aus oder begannen zu singen.

Uhlig: Weil es noch keine Schlagerdichter gab, sangen die alten Germanen, was ihnen gerade einfiel.

Zum Beispiel: »Humba, humba, Tätärä!«

Köbbert: Auf dieser Stufe blieb übrigens ein Teil von ihnen stehen.

Stückrath: Ein anderer, sehr beliebter Schlagergesang hieß: »Heute blau, und morgen blau und« – übermorgen kamen dann die Römer und sammelten die Bierleichen ein.

Uhlig: Woran man erkennt, daß Weintrinker moralisch überlegen sind, vor allem, wenn sie Originalabfüllungen zur Verfügung haben.

Köbbert: Trotzdem kann man auch die alten Römer nicht gerade als Vorkämpfer der gesunden Lebensweise betrachten.

Im Gegenteil:

Trunksucht und Nikotin sowie übermäßiger Genuß von schweren Speisen und leichten Mädchen rissen bei ihnen mächtig ein und zehrten an der Substanz.

Stückrath: Bacchus, Gambrinus, Ganimed und Lukullus sind dafür mahnende Beispiele. Deshalb haben spätere Generationen nach diesen Typen Gaststätten benannt und sie aus erzieherischen Gründen mit großer Preisstufe und kleinen Portionen ausgestattet.

Uhlig: Der Erfolg ist jedoch gering. Die Dinger sind trotzdem immer voll – und wems zu teuer ist, der schlägt sich zu Hause den Bauch voll. Denn auch die Freßgier ist bei uns volkseigen.

Köbbert: Was durch folgendes Zitat bewiesen wird: »Immer drauf auf die Butter, solange sie jung ist!«

Stückrath: Und:

»Solange der Bauch in die Weste paßt,
wird keine Cama angefaßt!«

Ausgewählte Reden, Band I.

Uhlig: Ziemlich wissenschaftliche Untersuchungen haben ergeben, daß man den enormen Butterverbrauch rapide senken könnte, wenn man die Wartezeiten auf ein Kilo Butter der Wartezeiten auf einen Trabant angleichen würde.

Stückrath: Es gibt auch Leute, die die umgekehrte Theorie vertreten. Sie sagen: Wenn man Autos bekäme wie Butter, brauchte man nicht mehr zu schmieren.
Köbbert: Was man jedoch ablehnen muß, denn es ist wesentlich gesünder, einen Autoverkäufer zu schmieren als einen Trauerredner.
Uhlig: Ein weiterer wesentlicher Bestandteil der gesunden Lebensweise ist ein Minimum an Sauberkeit und Körperpflege.
Köbbert: Was durch folgendes Zitat bewiesen wird: »Wasser ist zum Waschen da,
valleri und vallera!«
Stückrath: Köchelverzeichnis Nr. 12
Uhlig: Diesem Zwecke dienten im Mittelalter die sogenannten Badehäuser, wo sich Männlein und Weiblein gemeinsam in einer Wanne tummelten. Beim Format unserer heutigen Badewannen ist ein derartiger Jux höchstens noch Eberhard Cohrs vergönnt.
Stückrath: Alle diese Badefreuden spielten sich damals nur in festen Häusern ab. Das Baden in Flüssen und öffentlichen Gewässern galt als Schweinerei. Was wir heute nicht mehr so empfinden, weil wir uns anschließend waschen.
Köbbert: Zur Körperwäsche benutzten die damaligen Menschen genau wie wir eine gepreßte Masse mit seifenähnlichen Eigenschaften.
Uhlig: Und die Zahnpastaproduktion befand sich genau wie bei uns noch im Versuchsstadium.
Stückrath: Zusammenfassend kann festgestellt werden, daß die gesunde Lebensweise schon immer nicht leicht in den Griff zu kriegen war.
Uhlig: Sie ist das Einfache, was schwer zu machen ist.
Köbbert: Zum Abschluß noch 'n Zitat:
Lachen ist gesund!
Uhlig: Wo steht'n das geschrieben?
Stückrath: Vertrauliche Verschlußsache. Nicht für die Öffentlichkeit.

Die Arbeitszeit

Uhlig: Damen und Herren!
Wir kommen nunmehr zum populärwissenschaftlichen Teil des heutigen Abends!
Köbbert: Im Rahmen unseres Weiterbildungszyklusses für gemischtes Publikum und Schauorchester –
Stückrath: und getreu unserem Motto: Der Kessel macht nicht nur Pläsier, nein, sondern auch er bildet Dir! hören Sie nun eine Lektion zum Thema: Die Arbeitszeit.
Uhlig: Die Arbeitszeit ist aus unserem heutigen Leben nicht mehr wegzukriegen!
Köbbert: Wegzudenken!
Uhlig: Wie bitte? Ach so. Nicht mehr wegzudenken!
Stückrath: Das macht uns stolz und glücklich!
Köbbert: Quatsch!
Stückrath: Wieso denn Quatsch? Das ist 'ne offizielle Meinung!
Uhlig: Aber die kommt jetzt noch nicht! Wir gehn doch chronologisch vor!
Stückrath: Ach so. Also! Als unsere Vorfahren durch Einführung des aufrechten Ganges langsam menschlich wurden, gab es noch keine gesetzliche Arbeitszeit, sondern nur Urzeit.
Köbbert: Heute ist es genau umgekehrt. Wir haben eine feste Arbeitszeit und die Uhrzeit spielt keine Rolle.
Uhlig: Willste damit was gegen Überstunden sagen?
Köbbert: Quatsch. Ich meine Urzeit ohne h. Wir gehen doch chronologisch vor.
Stückrath: Genau. Also weiter! In der Urzeit saß eines Tages der große Denker Bitterlehmann, der später übrigens auch ein gleichnamiges geistiges Getränk erfand, also Bitterlehmann saß auf einem Stein und dachte.
Köbbert: Die Sonne stand im Zenit.
Stückrath: »Hei nun!«, rief da der große Bit-

terlehmann. »Es wird Zeit, daß ich mal wieder was erfinde!«

Uhlig: Und darauf erfand er die Arbeitszeit?

Köbbert: Genau! Und als er die Arbeitszeit erfunden hatte ...

Stückrath: ...saß er da und wußte nich, was er machen soll.

Köbbert: Quatsch. Er wußte es genau. Er sagte sich: Die Erfindung muß unter die Leute. Und er schritt zu Tal.

Uhlig: Zu wem?

Stückrath: Zu Tal. Nach unten, Mensch!

Uhlig: Unsinn. Wenn man was erfunden hat, geht man doch nach oben. Wie will man denn sonst 'ne Auszeichnung kriegen?

Köbbert: Er wollte keine Auszeichnung, sondern seine Erfindung anwenden!

Uhlig: Junge, Junge! Finsterste Urzeit!

Stückrath: Ruhe und weiter: In der nächsten menschlichen Siedlung war gerade ein munteres Volksfest im Gange. »Warum feiert ihr, Kollegen«, rief Bitterlehmann.

Köbbert: »Wir feiern ohne Grund«, sagte der Vorsitzende.

Uhlig: »Das muß anders werden«, rief Bitterlehmann. »Ab sofort habt ihr Grund. Denn ich habe die Arbeitszeit erfunden.«

Stückrath: »Das muß gefeiert werden«, jubelten alle. Und dann gings rund.

Köbbert: Sie sangen: »Jetzt geht die Party richtig los« – und am anderen Morgen lagen alle flach.

Uhlig: Außer Bitterlehmann. Der schritt durch die Siedlung und rief: »Auf, auf – zum fröhlichen Jagen!«

Stückrath: »Aber doch nich in der Arbeitszeit«, murmelte der Häuptling.

Uhlig: »Das ist doch der Sinn der Sache«, brüllte Bitterlehmann.

Köbbert: Und wer hat gewonnen?

Uhlig: Beide. Ein Teil ging jagen, und ein Teil soff weiter.

Stückrath: Und damit war gleichzeitig die Ausbeutung des Menschen durch den Menschen erfunden.

Uhlig: Genau!

Köbbert: Das glaub ich nicht!

Uhlig: Wieso?

Köbbert: Dann müßten wir ja heute bei uns noch Ausbeutung haben. Denn wie oft wird während der Arbeitszeit gebechert.

Uhlig: Das ist doch ganz was anderes. Heute gibts keine Analphabeten mehr, sondern eine gebildete Nation.

Köbbert: Was hat'n das damit zu tun?

Stückrath: Ganz einfach. Wenn du früher gefeiert hast, anstatt zu jagen, ging dir der Hase durch die Lappen. Heute kannste schreiben. Stunden!

Uhlig: Und wenns hart kommt, drohste mit Kündigung!

Köbbert: Hab verstanden. Außerdem ist ja alles 'ne Frage der Proportion. Man hat noch nie gehört, daß zur selben Zeit 'ne ganz VVB blau war.

Uhlig: Sehr richtig. Es sind ja höchstens einzelne Abteilungen, und die Zeiten sind gestaffelt.

Stückrath: So isses! Außerdem gibt es niemanden, der stupide vor sich hinkümmelt. Die Menschen sind gewachsen!

Köbbert: Genau! Man kann stundenlang in der Kneipe sitzen! Aber worüber wird geredet? Über die Arbeit!

Uhlig: Womit bewiesen ist: Man muß die Sache als Dialektiker sehen.

Stückrath: Die Arbeitszeit ist eine Einheit. Man muß sie einhalten und zugleich ausnutzen!

Uhlig: Ende der Lektion! Es ist bedauerlich, daß sich keiner von Ihnen Notizen gemacht hat.

Köbbert: Denn diese Rede erscheint nicht im Dietz-Verlag!

Stückrath: Woran man wieder mal sieht, wieviele geistige Arbeit mitunter völlig sinnlos ist! Guten Abend!

Die Beule

Vater, Mutter, Kind (12-13), Opa, 2 Rotisserinis.
Ganz an der Seite der Bühne ein Tisch mit Gläsern und Weinflasche.
Die Familie sitzt am Tisch mit Ausnahme des Vaters.
Dieser rollt nämlich wie eine Walze über die Bühnenmitte, wo eine große Blase zu sehen ist.
Der Vater rollt mehrmals über die Blase und versucht, sie zu glätten oder einzudrücken.

Opa *(lacht meckernd)*: Hähähä. Det schaffste doch nich, Erich! Die Blase kriegste nich plattjedrückt. Da fehln dir noch paar Pfund off die Rippen. Am besten, du nimmst 'n Messer und stichst rin!
Mutter: Aber Opa! Das ist eine Neubauwohnung, um die wir lange gekämpft haben. Da können wir nicht einfach den wunderschönen Fußbodenbelag zerstechen.
Kind: Aber wenn nu die Luft nich rausjeht? Wir könn doch nich immer bloß in der Ecke wohnen.
Vater *(sitzt keuchend auf der Blase):* Wir haben jahrelang im Hinterhof gewohnt, Sabine! Im Vergleich dazu ist ein Neubauwohnung – auch mit Beule im Fußboden – eine ungeheure Verbesserung!
Opa: In der Wand ist ja auch 'ne große Beule.
Vater: Das ist keine Beule, sondern eine runde Ecke. Die Architekten wollten der Wohnung dadurch einen besonderen Pfiff geben.
Opa: Ich hab mir aber mal spaßeshalber die Wohnungen über uns und unter uns angesehen. Die haben eckige Ecken.
Mutter: Da wohnen ja auch nur einfache Leute, Opa. In dieser Wohnung hier wohnen wir, und deshalb hat sie einen besonderen Pfiff.
Kind: Wolln wir nu endlich mal anstoßen, eeh?
Mutter: Sabine, mäßige dich bitte! Du darfst sowieso noch nichts trinken.
Vater: Na, zur Feier des Tages kann sie schon mal einen Schluck nehmen. Schließlich zieht man ja nicht jeden Tag in eine neue Wohnung ein.
Opa *(kichernd):* Jaja, neue Wohnung mit Beulen!
Kind: Det juckt ja nich, Opa. Hauptsache, es wird anständig einer aufn Knorpel jejossen!
Mutter: Sabine, ab sofort ist Schluß mit deinen Scharkonk! Bedenke, die Umwelt formt den Menschen!
Vater: Wer hat das übrigens gesagt, Sabine?
Kind: Wat?
Vater: Dieses geflügelte Wort von der Umwelt?
Opa: Lenin!
Vater/Mutter: Opa!!!
Kind: Professor Dathe!
Vater: Quatsch! Emil Sohla hats gesagt. Aber nun wolln wir endlich mal anstoßen. Hilchen, reich doch mal ein Glas rüber. Ich bleibe hier sitzen. Schön weich isses nämlich!
Mutter *(gießt ein):* Ach, da fehlt doch noch ein Glas. Sabine, hole bitte eins aus der Küche.
Sabine *(geht und ruft von draußen):* Ich kriege die Küchentür nich auf. Da muß wat dahinterliegen.
Mutter: Unsinn! Was soll denn dahinterliegen?
Vater *(steht auf):* Moment, ich werde mal nachsehen!
Sabine: Jetzt geht se uff!
Vater *(setzt sich wieder):* Na also!
Sabine: Eeh! Ich komme nich mehr aus de Küche. Die Tür geht nich auf. Der Fußboden schmeißt 'ne große Blase!
Vater *(steht auf):* Das ist doch nicht zu fassen!
Sabine: Jetzt isse weg!
Mutter: Sabine, laß bitte diese albernen Scherze!

(Vater setzt sich wieder.)
Sabine: Jetzt is die Blase wieder da. Ich kriege die Tür nich auf.
Opa: Sach ma, Erich, begreifste denn jar jarnischt? Wennde dich setzt, drückste die Luft in die Küche, und wennde aufstehst, strömt se wieder zurück.
Vater *(probiert das mehrere Male):* Tatsächlich. Na, das ist ja ein starkes Stück.
(In dem Moment scheppernder Krach von draußen.)
Mutter: Hilfe! Was war denn das?
Opa: Det war bloß die Verkleidung der Badewanne. Die hing vorhin schon ganz schief. Jetzt wirdse runterjefallen sein.
Mutter: Um Gottes willen! Was ist denn in dieser Wohnung noch alles kaputt?
Sabine *(kommt wieder herein):* Nischt weiter. Bloß noch det Jaspedal.
Vater: Was für ein Gaspedal?
Sabine: Det Jaspedal von der Toilette!
Vater: Das ist kein Gaspedal, sondern das Pedal zum Spülen.
Opa: Ja! Und det führt in die Wand. Und hinter der Wand ist 'ne Kette daran, die jeht hoch zu einem janz normalen Spülbecken.
Wenn man aufs Pedal tritt, isset jenauso, als würde man wie früher an der Kette ziehen. Eben bloß viel moderner!
Sabine: Da muß ick aber kichern.
Mutter: Woher weißt du denn überhaupt, was hinter der Wand ist, Opa?
Opa: Ich hab durch den Riß in der Wand jekuckt.
Vater: Ein Riß in der Wand? In der neuen Wand! Das halte ich nicht aus.
(Es klingelt.)
Mutter: Nanu, so spät noch Besuch?
Vater: Sicherlich Gratulanten!
Opa: Oder ein Reporter von der Spätausgabe der Aktuellen Kamera.
(Sabine macht auf.
Die 2 Rotisserinis kommen herein.)
R 1: Grüß euch Gott, alle miteinander!
R 2: Alle miteinander, grüß euch Gott!
R 1: Bitte behalten Sie Platz, wir arbeiten ohne Hilfestellung. Hepp!
(Sie prüfen das ganze Zimmer. Klopfen die Wände ab. Betrachten die Decke. Verrücken Möbel. Klopfen am Fußboden usw.)
R 2: Naja, nichts Besonderes. Leichte Blasenbildung. Gib mal det Messer, Ede.
R 1 *(wirft Messer):* Hepp!
R 2 *(fängt):* Hepp
(und sticht damit in die Blase. Die Luft entweicht zischend. R 1 und R 2 treten dann auf dieser Stelle herum.)
R 1: Naja, ganz glatt wirds nich, aber wennse 'n Teppich drüberlegen, isset so gut wie in Ordnung.
R 2: Und wie siehts mit der Toilettenspülung aus? Badewanne? Alles okay?
Vater: Entschuldigen Sie mal. Wer sind Sie überhaupt?
R 1: Oh, Pardon. Janz vergessen vorzustellen. Die zwei Rotisserinis. Sonderbrigade der Neubaukombinate. Rotisserinis kommt vom Rotisserie. Heißt rund um die Uhr. Wir arbeiten Tag und Nacht.
R 2: Hat dein Neubauheim noch Tücken,
tun wir sie zurechterücken!
R 1: Hast ein Riß im Zimmer du,
rufe uns, wir schmiern ihn zu!
R 2: Schließen Fenster nicht und Türen,
kommen wir und reparüren!
R 1: Hat dein Lokus leichte Macken,
kommen wir, dann kannste kacken.
Mutter: Ah, ich verstehe. Wenn ihre Kollegen ein wenig geschludert haben, kommen Sie und arbeiten nach.
R 2: So isset!
Opa: Sie sind also die Nacharbeiterklasse.
R 1: Na, det wäre zu hoch jegriffen für unsere Brigade. Aber wir haben schon dreimal den Staatstitel erkämpft und haben in der Zeitung gestanden.
Übrigens, was issen das da für ein Buckel in der Wand?
Vater: Wo bitte?
R 2: Na dort, in der Ecke.

Sabine: Wir dachten, det isn besonderer Pfiff von die Architekten?
R 1: Unsinn. Hier steckt was dahinter. Wolln mal sehen.
(Sie klopfen die Beule ab und hauen ein Loch hinein. Sie sehen hinein.)
R 2 *(pfeift durch die Zähne):* Olala. Ede, weeßte wat det is?
R 1: Na klar. Hier ham unsere Jungs aus Versehn die Zement-Mischmaschine mit einjemauert.
Vater: Also, das ist ja unerhört!
Mutter: Nicht zu fassen!
Opa: Vielleicht hamse den Bauleiter ooch mit einjemauert.
R 2: Nee, nee, den ham wa heut schon jesehn.
Kind: Wat wirdn nu mit die Maschine!
Vater: Na eben. Die muß doch raus!
R 1: Det wird nich jehn. Die jeht ja weder durch die Tür noch durch die Fenster.
Mutter: Aber wir können doch nicht mit einer Zementmaschine zusammenleben.
R 2: Brauchense ooch nich.
Vater: Also kommt sie doch weg?
R 2: Nee, wir schicken ihnen morgen einen Spezialisten. Der baut ihnen das Ding um zu einer Wäscheschleuder.
R 1: Mit einem Jahr Garantie!

Emma (1)

Stimmung und Allotria,
jetzt ist Emma wieder da!
Bei Emma kannste allet koofen,
ohne lange rumzuloofen.
Brauchste wat, ums zu verschenken,
tu dein Schritt zu Emma lenken.
Emma hat Geschenkehits,
die jibts nich ma bei Exquisits!

Mit andern Worten, Damen, Herrn:
Emma hat Geschenke von ganz besondrer Note.
Für jeden Geschmack und jeden Zweck.
Ob Sie nun aus Liebe schenken oder mit Ihrem Geschenk eine gedämpfte Form der Blutrache ausüben:
Geschenkartikel Marke »Emma«,
die schlagen ein wie schwere Hämma.
Und schon greift Emma hinein ins Füllhorn und präsentiert den ersten Kracher:
Die ambulante Rucksackhaube!
Das ideale Geschenk für die einkaufende Frau von heute!
Wie ist den die Lage, Görls und Ladies?!
Immer wieder opfern wir wertvolle Zeit durch das lange Anstehen an der Kaufhallenkasse.
Zeit, die Ihnen fehlt, um vielleicht mal zum Frisör zu gehen. Wat is die Folge? Sie kommen stolz mit'n Netz voll Äppel nach Hause, und der Olle meckert über Ihre unjepflegte Birne.
Damit ist nun Schluß, verehrte Mütter!
Die ambulante Rucksackhaube schlägt zwei Fliegen mit einer Klappe. Sie schnallen sich dieses batteriebetriebene Gerät salopp auf den Ast und tätigen Ihren Einkauf. Dann reihen Sie sich in die Kassenschlange ein und lassen sich von der hinter Ihnen stehenden Dame die Lockenwickler eindrehen, die Sie in diesem modischen Beutel mit sich führen.

Dann stülpen Sie sich die Haube auf die Omme, schalten den Fön ein. Und wenn Sie an der Kasse sind, sind die Locken trocken. Sie lassen sich von der Kassiererin dann nochmal kurz durchkämmen, geben ihr ein kleines Trinkgeld und lassen sich, wenns Konsum ist, dafür die Marken geben. Dann klappen Sie die Haube einfach nach unten, schmeißen Ihre H-Milch und den Harzer rein und tragen nun die Verpflegung sowie Ihren gepflegten Kopf stolz nach Hause.
Mit Emmas Haube an der Stange
stehste nie meckernd in der Schlange!

Apropos Kaufhalle. Hier ein weiterer kleiner Artikel aus Emmas großem Angebot. Dieser Gemeinschaftsdaumen, den man mit einem hübschen Kettchen am Brotregal befestigen kann, macht Schluß mit der unhygienischen Methode, daß jeder Kunde seinen persönlichen Daumen ins Brot bohrt, um die Frische zu testen. Mit diesem überstülpbaren Gerät kann jeder nach Herzenslust keimfrei herumstochern. Stößt er auf Granit, muß er entweder die Brotsorte oder die Kaufhalle wechseln.
Nur die allergrößten Pflaumen
stochern nicht mit Emmas Daumen!
Und weiter im Angebot. Hier hat Emma ein sehr kontaktförderndes Geschenk für den modernen DDR-Bürger. Vier geschmackvolle Tischwimpel in der Klarsichtfolie. Fahnenstange inklusive. Die Wimpel tragen die Porträts bedeutender Persönlichkeiten, nämlich: Zetkin, Goethe, Engels und Marx.
Mit diesem Wimpelsortiment ausgerüstet, können Sie in jedem besseren Restaurant – auch ohne plaziert zu werden – selbst an reservierten Tischen Platz nehmen. Sie pflanzen den Mast vor sich auf, hissen nach eigener Wahl eine von den Flaggen – und schon weiß das Servierpersonal, wie hoch Sie mit dem Trinkgeld rangehen wollen. Daß Marx dabei meistens mehr zieht als Goethe, zeigt nicht nur die Grenzen der Dichtkunst, sondern auch die Macht des Kapitals.
Die Wimpel können Sie auch als Ständer auf dem Kotflügel Ihres Autos befestigen, was bei der Einfahrt in eine Autowerkstatt zu spontanen Spalierbildungen und Hochrufen führt.

Tuste Emmas Wimpel hissen,
wirst wenjer anjeschmiert!

Und weiter gehts im Angebot.
Und hier hat Emma wat fürn Haushalt. Der Haushalt ist ja oft noch ein Stiefkind der Rzjanolisierung.
Das wird aber sofort anders, Leute.
Denn deshalb steh ich ja hier!
Emmas Haushaltsapparate
sind beliebt im ganzen Staate!

Und damit bin ich schon beim Angebot:
Hier haben wir die einfache oder auch gewöhnliche Wühlmaus.
Ein reines Produkt der Natur! Dieses possierliche Tierchen löst mit einem Schlage ein wichtiges Handwerkerproblem! Kein Klempner mehr nötig!
Bei Verstopfungen des Ausgusses, der Badewanne, der Zentralheizung und aller anderen Rohre in Ihrer Behausung brauchen Sie nicht monatelang auf die Handwerker zu warten. Nein! Dieses emsige Tierchen arbeitet sich selbsttätig und spielerisch durch jedes Rohr hindurch und behebt die Verstopfung in Windeseile. Das Tier ist sparsam im Verbrauch und wird auf Wunsch auch mit Rückwärtsgang und Hykomatschaltung geliefert. Das Tier reinigt nicht nur die Röhre, o nein, bei Rohrbruch ist es dank hervorragender Intelligenz und Dressur auch in der Lage, so lange das Pfötchen aufs Loch zu drücken, bis der Klempner kommt. Auf der letzten Messe der Küchenmeister von morgen errang es die Silbermedaille und den Sonderpreis der Rohrpost.
Immer haste freie Röhren,
tut dir Emmas Maus gehören!

Und zum Schluß offeriert Emma diesen Kontaktanreger im Büro-Millieu.
Bekanntlich kommt es ja immer noch zu Erscheinungen, die darauf hinauslaufen, daß weibliche Kolleginnen intimen Annäherungsversuchen durch den männlichen Verwaltungsapparat ausgesetzt sind.
Diese aparte Pillenkette, aus der sich mühelos täglich eine Perle lösen läßt, erübrigt dem Chef die fürsorgliche Frage: »Haben Sie heute eigentlich schon gefrühstückt, Kollegin?«
Je mehr Lücken in der Kette, um so sicherer die Vermutung, daß sich etwas einfädeln läßt.
Schmückst du dich mit Emmas Kette,
ziehst du deinen Chef ins – Vertrauen.
Adschö!

Emma (2)

Stimmung und Allotria,
jetzt ist Emma wieder da!
Schuhcrem, Elasan, Florena,
Bohnerwachs im Heimcontaina
oder Farbe fürs Gesicht
hattse heute aber nicht!
Ooch keen Spray und keene Schmiere!
Heute hattse Souvenire!

Nu jibt et ja mitunter immer noch theoretische Unklarheiten darüber, wat eigentlich ein Souvenir is. Det kann ick Ihnen jenau sagen:
Ein Souvenir ist ein Erinnerungsstück.
Es erinnert Sie nach Jahren noch daran, wat Sie mal für'n Jeschmack hatten, als Sie det Ding gekooft haben.
Nu halten Sie mich wahrscheinlich für doof, weil Sie denken, Emma macht ihre eigne Ware madig.
Irrtum, Fäns!
Denn mit die Souvenirs is et jenauso wie mit *echten Käse* – Es gibt so'nen und solchen.
Und Emma hat weder noch – Emma hat Spezialanfertigungen.
Du zählst, tust du bei Emma koofen,
nicht unbedingt zu den *janz* Doofen.
Denn:

Emma hat *die* Etappe hinter sich, wo sie beispielsweise den Fernsehturm als Zahnstocher, Kugelschreiber, Reibekeule, Schnapsflasche oder als Beton-Phallus verkoofte.
Emmas Berlin-Souvenire sind Souvenire neuen Typusses. Sie sind modern – aber stützen sich zugleich auf das Alte, wenn es der Umsatzplan erfordert.
Aus diesem Grund führt Emma natürlich auch noch die handelsüblichen Klassiker wie den Hauptmann von Köpenick, den Berliner Schusterjungen oder Vater Zille.
Besonders Vater Zille ist auch für Emma ein großer Renner. Denn eine gewisse physiognomische Großzügigkeit seitens der Hersteller gestattet es Emma, sich auf die Nationalität der Touristen einzustellen und diesen kleinen Kerl nicht nur als Vater Zille sondern auch als Rinaldo Rinaldini, Fidel Castro, Hemingway, Arafat, Lord Nelson oder Rimski-Korsakow zu verkoofen.
In leicht abgewandelter Form geht das Modell auch als OB unserer Hauptstadt weg – denn mangelnde Ähnlichkeit fällt nur denen auf, die das Original schon mal *gesehen* haben.
Koofste Emmas lustje Puppe,
is die Ähnlichkeit dir schnuppe.

Und nun kommen wir direkt zu Emmas Neu- und Weiterentwicklungen. In der ersten und untersten Abteilung sehen Sie das gewöhnliche Berlin-Souvenir-Tuch, wie es alle kennen und fürchten.
Emma hat diesem als Hals- oder Kopfputz gedachten Textil auf der bislang ungenutzten Kehrseite eine Weißheit verliehen, die den Lappen in den Rang eines kleinen Tischtuschs erhebt. Damit können Sie in jedem beliebigen Ausflugslokal einreiten und auch dem bekleckertsten Tisch einen bescheidenen Hauch von Gaststättenkultur aufdrücken.
Mit Emmas Tischtuch biste Fürst,
ooch wenn du nich bekellnert wirst.

Und schon kommen wir zu einem weiteren Angebot!
Auch Emma kann den allseits beliebten Tele-Spargel, wie er von unserer humorigen Presse so humorvoll genannt wird, also diesen Fernsehturm kann ooch Emma nich völlig injorieren. Durch Direktbezug von einer Autofabrik, die früher noch Auspuffrohre hergestellt hat, bevor sie auf Massenbedarfsgüter umgeschwenkt ist, kann Emma Ihnen diesen Spezial-Fernsehturm anbieten.
Der Vorteil besteht darin, daß Sie ihn nicht nur als Souvenir, sondern nach kurzem Umbau auch als Auspuffrohr verwenden können. Wegen dieser Doppelfunktion kostet das Ding natürlich ooch doppelt so viel.
Aber warum hamse ooch'n Auto! Is ja keene Pflicht!
Haste Emmas Rohr zur Hand,
haste schon ein Stück Trabant!

Und nun kommt Emma zu einem sehr praktischen Artikel.
Das tragbare Gebüsch für Berlin-Touristen, die mal müssen und nicht wissen, wo se solln.
Mit diesem Wanderstrauch können Sie nicht nur dort, wo früher mal ein kleines Häuschen war, sondern selbst an den belebtesten Kreuzungen. Wenn möglich in Nähe eines Gullis.
Sie können das Gerät auch nach der Verwendung stehenlassen und durch Beigabe einer Untertasse in den Rang einer Pacht-Toilette erheben.
Wo Emmas Unterhölzer sprießen,
kann in der Not das Brünnlein fließen.

Und nun ein Geschenk besonderer Art: Ein Berlin-Souvenir!
Der Bu-Ba-Beu – auch Buletten-Bastel-Beutel genannt. Er enthält eine Sperrholzplatte, ein paar Spielzeug-Bäumchen und einen kleinen Müggelturm. Jetzt brauchen Sie nur noch an einer Imbißstube ein paar Berliner Buletten zu kaufen, und schon können sie

originalgetreu die Müggelberge nachbauen. Das Modell ist auch geologisch unanfechtbar, denn die innere Struktur der Bouletten unterscheidet sich nur unwesentlich vom Felsmassiv der Müggelberge. Es hat beides Endmoränen-Charakter. Das Souvenir wird auch von afrikanischen Berlin-Besuchern gekauft, denn die Buletten sind tropenfest.
Mit Emmas Beutel kannste baun
und hast keen Ärger beim Verdaun!

Kunst und Natur

War jüngst in einer Galerie.
Mein Herz klopft heut noch heftig.
Dort sah ich Weiblichkeit wie nie,
so prall, so drall, so deftig.

Da sprengte Rubens-Üppigkeit
das leichtgeschnürte Mieder,
und Hüften wogten weit und breit
wie Wellen auf und nieder.

Da griff die schiere Fleischeslust
mich an mit scharfen Krallen,
und dünnbehaarter Männerbrust
entquoll ein dumpfes Lallen.

Doch keiner ging der Aufschrei nah.
Ich wag es kaum zu schildern:
Sie fuhren heim, der Bus war da.
Ich saß vor alten Bildern.

Gut Ding will Weile haben

Krambügler, der große Tüftler, hat vor längerer Zeit eine Erfindung gemacht.
Eine sehr interessante Sache für Autofahrer. Es handelt sich dabei um jene kleine Dichtungsscheibe, die zwischen Knuffe und Schnuffe sitzt und erfahrungsgemäß nach spätestens drei Wochen kaputtgeht.
Krambüglers Erfindung besteht nun darin, diese Dichtungsscheibe einfach wegzulassen und die Knuffe direkt auf die Schnuffe zu schrauben.
»Das geht wunderbar«, sagt Krambügler, denn er hat es sogar ausprobiert. Am eigenen Auto.
Knuffe und Schnuffe hielten ohne die erwähnte Scheibe wesentlich dichter als mit dem Ding.
Krambügler hatte seinerzeit, unmittelbar nach dem genialen Erfindungs-Akt, alle einschlägigen Instanzen und Institutionen informiert, hatte Skizzen beigefügt und sogar Einsparungsberechnungen angestellt.
Die Instanzen zeigten sich außerordentlich interessiert und versprachen, Krambüglers geniale Idee mit der Anwendung in der Praxis zu krönen.
Inzwischen sind viele Monde ins Land gegangen, und nach wie vor fahren alle mit dem Knuffe-Schnuffe-System ausgestatteten Autos noch mit Scheibe. Besser gesagt, sie fahren meist nicht, denn die Scheibe hat nach wie vor die Eigenschaft, Autofahren nicht zu vertragen.
Nun müßte man eigentlich annehmen, daß Krambügler verdammt traurig ist.
Weit gefehlt, Freund.
Denn Krambügler kaufte sich unlängst einen neuen Wasserhahn. Der sah sehr ansprechend aus, hatte aber einen Nachteil. Er tropfte.

»Kein Wunder«, sagte ein von Krambügler herbeigelockter Klempner. »Da fehlt 'ne kleine Scheibe. Die lassen sie neuerdings einfach weg. Ich habe zufällig noch eine von früher bei mir. Die baue ich Ihnen ein.«
Aber das ließ Krambügler nicht zu.
Denn er hatte von Stund an gewaltige Freude im Herzen, wenn er von seinem tropfenden Wasserhahn saß und anschaulich erlebte, daß nützliche Erfindungen, wenn auch mit gelegentlichen Verspätungen, letztlich doch ihren Weg in die Praxis finden. Glücklicher Krambügler.

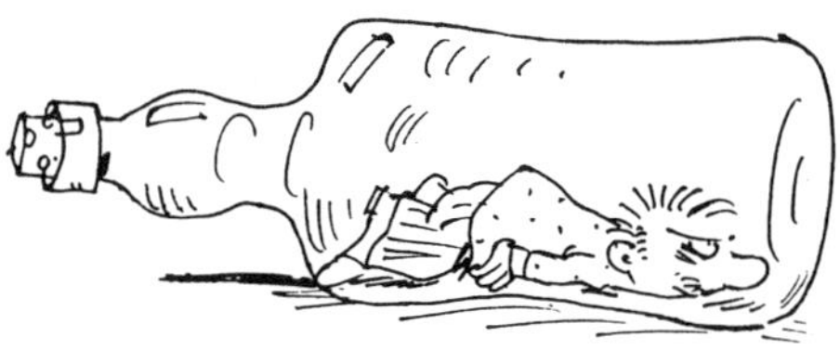

Arbeits-Teilung

»Du, Otto, meine Frau und ich, wir nutzen unsere Freizeit sinnvoll! Wir basteln.«
»Wat bastelt ihr denn?«
»Kleine Segelschiffe in Schnapsflaschen fürn Kunstgewerbeladen.«
»Das ist sicherlich gar nich so einfach.«
»Stimmt. Besonders für mich. Meine Frau bastelt so schnell, daß ich mit dem Austrinken der Flaschen kaum mitkomme.«

Lilomaus

du bist für mich
irgendwie ein Wunder.
Kauf ich ein Geschenk für dich,
sagst du: Welch ein Plunder!

Sicherlich ist manches Tand.
Doch, ganz unverhohlen:
Für Geschmeide mit Brillant
fehlen mir die Kohlen.

Außerdem: Ich weiß genau,
daß du's nicht beachtest
und dich über Prunk und Schau
oft schon lustig machtest.

Darum schenk ich, wenn ich schenk,
überlegt und taktisch.
Stets der Losung eingedenk:
Schenke lieber praktisch!

Stieß durch Zufall auf ein Bett,
das massiv gebaut ist,
wie es jeder gerne hätt,
der mal etwas laut ist.

Steh nur keuchend hier und schnauf.
Das schwere Monstrum schlepp ich.
Doch du sagst nur: »Wahnsinnskauf!
Wir bleiben auf dem Teppich!«

Das ist hart!

Spatzfindigkeiten

»Juten Abend, meine Damen und Herrn!
Sdrastwütche amigos!
Bonschur Katrin und Hällo Fäns oder wie Sie heißen.
Sie werden mir vielleicht nich kenn.
Macht ja nischt.
Stell ick mir eben vor.
Jestatten: Justav.
Justav, der Spatz vom Alexanderplatz.
Ick weiß jenau, wat Sie jetzt denken.
Spatz ist jut jesacht, denken Sie. Aber der da oben, denken Sie, det ist ja keen Spatz mehr, det ist schon ein stattlicher Broiler für siebenfuffzich.
Sehnse, und da ham Se sich jleich zweemal mächtig jeschnitten.
Denn erstens kostet heutzutage een Broiler nich mehr sieben Mark fuffzich, sondern schon 10 oder 11 Mark – und zweitens bin ick wirklich ein richtiger oller Berliner Spatz.
Und wat die Jröße anbetrifft, so kann ick nur sagen: Det ist ein Zeichen der Zeit! Jawohl!
Denn erstens muß ooch unsereiner mit dem Maxi-Luck Schritt halten – und zweitens möcht ick nur sagen:
Kieken Sie sich bloß ma Ihre 14jährige Tochter an, Frau Meier.
Da schnallnse ab.
Und wat Sie abschnalln, det kann die gar nicht mehr umschnalln. Det ist ihr viel zu eng.
Das macht die sojenannte Akßelljoration, wie wir Lateiner sagen, oder wie der Dichter spricht:
Es fängt ja alles erst an – und ich weiß genau, daß alles noch viel größer werden kann.
Na, macht ja nüscht.
Aber es gibt natürlich noch ein andern Jrund.
Wie ick eingangs schon formulierte, bin ick gebürtig vom Allex.
Is schon 'ne janze Weile her.
Damals stand noch dieset Monstrum da rum.
Die Berolina mit dem eisernen Busen und dem hohlen Kopp.
Hab ick öfter ma roffgeschissen.
Obwohl ick damals noch jar nich politisch organisiert war.
Na, macht ja nüscht.
Jedenfalls, der Allex is meine Heimat.
Da bin ick im Krieg zweimal ausjebomt worden und vor drei Jahren abjerissen.
Aber ick jeh da nich weg! Nei-en!
Und weil ick da bleibe, muß ick mir ooch jrößenmäßig anpassen.
Oder meinen Sie, ick kann da mang die janzen Beton-Riesen als Old-Teimer im Westentaschenformat rumhopsen?
Da käm ick mir ja janz mickrig vor.
Besonders nachts. Da kriegt man ja Platzangst.
Wenn der unjeheure Amüsierbetrieb anjekurbelt wird und die Vergnügungswütigen ein Nachtlokal nach dem andern – suchen.
Nee, nee, Freunde.
Lieber jroß und modern als klein und jemütlich.
Noch schöner wär vielleicht 'ne Mischung von beidem.
Aber es fängt ja alles erst an.
Macht ja nüscht.
Ick meine, mir kanns doch ooch ejal sein.
So'n Spatz braucht kein Bumslokal.
Unsereins vajnüjt sich ooch auf offne Straße.
Und wenns auf die Hauptstraßen bei nacht zu turbulent is, flattert man eben zur Karl-Marx-Allee oder einem anderen verträumten Winkel.
Und rumskandidel – schon herrscht dann auch dort ein reger Verkehr.
Macht ja nüscht.
Apropo Verkehr.
Ick hab ja noch die Zeit der Pferdebahnen und Pferdedroschken erlebt.
Also – ma ehrlich.
Ernährungsmäßig hab ick mir da jut jestanden.
Pferdeäppel en mass.

Bloß diese ständige Unruhe beis Menü! Man kam jar nich richtich zum Spachteln. Kaum hatte man sich so'n Appel zurechtjeschoben und wollte rinhaun, kam die nächste Droschke anjedonnert, und man mußte blos sehn, daß man nich unter die Hufe kam. Heutztage hätt ick schön Zeit zum Fressen, weil man jenau weiß, jeder dritte Bus fällt aus. Aber leider verliert unsre BVG keene Pferdeäppel.

Is ja ooch 'n moderner Betrieb.
Na, macht ja nüscht.
Wo war ick stehenjeblieben?
Ach so, an der Haltestelle.
Da is schon mancher stehenjeblieben.
Und sojar in die Luft jejangen. Natürlich bloß theoretisch.
Denn der Mensch is kein Spatz.
Unsereins kann sich ja mit ein paar muntere Flügelschläge über die Dinge erheben.
Und da stellt man fest: Von oben sieht det manchmal jar nich so schlimm aus.
Det macht der Abstand.
Mit ein jewissen Abstand fällts jar nich mehr auf, wenn ein Busfahrer einem alten Muttchen die Tür vor der Neese zuhaut oder einem Rentner det Holzbeen inklemmt.
Aus der Entfernung kann man ooch nich mehr so jenau hören, ob an der Kassenschlange in der Kaufhalle eener sagt: Ich glaube, Sie waren vor mir, meine Dame – oder – drängel dir nich vor alte Wachtel!
Nee wirklich, wenn ick so über den Dingen schwebe, dann sehe ick das alles in viel schöneren Farben und trällere als dufter Spree-Athener: 3, 4, z bis 10 – weil wir so eine dufte Familie sind, geht bei uns die Sache wie geschmiert.
Apropro jeschmiert.
Ham Sie Ihrn Trabant ooch schneller jekriegt? Eine Bekannte von mir, Frau Elster, die hat et jeschafft. Das heißt beinahe.
Sie hat irgendwo bei reichen Leuten, ick glaube im Ermelerhaus, silberne Löffel jeklaut. Diese Löffel hat sie an Herrn Fuchs verschoben. Der hat dafür Baumaterial gegeben. Aber nich von seinem Bau, sondern von 'ner Jroßbaustelle. Dieset Baumaterial hat Frau Elster dem Autofritzen für sein Landhaus gegeben und der wollte ihr dafür den Trabant früher geben. Leider hat och eener sein Senf zujejeben. Der Staatsanwalt.
Na, macht ja nüscht.
Apropo unsaubere Jeschäfte.
Hamse schon mal ein Blick hinter manche Imbißbude jeworfen oder in den Vorratsraum einiger Gaststätten?
Nein? Na, denn will ick nischt jesacht haben, sondern sage nur: Guten Appetit!
Mein Appetit is ja, wie Sie wissen, immer jut. Unsereiner is nich mäklich.
Meine Mutter hat immer jesagt: Es wird jejessen, wat offn Tisch kommt.
Und unser Tisch ist die Straße.
Kennse übrijens den Unterschied zwischen einem Spatz und dem VEB Straßenreinigung? Ein Spatz kann nischt liegen sehn.
Na, macht ja nüscht.
Manchmal jelüstets ein aber doch nach'n besonderen Happen.
Deshalb hab ick neulich mal 'n jewaltigen Höhenflug unternommen und hab mir hochjeschraubt zum Fernsehturm. Ick dachte mir,

vielleicht schmeißt ma eener 'n paar Kuchenkrümel raus.
Hat aber keener jemacht.
Hätt ick ma ooch denken könn.
So viel Jeld schmeißt man nich zum Fenster raus.
Aber allet, wat recht is.
Ein schönen Blick hat man von da oben. Ick konnte sojar bis nachn Grunewald kieken.
Ick meine, da kann ick natürlich ooch hinfliejen.
Det Alter hab ick.
Aber ick will nich. Ehrlich. In die Jejend sind mir noch zu ville Raubvögel. Und dazu kann ick nich mal sagen: Macht ja nüscht.
Ne, ick habe vom Fernsehturm mal'n bißken nach der Alten Försterei rüberjelinst.
Spielte jrade Union.
Ick mach mir ja sonst nischt aus Fußball.
Aber die Anhänger von Union, die amüsiern mir immer mächtig. Junge, Junge, ham die wieder Korken rausjehaun. Da blieb kein Auge trocken. Wenn man bedenkt, daß diese Fanatiker ansonsten alle einen anständigen Beruf haben und sogar jeachtete Menschen sind ...
Apropo Kultur und Bildung.
Warn Sie eigentlich in letzter Zeit mal im Theater?
Zum Beispiel in der Volksbühne?
Nein?
Na irgendeiner muß doch drinjewesen sein.
Ick hab doch neulich ein rauskommen sehn.
Vielleicht wars auch 'n Schauspieler.
Macht ja nüscht.
Dafür sind ja jetzt diese sojenannten Foajeh-Theater-Stücke, die gleich an der Garderobe oder rund ums Brötchenbüffee spieln, immer ausverkauft.
Wenn det so weiter jeht, werden se wahrscheinlich im Theater jenerell den Zuschauerraum in lauter kleine Nischen aufteiln, und da könnse dann mit Ihre Anjebetete hinjehn nach der Devise: Komm mit mir ins Schambre separee!
Oder wenn et sich ums Gorki-Theater handelt, sagen Se: Heute jehn wir zu Maxim – da sind wir sehr intim ...
Da nippeln Se dann ein Fläschen Halbtrocken, knabbern ein schön abjelagerten Jahrgang Import-Kartoffelchips und mieten sich einen Schauspieler als Pausenclown.
Es fängt ja alles erst an.
Auch die publikumswirksame Gegenwartsdramatik.
Apropo Dramatik.
Jestern hab ick was hochdramatischet beobachtet.
Am Leninplatz.
Da ham drei Personen – eine Frau mit Kinderwagen war sojar dabei – in voller Bergausrüstung die Nordwand eines Hochhauses bezwungen!
Da soll noch eener sagen, die Leute werden mit dem Fahrstuhlproblem nich fertig.

So – nu werd ick ma mal langsam off de Socken machen. Ick will nämlich noch ma kurz nach Hoppegarten.
Hab Appetit auf'n frischen Appel.
Vielleicht mach ick da ooch mal ein Tip.
Großer Einlauf, Kleiner Einlauf, Sieg – Platz – Möglichkeiten jibts ja jenug. Da is ein Wettschalter am andern.
Und alle Schalter besetzt. Mit flinkem und höflichem Personal.
Da kommt man sich janz komisch vor.
Apropo Deutsche Post.
Ick hab mir mal überlegt, daß wir eijentlich ooch langsam die Briefzustellung einstellen könnten. Ick hab da nämlich 'ne Idee.
Die Leute solln sich nich mehr jejenseitig direkt schreiben, sondern ihre Briefe an den Fernsehfunk schicken.
Dort werden sie dann übern Bildschirm von Irmgard Düren vorgelesen.
Damit sparn wir Briefträger und ham außerdem ein bißchen Unterhaltung im Fernsehprogramm.

So, nu vafeif ick ma wirklich, sonst komm ick noch ins Plaudern.
Atschö Leute!
Und vajeßt nich:
Unsre Heimat, det sind nich nur die Städte und Dörfer,
sondern auch Justav der Spatz
vom Alexanderplatz!«

KUHrioses

»Sauberkeit muß sein«, sagte der Melker und wischte den staubigen Milcheimer mit dem Kuhschwanz aus.

»Also nichts gegen unseren neuen Viehzuchtbrigadier!
Bei dem geben die Kühe ihr Bestes. Das Leben«

Die LPG A besitzt 20 Kühe. Jede von ihnen gibt im Jahr rund 3800 l Milch.
Die LPG B besitzt 30 Kühe. Jede von ihnen gibt im Jahr rund 2400 l Milch.
Daraus ergibt sich ein Durchschnitt von rund 3000 l Milch pro Kuh – und wir erfuhren – für die Genossenschaftsbauern der LPG A und B und für die Produktionsleitung des Kreises kein Grund zur Beunruhigung.

Was ist der Unterschied zwischen einem Wolkenkratzer und einem Kuhstriegel? Es gibt keinen.
Manche Rindviecher haben beides noch nie gesehen.

Zu einem tragischen Unfall wäre es in den gestrigen Abendstunden beinahe in der LPG »Volle Pulle« gekommen. Der normal alkoholisierte Melker Franz glaubte in seinem mit dem ungebundenen einbeinigen Melkschemel ausgerüsteten Kollegen Otto den geschwänzten Satan zu erblicken und jagte in panischer Angst dem Stallausgang zu. Dabei stolperte er unbegreiflicherweise über einen schon seit längerer Zeit an derselben Stelle liegenden Balken und schlug mit dem Hinterkopf schwer auf den Stallboden auf. Der fünfzig Zentimeter hohe Mist dämpfte jedoch den Aufprall so ideal, daß der brave Melker Franz mit dem Schrecken davonkam.
Noch in derselben Nacht konnte er in Schinkels Schenke allen Anwesenden mitteilen, daß er trotz dieses Zwischenfalls schon morgen wieder seine verantwortungsvolle Arbeit aufzunehmen gedenke. Die Kette der Begeisterten, die ihm ob dieses uneigennützigen Entschlusses freudig zuprostete, wollte daraufhin kein Ende nehmen.
Die Feierlichkeiten dauerten bei Redaktionsschluß noch an.

Der Anständige

»Fuchs, du hast die Gans gestohlen!
Gib sie wieder her!«
»Soll dich doch der Teufel holen,
du klaust noch viel mehr.
Heute nacht verfolgte ich
eine Spur von Schweiß
und stieß dabei genau auf dich
mit 'nem Sack voll Mais.«

»Liebes Füchslein, laß dir raten:
Kauf dir eine Brille.
Es war Max, der Teufelsbraten,
der in aller Stille
klaute mit Geschicklichkeit,
das weiß ich ganz genau.
Denn ich lag zu dieser Zeit
im Bett. Bei Maxens Frau.«

Menschliches Versagen

»Jaja, der Stuhl is noch frei. Auf dem andern sitzt meine Frau. Das heißt, im Moment sitztse aufm Örtchen, mal so jesprochen. Sie hat schon im Kino dringend gemußt. Aber da hat sie's nicht übers Herz jebracht, mitten im Film rauszurennen. War ja auch wirklich 'n irres Ding. Der Puppenspieler mit olle Belmonte oder wie er heißt. Ach, Sie warn auch drin? Na, Mann, dann sehn Sie ja durch.

Also mal ehrlich. Der Junge is doch 'ne Schote, oder? Und ich hab mal irgendwo gelesen, der macht alles selber. Ohne Dupleh.

Mann, wie der Mann da mit seine zwei Hände am Hubschrauber hing und sich über die halbe Kot Atzur schaukeln ließ, also das gibt's in keinem Film, mal so jesprochen. Und ohne Sicherungsleine und Sturzhelm. Wegen Nervenkitzel, natürlich. Aber trotzdem: Wundern muß ich mich, daß sie solche Sachen bei uns zeigen, wo sie uns doch im Betrieb laufend aufn Senkel gehen wegen Ordnung, Sicherheit und Arbeitsschutz. Ist doch unlogisch. Am Tage proklamieren sie Bassow und abends im Kino Belmondoff.

Na schön, ich begreife schon. Nicht jedes schlechte Beispiel verdirbt die Sitten. Denn wer hat schon bei uns Zeit und Gelegenheit, sich an einen Hubschrauber zu hängen. Trotzdem: Irre Typen gibt's überall. Wir hatten mal bei uns einen aufm Bau, der hat sich wegen 'ner Wette mitm Hosengürtel an'n Kranhaken gehängt und bis zum 10. Stockwerk hochziehen lassen.

Ehrlich gesagt, er kam bloß bis zum achten. Dann hat der Gürtel nicht mehr mitgespielt. Aber der Irre hat Glück gehabt. Die Jungs vom Tiefbau hatten die übriggebliebene Isolierwolle der Heizungsrohre nicht weggeräumt – und da isser weich gefallen. Schade war bloß, daß wir nicht rauskriegen konnten, welche Gammelbude den lebensgefährlichen Hosengürtel produziert hatte. Den Typen hätten wir gerne ein schönes Ding reingedreht.

Aber mal ehrlich, damit hier kein Irrtum ensteht: Mit dem Unfallgeschehen, das soll man nicht auf die leichte Schulter nehmen. Es passiert immer noch viel zu viel.

Aber der Grund ist nicht etwa Unordnung, Schlamperei, Fahrlässigkeit oder Disziplinlosigkeit, wie immer so schön vom grünen Tisch aus behauptet wird.

Quatsch, wer setzt denn schon mit Absicht Gesundheit und Leben aufs Spiel!

Es ist einfach meistens nur menschliches Versagen. Der Mensch ist kein Heiliger, ihm wächst kein Gras aus der Nase.

Wir hatten bei uns mal einen gewissen Banjo. Wie er richtig hieß, weiß ich nicht mehr. Unwichtig. Banjo, war ungefähr zweieinhalb Zentner schwer, und genau so schwer hatte er's deshalb bei den Weibern. Aber irgendwie hat er doch mal eine an Land gezogen. Und ihr zuliebe hat er sich Locken drehen lassen. War vom Frisör 'ne Meisterleistung bei den drei müden Zotteln auf Banjos Omme.

Na jedenfalls: Nun kam er also eines morgens mit den Locken auf die Baustelle. Logo, daß er an diesem Tag keinen Helm aufsetzte. Wer schmeißt denn schon Frisörkosten und Trinkgeld ausm Fenster raus!

Gut.

Banjo hievt sich nun also die unteren Etagen am Gerüst hoch. Leitern nehmen wir nämlich nur noch von der fünften an. Das spart Zeit beim Gerüstbau und hält die Jungs gelenkig. Weiter.

Banjo kommt endlich oben an. Schnauft wie ein Nilpferd. Wahrscheinlich die ganze Nacht kein Auge zugemacht. Also, Frauen gibt's, Junge, Junge. Na schön, wir haben's ihm gegönnt.

Aber warum lehnt sich der Trottel mit seinen zweieinhalb Zentnern an die Brüstungsbret-

ter, die Hermann – in Gedanken an seine Laube – von außen angenagelt hatte?
Ist doch klar, daß sich bei diesem Gewicht die Nägel aus dem Balken ziehen und die Bretter samt Banjo nach unten abpfeifen.
Und diesmal lag unten keine Isolierwolle. Die Jungs vom Tiefbau hatten nach der Arbeit aufgeräumt. Menschliches Versagen. Genau wie bei Hermann, der die Bretter falschrum angenagelt hatte.
Und bei Banjo war es eben die fehlende Manneskraft aufgrund von ungewöhnlicher Nachtruhe. Mal so jesprochen.
Wer hat das Recht, frage ich Sie, in diesem Falle von Schlendrian oder Leichtsinn zu reden?
Selbst ein Mann wie Banjo bringt sich doch nicht absichtlich drei Rippenbrüche und einen verstauchten Knöchel bei. Jaja, Sie haben richtig gehört. Die Sache verlief viel glimpflicher, als man annehmen sollte.
Das muß wohl der Restalkohol gemacht haben. Betrunkene fallen ja immer elastischer.
Bloß mit Banjos Liebschaft war's aus. Denn der Junge hatte wochenlang Kopfschmerzen, und in dem Zustand setzt man sich ja nicht unter die Brennschere und läßt sich Locken drehen. Aber er ist drüberweg. Als er gestern wiederkam, haben wir ihm in der Frühstückspause mit ein paar Begrüßungslagen auf die Beine geholfen. Wir haben etliche Pullen ausgehöhlt. Der Vorrat war schneller alle, als wir dachten.
Da haben wir noch mal ein paar Piepen gesammelt.
In Banjos Schutzhelm.
Prosit, Nachbar!

Milljöh

Gestern nachmittag, es hat leicht geregnet,
da bin ich dem Vater Zille begegnet.
Ich dachte zunächst, er bemerke mich nicht,
denn er trug seinen Hut ziemlich tief im
Gesicht.

Doch er blinzelte unter der Krempe hervor
und sprach im Vorbeigehn mir leise ins Ohr:
»He, Jochen, nimm mir mal 'n Stücke mit
lang,
du jehst doch bestimmt dort in det Restorank.

Da möchte ick ooch hin, doch trau mir nich
rein.
Det Ding is so nobel, so neu und so fein,
jenau wie die Gegend hier. Keen trüber
Winkel,
ick gloobe, hier wohnen bloß stinkfeine
Pinkel.«

Ich sprach: »Vater Zille, du warst ziemlich
lange
nicht mehr in Berlin. Aber sei mal nicht
bange.
Ich bin da ganz sicher, du fitzt dich schon
rein.
Komm mit auf 'ne Molle, ich lade dich ein.«

Wir standen vorm Eingang, wir wurden plaziert
von einem im Smoking, gemütlich verschmiert.
Wir räumten den Tisch ab und drehten die
Decke.
Denn hintendrauf hatte sie hübschere
Flecke.

Am Nebentisch saßen in fröhlicher Runde
vier Herren, die schafften das Bier nicht
zum Munde.

Sie gossen sich's einfach nur über den Frack
und sagten zum Kellner: »Dreh lauter, du
Sack!«

Da dröhnten die Boxen. Ein Urmensch, der
sang
ein Lied unterm Gürtel. Ein Rülpsen
erklang.
Und eine Blondine, schon nicht mehr ganz
frisch,
hockte sich plötzlich an unseren Tisch.

Sie sagte: »Na, Heinrich, da biste woll platt,
wie deine Destille sich rausjemacht hat!«
Und Heinrich, der schob sich den Hut ins
Gesicht
und sagte: »Det bin ick.« Und mehr sprach
er nicht.

Dann ging er und streichelte sacht mit der
Hand
das große und teure Relief an der Wand.
Ich hab ihn ganz leise noch murmeln gehört:
»Det is richtige Kunst! Daß die jar keenen
stört?«

Eine ungesunde Sache

Das Fahrrad als gemeine Klippe im Verkehrsstrom

Das althergebrachte, ordinäre Fahrrad – von Heinz Florian Oertel mitunter schelmisch und blumig auch Veloziped genannt – ist neuerdings wieder ins Gespräch gekommen. Eiferer aller Schattierungen haben sich in den Sattel geschwungen und versuchen, mit rüden Worten gegen die Abgase unserer motorisierten Umwelt anzustinken.
Die Fanatiker haben sich das Ziel gesetzt, dem gemeinen Drahtesel im Verkehrsdickicht unserer Städte eine Gasse zu schlagen und ihm sogar die Wege übers Land zu ebnen. Selbst eine nur selten irrende satirische Zeitung unseres Landes machte sich unlängst zum Sprachrohr der kullerwadigen Strampler, indem sie sich mit dem zerschundenen und zerschlissenen Gesäß eines radwegbenutzenden Schelmen solidarisierte. Peinlich, peinlich.
Um so begrüßenswerter, daß eben dieses Blatt heute einem modernen Geist wie mir Gelegenheit gibt, einen notwendigen Gegenschlag zu führen. Offensichtlich hat eine einflußreiche Kraftfahrer-Lobby ein Machtwort gesprochen und Satisfaktion gefordert.
Der Wunsch ist mir Befehl.
Nieder mit dem Fahrrad und seinen Jüngern!
Obwohl dieser Ruf in seiner dramatischen Wucht und Eindringlichkeit niederschmetternd genug ist, bin ich bereit, ihn durch Einzelheiten zu untermauern und zu erläutern.
Alsdann!
Das gemeine Fahrrad ist ein bodenhaftendes Kurzstreckenfahrzeug. Es verfügt nur über geringe Belastbarkeit. Eine erwachsene Person und vielleicht noch ein Vorschulkind

sowie eine Tüte Schrippen sind das Höchste der Gefühle, das man solch einem Vehikel zumuten kann.
Der Transport von Toilettenbecken, Kacheln, Zement und anderer Datschenutensilien läßt sich auf dem Fahrrad nur von Tollkühnen bewerkstelligen und auch nur von Tollkühnen als Betriebstransport oder Dienstfahrt abrechnen. Diese Tatsache allein schon zeigt die gesellschaftlichen Grenzen der Tretmühle. Ganz zu schweigen vom gesellschaftlichen Status der Datschen-Besitzer, der einen derart vulgären Transport von Heiligtümern von vornherein verbietet.
Weiter.
Das Fahrrad ist vergleichsweise langsam und somit Hindernis im fließenden Verkehr. Es erschwert sportlichen Trabant- oder Golfkapitänen das rasante Spurwechseln sowie fliegende Starts und Landungen. Radfahrer sind unberechenbare Typen. Sie strecken plötzlich die linke Hand raus, jeder glaubt, sie wollen prüfen, ob's noch nicht regnet, aber nein, sie biegen einfach ab und reißen eine Lücke in den Gipsvorrat des nächsten Ambulatoriums.
Doch noch weit größere Belastungen unserer Wirtschaft werden durch das Fahrrad verursacht.
Da müssen Speichen, Ventile, Gummilösung und für verwöhnte Ansprüche sogar Schlauchreifen aus dem Boden gestampft werden, da muß man Wünsche nach Schlössern und ähnlichem feudalen Besitz erfüllen, da fordern bärenstarke Arbeiter- und Bauerngestalten einen Gepäckträger – und da müssen ehemalige als Fahrradreparierer im Rentnerdasein gestört und aus der vorletzten Ruhe aufgeschreckt werden, auf daß sie noch einmal die Knochen und Kettenspanner greifen, um diesem speziellen Dienstleistungsfaktor einen Funken Überlegenheit einzuhauchen.
Und wenn die Plastluftpumpe nach viermaliger Benutzung aus dem dünnen Leim geht und die Plastzahnräder der Fahrradklingel nach ein paar Wochen zahnlos sind und nur noch stotternd zischeln – dann greifen auch rüde Radfahrer zur kriminellen Selbsthilfe und schrauben dem anderen neben sich alles ab, was der andere vorher einem anderen abgeschraubt hat.
Womit eindeutig bewiesen ist, daß das Radfahren auch Moral unterwandert sowie Ordnung und Sicherheit zerfrißt.
Manche dieser Sünder lassen sich nicht einmal durch Strafen schrecken. Selbst die Zwangsbenutzung der noch vorhandenen Fahrrad-Weg-Reste schüttelt die Verstockten nicht so durch, daß sie fortan dem Stahlroß generell abschwören und auf größere Fahrzeuge und Delikte umsteigen.
Deshalb ist es um so begrüßenswerter, daß erzieherisch begabte Verkehrsplaner dabei sind, auch die letzten Radwege einzustampfen, um die Unbelehrbaren auf die Straße zu zwingen und sie dort mürbe zu klopfen.
Bravo!

Ein Bravo auch jenen unerschrockenen Reichsbahnbrechern, die zahlreichen Fernzügen die Gepäckwagen entzogen und somit den Radreisenden den Drang zum Umherschweifen abgeschminkt haben.
Sonderlob jenem wackeren Zugschaffner des Bahnhofs Berlin-Schöneweide, der unlängst einem besonders Hartgesottenen verwehrte, ein auf die Größe eines Dreipfundbrotes zusammengschnürtes Klappfahrrad im D-Zug nach Meiningen mitzuschleppen.
Daß der Zugführer den Expreß samt Fahrradbündel dann doch mit 35minütiger Verspätung aus dem Bahnhof auslaufen ließ, zeigt, wieviel Erziehungsarbeit noch geleistet werden muß, um allen Bürgern absolute Standfestigkeit gegen das Radfahren beizubringen.
Wozu gibt es Züge mit Autotransport?
Hier wird doch klar und deutlich der moderne Weg gezeigt. Wer nicht gewillt ist, diesen Weg zu gehen, dem muß man eben die Luft ablassen.
Das wird natürlich nicht ohne Ärger abgehen und sicherlich bei manchem Radler an den Nerven und an der Kraft zehren.
Ein Beweis mehr für die Albernheit der Behauptung: Fahrradfahren sei gesund.

Wein-Abend

Mit Freunden saß ich jüngst beim Wein
im Keller, fast im Dunkeln.
Uns reichte statt der Lampe Schein
des Rebensaftes Funkeln.

Doch jede Flasche, kaum geleert,
verzierten wir zum Scherze,
und auch, daß sich die Stimmung mehrt,
mit einer kleinen Kerze.

Nach Stunden hockte der Verein
mit grimmigen Gesichtern
im blöden, hellen, grellen Schein
von zweiunddreißig Lichtern.

Ungemütlich!

Haus am See

Einen schönen See haben sie in Holpershagen.
Und groß ist er auch.
Er ist so groß, da könnte theoretisch der ganze Kreis und eventuell noch der Rat der Bezirkes drin baden gehen. Wie gesagt, theoretisch nur.
Denn praktisch wäre das mit erheblichen Schwierigkeiten verbunden.
Man kommt schlecht ans Wasser.
Denn der See ist fast rundherum zugebaut. Mit sogenannten Grundstücken. Nur ein 500 Meter langer Uferstreifen ist noch offen und somit der Allgemeinheit zugänglich.
An feuchtkalten Dezembertagen reichen diese 500 Meter natürlich prima aus. Denn da tritt die Allgemeinheit nur in Gestalt einzelner grippefester und wasserdichter Typen auf.
Aber wenn die liebe Sommersonne lacht und der See lächelt, dann nimmt die Allgemeinheit Massencharakter an, und da sind selbst Stehplätze an diesem letzten Ufer eine Art Großgrundbesitz.
Die Besitzer von Datschen, Klitschen und ähnlicher eingezäunter Landschaft sind natürlich besser dran. Da ist Frau Lehmann höchstens der Bikini zu eng. Aber sonst hat sie schönen Spielraum.
Und warum soll sie auch nicht. Wir wollen hier nicht Neid und Mißgunst aufkommen lassen. Oder gar das Gespenst der vielstrapazierten, reichen Klempnermeistersgattin an die Wand malen. Warum soll nicht einer etwas haben, wenn er das Zeug dazu hat oder wußte, wo er's kriegen kann.
Darum geht es in unserm Fall auch gar nicht. Denn die erwähnte dralle Frau Lehmann hat keinen Gatten, der aus Blech einen goldenen Pavillon zusammengeklempnert hat, und der schmucke Bungalow, vor dem sie sitzt, ist ein volkseigenes Bauwerk.
Und es nennt sich: »Schulungsheim des VEB Pfeifenschnitzmesserwerk Krummbergshübel am Rennweg.«
Nun könnte jemand fragen, warum denn die Krummbergshübeler nicht in Krummbergshübel am Rennweg schulen, sondern im weitentfernten Holpershagen in der Mark?
Die Frage ist berechtigt, aber wer beantwortet sie?
Am besten wohl der Bürgermeister von Holpershagen.
Doch wo finden wir ihn? Im Büro ist er nicht. Das muß kein schlechtes Zeichen sein. Vielleicht inspiziert er gerade den Straßenbau. Man muß nämlich wissen, daß die Krummbergshübeler Pfeifenschnitzmesserwerker in Holpershagen eine schöne breite Straße bauen.
Denn die Bauleute kommen von der Bitumengroßkocherei Heringsdorf. Sie machen das gern für die Thüringer Kollegen, denn sie sind ihnen zu Dank verpflichtet. Die Krummbergshübeler haben den Heringsdorfern nämlich am Rennweg einen Steilhang mit Baude abgetreten. Dort schulen sich die Bitumenkocher zur Winterszeit in politischer Ökonomie und im Abfahrtslauf.
Das ist allgemein nicht besonders bekannt. Der Bürgermeister von Holpershagen ist seinerzeit durch Zufall darauf gestoßen, als das Seilzugskombinat die inzwischen berühmt gewordene Holpershagener Bowlinghalle mit acht Bahnen baute und dafür am Holpershagener See einen Wanderlehrpfad mit Motel einrichten durfte.
Der Verwaltungsdirektor des Motels hatte einen Schwiegersohn, der beim Segelschiffbau beschäftigt ist und immer mal Bretter für Finnhütten übrig hat.
Die vier Schmuckkästchen an der Südseite des Sees stammen übrigens aus dieser Quelle. Doch das nur nebenbei.
Dieser Schwiegersohn also konnte es nicht mehr mit ansehn, wie der Bürgermeister von Holpershagen unter dem miserablen Stra-

ßenzustand seiner Gemeinde litt. Er hatte wohl auch ein wenig Angst um die Stoßdämpfer seines neuen Volvo, der Schwiegersohn. Wie auch immer – jedenfalls gab er dem Bürgermeister den Tip, sich doch mal mit den Krummbergshübeler Pfeifenschnitzmesserwerkern in Verbindung zu setzen, weil die einen hübschen Standort für ein hübsches Gebäude mit Zugang zum Wasser suchten.
Es wird gemunkelt, daß dieser Schwiegersohn auch die Idee hatte, das hübsche Gebäude Schulungsheim zu nennen. Das ist sicherlich eine übertreibende Darstellung, denn diese Idee liegt ja eigentlich auf der Hand.
Kurz und gut. Der Bürgermeister von Holpershagen schloß sich mit den Krummbergshübelern kurz, wie er es selbst einmal formulierte, und nun wird die Straße gebaut.
Wobei der Begriff Straße ein wenig ungenau ist.
Es wird nämlich, einer Idee des Bürgermeisters zufolge, ein großzügiger Fußgängerboulevard, den ein gewaltiger Springbrunnen ziert.
Das Becken der Anlage soll so groß sein, daß all diejenigen ihre Beine hineinhalten können, die kein Haus am See haben.
Also, die Allgemeinheit.

Unmut zum Risiko

oder

Wer andere bremst, kommt selbst voran

Es war in jenem Jahr, als der tapfere Ritter Walter von der Veitelwoge zum Tabakrauchen überging, weil ihn die Manneskraft verließ – oder als ihn die Manneskraft verließ, weil er zum Raucher wurde.
Wie auch immer: Anno Toback war's.
Da gebar Petronella von der Veitelwoge, geborene Bitter-Lehmann, unserem Ritter Walter einen strammen Knaben, der wegen seines brandroten Haarschopfes später unter dem Namen »Rötelritterling« in den Gothaischen Adelskalender einging.
Die Geburt erregte weltweites Aufsehen und bewirkte auch bei Ritter Walter ein gewisses Erstaunen. Um so mehr, als ihn der Hofklatsch darauf aufmerksam machte, daß der taufrische Knabe dem rothaarigen und manneskraftstrotzenden Hofküchenmeister Fritz Pommes wie aus dem Gesicht geschnitten sei.
Dies hatte Herr Walter bisher nicht entdeckt. Konnte er auch nicht. Denn er war mit einer erheblichen Sehschwäche behaftet, die er gern als eine während der Kreuzzüge erlittene Kriegsverletzung darstellte, obwohl er genau wußte, daß es sich um ganz ordinäre Kurzsichtigkeit handelte.
Doch das ist für diesen Bericht unerheblich.
Viel wichtiger ist, daß Ritter Walter beschloß, sich per Augenschein Klarheit darüber zu verschaffen, ob ihm seine Gemahlin zu berechtigtem Vaterstolz oder zu einem Paar anschaulicher Hörner verholfen hatte.
Aus diesem Grund erfand er die Brille.
Natürlich nur auf dem Papier.
Denn praktisch hatte er ja bisher nur seine Knappen, nie aber Glas geschliffen.

Die feinere und fürs Auge angenehmere Art des Schleifens mußte also erst einmal entwickelt werden.
Deshalb machte sich Herr Walter auf den Weg zu dem seinerzeit berühmten Glas-Spezialisten Don Joe-Wanny de Kristallo, der dank eines kleinen Kollektivs und eines großen Entwicklungsfonds unlängst den venezianischen Spiegel erfunden hatte.
Diese Erfindung hatte ihm hohe Ehrungen eingebracht, denn zahlreiche Fürsten fanden Gefallen daran, sich nicht nur mittels Presse, sondern direkt zu bespiegeln.
Kristallo nahm Herrn Walters Brillenprojekt interessiert zur Kenntnis und kam danach zu dem Schluß, daß die Spiegelfunktion des Glases vollauf den aktuellen Anforderungen genüge und daß keinerlei zentrale Weisung vorliege, das Phänomen Glas so zu interpretieren, daß man durchsieht.
Herr Walter von der Veitelwoge quittierte die Expertenmeinung mit ritterlichem Kratzfuß, sattelte sein Pferd und trabte ins Gebirge.
Dort stieß er auf ein sagenhaft kleines Glasmännlein mit noch sagenhafterem Sachverstand und Mut zum Risiko.
Ritter Walter ließ sich von diesem großen Wichtelmann in einem Einjahreskurs in der Kunst des Glasschleifens unterweisen, lernte den Schmirgelstein sowie Optrine und Dioptrine zu handhaben und wußte am Ende ganz genau, was in diesem Metier gehauen und gestochen, also konkav und konvex ist. Auch geeignetes Glas hatte der Wichtel im Tauschverfahren gegen seine Zipfelmütze von einem anderen Gnomen beschaffen können – also stand dem Siegeszug der Brille im Prinzip nichts mehr im Wege.
»Bis auf die Frage des Gestells«, wie das Glasmännchen in seinem kauzigen Hinterwäldlerisch formulierte.
Denn für Gestelle hatte es weder eine Antenne noch einen Draht.
Es war ein Anhänger des Monokelprinzips.
Dies lehnte Ritter von der Veitelwoge ab, da er aus unerforschtem Grund vorausahnte, daß Monokelträger dazu neigen, zur Karikatur zu degenerieren. Diese Ahnung hat sich später auch bestätigt, aber das ist für diesen Bericht unerheblich.
Wichtiger ist, daß sich Herr Walter wiederum auf den Weg machte. Er suchte einen seinerzeit renommierten Gestellvertreter, einen hochgestellten Fachexperten auf, um sich von

diesem Rat und Hilfe in Sachen Brilleneinfassungen und Brillenbügel zu holen. Der Gestellvertreter, ein gewisser Dr. Klemmer, zeigte sich sehr interessiert, kam aber zu dem Schluß, daß Einfassungen ein Risiko in sich bergen, da man nie wissen könne, wenn man mit Ausbügeln fertig wäre.
Herr Walter von der Veitelwoge quittierte die Expertenmeinung mit ritterlichem Kratzfuß, sattelte sein Pferd und trabte ins Gebirge.
Dort stieß er auf einen Hirten, der gerade dabei war, den Kühen seiner Herde die Hörner abzusägen und diese in einen mörderisch tiefen Spalt zu schleudern.
»Warum tust du solches?« rief der wackere Ritter.

Der Hirte antwortete: »Ich vernichte jedes Horn, damit man daraus nicht Brillengestelle fertigt. Ich bin nämlich ein Fän der Nickelbrille.«
»Dann bist du mein Mann!« rief Herr Walter, ließ sich nieder und vom Hirten unterweisen, wie man tiefschürfende Erkenntnisse und Nickel gewinnt, betätigte sich als Drahtzieher und besaß letzten Endes Experten-Verstand auf dem Gebiet der Brillengestellfertigung.
Nun galt es für ihn nur noch, die Futteral-Hürde zu nehmen. Deshalb suchte er den damals renommierten Futteralogen Prof. Schnappdeckel auf, um von diesem Unterstützung beim Entwerfen eines Behältnisses, das das Brillentragen nicht nur auf der Nase, sondern auch in der Rocktasche ermöglicht.
Dr. Schnappdeckel hörte interessiert zu und kam dann zu dem Schluß, daß das Projekt sehr interessant sei, aber genau besehen, eine Verschlußsache, und über Verschlußsachen könne man bekanntlich nicht reden. Da machte Herr Walter von der Veitelwoge ausnahmsweise mal nicht den schon bekannten Kratzfuß, sondern zog sein Schwert und versetzte dem Professor mit der flachen Klinge einen klatschenden Hieb auf die Nase. Sie spielte Zeit ihres Lebens nie wieder eine hervorragende Rolle.
Dann sattelte Herr Walter sein Pferd, ritt wütend nach Hause und beruhigte sich erst, als er erfuhr, daß seine Gattin Petronella ihm während seiner Abwesenheit weitere drei Söhne geschenkt hatte. Er erzog sie alle zu fleißigen Handwerkern und gründete mit ihnen die PGH »Weitblick«, die bald in aller Munde war, nicht zuletzt auch wegen ihres Werbeslogans: »Brillen von Old Veitelwoge passen wie die Faust aufs Ooge!«
Die Herren de Kristallo, Dr. Klemmer und Prof. Schnappdeckel verfaßten gemeinsam ein Lied über ihre herausragende Rolle bei der Beratung eines Laienerfinders und schickten einen blinden Troubadour damit zu Hofe.
Sie erhielten das Banner der Kleinarbeit, Preisstufe S.
Auf die Frage eines Reporters, wie es denn eigentlich zur selbstlosen Förderung eines bis dato unbekannten Neuerers aus Kreisen der Ritterschaft gekommen sei, antwortete der breitzinkige Professor Schnappdeckel schlicht und bescheiden: »Man muß für progressive Ideen eben eine Nase haben!«

Laufkundschaft

»Na, Frau Lehmann, wo wolln Sie denn hin?«
»Nach Pankow, mein Eisen reparieren lassen.«
»Was für ein Eisen?«
»Mein Bügeleisen.«
»Aber warum sagen Sie denn nur Eisen, wenn Sie Bügeleisen meinen?«
»Das ist wegen der Spezialisierung. In Pankow reparieren sie nämlich nur das Eisen. Mit dem Bügel muß man jetzt nach Köpenick.«
»Aber Frau Lehmann! Ein Bügeleisen hat doch keinen Bügel, sondern einen Griff.«
»Sehr richtig, und den Griff reparieren sie in Weißensee.«
»Aber da machen die in Köpenick doch eigentlich gar nichts.«
»Ist doch unwichtig. Hauptsache, sie haben sich spezialisiert. – So, nun muß ich aber rennen!«
»Und warum hüpfen Sie nur auf dem rechten Bein?«
»Das mache ich nur hinwärts. Zurück benutze ich das linke. Wenn man mehr herumrennen muß, ist eine gewisse Spezialisierung ganz nützlich. Tschüß!«

Lilomaus

beeil dich doch!
Die Zeit ist knapp bemessen.
Du putzt dich nun schon stundenlang.
Hast du denn ganz vergessen?

Dein Zug geht pünktlich 10 Uhr 10,
das heißt du mußt dich sputen,
und jeder weitre Pinselstrich
raubt kostbare Minuten.

Komm nun her, geliebter Fratz,
daß ich auf meine Weise
von dir Abschied nehmen kann
vor der großen Reise.

So, nun geh und laß den Hut.
Der taucht, ich möchte wetten,
sicherlich auch wieder auf.
Ich mach ja dann die Betten.

Taschenspielerei

Zuerst versuchte es Heinrich bei Roswitha. Das ist die große Blonde aus der Lohnbuchhaltung. Sie werden sie vielleicht nicht kennen, meine Herren. Aber wenn Sie demnächst im Freibad mal eine Blondine sehen sollten, bei deren Anblick sie nur ein Sprung ins kühle Wasser vor einem Herzschlag bewahrt – dann haben Sie Roswitha gesehen.
So ein Weib ist das. Kein Wunder, daß Heinrich es versuchte. Aber Roswitha nahm die Tasche nicht.
»Die ist rund hundert Mark wert«, sagte sie, »so was laß ich mir doch nicht von dir schenken, Heinrich. Und kaufen will ich sie auch nicht: Ich habe drei Handtaschen.«
»Ich habe fünfundzwanzig«, sagte Heinrich, »das sind für einen Junggesellen genau fünfundzwanzig zuviel.«
Rita ließ sich anhauchen.
»Knoblauch hast du nur gegessen, damit man die Fahne nicht bemerkt«, rief sie.
Heinrich durfte an diesem Tag den Chef nicht nach Hause fahren.
Am nächsten Tag versuchte er es bei Ella. Ella ist brünett und so breit wie hoch. Das ganze Gegenteil von Roswitha.
»Der Heinrich fällt aber von einem Extrem ins andere«, flüsterte Ramona, die immer etwas zu flüstern hat. »Vielleicht ist er bisexuell«, meinte Fräulein Bröckelbach. Alle lachten, wie immer. Außer Fräulein Bröckelbach. Wie immer. Auch Ella nahm die Tasche nicht. Obwohl sie ihr gefiel, »wegen der Schnallen und der anderen Assessors«, wie sie sagte.
Da schritt Heintich zur letzten Verzweiflungstat. Er trug fünfundzwanzig Handtaschen in den Speisesaal, baute sie dekorativ auf einem Tisch auf und stellte ein Pappschild dazu mit der Aufschrift: »Macht damit, was ihr wollt!«

Die Betriebsleitung machte eine Sitzung.
Heinrich erhielt eine Einladung.
Der Betriebsleiter hielt eine Rede.
Durch die Rede erfuhr Heinrich, daß er seit über 20 Jahren im Betrieb sei und von allen Kollegen als vorbildlicher Kraftfahrer geschätzt werde, was sich auch in zahlreichen Auszeichnungen widerspiegele, daß er Nichtraucher und Platzwart der Volleyballmannschaft sei sowie auch im Wohngebiet einen guten Leumund habe und daß man nun von ihm eine ehrliche Stellungnahme erwarte. Oder ob er das anders sähe?!
Heinrich sagte, er sehe das auch so – aber er sei kein guter Redner. Deshalb habe er sich ein paar Notizen gemacht, die er nun zur Verlesung bringen wolle. Wenn's gestattet sei.
Es war gestattet.
Heinrich verlas folgenden Text:
Am Donnerstag vor drei Wochen fuhr ich im Auftrag des Dispatchers nach Marzahn, um etwas zu holen.
Ich weiß nicht mehr, was es war, denn ich mußte mich auf den Verkehr konzentrieren. Der Verkehr war stark. Vor mir fuhr ein LKW. Er verlor in der Leninallee eine großes Paket. Ich erwischte es mit der rechten Stoßstangenkante und schleuderte es auf den Gehweg, wo ein Hund umfiel. Daraufhin stieg ich aus. Der Hund und das Paket waren unverletzt. Polizei war nicht zugegen.
Ich lud das Paket ein und versuchte, den LKW zu verfolgen. Da war plötzlich Polizei zugegen.
Durch die zwei Stempel verlor ich Zeit und den LKW aus den Augen. Zuerst wollte ich das Paket der Polizei geben, aber man weiß ja nicht, wie so was aufgefaßt wird.
Ich nahm dann Einsicht in das Paket und erfuhr durch Begleitschreiben, daß es sich um 25 Damenhandtaschen à einhundert Mark und 'n paar Zerquetschte handelt und daß der Absender eine Lederwarengesellschaft in Pankow war. Oder in Lichtenberg. Jedenfalls hab ich da angerufen. Die Nummer habe ich noch.
Die Handelsgesellschaft sagte, das seien Taschen von ihr, aber verloren habe sie der Transportbetrieb »Autoflott«, und sie gäben mir mal die Nummer.
Ich rief »Autoflott« an. Die sagten, es sei schon möglich, daß mal was verloren wird, aber das ist kein Verlust. Höchstens für die Handelsgesellschaft. Deshalb müßte sie doch interessiert sein, daß sie wieder zu ihrer Ware kommt, und sie gäben mir mal die Nummer.
Ich sagte dankend: Die habe ich schon und rief wieder in Pankow an. Oder in Lichtenberg. Jedenfalls bekam ich die richtige Verbindung.
Die Handelsgesellschaft sagte, es sei eine Frechheit von »Autoflott«, und ich solle denen das ruhig sagen.
Darauf rief ich »Autoflott« an und sagte es ihnen. Da sagten sie, es sei eine Frechheit von den Handelsfritzen, und das solle ich denen ruhig mitteilen.
Was ich auch machte.
Es ging noch mehrmals hin und her.
Am Ende sagten alle beide, es sei eine Frechheit von mir, und sie hätten zu arbeiten, ich solle ja nicht mehr anrufen. Mir fiel ein Stein vom Herzen, denn meine 20-Pfennig-Stücke zum Telefonieren waren alle.
Ende des Berichts.
Da machte die Betriebsleitung ein recht nachdenkliches Gesicht, und später machte sie ein paar passende Bemerkungen. An geeigneter Stelle. Deshalb sind die Taschen inzwischen doch dort, wo sie rechtens hingehören, und Verlust ist nicht entstanden. Außer bei Heinrich. Aber das ist nur Verlust ideeller Art. Der fällt nicht so ins Gewicht.

Mein Name ist Hase

Ein österlicher Lebensbericht

Ich bin ein Männchen.
Die Männchen heißen in unserer Sprache Rammler – und sie benehmen sich auch so.
Ich nur manchmal. Denn ich bin nebenbei noch gesellschaftlich tätig. Als Altstoffsammler. Und da muß man scharf trennen zwischen sammeln und rammeln.
Ich entstamme einem alten Feldhasengeschlecht, dessen Stammbaum bis ins Mittelalter zurückgeht.
Leider erreichten die meisten meiner Vorfahren nie das Rentenalter. Sie konnten nicht besonders gut Haken schlagen, und deshalb wurden sie in die Pfanne gehaun.
Meine Leute hatten lange Ohren und hörten das Gras wachsen.
Aber sie ahnten nicht, daß es einer von ihnen mal zum Osterhasen bringen würde.
Was ist ein Osterhase?
Ein Osterhase ist seiner sozialen Herkunft nach ein ganz normaler Hase. Er ist jedoch nicht verpflichtet, an Treibjagden teilzunehmen. Lediglich bei Diplomatenjagden kann er für Balletteinlagen herangezogen werden. Das Honorar besteht aus Kilometer- und Fersengeld.
Der Osterhase genießt also eine gewisse Sonderstellung.
Er könnte eigentlich ein ruhiges Leben führen, wenn nicht jedes Jahr das Osterfest dazwischen käme.
Dann muß er sich nämlich zum Clown machen und so tun, als könne er Eier legen.
Er kann es nicht, aber die Medien berichten trotzdem darüber.
Der Osterhase wäre ein armer Hund ohne Zulieferer.
Zum Glück hat er welche. Zulieferer sind die Hühner.
Das wissen die aber nicht.
Sie legen trotzdem.
Sie haben also Bewußtsein oder Spaß an der Sache. Oder beides.
Ein Osterhase legt aber nicht nur Hühnereier.
Er muß den Kunden auch Süßigkeiten mit unterjubeln. Zum Beispiel kleine Osterhasen. Die sind innen hohl und außen schmecken sie so.
Aber ich liebe meine Tätigkeit.
Viele meiner Schulfreunde wollten auch Osterhasen werden.
Aber die Zensuren reichten nicht aus.
Deshalb kamen sie nicht auf die Ostereierschule, kurz OES genannt.
Ich habs geschafft.
Ich war gut im Drücken und Legen und auch im Gackern.
Gackern ist das halbe Ackern!
Nun bin ich schon viele Jahre im Beruf. Ein alter Hase.
Ich könnte mich eigentlich zur Ruhe setzen, denn ein paar Möhren habe ich auch auf der Kante.
Aber es macht mir immer Freude, die Kinder zu beschenken, und auch an den Erwachsenen habe ich meinen Spaß.
Leider wollen viele von ihnen die Eier am liebsten direkt in die Wohnung gelegt bekommen.
Das Treppensteigen geht in meinem Alter ganz schön auf die Hinterläufe. In den vielen Neubauten gibt es ja Fahrstuhl.
Einmal bin ich mitgefahren.
Als ich wieder rauskam, sangen sie im Hause Weihnachtslieder.
Jetzt lasse ich mich lieber von jungen Pionieren hochtragen.
Oder ich schiebe die Eier unten in die Hausbriefkästen.
Das ist bei A-Eiern gar nicht so einfach.
Aber manchmal fallen sie nicht so groß aus, da gehts.
Am besten machen sich Wachteleier.

Doch da stehn die Leute nicht so drauf, weil man so schwer mit dem Löffel reinkommt.
Früher hab ich ja gern Osternester im Wald gemacht.
Das habe ich mir abgewöhnt. Ein ehrliches Osterei paßt schlecht zusammen mit alten Autoreifen, Matratzen und Hüfthaltern aus zweiter Ehe.
So hat eben auch ein Osterhasenleben seine Probleme.
Aber ich will nicht klagen.
Wir Hasen stehn ja bei den Menschen in hoher Gunst.
Erst gestern hörte ich, wie ein Mann zu einer Frau »Mein Häschen« sagte. Ich war sehr gerührt.
Und noch mehr, als ich dann das Häschen sah.
Daran merkt man wieder mal, daß in der Liebe ein zärtliches Wort mehr Eindruck macht, als stundenlanges Herumeiern.
Frohe Ostern!

Goldener Morpheus

Und hier sind sie!
Die Sieger vom »Goldenen Morpheus«
dem Erfolgsliederfestival
für eingeschlafene und ausgebuffte Typen.
Lieder zum Schunkeln und Munkeln.
Lieder für heimliche Stunden
bei Muschebubu und Pfuschebubu
unter dem Motto: Alles sinkt!
Stimmt an! Haut rein!

Waidmannslied

Ich schieß den Hirsch im tiefen Wald
seit Jahren schon nicht mehr.
Ich liege nicht im Hinterhalt,
zu jagen Luchs und Bär.
Ich jage nur nach einem Spund,
für den Trabant durchs Land.
Und dennoch werd ich harter Hund
von Tränen übermannt.
Und dennoch werd ich harter Hund
von Tränen übermannt.

Kinderlied

Komm, lieber Mai, und mache
die Bäume wieder grün
und laß auf unserm Dache
die kleinen Veilchen blühn.
Warum soll sich nicht halten
so hoch das Veilchen blau?
Schon lang blüht in den Spalten
der Flachs der KWV.

Schlaflied

Aber heitschi-bumbeitschi, mein Schnuckel!
Warum nimmst du nicht deinen Nuckel?
Denn der Nuckel ist süß, ich hab Zuckerl
drangemacht.
Im Traumparadies bist du dann bei der
Nacht.
Aber heitschi-bumbeitschi, bumm-bumm,
Nikotin macht die Kinderchen dumm.

Aber heitschi-bumbeitschi, mein Junge!
Du rauchst nun seit gestern auf Lunge.
Und nun liegst du im Bettchen und atmest
so schwer.
Und Papa und Mama, die sorgen sich sehr.
Aber heitschi-bumbeitschi, bumm-bumm,
Nikotin macht die Kinderchen dumm.

Aber heitschi-bumbeitschi, mein Schäfchen.
Deine Eltern bewachen dein Schläfchen.
Sie sitzen am Bettchen und werden nicht
schwach.
Denn dank Cabinettchen, da bleiben sie
wach.
Aber heitschi-bumbeitschi, juchhu, juchhu!
Nikotin drückt ein Auge mir zu.
Das andere schielt nach der Schachtel.
Schlafe, mein Prinzchen. Gut Nachtel!

Wunsch-Lied

Wenn ich ein Vöglein wär
und auch zwei Flügel hätt
käm ich zu dir.
Weil mit zwei Flügeln man
viel besser protzen kann
als heut und hier
bloß mit Klavier.
Djamdideldideljam

Wenn ich ein Hering wär
hopste ich aus dem Meer
nur zum Pläsier.
Hering ist selten heut
drum machten alle Leut
Bücklinge schier
und zwar vor mir.
Djamdideldideljam

Wenn ich ein Igel wär
und solche Stacheln hätt,
kröche ich fein
jeglichem Handwerksmann,
der reparieren kann,
flugs hinten rein
flugs hinten rein.
Djamdideldideljam

Schön blühn die Heckenrosen

Es war einmal ein Mann.
Er war nicht mehr der jüngste, aber er war immerhin noch jünger als das Haus, in dem er wohnte. Trotzdem hatte er, genauso wie das Haus, das Recht, sich Veteran zu nennen. Von diesem Recht machte er aber kaum Gebrauch. Er nannte sich lieber Onkel Max, denn so nannten ihn alle, und unter diesem Namen war er im Kultursaal seines Betriebes sogar mal auf die Bühne gerufen und mit Medaille, Briefumschlag und Beifall geehrt worden.
Aber das nur nebenbei.
Diese Geschichte beginnt nämlich damit, daß Onkel Max neulich in der Küche saß und sich freute. Er freute sich über das Leben im allgemeinen und im besonderen über dasSummen im Teekessel, der auf dem Gaskocher stand und vor sich hinschmauchte.
Plötzlich summte er nicht mehr, und auch vom munteren Geschmauch spürte Onkel Max nicht einen Hauch.
Da sagte er sich: »Wo kein Rauch ist, da ist auch kein Feuer« – und hatte den richtigen Riecher.
Was allerdings sehr bewundernswert war, denn dem toten Gasherd entströmte nicht der geringste Geruch.
Onkel Max versuchte trotzdem, Feuer zu geben. Kein Zündholz enttäuschte ihn. Aber der Kocher. Er war nicht zu entflammen.
Da machte Onkel Max genau das, was so mancher ohne langes Überlegen macht: Er schimpfte auf die Leitung. Mildernder Umstand war jedoch, daß er damit das Gasrohr meinte. Aber dieses war unschuldig.
Was man von Gasmeister Helio aber nicht sagen konnte. Denn der hatte daran gedreht, etliche Häuser weiter. Dort nahm er nämlich im Auftrag des städtischen Gasversorgungsbetriebes eine Hausinstallation vor, bei der er auf eine Leitung stieß, die auf keinem seiner Pläne eingezeichnet war. Das machte ihn zuerst stutzig und dann entschlossen.
Er schnitt die Leitung vom Rohrnetz ab und pfiff sich eins. Onkel Maxens Teekessel pfiff nicht mehr, denn der hing an dieser Leitung.
Onkel Max beschwerte sich. Denn wer läßt sich schon gern seine Flamme wegnehmen. Die Beschwerde hatte das Ergebnis, daß man ihm auch den Gaszähler abbaute. Weil die Leitung samt Zähler noch aus der Vorkriegszeit stammte und nicht eingetragen war. Das schlug Onkel Max mächtig auf den Magen, und weil er sich keinen Tee kochen konnte, wurden der Magen und der ganze Onkel Max hochgradig nervös, und es kam zu jener gelegentlich anzutreffenden Erscheinung, daß ein Bürger zu seiner Umwelt ein verdammt gestörtes Verhältnis entwickelt.
Inzwischen hat Onkel Max eine neue, fachgerechte Gasleitung und seinen Tee – aber er hat immerhin einen Beschwerdegang hinter sich, der ein Knüppeldamm ist und nicht im geringsten in das Gesicht unserer Landschaft paßt.
Ein anderes Geschichtchen.
Die kleine, liebe Witwe Bolte saß in ihrem Gärtchen und sah den Heckenrosen an der Gartenmauer beim Blühen zu. Plötzlich teilte sich der Hecknrosenstrauch und zum Vorschein kam ein leidlich schöner, junger Mann. Er war aber kein Prinz und saß auch nicht zu Pferde. Er war Kraftfahrer der BHG und saß in seinem LKW. Und der LKW stand zur Hälfte im Garten und zur Hälfte draußen. Die Gartenmauer lag flach.
»Schon blühen die Heckenrosen«, sagte der Kraftfahrer zärtlich, streichelte der lieben, kleinen Witwe die blasse Wange und versprach, seine umstürzlerische Tat im Betrieb zu melden.
Was er wohl später vergaß. Die kleine Witwe war nicht so vergeßlich. Sie sagte es dem ABV, und der sagte: »Wo leben wir denn!« und

sagte bei der BHG Guten Tag und einiges mehr. Darauf kam ein Vertreter der BHG zur lieben kleinen Witwe, bat sie, den Schaden selbst beheben zu lassen und die Rechnung zu schicken. Das brave Mütterchen fand überraschenderweise Handwerker. Die setzten die Mauer wieder an Ort und Stelle und setzten eine vertretbare Rechnung auf. Die Omi schickte die Rechnung zur BHG, die BHG schickte kein Geld. Nur eine Botschaft: Die war so: Der betreffende Kraftfahrer sei inzwischen in einem anderen Betrieb und habe sich trotz Aufforderung, den Beutel zu zücken, einfach nicht gerührt.
Da rührten sich bei der kleinen, lieben Witwe die Nerven, und es kam zu jener gelegentlich anzutreffenden Erscheinung, daß ein Bürger zu seiner Umwelt ein verdammt gestörtes Verhältnis entwickelt.
Inzwischen hat die Omi ihr Geld. Kollegen, die die Interessen des Staates vertreten, indem sie die Interessen der Bürger vertreten, hatten der BHG auf die Zehen getreten.
Die liebe, kleine Witwe aber sitzt vor ihren Heckenrosen und denkt gelegentlich darüber nach, wieso auf unserem Boden noch Blüten wachsen, die nicht im geringsten in unsere Landschaft passen.
Letzte Episode:
Ein freundlicher Nachbar bringt das Radio einer blinden Frau zur Reparaturwerkstatt. Er bittet um möglichst schnelle Erledigung. Aus verständlichem Grund. »Die muß genauso warten wie alle andern«, sagt die bedienende Fachkraft und beweist, daß nicht alles ihr Fach ist. Da zieht sich der freundliche Nachbar samt Radio zurück und versuchts nach ein paar Tagen erneut. Er trifft auf eine andere Fachkraft und auf einen anderen Menschen. Das Radio wird in fünf Tagen repariert.
Der kleine Riß im Gemüt, der aus dem ersten Anlauf herrührt, ist noch nicht ganz repariert.
Die Namen der vorkommenden Personen sowie Tee und Rosen sind frei erfunden.

Pfundiges

Als vor ungefähr acht Tagen
in dem Dorfe Pummelshagen
war vorm Konsum eine Schau;
für die bäuerliche Frau
trug Vorführdame Anne-Rose
eine flotte Arbeitshose,
welche jeder Bäuerin
mächtig stach ins Auge rin.

Leider hatte die Kanaille
Anne-Rose eine Taille
wie ein junger Wasserfloh.
Ganz zu schweigen vom Popo.
Manches stramme Bauernweib
strapazierte seinen Leib,
konnt jedoch mit prallem Hintern
unbehost nur überwintern.

Fortan in der Morgenstunde
macht im Dorf nun manche Runde
Bäuerin beim Hahnenschrei
ihren Oberkörper frei.
Sie rüttelt sich und schüttelt sich,
sie schnauft und stöhnt gar fürchterlich
und wackelt mit dem Bauch,
mit andern Teilen auch.

Da es sich jedoch nicht schickt,
daß man in die Kammer blickt,
wo ein Weib mit Heftigkeit
stöhnend seinen Leib kasteit,
endet nunmehr der Bericht
mit dem Ausruf kurz und schlicht:
So trägt der Handel mit Verstand
den Massensport aufs flache Land.

Im Wald und auf der Heide

»... hatte zur traditionellen Jagd geladen, welche wie immer sehr erfolgreich verlief.« (ADN, Eigenwilliger Bericht)

Wie sich der eine oder andere geneigte Leser vielleicht noch erinnern wird, habe ich einen Bruder. Der heißt Ewald und hat enge Beziehungen zur Regierung. Indem er beim Minister die Fenster putzt. Wenn der Minister mal nicht so recht durchsieht. Durch die Fenster. Nun also.
Neulich hatte der Minister ausnahmsweise mal wieder ein kleines Tief. Oder, wie man so sagt, er hing ganz schön durch.
Wieso?
Ach Gott, die tausend kleinen Dinge, eben.
Die Eintönigkeit des Betriebsessens, die mangelhafte Qualität der Rasierklingen (der Minister rasiert sich naß), der muffige Geschmack von Kühlhauseiern, die Trinkgeldgier des Frisörs, die überfüllte Straßenbahn und die unvorhergesehene Grippe der einzigen Putzfrau ...
Außerdem hatte es wohl auch zu Hause einen kleinen Knatsch gegeben.
Zum Glück versteht es mein Bruder in solchen Momenten, seinen ganzen Optimismus effektiv wirksam werden zu lassen.
Klopfte er doch kurzerhand dem Minister auf die Schulter und sprach: »Genosse Minister, alter Junge, wenn ich Sie mal einen Tip geben dürfte: Glücklich ist, wer nie verlor im Ernst des Lebens den Humor!
Wie Sie ja in einer Ihrer letzten Reden so treffend formulierten.«
»Sehr richtig«, sagte der Minister.
Da wedelte mein Bruder gleich noch eine hinterher und sprach: »Genosse Minister! Machen Sie sich doch mal ein paar frohe Stunden. Veranstalten Sie eine Jagd! Laden Sie einige nette Leute ein, und heidiwitzka, auf geht's: im Wald und auf die Heide!«
Dem Minister gefiel der Vorschlag. Er gab seinem Referenten die Linie und meinem Bruder die Erlaubnis mitzujagen.
Leider stolperte mein Bruder noch am selben Tag über eine Unebenheit im Dienstweg. Er verstauchte sich den Fuß und rief mich an sein Krankenlager.
»Wir können den Minister nicht enttäuschen«, schluchzte er tränenden Auges. »Geh du mit! Aber benimm dich! Mach mir keine Schande und schieße nicht quer!«
Ich klopfte zum Abschied dreimal auf seinen Gips und verließ mit »Horrido« das Spital.
Kurz darauf rief ich beim Jagd-Protokollchef an und erkundigte mich nach dem Revier.
»Es ist dasselbe wie im vergangenen Jahr«, sagte er.
»Das ist eine gute Sache«, rief ich. »Da kennen uns die Hasen wenigstens schon.«
Der Protokollchef legte auf. Wahrscheinlich war er nicht gut aufgelegt. Am festgesetzten Tag sattelte ich meinen Trabant und trabte zum Stellplatz.
Ich war eine Stunde zu früh da. Ein Genosse vom Kulturministerium ebenfalls. »Es soll nicht wieder heißen, wir schlafen zu lange«, sagte er.
Da lachten wir herzhaft.
Wir nahmen einen Schluck Adlershofer und wurden noch lustiger.
»Da oben fährt der große Wagen«, rief mein Gesprächspartner. Ich schaute zur Anhöhe und sah einen mächtigen Schlitten vom Fernsehfunk angeschaukelt kommen.
Er stoppte kurz vor unseren Füßen. Ein paar fixe Burschen sprangen heraus und schleuderten uns Kabel um die Ohren. Ein ziemlich Unausgeschlafener gab mürrisch Anweisungen. Uns beachtete er nicht. Wahrscheinlich hielt er uns für Kollegen von der Presse.
»Verzeihung, Herr Regisseur«, sagte ich. »Kurbeln Sie für die Sendung ›Waidmannsheil‹?«

»Quatsch«, meinte er entrüstet. »Wir sind von der Aktuellen!«
Um ihn zu versöhnen, gab ich schnell eine nette Stellungnahme zum Plansilvester und zur Rationalisierung ab.
Allmählich versammelten sich die Jagdteilnehmer.
Ich mischte mich unter die Menge.
Ein schlicht gekleideter Herr tippte mir unauffällig auf die Schulter und knurrte: »Wer sind'n Sie eigentlich?«
»Ich bin der Bruder von Ewald«, antwortete ich.
»In Ordnung«, sagte er und schritt unauffällig weiter.
Ich trat zu einer Gruppe, die sich ein kleines Feuerchen gemacht hatte. Es handelte sich um Lyriker und Schlagerkomponisten. Einige wärmten sich die kalten Füße, andere klopften sich gegenseitig auf die Schulter. Ein alter Hase meinte, die jungen Dachse machten sich zu mausig, und ein anderer lobte die Gerissenheit der Goldhamster.
Ich pfiff mißbilligend durch die Zähne. Einige der Herren notierten sich verstohlen die Melodie. Vielleicht höre ich sie demnächst mal auf DT 64 oder im Deutschlandsender.
Soeben fuhr wieder ein Wagen vor. Ihm entstieg der Genosse Adameck. Er schaute ganz verdutzt um sich und murmelte: »Tatsächlich. Die Jagd findet statt. Und ich hatte totsicher eine Programmänderung erwartet.«
Nun wird es ja langsam losgehen, dachte ich. Aber ich erfuhr, daß man noch auf Horst Schuhmann warte.
Endlich kam er und entschuldigte sich auch gleich für die Verspätung. Er habe zwar mal etwas von einer Jagd gehört, meinte er, aber die Sache gar nicht so ernst genommen.
Dann stieß Genosse Singer kurz und kräftig ins Horn, und das bedeutete: Alle mal herhören!
Wir versammelten uns. Der Minister kletterte auf einen großen Stein und referierte kurz über die Jagd im Wandel der Zeiten. Er machte nach jeder Viertelstunde eine Pause, welche mit lebhaftem Beifall ausgefüllt wurde.
Als er geendet hatte, brach aus einem nahen Unterholz eine Gruppe Junger Pioniere hervor, die uns allen kleine Sträußchen Sebnitzer Kunstblumen überreichte. Da waren wir ganz gerührt und klatschten im Takt.
Dann schulterten wir die Büchsen, schwärmten zur Schützenkette aus und marschierten im Gleichschritt in den Wald. Auf einer alten Eiche saßen die Jazz-Optimisten und spielten »When the saints go marching in«. Peter Wieland sang dazu das Lied vom weißen Winterwald.
Das war ein Einfall des Protokollchefs und leider ein Regiefehler. Denn durch den Trompetenlärm wurde das Wild scheu und verließ fluchtartig das Revier. Nur eine alte musikliebende Eule blieb hocken. Wahrscheinlich nur, um zu kritisieren. Da standen wir alle mächtig geknickt herum und waren dem Weinen nahe.
Doch in diesem Moment erfüllte donnernder Motorenlärm die Luft. Wir eilten zu einer Lichtung und schauten nach oben. Ein riesiger Hubschrauber schwebte über unseren Köpfen. An einer Strickleiter hing Hans-Georg Ponesky und warf mit gütigem Lächeln zweitausend Hasen herunter.

Und alle schon gebraten. Mit den Herzen dabei und richtiger Leber.
Da sangen wir alle »So ein Tag, so wunderschön wie heute ...« und machten gleich ein zünftiges Jägerfrühstück.
Zwischendurch wurden, wie es sich gehört, Trinksprüche ausgebracht.
Ein Werkleiter trank auf seinen Zulieferbetrieb. Ungeahnter Heiterkeitserfolg.
Ein stellvertretender Ratsvorsitzender trank auf seinen Vorsitzenden, der neben ihm saß, und ein Schriftsteller trank auf den Gegenwartsroman im allgemeinen und auf seinen prognostisch. Schließlich war auch ich an der Reihe.
Ich erhob mein Glas und rief: »Es lebe die Jagd!«
Da stieß mich mein Nebenmann an und sagte: »Du machst dir's aber verdammt leicht, Genosse. Einfach in mein Manuskript zu schielen!«

Sport-Klauberei

»Genossen und Kollegen«, sagte der Alte, »wenn ich so dran denke, dann darf ich gar nicht dran denken.«
Die angesprochenen Genossen und Kollegen der Betriebsleitung nickten ernst und teilnahmsvoll. Sie wußten zwar nicht, was gemeint war, aber sie merkten, daß der Alte Sorgen hatte – und da ist Anteilnahme prinzipiell nie verkehrt.
»Ihr alle wißt«, fuhr der Alte fort, »welch enormen Stellenwert der Sport in unserem Lande hat.
Jawoll, der Betriebssport! Und ich kann mich auf keiner höheren Ebene mehr blicken lassen, wenn es uns nicht endlich gelingt, ein Betriebssportfest durchzuziehen und zu einem Höhepunkt zu gestalten.«
»Anläufe haben wir ja zur Genüge gemacht«, meinte Kollege Bänkelsang, »aber die Belegschaft hat nun mal am Wochenende ihre Privatinteressen.«
»Der Sport ist aber nicht nur gesellschaftlich relevant, sondern originäres Privatinteresse!« rief der BGLer.
Der BGLer war gerade von einem Weiterbildungslehrgang heimgekehrt, der sein Wissen um die Wörter ›relvant‹ und ›originär‹ bereichert hatte.
»Am besten, wir machen das Sportfest in der Arbeitszeit«, sagte der Ökonomische. »Das ist zwar produktionsmäßig kaum zu vertreten und auch nicht gestattet – aber wir würden Massen auf die Beine kriegen.«
»Kommt nicht in Frage!« schrie der Alte. »Ein Sportfest hat am Wochenende stattzufinden! Die Fußballer spielen ja auch am Sonnabend!«
»Jaja – aber wie?!« rief prustend der Kleine Muck, den man deshalb den Kleinen Muck nannte, weil er 1,92 Meter lang ist. Kollegenulk.

Der Alte guckte unheimlich nachdenklich, und plötzlich hatte er eine Idee.
»Hör mal zu Kleiner«, sagte er zum Kleinen Muck, »du bist doch sicherlich über Sonnabend und Sonntag wieder auf deinem Grundstück?«
»Na logo!«
»Eben. Und da liegst du sicherlich nicht nur faul rum!«
»Du hast's erraten. Ich muß Kirschen pflücken!«
Die Miene des Alten hellte sich zusehends auf.
»Kirschen pflücken«, rief er, »dazu brauchst du doch bei deiner Länge bestimmt keine Leiter!«
»Nee«, meinte der Kleine Muck. »Das mache ich aus'm Stand, und nach den Knuppern, die etwas hoch hängen, springe ich.«
Der Alte grübelte: »Er springt! Er springt! Habt ihr das gehört Kollgen? – Paß auf Kleiner. Notier dir die Sprünge und die Höhe, und am Montag rechnest du im Betrieb ab. Hochsprung ist doch eine klassische Sportfestdisziplin. – Weiter. Kollege Schnorkel, was machst du am Sonnabend?«
»Ich gehe zum Frühschoppen.«
»Und danach?«
»Da geht er am Stock«, quakte der dicke Prauschkewitz und schüttelte sich vor Lachen.
»Laßt den Unfug, Kollegen«, rief der Alte. »Ihr habt doch gehört: Kollege Schnorkel geht zum Frühschoppen. Er fährt weder mit dem Bus noch mit dem Fahrrad. Was auch kriminell wäre. Nein – der Kollege geht. Er geht! Haben wir noch mehr Geher unter uns? Nicht? Hm. Schade, daß der alte Hümpel nicht mehr im Betrieb ist. Der wurde seinerzeit in der Presse als Schrittmacher bezeichnet. Wie schön hätten wir den jetzt als Geher abrechnen können.«
»Ich gehe am Piep-See wieder auf Barsche und Hechte!« sagte Chefkonstrukteur Zirkler. »Ich habe 'ne Wurfangel.«
»In Ordnung«, meinte der Alte, »das können wir als Weitwurf und als Zielweitwurf verbuchen. Ein Hammerwerfer würde uns auch gut stehen!«
»Ich repariere mit meinem Schwager gerade das Garagendach. Is 'ne blöde Fummelei«, sagte Krawuttke. »Da könnt ihr euch ja vorstellen, wie weit wir zum Feierabend den Hammer werfen.«
»Je weiter, desto besser«, meinte der Alte. »Natürlich die Würfe und die Meter. Wo arbeitet dein Schwager?«
»Marmeladenfabrik ›Adriano Geleetanoo‹.«
»Na schön. Hat zwar mit unsrer Goldbronzeproduktion wenig zu tun, aber wir werden deinen Schwager als Gast unseres Betriebssportfestes führen. Das zeigt Weltoffenheit und bringt auch Punkte. So, Kollegen. Ich nehme an, ihr habt jetzt das Prinzip verstanden. Wir betrachten das Sportfest nicht als kleinkarierte Hops-Veranstaltung in einem engen, muffigen Stadion, sondern tragen die Fackel unter unsere Menschen und beleuchten ihr sportliches Treiben in Haus und Garten, Wald und Feld, Stube und Küche. Wir als Leitungskollektiv werden uns jetzt aufschlüsseln und am kommenden Montag in den einzelnen Abteilungen unsere Betriebsangehörigen nach ihren Erfolgen in den einzelnen Disziplinen befragen. Das Gesamtergebnis wird in einer kleinen Broschüre veröffentlicht. Die Besten erhalten Ehrenwimpel und goldbronzene Aschenbecher.
Übrigens , unsere Roswitha hat sich ja gar nicht an der Diskussion beteiligt. Solch ein junges Blut muß doch eigentlich ein ganz besonderes Verhältnis zum Betriebssport haben. Was können wir von dir erwarten, liebe Kollegin?«
»Ich weiß nicht so recht, ich gehe am Sonnabend zur Disko.«
»Also Wehrsport. Ausgezeichnet! Montag Bericht. Die Sitzung ist geschlossen. Sport frei!«

Lilomaus

ich weiß Bescheid.
Du hängst an deinem Zöpfchen
und trägst es auch von Zeit zu Zeit
kokett am Hinterköpfchen.

Du sagst: Ein Zopf sei hochmodern;
das Weib im Schmuck der Haare
entfache selbst bei ält'ren Herrn
die Glut der frühen Jahre.

Natürlich zielt der kleine Stich
auf mich, ganz ohne Frage.
Und dennoch hast du, glaube ich,
kaum einen Grund zur Klage.

Doch seltsam ist, daß du mit Macht
des Zopfes Zauber predigst
und seiner dich so oft bei Nacht
in Leidenschaft entledigst.

Daß dies zum Troste für mich sei,
konnt' ich zunächst nicht fassen.
Nun ist mir's klar. – Ich muß dabei
ja auch stets Haare lassen.

Das Ewig-Weibliche zieht uns hinab!

Wie's so ist beim Kinderkriegen;
manchmal hat man in der Wiegen
ohne Absicht plötzlich zwei,
die sich ähneln wie ein Ei.

Sind sie gleichgeschlechtlich nicht,
trifft dies zu nur fürs Gesicht.
Weil ein Knäblein, wie du weißt,
etwas mehr hat – nämlich Geist.

Das kriegt selbst ein Zweifler spitz,
wenn er sieht, wie Lies und Fritz
schon in frühen Kinderjahren
Unterschiede offenbaren.

Lieschen knautscht den Puppenbalg.
Fritz, als Mini-Meister Falk,
fummelt mit geschickten Fingern
schon an komplizierten Dingern.

Später dann, mit blonden Zöpfchen,
putzt Klein-Lieschen Puppentöpfchen
und hängt Sächelchen auf Leinchen,
welches Mami gab dem Kleinchen.

Und im selben Kinderstübchen
sieht man Fritz, das schlaue Bübchen,
der elektrisch Züge lenkt,
die der Pappi ihm geschenkt.

Wenn die Kinder älter werden,
wolln sie wissen, wie auf Erden
alles so zusammenhängt;
weshalb es sie zum Buche drängt.

Doch für Eltern ist es wichtig
und auch pädagogisch richtig,
daß man dabei überlegt,
welcher Grips denn *was* verträgt.

So nur kommen ohne Frage
die Talente klar zutage,
die man in der Praxis dann
unterschiedlich nutzen kann.

Übern eignen Schatten springen
wird den Frauen nie gelingen.
Das zeigt sich wie überall
leider auch in unserm Fall.

Während Fritze mathematisch
ochst, spült Liese ganz apathisch
ein paar Teller, einen Topf.
Weiter hat sie nichts im Kopf.

Und so kommt zum guten Schluß
alles, wie es kommen muß.
Liese kriegt, weil sie's nicht weiß,
nicht einmal ein Eisen heiß,

während unser braver Fritze
sogar Elektronenblitze
meistert und der Welt beweist:
Mann ist Mann – das macht der Geist.

Musik liegt in der Luft

Die Schwierigkeiten des Schreibens und die Kunst der Fuge

Mein Beruf sowie auch der harte Wille meines Chefredakteurs zwingen mich, gelegentlich etwas zu Papier zu bringen.
Zum Beispiel eine Glosse über Zeitgenossen, die nur gelegentlich normalen Arbeitseifer an den Tag legen, oder ein scharfes, satirisches Pamphlet wider die gesellschaftlich unvertretbare Verschwendung von Speisesenf bei Festbanketten – oder auch nur eine harmlose Humorgeschichte, die jene Heiterkeit widerspiegelt, die unsern Alltag so optimistisch und juxig macht.
Kurz gesagt: Es gibt vielfältige und interessante Aufgaben. Das Problem besteht nur darin, die geistige und manuelle Arbeit nicht zu scheuen, die zur Lösung solcher Aufgaben notwendig ist.
Ich scheue sie nicht.
Und ich trotze auch manchem Hindernis, das sich mir und meiner Arbeit tückisch entgegenstellt.
Da ist zum Beispiel das Redaktionszimmer.
Es ist keineswegs das schlechteste. Nein, es ist hell und freundlich und geräumig. Ein Freund von mir, der in einer namhaften Wochenzeitung einen leitenden Stuhl besetzt hält, würde jeden Tag als Sonntag betrachten, könnte er seine Bude mit meinem Zimmer tauschen. – Wie gesagt, es ist nicht schlecht.
Doch ich teile meinen Arbeitsraum mit einem jungen Kollegen. Ein sympathischer Mensch. Aber die Frage, ob sein Dauerhusten von meinem Kettenrauchen oder der meinige von seinem herrührt, konnte bislang nicht eindeutig beantwortet werden.
Logisch, daß ich als der ältere so oft wie möglich das Feld räume, um ihn den Kampf mit seiner jungen Lunge allein ausfechten zu lassen. Ich bin überzeugt, er wird sein Organ auch ohne mich in die Knie zwingen und nie jenem peinlichen Gefühl ausgesetzt sein, einen hartnäckigen Sieg teilen zu müssen.
Für mich allerdings ergibt sich die Frage: Wohin in Berlin?
Vor Jahren dienten mir Caféhäuser und gemütliche Eckkneipen als Schreibstuben, und selbst der unaufhaltsame Einzug von Musikboxen in jenes fabulierfreudige Milieu konnte mich nicht vertreiben. Ich trotzte eisern der mehr als hundertmal von Mireille Mathieu geäußerten Aufforderung, einen Blick hinter die Kulissen von Paris zu werfen.
Ein Blick zur Theke genügte, und schon kam ein frisches Bier auf den Tisch und Stimmung in den Kugelschreiber.
Allmählich wurde ich älter. Die Platten in der Box wurdens auch.
Die Mathieu hörte sich immer mehr an wie Zarah Leander, und die liegt mir aus mancherlei Gründen gar nicht.

Es kamen ab und an auch neue Scheiben auf den Teller.

Die jüngeren Fäns im Lokal behaupteten, diese Dinger fetzten. Ich mußte ihnen recht geben, und mein Freund Antek, ein namhafter Chirurg und Heimwerker, hat die Fetzen meines Trommelfells auch mehrmals recht akkurat wieder zusammengeschweißt.

Doch er gab mir den Rat: »Das Rock-Geheul ist nichts für dich. Geh dorthin, wo eine Geige weint.«

In der Schönhauser gabs mal ein Café dieser Tonart. Ich weiß nicht, ob der Tod oder die zentrale Gaststättendirektion dem wackeren Fiedler den Bogen aus der Hand riß. Jedenfalls wird dort nicht mehr aufgespielt, sondern beschallt. Und Pärchen flüstern sich nicht mehr ins Öhrchen, sondern stoßen Schreie aus, die aus Liebesbeteuerungen und knappen sachdienlichen Informationen bestehen.

Ich riskierte eines Tages dort auch einen Schrei.

Aber er stieß nicht mal bei der Serviererin auf Gegenliebe. Sie hatte nur einen langmähnigen Typ namens Schorschi im Auge. Der war kein schlechter Kerl. Denn er gab mir großzügig ein unbenutztes Bier und den Rat: »Geh doch nach Hause, Opa!«

Diese Idee hatte ich auch schon mal irgendwann erwogen. Von diesem Tag an versuchte ich, sie zu verwirklichen.

Ich schrieb in der nächsten Woche hin und wieder zu Hause in meiner Wohnung. Ich wohne glücklicherweise in einem verhältnismäßig hübschen Neubaublock. Das Wohnzimmer ist nicht riesig. Aber es bietet Platz, mißglückte Manuskripte in die Ecke zu feuern.

Meine Frau sowie meine Nachbarn um mich herum gehen einer ehrbaren Arbeit nach. Also habe ich tagsüber Ruhe.

Theoretisch.

Denn die Praxis sieht etwas anders aus.

Nach Schulschluß, spätestens um 14 Uhr, gehe ich klingeln. In meinem Haus sowie in den angrenzenden Blöcken.

Zuerst gehe ich drei Etagen höher in den sechsten Stock. Dort wohnt Ronny, ein kerniger Vierzehnjähriger, der mich jedesmal mit einem angedeuteten Diener begrüßt. Dabei platzen ihm in der Steißgegend jedesmal die ofenrohrengen Flickenjeans. Diesen Frust nimmt er tapfer auf sich. Höflichkeit muß sein.

Ich reiche ihm einen Zettel, auf dem steht: »Ich habe gestern nacht einen knallharten AC/DC-Titel aufgenommen. Den geb ich dir zum Umschneiden, wenn du dafür jetzt sofort deine Puhdys-Kassette auf Zimmerlautstärke drehst. Danke, eh!«

Da nickt er freundlich, schlägt mir krachend auf die Schulter, zieht sich zurück – und hört nun die Puhdys nur noch in Kreissägen-Lautstärke.

Ich gehe zurück in meine Wohnung und überlege, welchen Mitschnitt ich ihm morgen anbiete, denn man kann nicht immer mit demselben Zeug Kompromisse herausschinden.

Lange kann ich nicht überlegen, dann muß ich ins Nachbarhaus. Von dort grüßen mich nämlich mein Sohn und sein Freund Norbert. Sie lassen hartrockiges Trommelfeuer durchs Wohngebiet knattern, springen dann, weil Norbert zweispurige Bänder fährt, mit einem gewaltigen Satz auf Nju Wehf um und haun am Ende aus Daffke und Dollerei noch zigmal Wilhelm Bendows »Wo laufen Sie denn?« durch die Betonwände.

Mein Sohn und sein Freund erwarten keine Tauschangebote oder Vorschläge zur Güte. Sie drehen bereits, wenn ich klingle, die 100-Watt-Boxen in eine andere Richtung, öffnen die Fenster und beschallen die 300 Meter entfernte Baustelle. Sie haben sich mit dem Kranführer ein Zeichen ausgemacht. Wenn der mit seinem Taschentuch winkt, dann heißt das, der Kran wippt zu stark, und dann drehen die Jungs etwas zurück.

Ich habe dann noch einen preßlufthammerartigen Recorder in der 8. Etage des Hauses hinter der Kaufhalle zur Vernunft zu bringen – und dann kann ich arbeiten.
Das heißt: könnte ich.
Denn die Praxis sieht anders aus. Seit einiger Zeit haben mich alle, bei denen ich klingle, so ins Herz geschlossen, daß sie mich in die Wohnung bitten, mir ihre Poster oder Star-Fotos zeigen, neue Bänder vorführen oder mich fragen, was zum Beispiel »Highway to hell« heißt. Einer zeigte mir sogar mal seine Mathe-Aufgaben und lachte sich scheckig, als ich verdammt hilflos aus der Wäsche guckte. Aber er ließ dann durchblicken, daß er mich trotzdem nicht als Blödmann betrachte. Aus Dankbarkeit half ich ihm beim Aufsatz: Er sagte am Ende: »Mann, du kannst ganz brauchbar schreiben!«
»Kann sein«, sagte ich, »aber wo?«

4. KAPITEL

Knacker, Knicker, Knutscher

Kapitel 4 enthält Texte der Bücher
Gnade für den Jackpotknacker,
Die vergoldete Hausnummer sowie
Artikel für den *Eulenspiegel* und den
Eigengebrauch als kabarettistischer
Reisekader zwischen Saßnitz und Suhl.

Zwiegespräch

zwischen Meier-Motzen (M-M)
und Petersdorf (Pe)

M-M: Petersdorf, man erzählt, sie fuhren in Ihren Eulenspiegel-Anfangsjahren täglich mit dem Fahrrad von Köpenick zur Redaktion in Stadtmitte.

Pe: Ja. Es war das Botenrad des Verlages, der keinen Boten hatte.

M-M: Das Rad soll schon damals recht nostalgisch gewirkt haben.

Pe: Auch ich war kein Harley-Davidson-Typ.

M-M: Man erzählt, sie behandelten das Fahrrad mitunter herzlos. Sie vergaßen es am Abend vor irgendeiner Tankstelle, um das Wort Kneipe zu vermeiden.

Pe: Aber ich fand Kneipe und Rad immer wieder. Als ich es jedoch einmal an einem U-Bahn-Eingang anschloß, wurde es gestohlen.

M-M: Vorher soll es Ihnen aber doch im Keller verbrannt sein! Das war jedenfalls Ihre Begründung für zu spätes Erscheinen zur Redaktionssitzung.

Pe: Satirische Übertreibung gewisser Eulenspiegel-Kollegen. Man hatte mir die Reifen zerstochen. Mit etwas Glühendem.

M-M: War es nicht doch mehr Ihre glühende Phantasie? Sie haben sich ja auch mehr Zähne ziehen lassen, als Sie jemals besaßen. Sagen gewisse Kollegen.

Pe: Nun ja, in solch einer Redaktion wird immer mal gescherzt. Sonst wäre die ernste Arbeit ja auch nicht auszuhalten gewesen.

Gnade für den Jackpotknacker

Vor etlichen Wochen traf ich den kleinen Wilfried völlig überraschend.
Er sah elend aus. Doch Näheres dazu später.
Zunächst große Begrüßung:
»Mensch, alter Hund! Gut siehste aus!« In dieser Art.
Wir hatten uns in den letzten Jahren etwas aus den Augen verloren.
Vor Urzeiten haben wir mal gemeinsam studiert. Das heißt, wir taten so, als ob wir täten. Aber weil wir kurz vor Semesterabschluß, kurz vor den Prüfungen tatsächlich etwas taten, schafften wir einen Abschluß und wurden auf die Menschheit losgelassen.
Die Menschheit bestand aus Mecklenburgern und Vorpommern, die sich offiziell aber DDR-Bürger des Bezirkes Neubrandenburg nannten. Für den Ackerbau und Viehzucht treibenden Teil davon machten der kleine Wilfried und ich eine Zeitung. Dorfzeitung.
Jeder von uns tat dies in einem anderen Kreis, aber das Gemeinsame unseres Tuns bestand darin, daß wir als Stadtmenschen den Genossenschaftsbauern mitzuteilen hatten, wann das Korn reif ist und wie man einer »Rauhfutterverzehrenden Großvieheinheit«, auch Kuh genannt, mit geringstem Aufwand sehr viel Milch abzapft. Die Bauern fanden das lustig, und weil es uns leichtfiel, lustig mit ihnen mitzutrinken, waren es ganz lustige Jahre.
Man trank allerdings nicht stumpf vor sich hin, man gab auch dem Geist Beschäftigung. »Kontra Reh und Bock« waren die meist gebrauchten Reizworte, die den kleinen grauen Zellen Farbe verliehen. Kartenspiele waren eine Macht, und der kleine Wilfried diente dieser Macht in Treue und Ergebenheit. Ohne ihn kein Preisskat, und kein Preisskat, bei dem er nicht wenigstens den dritten Preis abfaßte. Oft war er der Turniersieger. Er ließ sich dazu stets fotografieren und veröffentlichte das Foto in der von ihm fabrizierten Zeitung. Dadurch war er in seiner Gegend bald genau so ein Star wie Sinatra in Las Vegas. Soviel über jene Jahre.
In der Folgezeit schlugen wir uns – der kleine Wilfried und ich – in unterschiedlicher Weise durch allerlei Unterholz und Gestrüpp des Blätterwaldes.
Mitteilungen darüber dürften für den Leser aber sicherlich kaum von Interesse sein. Nur so viel: Letztlich führten unsere Wege in die Hauptstadt der Ehemaligen und Jetzigen, in der wir uns Gott weiß warum – erst vor einigen Wochen über den Weg liefen.
»Mensch, alter Junge!« Und so. Hatte ich ja schon erwähnt. Jetzt weiter.
»Gut siehste aus!« sagte ich, obwohl er mager und abgehärmt war. Ich vermutete, daß die ständigen nervenzerfetzenden Skatturniere doch allmählich an der Substanz genagt hatten. Aber ich fragte mit harmlos-fröhlichem Tonfall: »Na, was macht das Gebetbuch des Teufels? Heutzutage winken doch sicherlich andere Preise als 'ne Dauerwurst oder ein altgedientes Suppenhuhn!«
»Skatspiel ist out«, antwortete Wilfried, »halten meine Bronchien nicht mehr aus. Zuviel Qualm, Bierdunst, Küchengeschnöker!«
»Aber ein Spieler wie du kann doch nicht völlig trocken stehn!« rief ich.
»Ich hab ja jetzt die Pferde«, sagte er, und in seine etwas matten Augen kam ein feuriges Funkeln. Dann erzählte er mir sichtlich erregt, daß er am Sonnabend auf der Trabrennbahn schon wieder zwei große Einläufe hatte.
»Das ist ja mörderisch!« schrie ich und war nahe daran, seine hohlen Wangen zu küssen. »Warum läßt du das mit dir machen? Und vor allem in dieser Umgebung?«

Heute weiß ich, welchem Irrtum ich damals unterlag. Denn der kleine Wilfried hat mich eingeführt in die Welt des Trabrennsports.
Wir versäumen kaum eine Rennveranstaltung.
Anfänglich hatten meine Bronchien am Qualm in der Wetthalle mächtig zu knabbern. Wilfrieds haben wahrscheinlich das Knabbern für immer aufgegeben. Er schlägt sich, so glaube ich, mit der sogenannten Bauchatmung durch. Das geht auch ohne Bronchien. Außerdem geht man ja, sobald die Wetten gemacht sind, jedesmal für 3 bis 4 Minuten ins Freie, um das Rennen zu verfolgen.
Wobei das Rennen, so meint Wilfried, eigentlich gar nicht das Wichtigste ist. Aber man braucht es, um zu wetten.
Sieg, Platz, kleiner Einlauf; großer Einlauf.
Was Sieg heißt, weiß jeder Anfänger.
Als Fortgeschrittener weiß ich: Bei Platz muß der von mir erwählte edle Gaul unter den ersten drei sein. Gleich, an welcher Stelle. Beim kleinen Einlauf muß ich die ersten beiden, beim großen Einlauf die ersten drei voraussagen. Allerdings in der richtigen Reihenfolge.
Einfach ist das nicht, vor allem, wenn mehr als drei Pferde laufen und man sich nicht mit ihnen besprechen kann.
Das können wahrscheinlich nicht mal die im Sulky sitzenden Rosselenker.
Nur Wilfried kann mehr.
Er kann voraussagen, daß »Amselpfiff« unschlagbar ist, wenn »Gorgonzola« wegen Galoppierens disqualifiziert wird, und daß, wenn »Gorgonzola« glatt geht, »Amselpfiff« höchstens auf den vierten Platz läuft, damit es nicht nach Niederlage aussieht, sondern mehr nach Reifenschaden oder Migräne. Dies alles weiß Wilfried, und er hat schon so manchen Einlauf getroffen. Allerdings nie bei jenen Rennen, in denen »Amselpfilff« und »Gorgonzola« liefen.
Wilfried trifft stets sogenannte Volkseinläufer, das heißt, er teilt sich mit ein paar hundert Wettern die Quote.
Aber er ist glücklich, wenn er für ein eingesetztes Pfund zwanzig Mark Gewinn einstreicht.
Sagt er jedenfalls. Aber ich sehe, wie es ihn wurmt. Ein Siegertyp ist kein Herdentier. Deshalb hat er sich neuerdings aufs Jackpotknacken verlegt.
Worum geht's?
Immer wieder passiert es, daß in irgendeinem Rennen niemand den großen Einlauf trifft. Bei kleinen Einläufen kommt es auch vor.
Dann verkünden Lautsprecher und Monitor: »Einlauf nicht getroffen. Es gibt einen Jackpot von x-tausend Mark. Jackpot kommt im zehnten Rennen zur Ausspielung!« Bedenkt man, daß die Wettgelder des zehnten Rennens noch dazukommen, dann sieht der Jackpotknacker nicht nur einen Silberstreif am Horizont, sondern Gold vor seinem Auge. Dem geistigen.
So geschehen vor drei oder vier Wochen.
»Haste 'n Scheck mit?« fragte Wilfried.
»Ja.«
»Dann laß dir an der Hauptkasse dreihundert Mark auszahlen. Wir machen 'ne großangelegte Kombi und knacken das Ding!«
Die Kasse zahlte, Wilfried knackte. Theoretisch.
»Echte Siegeschancen haben«, sagte er, »›Donna Doria‹, ›Mäkseneif‹, ›Charly Schocker‹, ›Loveparade‹ und ›White Christmas‹. Zweiter oder Dritter können werden: ›Polli Ester‹, ›Weija Konditor‹, ›Ed von Schlick‹ und der Rest.«
Es siegte eine vom Rest.
»Miss Piggi«, eine magere Altersstute, die sich vor dem Ende ihrer Tage einen Jugendtraum erfüllte.
Der aufgestockte Jackpot kam am nächsten Renntag zur Ausspielung.
Ich nahm keinen Scheck mit. Nur eine recht dünne Brieftasche.
Wilfried war stinksauer.
»Wer knacken will, muß fröhlich sein«, schrie er, »aber dein Geiz ist ein Trauerspiel!«

Wir knackten den Jackpot. Nicht nur wir. Denn die ersten drei Pferde waren die, die immer die drei ersten sind. Kleingeld klimperte in allen Taschen. An jenem Tag wechselte Wilfried von der Rennbahn zur Lotto-Bude.
Es gab in dem Spiel »Sex mit 49« einen Jackpot von nahezu zwei Millionen.
»Geteilte Freude ist doppelte Freude«, sagte Wilfried, »los, nenne dein Geburtsdatum, ich nehme meins.«
Wir kreuzten 12, 10, 34 und 3, 9, 35 an.
Wilfrieds Zahlen wurden gezogen. Meine nicht im entferntesten. »Mit so einem bescheuerten Geburtstag kann man keinen Jackpot knacken!« schrie Wilfried und warf

mir seine Geldbörse an den Kopf.
Aber es war sein Schlüsselbund.
Wilfried wohnt aus Gründen der Romantik in einem stillgelegten Wasserturm. Der Turmschlüssel wiegt zwei Kilogramm.
Mein Bettnachbar ist ein Verwandter von Henry Maske. »Wenn ich aus'm Krankenhaus raus bin«, sagt er, »dann niet ich deinen Wilfried um!«

»Quatsch«, sage ich, »wir lassen Gnade walten! Der Junge kann nichts dafür. Es ist sein Spieltrieb. Sein Knackdrang ist der Knackpunkt.« Heute hat mich Wilfried besucht. Er überreichte mir 61 Rosen und ein Bündel Tausendmarkscheine. »Bist du verrückt!« rief ich. »Wo hast du die ganze Kohle her?«
Er hatte einen Tresor geknackt. Ohne Gewalt. Nur mit den Zahlen meines Geburtsdatums.

Die Ordensfeier

Ich komme – abgehetzt ein wenig –
von Biedenkopf, dem Sachsenkönig.
Denn der gab auf dem Königstein
heut eine Feier, groß und fein.

Der Anlaß war 'ne Preisverleihung.
Es gab kein'n »Oscar« und dergleichen,
kein'n »Golden Globe« und andern Plunder.
Nein! Man verlieh das »Blaue Wunder«.

Das ist ein Orden, eckig, rund,
er zeigt auf blauem Untergrund
ein schöngemaltes goldnes Herze
durchbohrt von einer Wunderkerze.

Das ist natürlich ein Symbol
und 'ne Idee von Helmut Kohl,
sowohl für'n Osten wie für'n Westen,
Doch hier im Osten will man's testen.

Den Orden gibt's, das ist der Kracher,
nicht für Verdienste großer Macher,
nicht für getane, große Taten, den gibt's –
ich kann es Euch verraten –
im voraus, also prophylaktisch,
für alle, denen's heute praktisch
noch ziemlich gut geht und die eben
ihr blaues Wunder noch erleben.

Das heißt: Ein jeder kann, wie fein,
mal Ordensträger sein. Haut rein!
Doch heut gibt's ihn noch nicht in Massen:
Man muß noch Massen prägen lassen.
Drum zahl'n wir, sowas ist ja teuer,
ab nächste Woche Ordensteuer.

Das alles muß gefeiert sein.
Und das war auf'm Königstein.
Ich war Beobachter beim Feste
und sah sehr viele Ehrengäste.
Der Kanzler selbst war nicht erschienen,
deshalb gab's viele frohe Mienen.
Man hat sich auch nicht sehr beklagt,
daß Waigel hatte abgesagt.

Statt dessen sah man »Motzki«, »Trotzki«,
die West-Beratergruppe »Protzki«,
'ne Autohändlerin, lackiert,
gut ausgebeult und parfümiert.
Viele Menschen gab's und viel Gedränge.
Ich ging durch Säle, Stuben, Gänge.
In einem Saal sang Emmerlich:
»Mein Ostgeld war ganz jämmerlich!«
Als der Gesang dann war verstummt,
erschien die Treuhand, teils vermummt.

Frau Breuel streckte ihr Händchen rein
und bot 'ne Mark fürn Königstein.
Sprach Boris Becker: »Äh, wie stark,
fürn lump'gen Stein 'ne stolze Mark!
Ich glaube, man vergißt heut sehr,
'ne Mark verdienen, ist sehr schwer.«

Und Kati Witt – ohne Verdruß –
gab englisch-sächsisch Interviews.
Dabei enthüllte sie den Knüller,
sie wäre schwanger von Frau Müller.
Da sprach Frau Breuel: »Ich ging, Gott weiß,
wenn ich so aussäh, auch aufs Eis!«
Sie ward getröstet, klarer Fall;
der Seelentröster hieß Karl Dall.

Dann drang erneut Gesang ans Ohr.
Es sang ein Arbeitslosenchor.
»Völker höret die Signale.«
Im Hintergrund die Glücksspirale.
Zum Chor gesellte sich als Gast-Star
die Frederic, die frisch geschaßt war,
und sang mit Schöbel, ohne Stöhnen:
»Die werd'n sich noch an uns gewöhnen!«

So war es auf dem Königstein.
Auch Gauck war da. Ich guckte rein
in meine Akte, und ich mußte
erfahren, was ich noch nicht wußte
und was bis dato mir ganz fremd war,
daß ich ein doppelter Agent war.
Ich war Spion für »Horch und Guck«
in Kirchhain und in Doberlug.

Das soll auch kein Geheimnis bleiben.
Ich werde Memoiren schreiben.
Doch nein, ich laß es lieber sein,
es fällt ja schon so vielen ein.
So mancher ist als Ich-Erzähler
fast stolz auf Dummheit oder Fehler.
Was schlecht hier war – wir baden's aus.
Die schuld sind, machen Geld daraus!

Was mir fehlen wird

(3. Oktober 1990)

Das Hausbuch zum Beispiel.
Ich hatte meistens Glück.
Wo immer ich einzog, war das Haus so gut wie voll. Das Hausbuch ebenfalls. Also konnte ich beim pflichtgemäßen Eintragen meiner Personalien blätternd erfahren:
Huh is huh – wer wohnt hier?
Meistens Schmidt. Schmidt von der Weißen Flotte, Diplomkulturwissenschaftler Schmidt, Schlafwagenschaffner Schmidt, Kombinatsdirektor Schmidt, Schmidt freischaffend.
Obwohl mir diese Schmidts in verschiedenen Häusern und Hausbüchern aufstießen, hege ich den Verdacht, es handelte sich stets um ein und denselben Schmidt – einen OibE, Offizier im besonderen Einsatz.
Ich bedaure noch heute, daß ich ihn nicht enttarnte, aber wer hätte damals schon gewagt, einen OibE zu enttarnen! Höchstens der Gegner. Aber der kannte ja nicht mal den Ausdruck. Heute haben wir keinen Gegner mehr und kein Hausbuch. Das ist bedauerlich.
Auch deshalb: Jetzt können Damen bei mir nächtigen, so oft und so lange sie wollen. Keiner hält es schriftlich fest. Und keiner wird mir später glauben. Das ist peinlich.
Meiner letzten Hausbuchbeauftragten, Frau Müller, wird die Kladde besonders fehlen. Denn als Arbeitslose hätte sie doch wenigstens eine kleine Beschäftigung und das Gefühl des Gebrauchtwerdens. Aber wer braucht schon Frau Müller? Gebraucht werden Gebrauchtwagen.
Fehlen wird mir die Spalierbildung, das Schwenken von Wink-Elementen, auch Fähnchen und Wimpel genannt, sowie das Herumtragen und Hochrecken von überdimensionalen Paßbildern. Die Sache hatte zwar immer so einen leichten Prozessions- und Wallfahrts-tatsch – aber ich glaube, in solchen Stunden schwang und klang auch in mancher ungläubigen oder gar roten Seele ein kleines frommes Glöckchen. Unklar ist mir jedoch bis heute, warum nur Köpfe geschleppt wurden, anstatt die Tribünen-Tribunen in Äktschen zu zeigen.
Man sieht den Papst ja auch meistens mit erhobenen Händen, und keiner kommt auf die Idee, daß er sich ergibt. Warum also wurden bei Vorbeimärschen nicht nette Situationsfotos geschwenkt? Zum Beispiel Mittag bei Tisch?
Fragen über Fragen – und keinen interessiert die Antwort. Dennoch, die Wink-Elemente und Pappkameraden werden mir fehlen. Ebenso das Spalierobst nach der Spalierbildung. Da war man immer ein wenig stolz auf unsere Handelsflotte.
Wen erregt heute noch eine Apfelsine? Heute erregen die Mieten, Fahrpreise, Preise für Kinderschuhe, mitunter auch Fleisch- und Wurstpreise. Apropos Fleisch und Wurst.
Da hilft nur eine hauseigene Döner-Kebab-Anlage. Möglichst ohne Fleisch. Denn Weißkohl füllt sehr gut den Magen. Außerdem: Weißkohl ist ja sooo gesund! Nanu? Woran erinnert mich dieser Slogän? Richtig. An glorreiche Zeiten Adlershofer Tele-Tips. Doch wenn ich nicht irre, haben die Leute damals auf Kohl nicht so recht angebissen.
Der schmeckte ihnen nicht.
Auch das wird mir fehlen.

Dank-Lied

Täglich bringt das Radio ein Lied,
so lieb, so süß.
Jemand dankt der ganzen Welt,
er dankt für das und dies.
Dieses Lied hat mich zerwühlt,
es hat mich fast zerfetzt.
Deshalb sag auch ich nun Dank.
Ich sage hier und jetzt:

Danke an den Herrn,
der mich bei Hermsdorf überfuhr.
Danke, denn er wechselte
dabei nicht mal die Spur.
Danke allen denen,
die danach vorbeigezischt,
einer hat, ich danke schön,
nur meinen Zeh erwischt.

Danke an den Vater,
der stets sein Kind behutsam schlägt.
Danke an die Mutter,
die es dann zum Doktor trägt.
Danke an die Nachbarn,
die nichts hören und nichts sehn,
weil sie – vielen Dank –
nicht an die Türe lauschen gehn.

Danke an den Kranken,
der bei Nacht nicht Ärger macht.
Danke an den Chef, der mich entläßt,
doch freundlich lacht.
Danke an den Werbefritzen,
der es nicht vergißt,
daß für mich der Nachfüllbeutel
Glück auf Erden ist.

Danke an den starken Typen,
der mich gestern schlug,
und dabei nicht mal 'ne Glatze,
sondern Mütze trug.
Danke an den Polizisten,
der sich, arg schockiert,
angesichts des Frevels
meine Klage hat notiert.

Danke an die Mutter Erde,
daß sie uns noch trägt,
obwohl man sie zertritt,
erstickt, vergiftet und zersägt.
Danke an den Heil'gen Vater,
der die Erde küßt.
Mich küßt nur meine Alte –
was mir trotzdem lieber ist.
Danke.

Dauer-Renner

Wandergretel, laß dich grüßen!
Morgensonne lacht wie nie.
Und du trabst auf deinen Füßen
froh zur Krippe, juppheidi!

Wo die Berge mächtig steigen,
wird das Kind im Wagen schwer,
Wollt ihr zwei es auch nicht zeigen,
fehlt der Papa dennoch sehr.

Papa würde gerne schieben.
Denn der Papa ist nicht schlapp.
Aber jeden Tag um sieben
holt der Fahrer Papa ab.

Denn der Papa, völlig richtig,
nimmt die Pünktlichkeit genau.
Seine Tätigkeit ist wichtig:
Referent für »Glück der Frau«.

Der Unfall

»Und ick sage dir, Frida, an den Fleischstand ham se uns übers Ohr jehaun. Ick hab et deutlich jesehn: Der Zeiger von die Waage hatte 'n Knick!«
»Mensch Otto, du mit deiner Filzbrille, du kannst doch jar nicht so weit kieken. – Otto, kiek ma da, da liegt eena!«
»Wer liegt da?«
»Da liegt eena! Een Unfall!«
»Frida! Ein Unfall kann da jar nich liegen, höchstens eine verunfallte Person, wie es offißjell heißt. Aber Tatsache. Jetzt seh ich et ooch. Hier liegt eena!«
»Na los, Otto! Steh nich so rum. Da müssen wir wat unternehmen. Faß mit an, wir wolln ihn aufrichten!«
»Hände weg, Frida! Biste varrickt jeworden! Den darfste doch nich berühren!«
»Weso denn nich, Otto. Det is doch unsre Pflicht!«
»Kiekste nich Fernsehn? Da wird et doch janz deutlich jezeigt. Nich berührn, bevor die Polizei kommt. Von wejen die Spuren! Lauf lieber los und such'n Telefon oder 'n Feuermelder. Det Unfallkommando muß her!«
»Guten Tag!«
»Guten Tach!«
»Ist hier was passiert?«
»Na sehnse doch, ein Unfall!«
»Ach du lieber Himmel! Der Mann rührt sich ja überhaupt nicht!«
»Na, Kunststück. Der is ja ooch janz schwer anjefahrn worden!«
»Angefahren? Wieso liegt er denn hier auf dem Gehsteig?«
»Na weil er rüberjeschleudert würde. Det is sicher eener von die verrückten Dumper jewesen. Die fahrn ja wie die Jesengten!«
»Dumper? – So ein Ding heißt Damper, lieber Mann. Das kommt aus dem Englischen!«
»Also, det is ja nu Quatsch. Die komm aus de

Schubertstraße, da wose det neue Heizwerk baun. Det weeß ick nu zufällig janz jenau!«
»Was ist denn hier los. Hilfe, ein Toter!«
»Unterlassen Se diese sensationslüsternen Äußerungen! Ob der Mann dot is, wird der Arzt feststellen. Bis jetzt issa rein äußerlich bloß ohnmächtig.«
»Ja, da muß man doch was unternehmen. Polizei, Rettungsamt, Feuerwehr!«
»Meine Frida is ja schon losjesockt! Der Funkwagen wird gleich hier sein!«
»Na, da haben Sie aber großen Optimismus, lieber Mann. Wenn man die Polizei braucht, ist sie nie zur Stelle! Aber auf den Revieren, da sitzen sie und spielen Skat!«
»Reden Sie bitte nicht solchen Blödsinn. Das grenzt ja an Verleumdung!«
»Na, so dicke wolln wa nich gleich auftragen, aber die Dame hat recht. Sie quatschen mächtig dämlich!«
»Ich quatsche dämlich? Hier, mein Bein! Bitte, bitte! Sehen Sie die Narbe? Die Spur eines Feuerwerkskörpers. Silvesterscherz meiner Schwiegermutter!«
»Jetzt kommt der noch mit Schwiegermutterwitzen.«
»Das ist kein Witz! An dieser Wunde wäre ich beinahe gestorben. Verblutet. Erst nach 15 Minuten kam ein lumpiger Wachtmeister. Und was hat er gemacht? Gefragt, ob wir Jod hätten.«
»Hähä! Hihi!«
»Ich finde derartiges Gelächter angesichts einer todwunden Person sehr unpassend!«
»Ja, da hat er recht.«
»Also, jetzt könnte wirklich langsam die Polizei kommen. Oder wenigstens der Rettungswagen.«
»Es ist ja auch unerhört von dem Kraftfahrer, sein Opfer hier einfach liegenzulassen. Weiß man denn wenigstens die Nummer?«
»Nee. Aber det kriejense raus.«
»Es war ein Damper. Einer von den überschweren.«
»Seit wann fährt hier ein Dampfer lang?!«
»Ich sagte Damper. Das ist ein Baufahrzeug.«
»Ja, von da hinten, wo se det Heizwerk bauen. Die fahrn fast immer mit 80 um die Kurve.«
»Und wenn das Heizwerk fertig ist, funktioniert es trotzdem nicht. Mein Schwager wohnt im Neubau mit Fernheizung. Da ist es mal zu warm und mal zu kalt. Deswegen fühlt er sich zu Hause nicht richtig wohl und muß sich in die Kneipe setzen.«
»Ist hier was passiert? Personenschaden? Sachschaden? Ich bin Gerichtsdiener!«
»Ja, ein Dumper!«
»Ein Damper!«
»Jedenfalls ein Damper kam mit 80 Kilometer aus der Schubertstraße.«
»Ein überschwerer Damper kam mit 96 km Geschwindigkeit daher und hat diesen Radfahrer ...«
»Nein, Fußgänger!«
»... beim Überqueren der Fahrbahn mit dem Greifer erfaßt und beiseitegeschleudert.«
»Polizei ist bereits verständigt. Ausführende Person: meine Frida. Beethovenstraße 73, Hochparterre.«
»Hilfe! Der bewegt sich ja!«
»Der steht ja auf! Der lebt!«
»Der kann ja laufen!«
»Ja, das kann ich. Aber kann ich nu endlich mal in Ruhe dieses blöde Erdkabel reparieren?«

Datschen-Kino

Der Maxe baut ein feines Haus,
denn Maxe ist nicht faule,
und eine Wiese ist am Haus
mit einem Schwimming-Paule.

Der Robert baut ein feines Haus,
damit schockiert er Maxen –
weil auf dem Dach von Roberts Haus
Bananenbäume wachsen.

Der Emil baut ein feines Haus
aus Klinkern und aus Klunkern,
die Maxens und die Roberts Haus
beblinkern und beblunkern.

Da baut der Franz ein schönes Haus
aus Marmor, Stein und Eisen
und sagt, er kann mit diesem Haus
auf alle andern spucken.

Und wenn sie nicht gestorben sind,
dann bauen sie noch heute
und wundern sich: Wie dußlig sind
doch ganz normale Leute.

Ich höre schon die Oma singen

Ein Weihnachtsbaum erzählt aus seinem Leben

Ich heiße Johann Gottlieb und bin Fichte. Deshalb diese Vornamen.
Eine Tante von mir ist Kiefer und heißt Marianne. Man sieht also, auch Nadelbäume wurzeln in unterschiedlichen philosophischen Traditionen.
Wir haben auch ein schwarzes Schaf in der Familie. Der Bursche ist Alkoholliebhaber und deshalb Blautanne. Seine Nadeln sind ziemlich geschwollen. Wahrscheinlich ist er deshalb besonders beliebt. Er tritt sogar bei Weihnachtssendungen im Fernsehn auf, und Künstler singen dann vor ihm oder singen daneben. Manchmal zeigt ihn die Kamera in Großaufnahme. Da ist er immer ganz aufgeregt und nadelt unter sich.
Das wird aber vom Ballett vertanzt.
Ich selbst, als einfache Fichte, halte mich aus solchen Sendungen lieber raus. Meine Welt ist nicht das »Atom der Oper« oder »Schreiner machens live« – ich bin ein Baum für die Stube, von der Lindenstraße bis zur Karl-Marx-Allee.
Ich gucke auch weniger in die Röhre und höre lieber Radio. Hör ich Antenne Brandenburch, dann gehn mit mir die Nadeln durch!
Ich bin noch nicht alt, aber habe doch eine recht interessante Vita.
Meine Großmutter sagte zu Vita noch Lebenslauf. Sie ist gestorben. Woran man sieht: Ohne Vita geht's eben nicht.
Ich bin von Geburt Brandenburger.
Deshalb wuchs ich umgeben von vielen Kiefern auf.
Wir haben uns aber gut vertragen.
Nur zweimal haben welche gerufen: »Ausländer raus!«

Das waren Latschen-Kiefern, die haben nicht viel im Wipfel. In unserer Gegend werden alle Jahre wieder viele Weihnachtsbäume geschlagen.
Aber zum Glück eben nur zur Weihnachtszeit.
Die Fußballmannschaft unserer Gegend wird jeden Sonnabend geschlagen.
Jetzt suchen sie einen Trainer, der sie zum Aufsteiger macht. Sie haben an Gysi geschrieben.
Meine Kindheit verlief friedlich und recht harmonisch. Ich besuchte die Baumschule und den Schulhort »Emil Waldteufel«.
Ich wurde mehrmals mit der FDJ-Ehrennadel ausgezeichnet. FDJ hieß »Fichte des Jahres«.
In unserer eingezäunten Schonung wuchs ich so vor mich hin und wuchs allmählich heran.
Nur manchmal hat es in der Nachbarschaft ganz schön geknallt. Da fanden Diplomaten-Jagden statt.
Aber die meisten Diplomaten kamen durch.
Als ich die Baumschule beendet hatte, wollte ich gern studieren. Aber man ließ mich nicht, denn eine entfernte Verwandte von mir lebte als Douglasie in den USA.
Deshalb hatte der alte Oberförster auch eine Akte von mir angelegt. Darin wurde ich als IM geführt. Das hieß: Immer müde.
Aber ich war prächtig gewachsen.
Deshalb wurde ich auch nicht zum Weihnachtsbaum gemacht. Damals wurden in erster Linie die mickrigen und zerknautschten Typen auf den Markt geschleudert.
Es ist erstaunlich, was die Menschen dann mit Kugeln, Lametta und anderem Krimskrams aus solch einer Krücke herausholten. Das ist ja heute ganz anders.
Auf welchen Baum-Markt man auch schaut: Fast jeder Baum ist ein Prachtstück. So mancher Käufer ist froh, wenn er mit einem billigen Strunk ein Schnäppchen gemacht hat. Trotzdem hoffe ich, daß auch ich als schmucker Kerl eine Chance habe, in gute Hände zu kommen.
Denn wenn ich die Baumpreise betrachte, muß es doch mehr Besserverdienende geben, als die Arbeitslosenstatistik aussagt.
Manche Leute bevorzugen ja einen immergrünen Kunststoffbaum.
Diese Dinger sind unsereinem fast zum Verwechseln ähnlich. Sie haben aber einen anderen Körpergeruch.
Aber wenn diese unechten Gestalten auch noch mit unechten, also elektrischen Kerzen auftreten, dann können nur noch die brennenden Flügel der Holzpyramide für einen gemütlichen Stubenbrand sorgen.
Ich meinerseits bleibe lieber beim alten Stil und träume schon jetzt von einem angenehmen Einsatzort mit Pfefferkuchenduft, strahlenden Kinderaugen und einer Omi, die mit den Kindern Weihnachtslieder singt, bis der Papa ruft: »Haltet die Klappe, im Fernsehn singt Heino ›Stille Nacht!‹« (Ich glaube, ich muß jetzt meinen Bericht abbrechen. Es sieht so aus, als will mich einer kaufen. Tatsächlich.)
Jetzt wird er wohl gleich nach alter Gewohnheit eine Schnur aus der Tasche ziehen, um mich herum- und unter mir durchkrauchen, um mich einigermaßen verschnürt nach Hause zu schleifen. Aber nein! Ich werde in eine Art Kanone geschoben und in ein Netz geschossen.
Donnerwetter!
Das ist eine tolle Sache! Bestimmt eine Erfindung aus dem Westen.
Damit gehöre auch ich nun zu all den Glücklichen, die dem Westen ins Netz gegangen sind. Frohes Fest!

Es grient so grün

Grüne Woche in Berlin

Ich habe ein Brett voller Käse gesehn,
Käse, geschnitten in Happen,
sah Menschen extatisch die Augen verdrehn
und gierig die Happen sich schnappen.
Zwei Holländer-Meisjes wie Linda de Mol
entblößten betörend die Zähne.
Mir wurde beim Anblick der beiden recht
wohl,
was ich ehrlichkeitshalber erwähne.

Das Lächeln verblaßte, doch lange noch
nicht
das Bild von der schnappenden Menge,
die zitternde Hand, das Hochdruckgesicht
in der herzbeklemmenden Enge.
Der Käse vernichtet, das Brett kahl und leer.
Ein Wicht schreit: »Ick bin wieder Neese!«
Ein Herr schluckt mit Mühe und atmet so
schwer,
der Käse klebt an der Prothese.

Und Bratenduft wabert so geil durch den
Raum,
Kalorien zeigen Schenkel und Brüste,
exotisches Bier mit exotischem Schaum
macht Lust auf neue Gelüste.

Und der Vater ist prall und die Mutter ist
drall
und die Welt hat die leckersten Speisen,
und kostenlos kostet man allüberall,
um Weltoffenheit zu beweisen.

Ich habe auch freundliche Tiere gesehn,
sanftmütige Schafe und Rinder,
blieb lange beim grunzenden Schweinevolk
stehn
und hörte das Staunen der Kinder.
Ich sah kluge Gänse und manch dummes
Huhn
und hab bei den Eseln gesessen
und merkte, sie machen, was alle hier tun:
Sie gucken erstaunt – und sie fressen.

Hilmar Redlich
nahm kein Trinkgeld!

Wenn man mal bedenkt, verehrter Leser, in welch ausgefallene, ja mitunter sogar absurde und makabre Situation das Leben den normalen Menschen oft bringt, dann muß man sich wundern, daß so viele Menschen überhaupt noch normal sind und man muß sich nicht wundern, daß so viele Menschen ausflippen und die Sofas und Couchen der Psychiater bevölkern.
Von einem besonders tragikomischen Ereignis, in das ein bislang unbescholtener Bürger verwickelt wurde, soll hier berichtet werden.
Es geschah vor wenigen Wochen in einer nicht näher genannt sein wollenden Bank:
Der 57jährige freischaffende Dichter und Chinchilla-Züchter Heiner-Maria Kubilke betrat frohgelaunt besagte Filiale.
Heiner-Maria, der weniger durch seine Dichtkunst als vielmehr durch seine Chinchillazucht einen beträchtlichen Kontostand erreicht hatte, wollte seiner neuesten Nebenfrau ein besonders eindrucksvolles Liebesgeschenk machen und hob zu diesem Behufe eine Summe ab, über die das Bankgeheimnis und auch wir zu schweigen haben.
Als Heiner-Maria Kubilke sah, mit welcher Noblesse und auch Diskretion ihm der Bankangestellte Hilmar Redlich die Piepen elegant hinblätterte, da schossen Heiner-Maria die heißen Tränen der Rührung in die Augen und durchs Herz – und spontan schob er dem Auszahler einen halben Riesen zurück mit den Worten: »Das ist für Sie – für'n Täßchen Bier!«
Da flammte das Auge von Hilmar Redlich in Zornesglut, die Lippen bebten und preßten schließlich die Worte hervor: »Mein Herr, was erlauben Sie sich!! Ich bin kein Aushilfskellner und nicht Ihr Friseur! Ich nehme kein Trinkgeld!«
»Aber, aber«, stammelte Kubilke, »heutzutage nimmt doch fast jeder.«
»Aber kein Beschäftigter dieser Bank! Vom Direktor bis zum Heizer! Merken Sie sich das!«
Kubilke versprach, sich das zu merken und wankte dem Ausgang zu. An der Tür stand ein dezent gekleideter Herr, der sich artig verbeugte und sprach: »Ich bin der Kundendienstleiter der Filiale. Hoffentlich hat Sie unser Herr Redlich nicht allzusehr erschreckt. Er ist wirklich der redlichste und unbestechlichste Kollege. Dafür bekommt er auch täglich 50 Mark extra. Beehren Sie uns bald wieder!«

Lilomaus

ich weiß, du denkst
pausenlos daran,
was du mir zum Fest wohl schenkst.
Schätzchen, hör mich an.

Die verflixte Schenkerei,
Herz im Kerzenlicht,
ist doch pure Duselei
des Gefühls – mehr nicht.

Dieses Geben-Nehmen-Spiel
ist, Schockschwerenot,
einfach nicht mehr unser Stil!
Hör drum mein Gebot:

Weg mit diesem alten Zopf
seperater Freude!
Haun wirs Geld in einen Topf,
kaufen was für beide!

Ein Riesenfaß voll Bier, mein Schatz,
erfüllte meinen Traum
und nützte dir – als Untersatz
für deinen Gummibaum.

Rummel-Lied

Ich liebte als Kind schon den Rummel.
So ein Rummel ist bunt und fetzt ein.
Wenn ich heut auf dem Rummel mich
tummel,
dann fällt mir die Kinderzeit ein.
Ich seh mich im Riesenrad schweben
bis hoch in die Wolken hinein.
Dabei war das Riesenrad eben
nur fünf Meter hoch, also klein.
Und der Rummel bestand aus drei Wagen
und einem ganz klapprigen Pferd,
doch das hat in glücklichen Tagen
der Kindheit mich gar nicht gestört.
Für mich winzigen Pummel
war's ein mächtiger Rummel.

Die Jahre vergingen, und heute
ist Rummel ganz selten nur klein.
Vom Riesenrad gucken die Leute
den Sternen ins Fenster hinein.
Und Lautsprecher dröhnen, wo früher
der Drehorgelwalzer erklang.
Die Kindheitsromantik ging flöten,
doch der Rummel, der blieb, Gott sei Dank.
Er ist vielerorts heut zu finden,
man sieht ihn in Kaufhäusern hier,
wenn beim Schlußverkauf Schlangen sich
winden
und ramschen und raffen voll Gier.
Für Klamotten und Fummel
ein mächtiger Rummel.

Es zogen auch Illusionisten
dereinst mit dem Rummel durchs Land,
mit doppelbödigen Kisten,
in denen so manches verschwand.
Manch Gaukler zog aus der Tasche
den Leuten das Geld mit Geschick.
Heut kennt auch die Steuer die Masche,
und der Automonteur kennt den Trick.
Das Handlesen ist groß in Mode.
Haste Kies in der Hand, haste Glück.
Mancher Gaukler verbrennt sich die Pfote.
Doch man sieht nur vom Eisberg ein Stück.
Denn je größer der Schummel,
um so kleiner der Rummel.

Auch die Kraftmenschen sind noch im
Schwange.
Zwar nicht muskelbepackt und nicht roh.
Sie haben Figur von der Stange
und sitzen sehr oft im Büro.
Und die Manneskraft schlummert in
Sesseln,
und sie möchte so gern dort mal raus.
Und die Ehefrau kann nicht mehr fesseln,
und im Sekretariat sitzt 'ne Maus.
Und da macht sich ein alternder Vater
zum Jüngling und balzenden Hahn.
Und dann läßt unser Mäuschen den Kater,
und dann ruft sie enttäuscht aus dem Kahn:
So'n winziger Stummel
und so'n mächtiger Rummel!

Es leuchtet wohl ein, auch der Rummel
ist heut nicht mehr das, was er war.
Denn manches Kuriose verschwindet,
und Neues entsteht, das ist klar.
Die Geisterbahn schreckt heute keinen,
denn Autobahn sind wir gewöhnt.
Und die schwebende Jungfrau reizt keinen,
denn Jungfrau ist heute verpönt.
Der Rummelplatz hat sich verschoben.
Er rummelt heut auch mal zu Haus.
Er rummelt mal unten mal oben,
und manches, das rummelt sich aus.
Aber eins leuchtet ein:
Etwas Rummel muß sein!

Felix, Liebster

als du mich
gestern abend küßtest
und dann sagtest
daß du gern
endlich einmal wüßtest,
ob ich Dienstag
nach der Scheidung
mit dir tanzen ginge,
meinte ich,
daß dies noch sehr
vom Prozeßverlauf abhinge.

Sei's, wie's sei!
Wir werden gehen,
um uns zu zerstreuen.
Kämst du pünktlich
zum Gericht,
würde ich mich freuen.
Laß dich nicht
durch neue Zahlen
an den Türen blöffen!
Bin wie immer
um halb sechs
im Sitzungsraum für Schöffen!

Kuß Uschi

Schmuserchen

mit Kußmaul

»Guten Abend, Anton-Schatz!«
»Guten Abend, Liebling. Nanu, du kommst ja schon nach Hause? Ich denke, Ihr habt in Eurer Sparkasse heut 'ne kleine Fete?«
»Hatten wir auch. Aber nur sparsam. Aber gemütlich war's! Der letzte Walzer – trari ...«
»Bist auch ganz schön angeheitert, was?«
»Aber Liebling, nur ein klitzekleines bißchen. Obwohl mir Putzi pausenlos eingeschenkt hat.«
»Putzi? Wer ist Putzi?«
»Na, Krausemeier. Unser Filialleiter!«
»Ach! Und zu dem sagst du Putzi?«
»Im Dienst natürlich nicht. Und überhaupt erst seit der Geburtstagsfeier von Schmuserchen.«
»Schmuserchen? Wer ist Schmuserchen?«
»Der Hauptdisponent. Der schöne Müller. So'n blonder, drahtiger. Ich hab dir doch schon mal erzählt, daß der sich mit Kußmaul geprügelt hat. Aus Eifersucht wegen Möpschen vom Schalter vier.«
»Langsam, langsam! Wer ist Möpschen? Wer ist Kußmaul?«
»Möpschen ist Möpschen Meier von Schalter vier. Wegen ihrer Möpse und wegen Schalter vier! Und Kußmaul ist Computer-Lehmann. Der labert bei jeder Feier alle Frauen ab.«
»Wasss? Der labert ab?! Hat der dich auch schon abgelabert?«
»Natürlich nicht. Da würde ihm Teddybärchen ein ungeheures Ding verpassen. Teddybärchen verehrt mich nämlich 'n bißchen, verstehst du?«
»Nein! Ich versteh nicht!! Und wer ist denn nun wieder Teddybär?!«
»Bärchen! Konny Schmidt, unser Tresorwart. Der hat Tatzen wie'n Bär. Wenn der dem kleinen Betthupfer die Hand gibt, geht der kleine Betthupfer auf die Bretter.«

»Was du nicht sagst!! Wer ist dieser Betthupfer?«
»Der kleine Schulze von Schalter eins. Der erzählt bei jeder Gelegenheit Bettgeschichten. Angeblich seine. Wir lachen uns manchmal krumm. Bloß Matscho-Max ist sauer.«
»Ich will gar nicht wissen, wer Matscho-Max ist!! Ich will nur wissen, ob in eurer Bude jeder einen Schmusenamen hat! Hast du etwa auch einen?«
»Allgemein nicht. Nur Putzi sagt manchmal Mausi zu mir.«
»Mausi! Das ist der Gipfel! Aua! Verdammt! Ich hab mir die Hand abgehackt!«
»Was? Hilfe!«
»Oder den Finger gebrochen oder verstaucht!«
»Soll ich den Rettungsdienst rufen?«
»Wegen einem Finger kommen die nicht! Ich geh zur Ärztin. Die hat Spätsprechstunde.«
»Wieso Ärztin? Du bist doch bei Medizinalrat Krüger!«
»Bin ich nicht mehr. Hab jetzt 'ne Ärztin.«
»Wie heißt'n die?«
»Weiß ich nicht.«
»Wie bitte?«
»Habe ich vergessen. Ich nenne sie sowieso nicht beim Namen.«
»Na klar. Du sagst einfach nur Frau Doktor zu ihr«
»Sag ich nicht. Niemals!«
»Nanu! Wie sagst Du denn zu ihr?«
»Meine kleine Huschel-Muschel!!«

Liebe

Meier läßt sich scheiden.
Er kann sein Weib zwar leiden,
aber hat, das ist bekannt,
einen Golf aus zweiter Hand,
und diesen hätt er gerne
statt unter der Laterne
neben sich im Bette.
Manch andrer auch – ich wette!

Die besonders große Schote

Vor einiger Zeit ließ der bekannte Drehbuchautor Ixmann im Filmklub »Die Lerche« die Bemerkung fallen: »Ich mache demnächst wieder einen Film!«
Als alle Anwesenden die Schrecksekunde überstanden hatten, brach spontaner Beifall los, der in den Ausruf gipfelte: »Darauf mußte aber einen ausgeben!«
Es wurde eine feuchte Nacht. – Als der Himmel und die Gesichter in den Morgenstunde langsam grau wurden, pfiff Ixmann den Ober heran und sprach: »Alles zusammen, für Sie zehn Mark dazu und dann 'ne anständige Quittung!«
»Sehr wohl, der Herr«, antwortete der Ober im Gewerkschaftston und wetzte hurtig von dannen.
Die Quittung kam, Herr Ixmann zahlte 237,80 MDN (auf Scheck), fügte der Quittung einen Zettel bei, auf welchem er mit markanter Schrift mitteilte, daß er zur Vorbereitung seines Films »Die besonders große Schote« mit Paprika-Experten ein Arbeitsgespräch zu führen gezwungen war, welches ihn außer etlichem Schweiß 237,80 MDN gekostete habe. Er bitte die DEFA dieserhalb, ihm die Auslagen (mit Ausnahme des Schweißes) auf sein Konto 0815/4711 zurückzuerstatten. Mit sozialistischem Gruß: So long! Randolf Ixmann.
Auf Anraten seiner Freundin, deren Ehegatte in Fachkreisen als bewußter Mensch bekannt war, strich Ixmann die Wörter »so long« wieder, bevor er die ganze Eingabe dem Postweg anvertraute.
Die Zeit verging, Ixmann bekam einen Vertrag und schrieb ein Exposé. Mit einer schönen Einleitung. Einige Filmsachverständige fanden die Einleitung gut, und einem Regisseur gefiel die Idee. So stand der Produktion nichts im Wege. Zunächst klapperten Ixmann, ein junger Dramaturg sowie zwei talentierte Sekretärinnen einige befreundete Balkanländer ab, um eine geeignete, besonders große Paprikaschote zu suchen.
Sie machten sichs nicht leicht. Endlich fanden sie in den schroffen Gipfeln des Rila-Gebirges einen altenh Schafhirten, der ein Prachtstück von Schote geerntet hatte.
Die Filmleute handelten ihm die Schote für eine Flasche Adlershofer Wodka ab. Der Schafhirte drückte aus ehrlicher deutsch-bulgarischer Freundschaft ein Auge zu und ging auf den Handel ein.
Somit war der erste Teil der Filmarbeit beendet. Nunmehr fuhren unsere Filmleute ans Schwarze Meer, ließen den Drehstab und die Schauspieler nachkommen und kurbelten die Außenaufnahmen.
Sie drehten hier und drehten da, und als sie alle vollkommen durchgedreht waren, fuhren sie nach Hause und begutachteten das Gedrehte.
Man stellte fest, daß auf dem ersten Film zuviel Licht und auf dem anderen zuviel Schatten und daß auf dem dritten Film zuviel Licht und zuviel Schatten war. Kritik und Selbstkritik. – Ausweg: Wir drehen die ganze Chose noch mal an der Ostsee nach.
Doch da sagte jemand, der etwas zu sagen hatte: Genossen! Es ist materielle Verschwendung, einen ganzen Drehstab von Berlin an die Ostsee zu transportieren, nur um eine Schote mit Wellen zu filmen!
Damit trat die Filmproduktion in die letzte und entscheidende Phase ein, welche an dem bewährten DEFA-Trickfilmmann August hing.
August baute kurzerhand das Schwarze Meer, das Rila-Gebirge, den goldenen Strand und diverse fremdländische Szenerien im Studio auf und machte mit dem Mund, den Händen, Füßen und Ohren derartige Geräusche, daß die Hauptdarsteller vor Neid erblaßten. Unter der Schminke, versteht sich.

Als der Film kurz vor der Endproduktion stand, machte sich ein neues Handikap bemerkbar. Man stellte fest, daß die Hauptdarstellerin einen unpassenden Dialekt sprach. Unsere Filmleute ließen sich jedoch nicht erschrecken, engagierten eine bulgarische Germanistik-Studentin und ließen die deutsche Hauptdarstellerin synchronisieren. Als man sich dann den fertigen Film ansah, stellte man fest, daß man ihn sich nicht ansehen kann. Da ging der Drehbuchautor Ixmann in den Filmklub »Die Lerche« und betrank sich. Dabei kam ihm die Idee, der DEFA für einige tausend Mark die Idee anzubieten, demnächst wieder einen Film zu machen. Und als man ihm diese Idee nicht abkaufte, sagte er nur mit bitterem Lächeln: »Da sieht mans wieder mal!«

Zickenschulze

Zickenschulze aus Bernau
sagte jüngst zu seiner Frau:
»Emma, einet – det merk dir jut –
wer tachtäglich ackern tut,
muß die Knochen und den Kopp
ooch mal lüften. Allez hopp.
Sonntag stechen wir in See
mit'n Dampfer uff de Spree.

Und in Treptow schien so schön der Sonnenschein,
da schiffte Schulze sich mit seiner Emma ein.
Und die Bordkapelle spielte »Muß i denn ...«,
da fing Emma gleich vor Rührung an zu flenn'.

Schulze hat ganz ungeniert
gleich den Dampfer inspiziert.
Auf'n Oberdeck war's voll,
auf'n Deck jenauso doll.
Doch beim Schiff, da ist der Bauch,
wie man weiß, zu brauchen auch.
Und speziell zumeist für die
Flußschiffahrts-Gastronomie.

Kurz gesagt, der Bootsmann macht' die Leinen klar,
da saß Schulze schon mit Emma an der Bar,
und sie hatten schon vier Doppelkorn getankt.
Nur zur Vorsicht, falls der Dampfer etwas schwankt.

Emma kriegte von dem Schnaps,
der schön warm war, gleich'n Klaps.
Schulze sagte kurz und knapp:
»Jeh nach oben, kühl dir ab.
Ick jenehmige mir hier
währenddessen noch ein Bier.«
Emma steigt aufs Dach voll Gnatz.
Einer rutscht, sie kriegt'n Platz.

Der gerutscht war, war ein Boy mit langem Haar,
und er rutschte gleich bis runter in die Bar.
Schulze sieht die langen Locken voller Zorn,
und er schluckt gleich aus Protest zwei große Korn.

Doch der Jüngling bietet dann
Schulze eine Camel an.
Schulze sagt: »Merßie bokuh.«
»Vata«, sagt der Boy, »hör zu,
diese Lulle geb ich dir
einfach aus le grand Pläsier.
Rauch in Ruhe und sei froh,
bona sera, horrido!«

Schulze schließt daraus: Die Jugend, die ist gut,
wenn man nur die richt'ge Tonart finden tut.
Und er fühlt sich gleich als positiver Held.
Logisch, daß er noch'n Doppelkorn bestellt.

Emma sitzt, wie man schon weiß,
auf'm Deck, dort ist es heiß.
Und sie schnarcht nach Luv und Lee.
Schulze singt: »Alo ahe!« –
im Parterre, denn ihn deucht,
Hinterindien ist erreicht.
Und in Höhe der Lofoten
wird er lustig und reißt Zoten.

Und der Dampfer tuckert sacht durch die
Natur.
Schulze sieht von Baum und Strauch auch
nicht die Spur.
Er muß pullern, doch er findet nicht den
Ort,
und da pullert er ganz einfach über Bord.

Alle Gäste sind empört,
weil man's sieht und weil man's hört.
Schulze knöpft sich langsam zu
und brüllt dreimal laut Juhu!
Von dem mörderischen Krach
wird sogar die Emma wach.
Und sie haut mit viel Geschick
Zickenschulze ins Genick.

Schulze aber nimmt das jar nicht weiter
krumm,
sondern tanzt mit Emma auf'n Dampfer
rum.
Alles schweigt betreten, nur zwei Kinder
schrein:
»Unser Papa müßte auch so lustig sein!«

Nach 'ner Weile schließlich dann
legt der Dampfer wieder an.
Schulze springt vom Schiff, schlägt hin
und zerschmettert sich das Kinn.
Dadurch kommt er von der See
gradewegs zur Charité,
wo man ihn mit Gips und Draht
wieder hingebogen hat.

Zickenschulze freut sich jetzt schon kolossal,
denn am nächsten Sonntag fährt er wieder
mal
mit der Emma mit'n Dampfer 'n bißchen
rund,
denn Erholung auf'n Wasser ist jesund.
Olé!

Das Wunder
der alten Marketenderin

Als Albrecht Eusebius Wenzel von Wallenstein, Herzog von Friedland und Mecklenburg, Fürst von Sagan, genannt der Friedländer, am 16. November 1632 die Schlacht bei Lützen geschlagen hatte, soll er, wie ich aus ziemlich zuverlässiger Quelle erfuhr, die verhältnismäßig unfrommen Worte gesagt haben: »Himmelarschundwolkenbruch, jetzt habe ich aber einen viehischen Durst!«
Dem in der Nähe stehenden Adjutanten Wallensteins schlotterten die Hosen, da ihm nämlich bewußt wurde, daß sich im Feldherrnzelt zur Zeit kein einziges Fläschchen Brause, geschweige noch ein Fäßchen Radeberger oder Pilsator befand.
Der Adjutant wußte, daß ihm sein Chef ob dieser Nachlässigkeit nicht nur mächtig ins Kreuz treten, sondern auch eine saftige Eintragung in die Kaderakte machen würde und ihm somit die ganze spätere Karriere verhunzen könnte.
Er pfiff deshalb kurzerhand den einäugigen, aber ungeheuer ausgekochten Feldhauptmann Säbelsturz heran und befahl ihm, mit einigen Lanzknechten zur Höhe 3 zu wetzen und der Marketenderin ein anständiges Fäßchen Stralsunder Köhm aus dem Kreuz zu leiern.
Dem Feldhauptmann schmeckte dieser Befehl nicht besonders, da die Marketenderin als ziemlich ruppiges Weibsbild bekannt war, die es schon einmal fertiggebracht hatte, einem Kunden das Beschwerdebuch um die Ohren zu hauen.
Doch er sagte sich: »Dienst ist Dienst und Schnaps ist Schnaps«, und zitterte mit zwei kräftigen Stabsgefreiten los.
Die Sonne ging gerade unter, es wurde dämmerich. Sie erblickten schon von weitem das zerschlissene Dach des Planwagens der Marketenderin, auf welchem in großen Buchstaben die Losung prangte: »Nimm ein Ei mehr!«
»Provokation!« brabbelte der Feldhauptmann, und seine Begleiter wußten nicht, ob er das politisch meinte oder menschlich. Dann hatten sie den Wagen erreicht.
»Alle Luken dicht«, schimpfte Stabsgefreiter Meier II.
»Mutter Courage!« rief der Hauptmann. »Mach auf, der Feldherr hat Durscht!«
Da wurde die Plane beiseite geschoben, Mutter Courage steckte ihren Kopf heraus und keifte: »Um 16 Uhr ist Feierabend! Haltet euch gefälligst an die Ladenöffnungszeiten!«
Schwupp, Plane zu, Affe tot.
Dem Hauptmann schwoll die Zornesader. »Weißt du nicht, elende Xanthippe, daß die Schlacht bis 18.30 Uhr dauerte? Rück ein Fäßchen Köhm raus und einen saftigen Schinken, sonst raschelts im Karton!«
Doch aus dem Wagen ertönte lediglich ein höhnisches Kichern, und dann hörte man, wie die Courage mit ihrer Freundin vom Nachbarregiment telefonierte und ihr mitteilte, daß am Abend der Götz von Berlichingen im Fernsehen zu sehen sei.
Da schlitzten die drei Lanzknechte mit ihren Säbeln kurzerhand die Plane auf, schnappten sich ein Fäßchen Köhm sowie einen Kasten Berliner Weiße und schmissen der Marketenderin einen Emmentaler Käse an den Kopf. Ergebnis: leichte Gehirnerschütterung.
So rauh waren die Sitten 1632 – als einige Leute nach der Schlacht noch etwas einkaufen wollten.
Als im Jahre 1972, inmitten der Ernteschlacht, und zwar sonnabends um 17 Uhr, einige wackere Erntehelfer einen Dorfkonsum ansteuerten, um sich mit Proviant einzudecken, standen sie vor verschlossenen Türen und einem Schild mit mittelalterlichen Ladenöffnungszeiten. Da gingen sie enttäuscht von dannen und sagten »Himmelarschundwolkenbruch!«

Und dieses verhältnismäßig unfromme Wort war die einzige historische Parallele zu jenem geschilderten Ereignis des Jahres 1632. Nur eines ist völlig schleierhaft: Wie es die Mutter Courage geschafft hat, über 300 Jahre alt zu werden und beim Konsum unterzukommen!

Die Treibjagd

»Nun denn«, sagte Kuno, »das Treiben geht los!
Ihr hört im Gebüsch das Rumoren.
Sie kommen im Rudel, die Stückzahl ist groß,
ihr Trampeln verrät's meinen Ohren.
Sie pirschen – was logisch ist – gegen den Wind.
Es sind ja nicht heurige Hasen,
jedoch, weil wir auch keine Frischlinge sind,
drum wird ihnen einer verblasen!

Zur Taktik, Kollegen: Die Spitze stößt vor
und stoppt dort am fauligen Pfuhle.
Die Flügel umgehen geräuschlos das Moor
und machen von hinten Bambule.
Da werden sie wuschig und glotzen verstört,
und manchem wird angst und wird bange.
Wir bleiben ganz ruhig, so wie's sich gehört
und schließen dann plötzlich die Zange.

Dann wird, ich bin sicher, das Treiben verrückt,
sie schniefen und schnuffeln und schnaufen.
Denn viele sind fett, und der Rippenspeck drückt
wie Blei auf die Pumpe beim Laufen.
Wir machen sie mürbe, dann schlagen wir zu!
Wir treiben sie dort durch die Hecke.
Den knochigen Schwarzen, den Chef, laßt in Ruh!
Ich bring' ihn persönlich zur Strecke.«

Das war, es ist traurig, das letzte Gebot,
das Kuno im Leben erteilte,
weil kurze Zeit später der grausame Tod
ihn mitten im Sprunge ereilte.
Und auch die Kumpane erblickten nicht mehr
die Sonne in strahlendem Scheine.
Der knochige Schwarze besah sein Gewehr
und sprach: »Ganz extrem freche Schweine!«

Der Rüde mit dem Steinbruch

Aus der Volkshochschule geplaudert

»Verzeihen, Herr Nachbar, ist bei Ihnen hier noch 'n Plätzchen frei?«
»Bitte schön, Hauptsache, Ihr Rüde läßt meine Hosenbeine ungeschoren. Eigentlich müssen Hunde ja draußen bleiben. Oder irre ich mich?«
»Keineswegs, Herr Nachbar. Aber der Wirt ist mein Schwager. Deshalb drückt er ein Auge zu. Ich hoffe, Sie sind auch tolerant.«
»Natürlich, Kollege. Bin ja schließlich 'ne Art Kynologe.«
»Was Sie nicht sagen! So ein Zufall, ich bin Schmalfilmer.«
»Ich glaube, jetzt bringen Sie was durcheinander. Ich bin Hundefachmann, ums mal ganz lax und allgemeinverständlich zu sagen.«
»Ach so, auch nicht verkehrt. Was halten Sie von meinem Nero? Altdeutscher Schäferhund. Hat auf der letzten Hundeschau in Stötteritz SC eins gemacht.«
»Das ist ein Skandal! Der verdient, allein vom Haar her gesehen, nicht mal die SC drei.«
»Wolln Sie mich beleidigen?«
»Keineswegs. Ich hab mich ja noch vorsichtig ausgedrückt. Sehn Sie doch mal das Geläuf. Der Rüde steht vorn zu tief und hinten zu hoch. Und die Kruppe ist völlig verkorkst. Außerdem hat er noch Wolfskrallen. Also, daß sowas heutzutage noch durchgeht. Ich habe sogar den Verdacht, der ist Überbeißer. Machense mal frei! – Na bitte! Das sind keine Schneidezähne, das ist 'n Steinbruch. Nee, mein Lieber, mit dem Tier könnense vielleicht fremde Hühner aus 'm Garten scheuchen, aber für die Zucht is kein Blumentopp drin. Tut mir leid. So ist die Lage. Apropos Lage. Nehmse 'n Bier und 'n Korn?«
»Ja, danke. Obwohl Sie mich ganz schön zerschmettert haben. Aber eins muß man Ihnen lassen. Was Sie sagen, hat Hand und Fuß. Wo hamsen das eigentlich her, diese Bildung?«
»Volkshochschule, mein Lieber. ›Vom Zwergpinscher bis zum Riesenschnauzer. Der Hund, wie er weint und lacht für Fortgeschrittene.‹ Vier Doppelstunden pro Woche.«
»Das ist ja 'n Ding! Sowas lernt man in der Volkshochschule? Ich dachte immer, da kriegt man politische Ökonomie beigebogen oder Integral und Differenz.«
»Mama mia! Wo leben Sie denn?! Das waren die primitiven Anfänge. Die romantischen Gründerjahre. Inzwischen hat die Sache Profil. Na schön. Es gibt auch noch Sprachlehrgänge. Sogar allgemeinbildenden, polytechnischen Lehrstoff kann man sich noch um die Ohren hauen lassen. Aber das ist was für Außenseiter. Spitzenreiter belegen Lehrgänge für Web- und Knüpftechnik, für Keramikarbeiten, für vogtländische Handnäherei oder studieren die Kunst der Fuge.«
»Verstehe, die Feierabend-Freimaurerei ist ja ganz schön im Schwange.«
»Quatsch! Die Kunst der Fuge hat nichts mit Datschenbau zu tun. Die fällt in den Klavierunterricht.«
»Ach so. Und Klavierspielen lernt man nicht in der Musikschule oder im Kulturhaus, sondern in der Volkshochschule?«
»Es geht so oder so, wie schon der Dichter spricht. Sie können mit 'nem leichten Knick in der Ehe entweder zum DFD-Beratungszentrum gehen oder einen Lehrgang in der Volkshochschule belegen. Und 'ne Exkursion auf die Burg Stolperstein inklusive Kaffeetafel macht nicht nur das Reisebüro, sondern auch ...«
»Verstehe, verstehe, auch die Volkshochschule. Ist das aber nicht ein wenig doppeltgemoppelt?«
»Zweifellos. Diesbezüglich wäre sogar noch mehr drin. Gäbe es zum Beispiel den Zirkel

›Wenn der Trabi aber nun ein Loch hat – Tapezieren leicht gemacht, könnten sich nach der eben genannten Praxis mit diesem Thema gleich fünf Institutionen auseinandersetzen – die Volkshochschule, die Urania, die Kammer der Technik, die Sonntagsschule des Verkehrssicherheitskollektivs vom Backwarenkombinat oder der Anglerverband.«
»Der Anglerverband auch?«
»Selbstverständlich. Wer angelt denn heute noch zu Fuß! Und Pilzwanderungen veranstaltet nicht nur die städtische Brauerei, sondern – Sie ahnen es – vor allem die Volkshochschule. Jetzt sind Sie platt, was?«
»Allerdings. Da hätte mein Sohn Ulf-Uwe ja beinahe in der falschen Richtung gesucht. Der will nämlich das Abitur machen.«
»Nun ja. Solche Möglichkeiten bietet die Volkshochschule tatsächlich auch. Er muß eben ein bißchen suchen. Und wenn er genügend herumgewandert ist, kann er vielleicht gleich einen neuen Zirkel ins Leben rufen: ›Unsere Heimat mit den Hühneraugen gesehen‹.«
»Jetzt scherzen Sie aber etwas makaber. Ich finde das alles gar nicht so lächerlich. Was sagt denn eigentlich die Volksbildung dazu? Die örtlichen Volksvertretungen können sich doch die Sache nicht so entgleiten lassen.«
»Tun sie ja auch nicht. Entgleiten kann einem doch nur, was man in der Hand hatte. Wenn zum Beispiel in Gera in einem Bezirkstagsbeschluß über die Aufgaben der Volksbildung nach dem IX. Parteitag des SED die Volkshochschulen nicht einmal erwähnt werden – dann sagt das wohl einiges.«
»War das eben ein echter Fakt oder wieder eine Ihrer juxigen Übertreibungen?«
»Das war echt. Ich hab einen entfernten Verwandten beim *Eulenspiegel.* Der sagt, sie hätten in dieser Richtung noch mehr auf Lager. Sie wollens bloß nicht so direkt hinblättern. Das sieht mitunter nach Kritik aus.«
»Tja, sollte man denn solch eine Sache nicht mal kritisieren?«
»Doch, doch. Aber Sie wissen ja: Die Leute sind oft sensibel. Wie sagt man so was am nettesten? Wissen Sie's?«
»Nee. Aber vielleicht gibt's zu diesem Problem irgendwo einen Zirkel in der Volkshochschule. Prosit!«

Neues Bänkellied

Sabinchen war ein Frauenzimmer
so treu und tugendhaft,
doch hatte keenen blassen Schimmer
von der Marktwirtschaft.
Sie hatte einen Laden
mit Kleinkram, den man brauch,
zum Beispiel Knöppe, Nadel und Faden
und Schlüpfergummi auch.

Sabinchen brauchte keene Reklame,
die Kundschaft kam ooch so.
Sogar ooch manche feine Dame
und die Frau vom Bahnhofsklo.
Man kam nich bloß zum Koofen.
Man quatschte ooch sehr gern.
Drum kamen se zu Sabinchen geloofen
von nah und ooch von fern.

Doch plötzlich kam ein feiner Pinkel,
der sagte ziemlich laut:
Sein Urjroßvater wär Friedrich Schinkel,
der hätt' det Haus jebaut.
Und Pinkel sei der Erbe,
und ihm jehört det Haus,
und wenn Sabinchen nich zufällig sterbe,
dann müsse sie hier raus.

Sabinchen schickte 'ne Beschwerde
zur Rechts-Institution.
Jedoch der Chef von der Behörde
war Pinkels Schwiegersohn.
Drum braucht Ihr nicht zu fragen:
Wie ging die Sache aus?
Sabinchen mußte schon nach Tagen
aus ihrem Laden raus.

Und Pinkel holte sich Designer
und stylte die Bude uff,
und so entstand ein superfeiner
geheimer Nobel-Puff.

Und fragt Ihr mich mit Bangen:
Wat macht Sabinchen jetz?
Der Pinkel hat se uffjefangen
in sein soziales Netz.

Sabinchen putzt zwar bloß den Laden,
weil sie sonst nich mehr so kann,
doch bietet für'n Trinkgeld ooch Nadel und Faden
und Schlüpfergummi an.
Die Gummis gehn am besten,
weil öfter mal was reißt.
Womit Sabinchen sogar dem Westen
den Aufschwung-Ost beweist.

Willenserklärung

Ein neues Jahr steht vor der Türe.
Es macht noch etwas Maniküre,
dann packt es uns mit Haut und Haar
und zerrt uns in den Januar.

Es wollte uns wohl überraschen
und glaubt, es könne uns vernaschen
als willenlose, fette Beute,
als sündige, labile Leute.

Doch eh' sich's kichernd mit uns brüstet,
schallt unser Ruf: Wir sind gerüstet!
Wir werden keineswegs verkommen!
Wir haben uns viel vorgenommen.

Wir werden der Gesundheit leben
und nur noch selten einen heben.
Nur manchmal, nach zu fettem Essen,
ein Körnchen durch die Röhre pressen.

Wobei wir gleichzeitig erklären,
daß wir uns sehr durchdacht ernähren,
weil Eisbein spielend leicht verdaut wird,
wenn Sauerkraut sehr gut zerkaut wird.

Wir werden auch sehr wenig rauchen
und Zigaretten nur noch schlauchen
und von dem Geld, das wir dann sparen,
zu fernen Sonnenstränden fahren.

Doch auch wenn wir zu Hause bleiben,
gibt's hin und wieder muntres Treiben;
mit Freunden flotten Budenzauber.
Und unsre Oma macht dann sauber.

Auch Vater will mehr aus sich machen
und nicht in abgewetzten Sachen
des Abends vor der Röhre hocken.
Er liebäugelt mit frischen Socken.

Wir wollen allgemein im Leben
mehr Charme und Höflichkeit erstreben,
dem Nachbarn mal ein Lächeln schenken,
egal, was wir uns dabei denken.

Wir wolln auch mal mit vollen Händen
für gute Zwecke etwas spenden
und tun dies nicht nur aus Reklame.
Obwohl's nichts schadet, fällt der Name.

Kurzum: Wir wolln so viele Sachen
sehr gut und noch viel besser machen.
Wir werden unser Wort auch halten.
Und das Wort heißt: Wir bleib'n die alten!

Der anonyme Fahrradschlauch

Lowitz sah das Schild »PGH – Ihr Friseur« und faßte sich an den Kopf.
Ja, es war wieder mal Zeit.
»Außenpolitik? Wirtschaft? Sport? Witze?« fragte die Empfangs- und Kassendame.
»Haarschneiden«, sagte Lowitz.
»Das ist ja wohl klar«, antwortete sie und lächelte nachsichtig. »Aber welcher unserer Herren soll Sie bedienen? Wir machen nicht mehr Allround-Unterhaltung. Jeder Kollege hat sein Spezialgebiet, auf dem er firm ist und sich ständig weiterbildet.«
Lowitz wählte Herrn Lenkspieß, Spezialgebiet Witze.
Herrn Lenkspieß lag an diesem Morgen zwar die Schere recht schwer in der Hand, aber er hatte auf der nächtlichen Feier so viele Witze getankt, daß er sie nur noch so aus sich heraussprudelte. Er drehte auch akustisch voll auf, so daß die Herren von Wirtschaft, Außenpolitik und Sport ihr Programm einstellten und samt Kunden der Ulk-Conférence lauschten.
Es kam eine köstliche Stimmung auf.
Nur der kleine blasse Herr, den Kollege Kabinske (Wirtschaft) unterm Messer hatte, verzog keine Miene. Grämlich guckte er durch den Spiegel hindurch in weite Ferne, und was er dort erblickte, war offensichtlich nur dazu angetan, sein Gesicht noch blasser und knautschiger zu machen.
Als er zurechtgestutzt war, ergriff er sein schrammiges Diplomaten-Köfferchen, zahlte an der Kasse und verschwand.
Herr Lenkspieß erzählte gerade den, wo die Frau zum Arzt kommt ...
Lowitz schüttelte sich vor Lachen und hatte eine schöne Scharte weg.
Aber das war ihm der Spaß wert. Er gab auch ein saftiges Trinkgeld, ergriff sein schrammiges Diplomaten-Köfferchen, zahlte an der Kasse laut Tarif und verließ laut glucksend und kichernd den Salon.
Es war ein wunderschöner Herbsttag. Die Bank am Heine-Denkmal am Berliner Weinbergsweg stand genau in der Sonne.
Könntest deine Stullen heut im Freien essen, dachte Lowitz. Er setzt sich und öffnete sein Köfferchen.
Keine Stullen. Aber Schriftverkehr. Ein ganzer Aktendeckel voll.
»Werter Kollege Müller! Eine nochmalige kämpferische Beratung im Leitungskollektiv ergab, daß wir uns auch im letzten Quartal 1976 nicht in der Lage sehen, die Lieferung der 8000 Stehlampenstiele zu realisieren. Wir sind kein Hemmschuh, sondern mit sozialistischem Gruß Ihr VEB ›Stiel und Stab‹, gezeichnet Kampfer.«
Lowitz überlegte eine Weile und kam zu dem Schluß: »Das ist nicht mein Koffer!« Ein anderes Schreiben bestätigte diese Vermutung.
»Werter Kollege Müller! Können wir die vereinbarte Lieferung von 8000 Metern Hängelampen-Schnur QR 47-F aufgrund unvorhergesehener Verwicklungen leider nicht wirksam werden lassen und schlagen Ihnen vor, im nächsten Planjahr ... gezeichnet Börnke, VEB ›Wickel-Kontakt‹.«
Lowitz schüttelte den Kopf und blätterte weiter.
Die Schreiben ähnelten sich. Keine besondere Abwechslung. »Stiel und Stab« vertröstete, »Wickel-Kontakt« sagte ab. »Stiel und Stab« sagte ab, »Wickel-Kontakt« vertröstete.
Und dazwischen immer wieder Bitten, Mahnungen, Appelle vom Kollegen Müller, VEB »Leuchtemal«.
Lowitz sah klar.
Der kleine Blasse, Zerknautschte.
Kein Wunder, daß er nicht lachen konnte. Der Junge ist völlig runter. Der geht am Stock. Der will Lampen machen – und diesen

Mann und seinen ganzen Betrieb lassen Kampfer und Börnke durchhängen wie einen nassen Sack. Unerhörte Schweinerei!
Lowitz war aufgesprungen und stapfte erregt hin und her.
Was nun?
Müller muß zu seinem Koffer kommen. Das ist klar.
Doch ich wette, der kommt nie zu seinen Schnüren und Stielen. Zu lasch, zu zach. Und auf dem Markt fehlen dann ein paar tausend Lampen.
Vielleicht sogar im Export. – Ja, so geht's doch nicht, verflucht nochmal! Lowitz klappte das schrammige Diplomaten-Köfferchen zu, wetzte zur S-Bahn und fuhr zum VEB »Stiel und Stab« nach Pankow-Heinersdorf.
»Von der Leitung ist heute keiner zu sprechen«, sagte der Pförtner.
Lowitz öffnete das Köfferchen, ließ einen Kopfbogen des VEB »Stiel und Stab« herauslugen und sagte: »Der Kollege Kampfer wird mich nicht ohne Grund heute hergebeten haben.«
»Kampfer ist im Urlaub«, sagte der Pförtner.
»Dann melden Sie mich bitte bei seinem Vertreter«, erwiderte Lowitz. Der Pförtner griff murrend zum Hörer und wählte. »Kollege Meier? Ja, hier Betriebswache. Da möchte jemand zu Ihnen. Ein Herr – wie war doch Ihr Name?«
»Lowitz, Heinz Lowitz!«
»Heinz Lowitz«, rief der Pförtner nach oben. Er lauschte und brubbelte dann: »In Ordnung.«
»Was hat er gesagt?« fragte Lowitz.
»Soll raufkommen, die alte Flitzpiepe«, antwortete der Pförtner und schrieb einen Passierschein aus nach Zimmer 312.
Lowitz wunderte sich etwas über die Tonart in diesem Betrieb und marschierte zum Zimmer 312.
»Mensch, Loowitz, alte Granate!« schrie Meier und riß die Arme auseinander.
»Mensch Meier, alter Schluckspecht«, schrie Lowitz und warf sich in die ausgebreiteten Arme des kleinen Glatzkopfes.
Nachdem sie sich ausgiebig abgeklopft hatten, warfen sie sich erschöpft in die Sessel.
»Menschenskinder«, schniefte Meier, »wie lange ist das her? Zwanzig Jahre bestimmt!«
»Stimmt genau«, schnaufte Lowitz. »Kinder, Kinder, ham wir Dinger gedreht! Erinnerste dich noch?«
Dann tranken sie ein Gläschen. Und noch zwei.
Lowitz kam zur Sache.
»Ich komme eigentlich in Vertretung des Kollegen Müller«, sagte er.
»Müller?«
»Leuchtemal.«
»Ich werd verrückt«, sagte Meier.
»Sollste nicht«, sagte Lowitz. »Du sollst bloß die 8000 Stehlampen-Stiele rüberrücken.«
»Geht doch nicht, Junge. Was denkst du, was sich hier abspielt?!«
»Kann ich mir denken. Aber denkst du vielleicht ...«
Sie brüllten sich eine Weile an. Dann bekam das Gespräch Beratungscharakter. Es wurden noch drei Kollegen hinzugezogen. Die waren zunächst auch laut – dann sachlich, grübelnd. Nach zwei Stunden öffnete man die Fenster, und als man sich wieder erkennen konnte, hatte Lowitz 6000 Lampenstiele in der Tasche. Handschlag, Handschlag, Handschlag. Die drei hinzugezogenen Kollegen gingen. Lowitz und Meier rauchten noch eine.
»So«, sagte Lowitz. »Jetzt muß ich bloß noch bei ›Wickel-Kontakt‹ die Vertragstreue durchdrücken, dann ist der gute Müller wieder gesund.«
»Was denn«, rief Meier, »›Wickel-Konakt‹ läßt euch hängen?«
»Mit 8000 Metern Lampenschnur.«
»Das ist unerhört! Die habens ja nun wirklich leichter als wir!«
»Sagst du«, entgegnete Lowitz. »Börnke ist anderer Meinung.«

»Mit Börnke mußte nicht verhandeln, der ist unbeweglich. So was macht man mit Poppmann. Ich werde den mal anrufen. Der ist mir sowieso zu Dank verpflichtet. Aber um diese Zeit kommt man schlecht durch. Ich machs heute abend von Zuhause. Ihr kriegt die Schnur, verlaß dich drauf.«
»Du bist doch noch der alte«, rief Lowitz und hatte Rührung in der Stimme.
»Wär ja noch schöner«, sagte Meier. »Ans Ganze denken, so sieht's doch aus! Oder?«
»Genau«, sprach Lowitz. Dann ging er, dankend und winkend. Von einer Telefonzelle rief er den VEB »Leuchtemal« an. Kollege Müller war nicht im Betrieb. Seine Wohnadresse rückte die Sekretärin nicht raus. »Abends braucht er Ruhe!«
Lowitz bat sie, Kollegen Müller folgendes auszurichten. Er möchte morgen um zwölf noch mal zum Frisör kommen, wo er heute schon mal war. Es wäre noch der zweite Schritt zu machen.
Die Sekretärin kicherte albern. Aber am nächsten Tag kam Müller. Es war nicht der kleine Blasse, Zerknautschte, sondern der große Dicke, der gestern bei Kazorke, Spezialgebiet Sport, gesessen und bei den Witzen wie ein Pferd gewiehert hatte. Er war in bester Stimmung.
»Sie mußten ja reinkucken«, sagte er zu Lowitz, »deshalb kann ich's Ihnen auch erzählen. Stellen Sie sich vor. Jetzt, wo ich in der Republik zwei Betriebe aufgerissen habe, die mir die Stiele und Schnüre liefern, kriechen heute per Telex auch ›Stiel und Stab‹ und ›Wickel-Kontakt‹ zu Kreuze. Jetzt können wir ackern, den Markt vollpumpen, und die Jahresendprämie ist geritzt. Tja, mein Lieber, da siehts mans mal wieder, man muß hart sein, dranbleiben – die ganze Persönlichkeit einsetzen. Zum Wohle für alle! Übrigens. Sie hatten ja bloß Stullen drin und 'n Fahrradschlauch. Ich hätte nie rausgekriegt, wo Sie arbeiten.«
»Im Museum«, sagte Lowitz.
»Was?« schrie Müller. »Na, da haben Sie ja einen Lenz! Aber ich gönn's Ihnen. Der Gesündeste scheinen Sie ja sowieso nicht zu sein. Tschüs!«

Gretchens Frage

Holde Blume Männertreu,
wo bist du zu finden?
Etwa in der Opernbar,
hinten bei den Linden?

Gestern war ich dort mit Fred,
das ist mein lieber Gatte,
der kommt, auch wenn es voll ist, rein.
Er kennt den Mixer Latte.

Der Mixer sagte leise:
»Fred, is det hier deine Olle?
Wenn ja, na schön,
wenn nich, Mensch Fred,
denn isset heut nich dolle!«

Urlaub

Ich freu mich auf den Pulverschnee
auf unsrer Berge Kuppen
und seh von steiler Schanzenhöh
die Springer-Asse huppen.

Ich träume von der Blütenpracht
und frühlingslinden Lüften,
von Minirock und Maiennacht,
Ballett und Schaukelhüften.

Ich hab im Ohr schon Möwenschrei
und Sand von Boltenhagen,
ich seil mich ab von der Bastei
mit leichtem Druck im Magen.

Aus warmer Röhre, nach Bedarf,
hol ich mir Wald und Wiese;
und ist das Bild nicht strahlend scharf,
putzt es der weiße Riese.

Frühes Leid

Ich bin Schackliehn, und ich bin Meik.
Ich bin Eiriehn, und ich Clohndeik.
Ich bin der Hansi, wer bist du?
Ich bin Swetlana-Märriluh.

Mein Haar ist kurz, und meins ist lang.
Ich bin sehr pummlig, ich bin schlank.
Ich bin schön braun, und du bist bleich.
Und trotzdem sind wir alle gleich.

Ich wohn in Wurzen, ich in Greiz!
Ich wohn in Rostock, ich in Zeitz!
Ich wohn rechts hinten bei Schwerin,
und du wohnst – logisch – in Berlin.

Daß wir uns alle gut verstehn,
ist gar nicht so leicht einzusehn.
Die Sprachbarrieren sind sehr groß,
du singst, du grunzt, du knödelst bloß.

Und doch vertragen wir uns gut,
denn uns vereint die gleiche Wut.
Wir klettern, wo's auch immer ist,
am gleichen, blöden Stahlgerüst.

Der Kinderspielplatzeinheitsquark
macht solidarisch uns und stark!
Eh!!

Puppenmutter

Kinder, heut abend, da such ich mir was aus, einen Mann, einen richtigen Mann!
Kinder, die Jungs häng mer schon zum Halse raus! Denn mit Juhnke, da fängts doch erst an!
Na, Belladonna? Da staunste, was? Was Mammi für ne Röhre hat! Da würden sogar das Napftal-Duett und die Dachdecker-Herzbubn abstinken!
Was is denn nu los? Also, da könnt ich schon wieder ausrasten!
Gestern sagt Kärrolein zu mir: Wir treffen uns morgen dreivierteleins! Denn um die Zeit läuft in SAT 1 nur Tele-Börse – und da machen wir lieber hier im Buddelkasten Eierpampe. Und nu isse nich da!
Hoffentlich isse nich wegen ihrem Negerpüppchen überfallen worden!
Aber das hätt sowieso nich geklappt! Kärro kann nämlich mit ihre 11]ahre schon Kungfuh und die ganzen andern Griffe. Sie gibt sogar dem Lehrer Nachhilfestunden.
Den haben sie nämlich schon zweimal zusammengeschlagen.
Obwohl er ne schöne Glatze hat.
Mensch, mir fällt was ein! Sie is zur Sexberatung. Sie hat nämlich Probleme.
Wenn Meiki ihr krabbelt, dann kribbelts ihr nich! Kann ooch sein, sie is Flaschen sammeln. Ach, nee. Geht ja nich mehr. Höchstens Büchsen wegschmeißen.
Mensch, Belladonna! Du mußt ja dein Fläschchen kriegen! Schuldige! Mammi is wirklich nur noch ein Nervenbündel! Komm meine Kleene!
Nuckel, nuckel, nuckel! Was is denn?
Kannste trinken! Is frische Milch aus Kuhlorado, Vor fünf Stunden gelandet!
Mein Papa, also dein Opa, sagt allerdings: Möchte mal wissen, was unsere Kühe eigentlich machen.
Darüber wird geschwiegen! Aber von den Ochsen liest man genug!
Nu mach Bäuerchen, Belladonna! Mehr gibts nich! Dicke Kinder werden nicht geboren, sondern aufgezogen, und nich jeder kann damit wie von Sinnen Kohle machen.
Na, wunderbar! Jetzt hast du endlich dein Bäuerchen gemacht.
Nu machste nochn kleines Schläfchen!
Jawohl, das machste!
Wenn du dich heute schon dran gewöhnst, haste später bei der Neidschau keine Probleme.
Kriegst auch deinen Nuckel!
Warum weinst du denn, mein Mausi?
Kriegst du ein Zähnchen?
Brauchst nicht zu weinen. Das kriegst du ja vom lieben Gott.
Und der nimmt dir nicht dafür dein Sparschweinchen.
Und nun singt dir die Mami noch ein Schlafliedchen:
Aber heitschi, bumbeitschi – mein Schnuckel!
Deine Mami hat viel auf dem Buckel.
Denn fürs Pupenhaus wollnse die Miete erhöhn.
Und dein Wägelchen findet der TÜV nicht mehr schön
Doch am schwersten ist es obendrein
nur noch ABM-Mami zu sein.
Doch am schwersten ist es obendrein
nur noch ABM-Mami zu sein.
ABM kenn ich aus der Zeitung. Früher hieß es, glaub ich, ABV. Genau weiß ichs nich. Ich les nur die Bunte!

Der schlaue Engel

Eusebius Engel hat ein sogenanntes Grundstück am Ende der Großstadt. Etwas Rasen, ein paar Bäume, ein paar Beerensträucher, ein Blumenbeet, ein Erdbeerbeet, einen Komposthaufen, eine Holzbalkenkonstruktion, an der eine Enkelkinderschaukel baumelt – und außerdem hat er auf diesem Grundstück ein geschmackvolles Wochenendhäuschen aus Material, für dessen Erwerb eine alte Frau sehr lange stricken müßte.

Sei's drum. Engel hat's. Nicht zu unrecht sein Spitzname: der schlaue Engel.

Aber Eusebius hat's nicht leicht. Er möchte sich wohlfühlen auf seinem Grundstück.

Und wohlfühlen kann man sich nur, wenn man sich nicht nur in der Sonne sonnen kann, sondern vor allem auch im Neid der Nachbarn.

Die aber sind keine Hungerleider. Sie schüren genau wie Eusebius das Holzkohlenfeuer und lassen fette Schweinekamm- und Rostbratwurstdüfte gen Himmel steigen. Sie räuchern gelegentlich Aale und andere Binnenseeungeheuer und lassen die Gläser so hell und so schnell klingen, daß jedem Zuhörer klar wird: Hier findet keine Billigsause statt. Hier leisten sich welche was, die sich's leisten können.

Und was die Kompaktstereoanlagen aus ganz ordinärem Wechselstrom herauskitzeln, das läßt die Ohren flattern und macht Roland Kaiser zum Herzschrittmacher des gesamten Waldfriedhofs.

Kein Wunder, daß Eusebius Engel mit dem härtesten Hardrock dagegenhält und den Sekt so lange schüttelt, daß die Korken faustgroße Löcher in die benachbarten Nobelbuden reißen.

Nun muß man aber gerecht sein und vermerken, daß die Feierei nur ein Teil der Erholung ist. Vielleicht sogar der kleinere. Denn im Vordergrund steht die Bautätigkeit. Die Betonmischer laufen sich einen Wolf und die Bohrmaschine durchlöchert Bohlen und Balken und zuweilen Prinzipien.

Engel hat sich eine Garage gebaut. Weil der Golf die ganze Woche vor der Stadtwohnung unter freiem Himmel nächtigen muß, soll er wenigstens am Wochenende mal eine feste Bleibe haben. Engels Nachbar hat aus seiner Garage eine Sauna mit Fitness-Raum gemacht. Er will den BMW auch lieber im Freien halten. Da kann er ihn besser sehen und sich besser dran freuen.

Engel hätte auch gern eine Sauna. Mit Tür zum See. Tüchtig abschwitzen und dann, heidiwitzka, Kopfsprung ins Wasser.
Aber der Platz reicht nicht aus. Eusebius hat nur einen schmalen Bootssteg. Aus dem hat er eine Kegelbahn gemacht. Mit automatischer Kegelaufstellung und Leuchtanzeige. Leider kegelt er recht stümperhaft. Er schiebt viele Ratten. Der halbe See ist schon voller Kugeln. Jetzt macht Engels Frau einen Taucherlehrgang.
Engel selbst trägt sich zur Zeit mit dem Gedanken, das Auto aus der Garage zu nehmen und statt dessen dort ein Reitpferd unterzustellen. Denn Engels rechter Nachbar hat Ponys.
Aus allem hier Geschilderten wird man nun wohl unschwer erkennen, wie sehr so ein Grundstück doch die Schöpferkraft des Menschen beflügelt und der Seele jene Kräfte zuführt, die das Alltagsleben so unerbittlich fordert.
Warten wir ab, zu welchen Leistungen Engel noch finden wird. Im Moment ist ein Neuling Gesprächsstoff der ganzen Siedlung. Der Neuling hat ein Ofenrohr in seinen Rasen gebohrt, und mehrmals am Tag ruft er in das Rohr hinein: »Aye, aye, Sir! Drei Strich backbord und volle Kraft voraus!«
Bislang weiß keiner: Ist der Kerl ein Schelm, oder hat er wirklich ein U-Boot unter der Klitsche.
Wenn ja, wird es für alle schwer, mit irgendwas drüberzugehen.

Der trojanische Antek

Wenn ich früher meinen Freund Antek anrief – einen bedeutenden Chirurgen – dann stand er natürlich meistens im OP und schnippelte und nähte.
In solchen Fällen sagte dann die Sekretärin oder Schwester Elle: »Der Oberarzt operiert. Er wird Sie dann anrufen! Schönen Tag noch!«
Als ich vorgestern meinen Freund Antek anrief – einen unbedeutenden Vertreter für Skalpelle und steriles Nähgarn –, da sagte eine wohltemperierte Damenstimme: »Unser von Ihnen gewünschte Herr ist zur Zeit im Außendienst. Hinterlassen Sie nach dem Piep bitte Ihre Nummer. Er wird Sie zurückrufen.«
Ich hinterließ meine Nummer.
Aber ich kam ins Grübeln.
Er wird mich zurückrufen?
Wie soll ich das verstehen?
War ich bei ihm?
Bin ich weggegangen?
Grußlos vielleicht?
Wo ist er denn eigentlich?
Wohin wird er mich zurückrufen?
Er ist im Außendienst.
Das sagt alles und nichts.
Er kann hier um die Ecke in der Schliemannstraße sein.
Na schön, da könnte ich schnell mal hinspringen.
Aber er könnte auch in der Nähe von Troja sein, Schliemanns alter Buddelstätte.
Da soll'n sie ja noch immer buddeln. Und die alten Tonscherben sind zwar wertvoll, aber nicht die feinsten in ihrem Benehmen. Da ist schnell mal ein Finger weg oder anderes.
Da muß geschnippelt und genäht werden.
Logisch, daß Antek in solchen Fällen mit sei-

nem Kram zur Stelle sein muß. Möglichst noch vor den Japanern.
Bloß, was soll ich dort?
Außerdem fahre ich einen gebrauchten Mazda. Bin sehr zufrieden. Warum soll ich mich also mit den Japanern anlegen? Und das Schärfste! Wer bezahlt mir die Flugreise?
Oder glaubt Antek etwa, ich komme mit meinem Fahrrad auf der Seidenstraße angestrampelt?
Ich meine, es wäre noch mal ne sportliche Herausforderung. Aber mein Miniskus des linken Kniegelenks ist vor der Wende nach dem Westen abgehaun und trotz Vereinigung nicht wieder aufgetaucht.
Ich würde ihn gern zurückrufen. Aber wo ist er? Wo soll ich anrufen?
»Rufe mich an in der Not«, sagt der Herr. Ich hab trotz Ungläubigkeit viel Sympathie für und Achtung vor dem Herrn. Aber ich glaube nicht, daß er meinen Miniskus im Blickfeld hat. Er hatte ja Mühe, den Weltreisen seine Stellvertreters zu folgen.
Übrigens, ich könnte wahrscheinlich nie Papst werden. Ich hätte ja wegen meines steifen Knies schon beim ersten Kuß Mühe, wieder auf die Beine zu kommen.
Doch das nur nebenbei.
Ich bin mir eigentlich gar nicht so sicher, ob Antek sich wirklich in der Gegend um Troja rumtreibt. Wie kam ich denn überhaupt darauf?
Wegen Schliemann.
Aber der ist lange tot.
Den kann man außen vor lassen, würde mein Sohn sagen.
Das soll soviel heißen wie, »den kannste vergessen«.
Mein Bruder ist Fußballtrainer.
Wenn er auf seiner Trainerbank rumhopst, schreit er des öfteren »Außen vor!«
Nach dem Spiel – ob gewonnen oder verloren werden auch die Außenstürmer mit dem Vereinsbus heimgeholt. Nicht vergessen.
Seltsam, seltsam.
Ich gehe jetzt wegen des Trabbels mit Antek öfter mal wieder in meine Stammkneipe. Auch gestern abend.
Mitten im schönsten Stammtischgespräch ruft meine Frau an:
»Ist Jochen vor Ort?«
Der Wirt: »Im Bergwerk isser nich. Aber hier isser.«
Sie hat mich aber nicht zurückgerufen. Nein – zurückgepfiffen!
Zu Hause, in meinem Lieblingssessel, saß Antek. Er ist nicht mehr Vertreter. Die Skalpell-Bude ist Pleite gegangen.
Antek verkauft jetzt kleine Holzpferdchen. Trojanische.

Karriereknick

Ein gefährlicher ehemaliger Doppelagent konnte jetzt durch Aktenfund enttarnt werden. Der 58jährige Rudi Pfiff hatte jahrzehntelang in der thüringischen Kleinstadt Zella-Mehlis unter dem Decknamen »Pfifferlink« sowohl an die Pilzsammler von Zella als auch an die von Mehlis ergiebige Fundstellen gefunkt.
Daß er dabei von beiden Seiten zum Essen eingeladen wurde, ist vorstellbar und wird durch weitere Akteneinsicht sicherlich noch erhellt werden.
Vom Stand der Erkenntnis wird dann abhängen, in welchem Umfang eine Strafverfolgung eingeleitet wird oder auch nicht.
Wie auch immer.
Als Lehrer ist Pfifferlink nicht mehr tragbar.

Gewichtgedicht

Lilomaus, es ist soweit!
Sonne lacht, und wieder
wird es dir zur Maienzeit
ziemlich eng im Mieder.

Frühling läßt sein blaues Band
flattern durch die Lüfte,
und erschreckt befühlt die Hand
Speck auf Bauch und Hüfte.

Illustrierte, Fernsehn, Funk
tönen täglich wieder:
»Nieder mit dem dicken Strunk!
Trumpf sind schlanke Glieder!«

Supermoddeltypen sind
überall im Schwange,
und es knarrn im Frühlingswind
Knochen von der Stange.

Lilomaus, ich bitte dich:
Laß dich's nicht verdrießen.
Laß auch weiterhin für mich
alles an dir sprießen.

Trau den Heuchlern nicht,
mein Kind, die nur Dünne wollen.
Wenn sie losgelassen sind,
gehn sie in die Vollen.

Zwischen Himmel und Erde

Nach einer wahren Begebenheit

Da lebte in einer mittelgroßen Stadt unserer Republik ein blonder Jüngling, der vor einem Jahr unvermittelt sein Abitur bestanden hatte. Deshalb sah er sich unerwartet veranlaßt, über sein weiteres Leben nachzudenken. Als er erkannte, daß auch die meisten Intelligenzberufe sehr eng mit der Produktion verbunden sind, fiel ihm eine Entscheidung besonders schwer. Eines Tages jedoch hatte er sich durchgerungen und verfaßte ein Bewerbungsschreiben:

An den
Dekan der Philosophischen Fakultät
Karl-Marx-Universität
Leipzig

Hochverehrter Herr Professor!

Ich bitte hiermit, als Student der philosophischen Fakultät immatrikuliert zu werden. Mein sehnlichster Berufswunsch ist es, einmal als Lehrer an einer Oberschule unseres geliebten Arbeiter-und-Bauern-Staates den jungen Menschen die gewaltige Lehre des Marxismus zu vermitteln, »der allmächtig ist, weil er wahr ist«.

Ich bin ein Mensch, dessen junges Herz heiß für unsere gemeinsame sozialistische Sache schlägt.

Mein Großvater, ein 65jähriger Arbeiterveteran, hat mich bereits in frühester Kindheit im Sinne des proletarischen Internationalismus beeinflußt. Oft sang er mit mir in schwerer Zeit das alte Lied von der Arbeitereinheitsfront.

Obwohl ich noch der evangelischen Kirche angehöre, habe ich doch keinerlei religiöse Bindungen. Ich besuchte nur einige Male die Abende der Jungen Gemeinde, um dort als positives Element aufzutreten. Mein Leitspruch ist das herrliche Dichterwort: »Wir wollen hier auf Erden schon das Himmelreich errichten.«

In einem beiliegenden Lebenslauf gehe ich noch ausführlich auf meine gesamte politische Entwicklung ein.

In dem ich nochmals um Immatrikulation bitte, verbleibe ich mit sozialistischen Gruß

Unterschrift

Nach einer kurzen Ruhepause nahm der junge Mann einen weiteren Bogen Papier zur Hand und beschrieb ihn in folgender Weise:

An den
Dekan der Theologischen Fakultät
Humboldt-Universität
Berlin

Hochverehrter Herr Professor!

Ich bitte hiermit, als Student der theologischen Fakultät immatrikuliert zu werden. Mein sehnlichster Berufswunsch ist es, einmal als Pfarrer meinen Brüdern und Schwestern das Evangelium zu verkünden, wie es unser Bischof Dibelius predigt: »Wie man stirbt, ist gleichgültig. Wichtig ist, daß man in den Himmel kommt.«

Ich bin ein Mensch, dessen junges Herz heiß für die Kirche schlägt. Mein Großvater, dem der Herr in seiner Güte 65 gesegnete Jahre schenkte, hat mich bereits in frühester Kindheit mit der Botschaft des Erlösers vertraut gemacht. Oft sang er mit mir in schwerer Zeit das alte Lied: »Befiehl du deine Wege.«

Obwohl Mitglied der FDJ, habe ich doch keinerlei politische Bindungen. Ich bin treues Mitglied der Jungen Gemeinde und besuchte einige FDJ-Versammlungen nur, um dort mit Bekennermut für die unterdrückte Kirche zu zeugen.

Mein Leitspruch ist das herrliche Bibelwort: »Trachtet nicht nach dem, was auf Erden ist, sondern nach dem, was im Himmel ist.«

In einem beiliegenden Lebenslauf versuche ich noch ausführlicher darzustellen, wie ich Stück um Stück im Glauben gewachsen bin. Indem ich nochmals um Immatrikulation bitte, verbleibe ich mit Glaubensverbundenheit.

Unterschrift

Der junge Mann schrieb noch zwei Lebensläufe und scheute danach auch die kleine Mühe nicht, beide Briefe eigenhändig zum Postkasten zu tragen.

Nach einiger Zeit erhielt er von beiden Fakultäten ablehnende Antworten.
Er hatte in der Eile die Briefumschläge vertauscht.

Sünden-Fall

Ich hab von einem Apfelbaum
heut einen Zweig gebrochen.
Die Blütenknospen waren kaum
aus ihrem Schlaf gekrochen.

Den Zweig hab ich der Liebsten leis
gelegt vor ihre Türe
damit sie mein Verlangen heiß
in ihrem Herzen spüre.

Sie hat das Zweiglein nicht erblickt,
weiß nichts von meinem Gruße.
Die Blütenknospen sind zerknickt
von einem Männerfuße.

Dem Baum wird nun zur Herbstenzeit
vielleicht ein Apfel fehlen –
ich aber muß mir voller Leid
ein andres Liebchen stehlen.

Lümmel

Wenn's draußen lustig schneit,
da hammer unsre Freud,
da rutscht genau vor unserm Haus
der dicke Herr Kabumke aus,
und auch das Fräulein Weiß
fällt auf den spitzen Steiß.

Wenn's friert noch in der Nacht,
rutscht jeder, daß es kracht.
Mein Papa schreit mir ins Gesicht,
er täte nie und niemals nicht
sich über so was freun. –
Doch tut er auch nicht streun.

Rock mit Zumpe

Zumpe war beim Rockkonzert. Sein Sohn hatte ihn mitgeschleift.
»Mach dich nicht älter, als du bist«, hatte der Sohn gesagt. »Jeden Abend vor der Röhre, da faulste ab!«
Es spielte »Fack ab und zugenäht«, eine Gruppe aus dem Randgebiet der Szene. Deshalb der Zulauf.
»Vor allem wegen die Texte«, sagte der Sohn.
»Der Texte wegen«, verbesserte Zumpe.
»Hör doch erst ma hin, ehste meckerst«, rief der Sohn.
Zumpe hörte und sah hin.
Er hörte viel Geräusch und sah ein schlankbeiniges Zottelchen zucken und rucken.

»Dolli Raster!« schrie der Sohn in Zumpes Ohr, »stark, wa?«
»Ich versteh immer nur Bahnhof.«, schrie Zumpe zurück.
»Da biste voll drauf«, brüllte der Sohn, »hör doch genau hin!«
Und er röhrte dem Vater ins Ohr: »Bahnhof, wie heiß ist dein Gleis! Aber ich zahl nicht den Preis!«
Zumpe guckte bedrippt.
»Sag mal, biste so naiv oder siehste bloß so aus?« sagte der Sohn. »Merkste nicht, was da drin steckt? Da wird doch den ganzen Transrapid-Bonzen bis hin zur Telekom ungeheuer der Daumen gezeigt, verstehste? Stark, wa!«
Zumpe schwieg, klatschte wie alle die Hände über dem Kopf zusammen und schwenkte am Ende mit Gänsehaut sein Feuerzeug.
Auf dem Heimweg trank er mit seinem Sohn in der Eckkneipe noch ein Bier und dann noch eins und er noch zwei Korn oder drei.
Auf der Straße sang Zumpe: »Wir sind die junge Garde des Proletariats!«
Der Sohn lauschte mit offenem Mund und sagte dann: »Du Alter, der Titel is nich schlecht! Aber Proletarijard – die Gruppe kenn ick gar nich. Is woll mehr Musikantenstadl, wa?«
»Mehr Opernchor«, sagte Zumpe. »Die Macht des Schicksals.«

Mit uns könn'ses ja machen

(Schöbel-Oldie frischfrisiert)

Da warn ein paar Sachsen,
die hatten die Faxen
recht dicke und ging'n demonstriern,
und Tausende schlossen
sich an, auch Genossen,
die sagten: Mir wollns mal riskiern.
Und was war das Ende?
Wir hatten die Wende
und hatten die Wessis im Haus!
Keiner, keiner
sagte, die schmeißen wir raus.

Mit uns könn'ses ja machen!
Wir ham soviel Geduld.
Wir könn'n nur drüber lachen,
schließlich sind wir ja schuld.
Mit uns könn'ses ja machen!
Doch es macht uns nichts aus.
Solche Scherze gehn nur
mit 'ner starken Natur,
andre haltens nicht aus.

Jetzt waren wir frei,
und auch ohne Partei
gab's Bananen und Spargel im Mai.
Wir hatten die West-Mark
und leckeren West-Quark,
Trabant fahrn galt als Schweinerei.
Und Beate Uhse
sprach: »Konsum-Geschmuse
im Bette ist endlich vorbei!
Keiner, keiner
macht's ohne Peitsche, nimm zwei!«

Mit uns könn'ses ...

Mensch warn wir vergammelt,
wir sind rumgerammelt
mit Pulli und Jeans im Büro.
Heut geht man in Schale,
der Chef ist Westphale.
Und Mozart erklingt auf'm Klo.
Wir könn'n ferne Länder
bereisen, und wennder
das Geld dafür fehlt,
bleibste hier!
Keiner, keiner
kann so frei entscheiden wie wir.

Mit uns könn'ses ...

Jetzt sehn wir im Fernsehn
immer die, die wir gern sehn,
die wichtigsten Leute ringsum:
Den Gottschalk, den Bio,
den Bio, den Gottschalk
und Steffi und Boris-Bum-Bum.
Die Schiffer als Moddel
und Juhnke mit Bottel
und Gottschalk und Bio nochmal!
Keiner, keiner
zeigt uns den schwarzen Kanal!

Mit uns könn'ses ja machen,
wir ham soviel Geduld.
Wir könn'n nur drüber lachen,
schließlich sind wir ja schuld.
Mit uns könn'ses ja machen!
Doch es macht uns nichts aus.
Solche Scherze gehn nur
mit 'ner starken Natur,
andre halten's nicht aus.

Die leitende Hand

Lieber Autor, ich hätte gern mal eine Auskunft von Ihnen. Öfter höre ich, daß Leute von einer sogenannten leitenden Hand reden. Da fallen solche Formulierungen wie: »Das ist die leitende Hand des ganzen Projektes. »
Oder: »Dieser Gaststätte fehlt nur die richtige leitende Hand«. Oder: »Das ist Eure leitende Hand? Haha! Daß ich nicht lache.« Und so weiter. Sie wissen sicherlich noch mehr Beispiele.
Aber nun meine Frage: Was ist eine leitende Hand? Woran erkennt man sie? Kann jede Hand eine leitende sein? Gibt es da gewisse Normen? Wie ist der Entwicklungsweg zur leitenden Hand? Und so weiter. Sie wissen sicherlich, was ich meine. Besten Dank im voraus.
Ihre Ella Fuß- Handleserin in Ruhe.

Liebe Frau Ella,
Ihre Frage ist nicht die einfachste. Aber sie ist zu beantworten.
Eine leitende Hand sieht oberflächlich betrachtet zunächst mal genauso aus wie jede andere. Sie hat fünf Finger. In Wurstfabriken oder Sägewerken vielleicht auch nicht – aber wir wollen keine makabren – ist nicht unsere Art. Weiter.
Die leitende Hand ist in der Regel männlich. Diese Regel wird jedoch durch Launen der Natur oder Ausnahmen durchbrochen. Vor allem auf der unteren und mittleren Ebene. Höher weniger. Die leitende Hand, das sagt eigentlich der Name schon, hat die Funktion zu leiten. Manchmal hat sie aber nur die Funktion. Und lebt auch.
Die leitende Hand muß im besten Alter sein, sofern sie nicht der Senior-Chef ist.
Die Hauptsache ist fester Griff, Beweglichkeit, Fingerspitzengefühl.
Im Idealfall fällt dies alles zusammen, in der Praxis fällt einiges flach. Denn so manche leitende Hand ist noch nicht in dem Topf, wo's kocht.
Zur leitenden Hand kann sich nicht jede x-beliebige Hand entwickeln. Die gebräuchlichsten Entwicklungswege sind:
Passender Vater oder passende Partei oder Ausbildung. Aber auch das Schütteln oder Waschen einer anderen Hand führt gelegentlich zum Erfolg. Die leitende Hand hat vielfach auch Familie und kommt manchmal auch mit ihr in Berührung. Dabei kommt es auch zu herzlichen Szenen:
Die leitende Hand wiegt den neugeborenen Sprößling auf dem Arm, und den Halbwüchsigen hat sie nicht in der Hand.
Womit bewiesen ist, daß die leitende Hand auch nur ein Mensch ist. Die leitende Hand kommt natürlich nicht als simple Hand vor. Da hängt viel mehr dran. Arme, Beine, Brust mit Herz – eben der ganze Mensch.
Die Hand allein kann niemals leiten. Sie hat ja schließlich keine Ganglienzellen. Deshalb ist es auch ausgemachter Quatsch zu sagen: »Unsere leitende Hand – das ist vielleicht ein Kopf!«

Von Riesen und Zwergen

Am Holunderweg bei der Kita »Schwarzkäppchen« – früher Kindergarten »Rotkäppchen« – also dort stand ein großer Baum. Er hatte eine riesige Krone und einen riesigen Stamm, und alle Kindergartenkinder und auch die Leute sagten: »Das ist der Riese vom Kindergarten.«
Eines Tages, also neulich, kam ein ganz junges, schickes Auto. Zwei nicht ganz junge, aber schicke Herren stiegen aus. Sie guckten sich den Baum an, guckten sich selbst an, nickten und fuhren wieder weg.
Tags darauf, also auch neulich, stand in einer schicken Zeitung, daß der Baum eine Gefahr wäre. Für den Kindergarten inklusive Kinder. Denn die Wurzeln wären die alten und in der Rinde wäre Asbest.
Als der Baum abgesägt wurde, konnten die Kindergartenkinder drei Tage keinen Mittagsschlaf machen. Denn der Baum war tapfer, und die Säge hat wütend geschrien.
Aber jetzt ist alle Not vorbei. Denn die schicken Herren haben aus dem Baum Papier und ein Buch gemacht: »Der Riese vom Kindergarten«. Es hat hübsche bunte Bilder und ist ganz lustig.
Es ist sogar so doll lustig, daß die Kinder beim Angucken manchmal vor Lachen nach Luft schnappen. Allerdings ist die Luft beim Kindergarten jetzt nicht mehr das, was sie mal war.

Menschen

Was ist der Mensch?
Ein Tier, ein Schwein.
Besonders Krawuttke.
Das ist kein Schwein, das ist ein Schweinehund, eine Obersau.
Er hat Tatze vor allen Kumpels zusammengeschissen und noch schriftlich abgemahnt. Weil Tatze angeblich aufm Gerüst geschwankt hat.
»Aber das Gerüst hat geschwankt«, sagt Tatze.
Der Wirt sagt: »Tatze, du hast recht.«
Und er gießt nochmal nach. Und nochmal.
»Die Menschen sind schlecht«, sagt der Wirt.
»Man müßte sie alle in die Schnauze haun!« sagt Tatze.
Alle Menschen kann er in dieser Nacht nicht mehr erwischen.
Nur seine Frau. Und die Kinder.
Sind ja auch Menschen. Dirk,Tatzes Ältester ist zwölf.
In der Schule sagt Meiki zu Dirk: »Haste Glück gehabt, daß dir der Suffkopp nich ooch das andre Auge zugekloppt hat!«
»Mein Alter is keen Suffkopp!« sagt Dirk und schlägt zu.
Meiki spuckt Blut und einen Zahn.
Die Lehrerin schreit.
Der große, dicke Heiner setzt sie auf den Schrank und sagt: »Schnauze!« Er fesselt sie.
Der Direktor geht übern Flur und hört die Ruhe in der Klasse.
Beunruhigt geht er hinein. Dirk tupft Meiki ab.
»Immer dieselben«, sagt der Direktor, »wer hat angefangen?«
Die Antwort interessiert ihn nicht. Er fragt:
»Hat jemand ein scharfes Messer?«
Alle.
»Schneidet Fräulein Zärtlich ab!«
Fräulein Zärtlich macht einen Hausbesuch. Bei Meikis Mutter.
Sie soll bei der nächsten Elternversammlung auch dafür sein, daß Dirk die Schule wechselt.
Der Direktor bittet Dirks Vater zu sich. Tatze. Tatze kommt. Nüchtern.
»Stimmt«, sagt Tatze. »Dem Jungen fehlt die väterliche Hand. Aber, Sie wissen ja, die Arbeit. Man muß froh sein, daß man welche hat.«
Zum Wirt sagt Tatze:
»Dieser Schuldirektor, ein schleimiger Hund! Wenn ich den mal zwischen den Fingern hätte. Dem schlag ich alle Knochen kaputt.«
Bis jetzt hat Tatze den schleimigen Direktor noch nicht zwischen den Fingern gehabt.
Aber er hat ja Dirk.

Kriegskinderlied

Das Täubchen möchte leben.
Ich streue Krümchen Brot.
Und kann ich ihm nichts geben,
dann ist das Täubchen tot.

Doch Täubchen kann ja fliegen.
Fliegt in die weite Welt.
Und wird zu essen kriegen,
denn Brot wächst auf dem Feld.

Ich kann nicht so weit laufen.
Ich bin noch ziemlich klein.
Und Mutter kann nichts kaufen.
Und ich soll artig sein.

Ich schreie nicht nach Süppchen,
weil ich ganz brav sein will.
Ich spiele mit dem Püppchen
und weine – mäuschenstill.

Ganz normal

Die Gäste benehmen sich wie die Schweine – sagte der Kellner.
Die Kellner werden immer fauler und unverschämter – sagte der Gast.
Die besten Klamotten reißen sich die Verkäuferinnen unter'n Nagel – sagte der Kunde.
Die Kunden behandeln einen wie den letzten Dreck – sagte die Verkäuferin.
Man ist nur noch Freiwild für die Herren Autofahrer – sprach der Fußgänger.
Durch die schlafmützigen Fußgänger schwebt man dauernd in Lebensgefahr – sprach der Autofahrer.
Das Publikum wird auch immer blöder – artikulierte der Schauspieler.
Auf der Bühne mimen sie den Saubermann und privat sind sie völlig versumpft – flüsterte der Zuschauer.
Die Jugend wird immer hemmungsloser – schrie Opa Krause.
Dieser Krause, ein typischer alter Sack! – sagte der Jugendliche.
Gestern sprach ein Parteiredner. Zu Kellnern, Verkäuferinnen, Kunden, Fußgängern, Jugendlichen, Autofahrern, Gaststätten- und Theaterbesuchern, Schauspielern und Opas. Der Redner sagte: »Wir sind und bleiben eine verschworene Gemeinschaft.«
Beifall. Bravorufe.

Säckeschmeißer

Nun sing mir ein Lied, daß ich scheiden muß
und fülle den Sack bis zum Rand.
Gib, herzliebes Frauchen, mir noch einen Kuß,
dann werf ich mich in den Trabant.
Ich fahr voller Lust in die Welt hinein!
Ein Säckeschmeißer, fröhlich und frech.
Und bin ich recht weit von dem Grundstückchen mein,
dann werf ich den ganzen Dreck wech.

Wir leben recht wohl und wir schaffen was ran
und misten uns säuberlich aus.
Gelumpe und Luderzeug widern uns an
und fliegen mit Schwung aus dem Haus.
Ich fahr volle Last in die Welt hinein.
Ein Säckeschmeißer, fröhlich und frech.
Und bin ich recht weit von dem Grundstückchen mein
dann werf ich den ganzen Dreck wech.

Doch kommt aus der Ferne mal jemand wie ich
und deckt mich mit seinem Müll ein,
da bin ich nicht fein und ich sage: »Für mich ist dieser Kollege ein Schwein!«
Dann fahr ich voll Lust in die Welt geschwind,
ein Säckeschmeißer, fröhlich und frech.
Und dort, wo ich glaube, da wohnt dieser Stind,
da werfe ich meinen Dreck wech,
da werfe ich meinen Dreck wech.

Nebenbei bemerkt

Ich bin fest überzeugt:
Die Sterne liegen nicht!
Sie stehn.
Am Firmament.
Oder sie schweben oder rasen im Raum herum.
Aber liegen ist Quatsch.
Wer das Gegenteil behauptet, lügt!
Und Lügen haben kurze Beine.
Was allerdings nicht in jedem Fall stimmt.
Wir haben beispielsweise eine Doppelbett-Lüge, die hat relativ lange Beine. Oder hohe.
Ist ja egal. Auf alle Fälle sind sie recht stabil.
Wir haben auch eine kleine Lügewiese in unsrem Garten. Den Garten wollte uns ein Nachbar streitig machen. Er gehöre zu seinen Lügenschaften, der Garten. Aber da lügt er verdammt schief.
Mehr will ich dazu im Moment nicht sagen.
Im Radio singt nämlich gerade Zarah Leander. Sie prophezeit mir: »Auch du wirst mich einmal beliegen, auch du!« Das überleg ich mir aber noch.

Der Birnbaum

Ich habe einen Birnbaum. Es ist der einzige. Mein Garten ist nicht größer. Seit Jahren ist der Baum mein ganzes Glück. Dieses Jahr war mir das Glück besonders hold. Der Baum trug zum erstenmal. Ich konnte es nicht fassen. Dafür faßten es die Jungen meines Nachbarn. Ich bemerkte es. Der Kampf begann. Ich legte mich auf die Lauer. Sie kamen, sobald ich wegging. Ich malte ein riesiges Schild: »Vorsicht Selbstschüsse!« Am anderen Morgen hing das Schild an meiner Haustür. Jetzt will mich der Gasmann verklagen. Ich sprach mit dem Vater der Jungen, meinem Nachbarn. Er konnte sich nicht wieder beruhigen. Erst als ich ihm eine Kiste Zigarren schenkte, erklärte er sich bereit, die Beleidigung zu vergessen. Die Jungen stahlen weiter. Da hängte ich drei Bilder von Tante Agnes an den Baum. Nun war Ruhe. Nur ein paar Eulen flogen jetzt nachts um den Baum. Aber die fraßen keine Birnen.
Trotzdem wurde der Baum immer leerer. Jeden Morgen fehlten fehlten mindestens zehn Pfund Birnen. Ich fand Fußspuren im Gras. Männerspuren!
Seit der Zeit schlief ich nur noch selten. Jede Nacht saß ich mit der Wäscheleine im Baum und erwartete den Dieb. Er kam zwei Nächte lang nicht.
In der dritten Nacht band ich mich mit der Wäscheleine auf dem Baum fest, damit ich im Schlaf nicht hinunterstürze.
Um Mitternacht fiel ich hinunter. Der Dieb hatte mich aus Bosheit losgebunden. Er hatte sogar ein Bild von Tante Agnes mitgenommen. Ich nahm an, daß er geistesgestört sei.
Seit jenem Sturz gehe ich lahm.
Ich wachte Nacht für Nacht. Er kam jedesmal, wenn ich eingeschlafen war.
Meine Nerven ließen nach. Ich lief am Tage durch die Straßen und weinte vor mich hin.

Beim Fleischer begann ich laut zu singen. Ich rasierte mich mehrere Male ohne Klinge. »Wachsamer, scharfer Hund in gute Hände zu vergeben...« stand in der Zeitung. Ich kaufte das Tier. Er war ein kluger Hund. Er bellte nicht, weil er sehr gut wußte, daß er vor Anstrengung umfallen würde.
Der Birnendieb fütterte ihn allmählich heraus. Er hatte jetzt schon das zweite Bild von Tante Agnes mitgenommen. Es waren nur noch wenig Birnen am Baum. Ich pflückte sie nicht. Ich wollte den Kerl fassen.
Es waren mondhelle Nächte. Ich wachte mit verbissener Wut. Ich kämpfte mit Zeitungslesen gegen den Schlaf. Eines Nachts übermannte es mich wieder. Die Zeitungen glitten mir aus der Hand. Ich schlummerte. Gegen Morgen weckte er mich. Ich war zu Tode erschrocken. Er hielt meinen *Eulenspiegel* in der Hand und sagte: »Ich kann die Seite mit den Wandererwitzen nicht finden. Sitzen Sie vielleicht drauf?«
Ich saß drauf. Wir setzten uns ins Gras und lasen abwechselnd jeder einen Witz. Ich holte später noch eine Flasche Kognak aus dem Haus.
Als die Sonne aufging, duzten wir uns bereits. Ich habe ihn nicht angezeigt. Er hatte Tante Agnes geheiratet.

Wie ich Tante Trudchen begrub

Obwohl sie eigentlich gar nicht unsere Tante war, sondern nur eine gute alte Bekannte und Freundin der Familie, war ich ganz schön traurig.
Das liebe kleine Hutzelweibchen war nun plötzlich weg. Unter der Erde. – Moment mal. Dahin sollte sie ja erst. Noch weilte sie, wenn auch sehr still und stumm, in ihrer kleinen Gemeinde, eine gute Autostunde von unserer Hauptstadt entfernt.
Und mein Golf scheintot. Und die S-Bahn reicht nicht bis dorthin, und die Beerdigung – laut Telegramm – in aller Stille, aber pünktlich, zwölf Uhr dreißig, und der Kranz, ich bin kein Knicker, nicht gerade mickrig. Kurz und gut – Taxe. Der Fahrer: »Rückfahrt müssense auch bezahlen.«
»Natürlich. Ich will mich ja dort nicht gleich mitbegraben lassen.«
»Okehhh. Hoffentlich nicht zu lange Wartezeit.«
»Is'n kirchliches Begräbnis. Junger Pfarrer. Macht's ergreifend, aber zügig.«
»Okehhh.« Erster Gang, zweiter Gang, dritter Gang, Radio Brandenburg: »Alle Leute wollen in den Himmel, aber sterben wolln sie nicht ...«
Ich: »Schmeckt mir aber nicht so recht.«
Er: »Wejen Trauer, wa?«
Ich: »Auch.«
Berliner Rundfunk: »Heut ist der schönste Tag in meinem Leben!«
Er: »Na?«
Ich: »Nu, ja.«
Er: »Singt Joseph Schmidt. Ooch schon tot. So gesehn harmoniert's.«
Er plauderte über Joseph Schmidt. »Der war noch kleener als Sie. Allerdings ooch 'n Zentner leichter. Aber 'ne Röhre! Mein lieber

Herr Gesangsverein. Im Gegensatz zu Marijo Lanza. Ich meine gewichtsmäßig. Der spachtelte nämlich so gerne. Soll ja zum Frühstück manchmal zwanzig Eier gegessen haben. Halt ick ja für Übertreibung, oder Papplissetie. Werden wohl ooch Wachteleier gewesen sein.«
Er mußte unheimlich lachen. Und als er wieder Luft bekam, sagte er: »Det halt ick nich aus! Ich muß sowieso mal raus. Müssense ooch mal?«
Ich mußte nicht, aber wir hielten trotzdem.
Die Unterhaltung ruhte dabei. Sie kam erst wieder in Gang, als wir in Fahrt waren. Fußball, Urlaub in Spanien, Fernsehn.
Dann spielten sie im Radio den bekannten Hit »Ich find dich scheiße!«.
Um zu zeigen, daß ich nicht ganz von gestern bin, sang ich mit.
»Heute früh hamse mal wieder ›Zickenschnulze aus Bernau‹ gebracht«, sagte er. »Mit Fredi Sieg. Der is nu ooch schon 'ne Weile tot.«
Er stellte das Radio ab und machte Fredi Sieg. Gar nicht mal schlecht.
Ich revanchierte mich mit Herrn Puntilas Pflaumenlied und dem Trinklied aus »La Traviata« in italienischer Sprache. Darauf ließ er den Jägerchor aus dem »Freischütz« erschallen. Allerdings mit dem Text: »Ein Bierchen, ein Bierchen. Ein Helles, ein Helles, ein Helles, ein Helles, ein Bierchen. Ein Bierchen. Ein Helles, ein Helles, ein Helles, ein Helles, ein Bumsvallera, bumsvallera! – Prost, meine Herrn – zum Wohle!«
Was ihn sehr durstig machte, denn er hielt im nächsten Dorf an und sagte: »Am besten, wir trinken erst mal 'ne Brause.« Ich trank was Kürzeres. Ein Einheimischer setzte sich zu uns und kam ins Plaudern. Ich mahnte sanft zum Aufbruch. Mein Fahrer sagte, er hätte da vorhin so eine Art Heimwerker-Laden gesehen, und er wollte nur mal kucken.
Wir fuhren hin. Es gab alles. Er kaufte fast alles. Ich half tragen.
»Können Sie überhaupt fahren?« fragte er.
»Ja.«
»Schade. Hätt ick det gewußt, hätt ick meinen kleenen Japaner mitgenommen. Habe ick mal aufn Weihnachtsmarkt gelost. Is ja 'n sehr kleines Bild. Aber gestochen. So bei längeren Strecken, wenn der Fahrgast auch Kraftfahrer ist, setz ick mir nach hinten und kucke bißchen in die Röhre. Mit ein Auge fahr ick natürlich mit.«
Ich war froh, daß er den kleinen Japaner nicht mit hatte. Am Straßenrand stand eine Frau und winkte. »Die verkauft Pilze. Wolln wir sie nehmen?«
Wir wollten.
Im Kofferraum, so erfuhr ich, war ihm neulich ein Benzinkanister ausgelaufen. »Stinkt immer noch alles. Am besten, wir stellen den Korb vorne rein.«
Im Korb waren nicht nur Pilze. Auch ein Stamm Waldameisen. Ihn mochten sie nicht. Mich sehr.
»In jedem Dorf muß eigentlich 'ne Gemeindeschwester sein«, sagte er.
Im dritten Dorf war eine. Sie hatte ein Läppchen und essigsaure Tonerde. Der Schmerz ließ nach. Wir schenkten der Samariterin die Pilze. Ameisen waren nicht mehr darunter. Die waren alle im Auto. Wir nahmen die Sitze und den Bodenbelag heraus und schüttelten und klopften.
In der Ferne bimmelte ein Glöckchen.
»Tante Trudchen«, rief ich. »Jetzt trägt man sie weg.«
»Machense keenen Quatsch«, sagte er.
»Da kommen wir ja gar nich mehr pünktlich ran.«
Ein Jüngling kam auf einem Motorrad.
»Geht in Ordnung«, sagte er.
Ich hockte mich auf den Sozius. Den Kranz hängte ich mir um. Eine wandernde Kindergruppe winkte und rief »Bravo!«.
»Hier in der Gegend läuft nämlich heute 'ne Ralli«, schrie der Motorradjüngling. »Die denken, wir sind der Sieger.«

Ein Radfahrer dachte das nicht. Es war der Sheriff. Ich hatte nur großes Geld. Er konnte nicht wechseln.
Der Fleischer konnte.
Als ich aus dem Laden kam, war der Kranz weg.
»Der Taxifahrer hat ihn eingepackt und ist losgebraust«, sagte der Motorradfreund.
Nach einer Viertelstunde kam mein Taxilenker zurück. Er sah etwas verheult aus.
»Es war der letzte Poäng«, sagte er. »Die Leute wollten sich schon wieder zerstreuen. Ihr Tantchen muß mächtig beliebt gewesen sein. Viele Schluchzer. Da konnte ich mich natürlich nicht raushalten.«
Er schneuzte sich. In mein Taschentuch.
Ich ließ es ihm. Zur Erinnerung.
So begrub ich Tante Trudchen.

Übrigens ...

sollte man der Gewässerverunreinigung mit mehr Kläranlagen begegnen. Vor allem in den Chefetagen.

Übrigens
befindet sich Mutter Erde im Klimaterium.

Übrigens
sollten Azubis auch das Konkurs-Anmelden lernen.

Übrigens
sind viele »Plötzlich und unerwartet-Nachrufe« nur Ausreden derer, die fleißig mitgeschluckt haben.

Übrigens
sagen Kinder und Betrunkene oft die Unwahrheit.

Übrigens
früher hatte eine Partei immer recht. Jetzt jede.

Übrigens
muß man staunen, wieviele Zeit-Genossen die Wendetreppe raufgefallen sind.

Übrigens
soll wegen gewisser Manipulationen an Gebraucht-Autos eine spezielle Polizeitruppe eingesetzt werden. »Schrottland-Yard«.

Übrigens
Geld stinkt doch! Sonst würden es viele Steuerfahnder nicht riechen.

Übrigens
gibt es auch Pfarrer im Kirchendienst.

Der Vollmond und die Warze

In unsrem Land ist jeder schlau,
Studierte und Normale –
kein Mensch glaubt mehr an Zauberschau
und ans Transzendentale.
Doch ist die Bildung noch so hoch,
der Mensch ist unergründlich
und für den Aberglauben doch
noch immer leicht empfindlich.

Was ich von mir nicht sagen kann!
Ne Katze stört mich kaum,
die mir von rechts vors Auto springt.
Ich fahr dann links vorn Baum.
Und zeigt mir früh ne Spinne an,
der Tag wird voller Sorgen,
dann stänkre ich mit meinem Mann
und habe Spaß bis morgen.

Und wenn mein Mann mal Salz umkippt
am Frühstückstisch. Was mach ich?
Da mach ich nicht auf ausgeflippt,
im Gegenteil, da lach ich.
Ich streue Pfeffer auf den Tisch.
Da niest er kurz und kräftig
und wird am ganzen Leibe frisch
und ungewöhnlich heftig.

Ich glaub nicht, daß zur Vollmondnacht
die Warze hinterm Ohre
verschwindet, wenn man Sprüche macht
gedämpft in dumpfem Chore.
Ich glaub, daß es der Arzt hinbiegt
mit Kunst und Medizin.
Doch glaub ich auch, beim Vollmond kriegt
man eher nen Termin.

Ich glaube nicht an Firlefanz
und nicht ans Kartenschlagen.
Ich bin von Herzen voll und ganz
ein Kind aus unsren Tagen.
Ich hab kein Hufeisen im Bett.
Man würde drüber witzeln.
Obwohl ich glaube, wenn ich's hätt –
es könnte ganz hübsch kitzeln.

Der korrigierte Römer

Eine entweder mehr oder weniger wissenschaftliche Kalendergeschichte

Früher, oder genauer gesagt, noch früher – da ging's auch ohne.
Da sagte die Stammesmutter Tutulla zu ihrem Tatterich, mit dem sie das Bärenfell teilte – also zu dem sagt sie: »Tatti, geh doch mal vor die Höhle und guck nach, in welcher Zeit wir überhaupt leben.« Da ging er raus, kam wieder rein und sagte mürrisch: »Es ist finsterste Steinzeit!«
»Na und?« rief Tutulla, »kein Grund zu Pessimismus. Jeder hat die Pflicht, das Beste aus seiner Zeit zu machen.«
Sie machten sich einen schönen Abend.
Das Ergebnis war der kleine Tatüterich, der später größer wurde und höhere Ambitionen hatte.
Er beobachtete Sonne, Mond und Sterne, stoppte die genauen Zeiten, beschmierte Tische und Wände mit Notizen und behauptete eines Tages: »Es wird in hundert Jahren wieder so ein Frühling sein, genau wie heut', mein Schatz!«
Ob er recht behielt, ist nicht mehr feststellbar – aber es steht fest, daß der älteste Kalender aus der Steinzeit stammt und schon damals eine gewisse Ordnung ins gesellschaftliche Leben brachte.
Die alten Ägypter behaupteten als erste, daß sich die Sonne in 365 Tagen einmal um die Erde bewegt.
Wir erkennen natürlich auf Anhieb, daß sie hinsichtlich »Wer – wen?« noch nicht restlos durchsahen, aber immerhin – sie hatten eine heiße Spur. Auf der blieben sie auch, erfanden das Sonnenjahr und teilten es in 360 Tage. Die restliche knappe Woche nahmen sie als

Geschenk der Götter und zum Anlaß für Festspiele.
In den Stadtstaaten der alten Griechen hatte jedes Volk einen eigenen Kalender. Die Jahre wurden anfangs nicht gezählt, sondern nach führenden Staatsbeamten benannt. Man war also beispielsweise im Jahr des Chemieministers Dyoxyd geboren. Diese Einteilung funktionierte auch, man mußte eben nur die Minister kennen.
Im 4. Jahrhundert vor unserer Zeitrechnung begann die Zählung nach Olympiaden – das war die Zeit zwischen zwei Spielen. Die Ausrufung der Monatsanfänge (Calendae) übernahmen die Priester. Sie riefen, wenn sie den ersten Schimmer der neuen Mondsichel erspähten. Ihre entzückten Ausrufe hielten sie schriftlich fest. Das war der Kalender.
Einfach, nicht wahr?
Aber der Wissenschaft war das zu einfach. Ist menschlich verständlich. Es gab auch andere Gründe. Denn die Erde kreist nicht in haargenau 365 Tagen um die Sonne, sondern sie braucht 5 Stunden, 48 Minuten und 46 Sekunden mehr. Das kann man als Schlampigkeit empfinden, aber die Verhältnisse sind nun mal so. Deshalb gibt's Abweichungen vom Kalender. Man müßte einen Vierteltag einführen.
Aber wer übernimmt die Verantwortung? Kein Schwanz.
Also muß eine Schaltung her, sonst läge nämlich beispielsweise nach rund 700 Jahren Weihnachten mitten im Sommer. Da klänge das Lied von dem aus dem weißen Winterwald austretenden Reh noch alberner. Also wird geschaltet. Schon seit dem Altertum. Damals noch etwas willkürlich, wie man's brauchte. Das brachte den Kalender und manche zwischenmenschliche Beziehungen ziemlich durcheinander.
Da schlug der bekannte Römer Julius Caesar zu. Er führte im Jahre 46 v. u. Z. den Julianischen Kalender ein und bestimmte kurz und trocken: Das Jahr hat 365 Tage, nach 3 »Gemeinjahren« wird ein 366 Tage langes Schaltjahr eingeführt. In diesem Jahr wir der 24. Februar doppelt gezählt.
Dann ließ Julius in seiner Caesarenart noch folgenden Korken steigen: Das Jahr 46 (v. u. Z.), so beschloß er, hat aus astronomischen Gründen 445 Tage!
Dieses Jahr ging in den Kalender ein als »annus confusionis«. Julius Caesar mußte dafür so manche Stichelei einstecken – und durch einen besonders gemeinen Stich ist er ja dann auch ziemlich plötzlich in die Geschichte eingegangen.
Die Geschichte des Kalenders wurde in der Folge stark religiös beeinflußt.
Die Kirche brauchte zur Festlegung des beweglichen Osterfestes – erster Sonntag nach Frühlingsvollmond – einen genauen Überblick über Weltall-Erde-Mensch.
Der Julianische Kalender wurde als zu lax befunden. Der Vorwurf war berechtigt. Beispiel:
Im 16. Jahrhundert war zwischen dem rechnerischen Frühlingsbeginn und der Tag- und Nachtgleiche (21. März) bereits eine Differenz von 10 Tagen zu verzeichnen.
Das war sogar dem Papst zuviel. Er hieß amtlich Gregor XIII. Der ordnete eine Kalenderreform an und gab einigen Experten die Linie und seinen Segen. So entstand im Jahre 1582 der Gregorianische Kalender.
Besondere Kennzeichen:
Das Jahr hat 365 Tage. Aller vier Jahre ein Schaltjahr. Alle Jahre, deren Ordnungszahl durch 100, nicht aber durch 400 teilbar ist (1800, 1900, 2100), kein Schaltjahr.
Dadurch erst in 3000 Jahren Abweichungen von einem Tag. Und um überhaupt Grund reinzukriegen, ordnete der Papst an, daß im Jahre 1582 auf den 4. Oktober sofort der 15. folgte.
Ich bin am 12. Oktober geboren. Zum Glück nicht damals. Sonst müßte ich heute ohne Personalausweis rumlaufen.

Besinnliche Weise mit optimistischem Schluß

Nach der Melodie zu singen: »Auf der Heide blüht die letzte Rose....«

Auf dem Bügel hängt die schwarze Hose.
»Mutter, gib'se mir'se bitte her!«
»Vater, rede keinen Quatsch mit Soße,
diese Hose paßt dir längst nicht mehr.
Vor Jahren hättste deinen Wanst noch
hineingekriegt mit Ach und Krach,
aber wenn du heute denkst, du kannst noch
so wie einst: verzeih mir, daß ich lach,
aber wenn du heute denkst, du kannst noch
so wie einst: verzeih mir, daß ich lach.
Schwarze Hose, Quatsch mit Soße.
Denn die Jugendzeit, die kommt nicht mehr.«

»Mutter, denk nicht, daß ich dich nicht achte!
Schließlich bist du meine liebe Frau.
Aber wenn ich dich so recht betrachte
muß ich sagen, daß dein Körperbau
sich nunmehr schon seit ein paar Jahren
nach allen Seiten weitet aus.
Wenn das so weitergeht,
muß aus dem Zimmer demnächst
das halbe Mobiliar heraus.
Wenn das so weitergeht,
muß aus dem Zimmer demnächst
das halbe Mobiliar heraus.
Schwarze Hose, schwarze Rose.
Ach, die Jugendzeit, die kommt nicht mehr.«

»Liebes Väterchen, ach laß dir raten:
Keinen Streit! Wir müssen pünktlich sein!
Sonst verpassen wir den Schweinebraten
auf dem Jahresfest vom Skat-Verein.
Auch Eisbein gibts! – Doch hör auf Mutter!
Bevor wir losgehn, haun wir beide noch
hintern Knorpel uns ein Kilo Butter,
damit wir kübeln können wie ein Loch.
Hintern Knorpel uns ein Kilo Butter,
damit wir kübeln können wie ein Loch.
Infarkt, Sklerose, Quatsch mit Soße!
Der, den's trifft, merkts sowieso nicht mehr!«

Man wird doch mal fragen dürfen

Wann wird es keine Ossis und Wessis mehr geben?
Wenn wir gemeinsam die Umwelt so kaputtgemacht haben, daß wir wieder im Urschleim anfangen.

Kann ich mit zwölf Jahren schon Autos knacken?
Warum nicht. Aber vielleicht solltest du deinen Papa mal vom Fernseher oder Stammtisch weglocken und mitnehmen. Unter Aufsicht eines Erwachsenen macht sichs am Anfang leichter.
Toi, toi, toi.

Darf ich als ABM-Kraft mit einer anderen ABM-Kraft intime Beziehungen haben?
Ja. Aber nur befristet.

Ich möchte gern Tennis-Star werden. Meine Mammi sagt, ich solle erst mal einen Beruf lernen. Welchen soll ich?
Lerne Becker.

Glauben eigentlich auch Atheisten ein bißchen an Gott?
Nicht nur ein bißchen. Beobachten Sie nur mal, wie manche Auto fahren.

Warum muß ich beim Arbeitsamt oft so lange warten?
Weil die so viel Arbeit haben.

In der Ehemaligen konnte man mit manchen Kaufhallen-Brötchen eine Straßenbahn entgleisen lassen. Heute bringt man mit einer Supermarkt-Semmel nicht mal ein Fahrrad zum Wackeln. Oder?
Stimmt. Aber die Luft geht raus.

Darf eigentlich auch der Bundeskanzler streiken?
Eigentlich ja. Es muß nur noch geklärt werden, ab wievielter Woche er Unterstützung aus der Streikkasse bekommt.

Meier-Motzen
lebt zufrieden

Meier-Motzen, der bekannte Denker und bisherige Taxi-Dauerkunde, hat sich ein eigenes Auto zugelegt. Aus zweiter Hand.
»Was ist es denn für eins?« fragte ihn kürzlich der Theoretiker Kohlmeis.
»Ein blaues«, antwortete Meier-Motzen.
»Was für ein Typ?«
»Genau mein Typ«, erwiderte der Denker, »rundrum Fenster.«
Mit diesem Auto ist er inzwischen schon dreimal auf der Straße stehengeblieben. Durch Zufall jedes Mal vor der Autowerkstatt, in der es einen sehr freundlichen Herrn gibt.
Der freundliche Herr sagte jedesmal: »Lassen Sie mal die Schlüssel hier und kommen Sie in einer Woche wieder vorbei.« Da ging Meier-Motzen immer zufrieden von dannen, und der freundliche Herr füllte jedesmal den leeren Tank des blauen Autos mit freundlichem Benzin. Dafür berechnete er dem Denker keinen Pfennig. Er berechnete ihm aber eine neue Kupplung, neue Achsschenkel, neue Stoßdämpfer, zwei neue Lichtmaschinen, für jeden Scheinwerfer eine, wie es nötig ist, und diverse Kleinigkeiten.
Gestern erhielt Meier-Motzen anstelle seines großen, blauen Autos von dem freundlichen Herrn ein kleines grünes.
»So ist es mit den Wagen aus zweiter Hand«, sagte der freundliche Herr. »Alles Attrappe. Wenn man an so einem aufgeblasenen Ding klopft, fällt es zusammen, und der wahre Kern kommt zum Vorschein.«
Mit diesem kleinen, grünen, wahren Kern fährt Meier-Motzen nun herum. Er ist froh, einen freundlichen Werkstattherrn an der Hand zu haben, der ihm nicht nur in der Not hilft, sondern ihm auch die Augen geöffnet hat für die krummen Touren mancher Zeitgenossen.

Meier-Motzen schwer erstaunt

Er hätte gewiß wieder heiraten können, der bekannte, kleine Preisträger Meier-Motzen. Aber seit jenem lange zurückliegenden Tag, als ihm die Ehefrau mit ihrem Fahrlehrer durchbrannte, ist er ein wenig weiberfeindlich. Sogar eine Haushälterin lehnt er ab.
Er bekocht und bewäscht sich selbst und auch den Wohnungsputz bewältigt er allein. Sogar mit Freude.
Vor allem das Staubsaugen macht ihm Laune. Seit fünf Jahren hat er den kleinen, handlichen »Schnüffel-Boy« – ein schmuckes Apparatchen, mit dem er sogar unterm Bett herumstochern kann und längst totgeglaubte Socken oder Hustenbonbons wieder ans Licht bringt.
Besser gesagt: brachte.
Denn vorigen Donnerstag stellte der »Schnüffel-Boy« das Schnüffeln ein. Er röchelte einmal kurz und klagend – dann blieb er stumm.
Meier-Motzen wickelte den Scheintoten in eine weiche Wolldecke und trug ihn zur Dienstleistungsfiliale«Elektrofix«.
Der Service-Mensch schlug die Wolldecke ein wenig zurück, warf ein Auge auf den »Schnüffel-Boy« und rief: »Kannste vergessen, Opa! Der Ofen ist doch bestimmt vier oder fünf Jahre alt. Wird gar nicht mehr hergestellt und von uns auch nicht mehr repariert. Kaufen Sie sich mal die neue K-Vier-M-Delüxe!«
»Was soll ich kaufen?« fragte der kleine Preisträger.
»Das dicke Ding mit dem schwenkbaren Saugrüssel! Ein Kracher, sage ich Ihnen. Wennse damit saugen, zieht's Ihrer Nachbarin in der Nebenwohnung die Höschen 'runter! Haha!«

»Ich habe keine Nachbarin!« rief Meier-Motzen.
»Und keen' Humor«, sagte der Service-Mensch und zog sich zurück.
Der Preisträger stapfte traurig nach Hause.
Seit gestern ist er wieder fröhlich.
Benno, der zwölfjährige Pfiffikus aus der 4. Etage, hat den »Schnüffel-Boy« geöffnet und einen Wackel-Kontakt mit einem Handgriff behoben.
Trinkgeld hat er nicht genommen. »Is' Service, Herr Motzen«, hat er gesagt.
Und der kleine Preisträger staunte sehr, wie selbstverständlich der junge Bursche mit Fremdwörtern umgeht.

So gern mal allein

(Chanson für Helga Hahnemann)

Mein Papa war stabil,
meine Mama war agil,
drum wuchs von Jahr zu Jahr
bei uns zu Haus die Kinderschar.
Zwölf Geschwister waren wir.
Alles Jungen außer mir.
Ach, was hatte ich für Spaß,
wenn ich in der Wanne saß –
mit:

Robby und Bobby, mit Mäcky und Hans
mit Enno und Benno und Bruno.
Mit Mucki und Schnucki und Fridolin-
Franz
und dem hampelnden, strampelnden Kuno.
Es war interessant und auch etwas pikant.
Doch ich glaube, Sie sehen es ein.
Es kommt der Moment, da jeder bekennt:
Ach, ich wäre so gern mal allein.
Es kommt der Moment, da jeder bekennt:
Ach, ich wäre so gern mal allein!

Ich kaufte gestern ein.
Etwas Brot und etwas Wein.
Und ich freute mich so sehr,
denn die Halle war schön leer.
Doch dann traf mich fast der Schlag.
Es ist wahr, was ich jetzt sag.
Beinah fünfundsiebzig Mann
standen an der Kasse an.
Auch:

Robby und Bobby und Mäcky und Hans
und Enno und Benno und Bruno.
Der Mucki, der Schnucki, der Fridolin-
Franz,
und der hampelnde, strampelnde Kuno.
Es war interessant und etwas pikant.
Doch ich glaube, Sie sehen es ein.
Es kommt der Moment, da jeder bekennt:
Ach, ich wäre so gern mal allein.
Es kommt der Moment, da jeder bekennt:
Ach, ich wäre so gern mal allein.

Seit kurzem schlägt mein Herz
für den Fußball. Ohne Scherz!
Doch die Elf, für die ich bin,
spielt fast niemals mit Gewinn.
Jedesmal, wenn sie verliert,
kommt sie prompt zu mir marschiert.
Und ich tue, was ich kann
und tröste alle Mann.
Den:

Robby, den Bobby, den Mäcky, den Hans,
den Enno, den Benno, den Bruno.
Den Mucki, den Schnucki, den Fridolin-
Franz,
den hampelnden, strampelnden Kuno.
Es ist interessant und etwas pikant.
Doch ich glaube, Sie sehen es ein.
Es kommt der Moment, da jeder bekennt:
Ach, ich wäre so gern mal allein!
Es kommt der Moment, da jeder bekennt:
Ich wäre so gern mal – allein!

Zärtlichkeit

Wann immer ich Elvira seh –
mir wird ganz blümerant.
Mein Herz erbebt in wildem Weh,
mir zittert jede Hand.

Wie oft schon hatt' ich im Betrieb
mal was mit der und der.
Wobei es stets ganz simpel blieb.
Nur Fleischeslust, nicht mehr.

Doch diesmal ist Gefühl dabei,
so zart, wie's niemals war.
Mich schafft nur schwer die Grübelei:
Wie mach' ich's ihr wohl klar?

Heut' früh gelang's mir sehr geschickt.
Ich schlich mich 'ran ganz sacht
und hab' sie in den Arsch gezwickt.
Der Anfang ist gemacht!!

Die Macht des runden Leders

Am Sonnabend verlor Opa Krausminze beim Nachmittagsspaziergang in der Köpenicker Bahnhofstraße seine silberne Schnupftabaksdose. Ein Erbstück. Der Opa war todunglücklich. Eine Stunde lang suchte er mit gesenktem Kopf die Straße ab.
Vergeblich.
Schließlich setzte er sich auf die Stufen eines Hauseingangs und starrte mit leerem Blick ins Leere. Da hörte er plötzlich Schritte und dumpfes Stimmengemurmel. Weit über hundert recht junge Leute kamen mit gesenktem Kopf die Straße entlang. Sie hatten soeben die 0 : 3-Niederlage des 1. FC Union gegen Stahl Riesa erlebt.
Als die jungen Leute den traurigen Opa bemerkten, blieben sie stehen, und einzelne wischten sich ergriffen die Augen. Ein Knirps sagte schließlich mit bemüht forscher Piepsstimme: »Bleib kuhl, Alter! Man muß ooch mit Haltung verlieren können. Okeh?!«
Opa Krausminze nickte mit freundlichem Lächeln. Da erhob sich donnernder Applaus. Die jungen Fans rissen den alten Herrn von den Stufen, ein kleiner Stämmiger wuchtete ihn sich auf die Schultern – dann zog die ganze Karawane mit Gesang zum S-Bahnhof
Ein Rotlockiger rief plötzlich: »Wie iss'n Opa? Biste Schnüffler? Hier, hab ick jefunden!« – und reichte dem alten Herrn eine silberne Schnupftabaksdose.
»Das ist ja meine!« rief Krausminze.
Da lachten viele schallend, und eine knackige Puppe schrie: »Kiek ma an, der Olle? Een janz ausjeschlafener Typ!« Und dann sagte sie zu dem Rotlockigen: »Nu jib ihm doch det Ding! Der det verlorn hat, hat sowieso 'n Mercedes inne Tiefgarage. Und 'ne Olle mit Klunkern. Und aufs Fundbüro kieken se dir

sowieso blöde an. Und so'n ollen Zausel machste 'ne Freude.«
Und wieder erhob sich Beifall, und Opa Krausminze bestieg mit seiner Schnupftabaksdose den Zug Richtung Erkner. Die Fans fuhren in entgegengesetzte Richtung – stadteinwärts. Als der Opa in Erkner ausstieg, blickte er um sich und sagte dann: »Was will ich denn überhaupt hier? Ich wohne doch in Köpenick, in der Bahnhofstraße.« Und dann betastete er verdutzt den mehrere Meter langen rotweißen Schal, den er um den Leib geschlungen trug.
Ein mittelaltes Ehepaar, das in unmittelbarer Nähe stand, schaute sich vielsagend in die Augen. Dann sprach der schmerbäuchige Mann zu seiner breithüftigen Frau: »Siehste, Luzie. Det is schon immer genau meine Rede gewesen. Der Fußball spielt sogar unsere Rentner kaputt. Aber wat machst du, du doofe Nuß? Du schwärmst noch heute für Juventus Schwerin!«

Der Mörder ist immer der Gärtner

Als Lady Chesterfield mit ihrem täglichen Fife-o'clock-Tea auch immer eine kleine Dosis Arsen schluckte und aus diesem Grunde eines Tages plötzlich und unerwartet die Tasse und den Teelöffel abgab – wer war der Mörder? Der Gärtner.
Als der blonde Vamp Amanda Bier, dem man Kontakte zu einem außerirdischen Geheimdienst nachsagte, im Wintergarten eines Raumschiffes von einer Schlingpflanze erdrosselt wurde – wer war der Mörder? Der Gärtner.
Als der Leiter des Dachgartenrestaurants »Sternschnuppe« mitsamt seiner Lieblingskellnerin vom Dachgarten flog und keine glatte Landung hatte wer war der Doppelmörder? Der Gärtner.
Man könnte noch weitere Beispiele anführen. Der Mörder war immer der Gärtner.
Wir fragen aber an dieser Stelle ganz ernsthaft: Soll es auch weiterhin so sein? Ist auch künftig der Mörder immer der Gärtner?
Nein! Und nochmals nein!
Dieser Schauspieler kann mehr!
Gebt ihm endlich auch mal eine positive Rolle – unserem einzigartigen Jockel-Maria Gärtner!

Erfolgstyp

Weißte Lilo, eigentlich
biste zu bedauern.
Kannste glauben, ohne mich
wirste glatt versauern.

Schön, du hast was im Beha,
und mit deine Beine
kriegste auch, das weiß ich ja,
jeden an die Leine.

Doch ich schwör dir, lieber Schatz,
gegen mir als Macker
sind sie alle bloß Ersatz,
ziemlich trübe Kacker.

Ich will damit nich brutal
ins Intime rühren,
sondern idijell dir mal
was vor Augen führen.

Hast du, eh wir uns gekannt,
Dunst gehabt vom Jazzen?
Kanntest du die harte Hand
von Halbwelter-Mazzen!

Kanntest du die neusten Hits
der Rollig Oklahomas
oder gar den satten Witz
vom Superpuff der Omas?

Hattest du schon mal vor mir
'ne Honda unterm Hintern?
Wußtest du, daß Pilsner Bier
auch schmeckt in kalten Wintern?

Liebe Lilo, merkste nich,
daß dein ganzes Leben
reich geworden is durch mich?
Kurz: Ich tat dir heben!

Plötzlich sagste, meine Spur
wäre eine schmale.
Quatschst von Bildung und Kultur
und von Ideale.

Gut, verlaß mir und studier,
mach dir doch das Gaudi.
Eh du was bist, das schwör ich dir,
fahr ich mein' fünften Audi!

Spätes Glück

Auf einer Parkbank saß ein altes, nettes Herrchen. Es tupfte sich ein paar Schweißtropfen von der Stirn und betrachtete mit liebevollem Blick sein kleines Einkaufsnetz, in dem ein Pfündlein grüne Bohnen steckte. Da kam ein kleines, nettes, altes Mütterchen des Wegs. Das Mütterchen setzte sich auf die Parkbank, tupfte sich ein paar Schweißtropfen von der Stirn und betrachete mit liebevollem Blick sein Einkaufsnetz, in dem ein halbes Pfündlein Hammelfleisch steckte.
»Da haben Sie ja grüne Bohnen«, sagte das Mütterchen zu dem Herrchen und hüstelte verlegen.
»Jaja«, sagte das Herrchen zu dem Mütterchen und hüstelte verlegen.
Dann klopfte ein Specht, und beide lauschten und lächelten.
»Ich habe Hammelfleisch«, sagte das Mütterchen.
Antwortete das Herrchen: »Ich hab keins.«
Da sahen sie sich lange schweigend an. Und ihre Herzen begannen allmählich schneller zu schlagen.
Klopf, klopf, klopf machte es.
Klopf, klopf, klopf machte der Specht. Und die rechte Hand des Herrchens streichelte leis und scheu die linke Hand des Mütterchens. Dann erhoben sich die beiden und gingen mit kleinen und beschwingten Schritten von dannen. Hand in Hand.

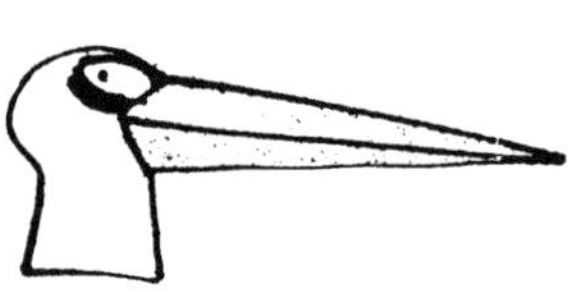

»Jetzt müssen wir nur noch Bohnenkraut holen«, hörte man das kleine, nette Mütterchen sagen.
Und das alte, nette Herrchen antwortete: »Mit dir will ich bis ans Ende der Welt gehen.«
Darauf hüstelten beide ein bißchen.
Und der Specht klopfte. Fröhlich.

Susi sinniert

So alt wie die Menschheitsgeschichte,
so alt sind auch Frühlingsgedichte.
Es bietet sich an, und es ist nun mal Brauch:
Wenn der Winter verröchelt
und die Sonne sich lächelnd
durchs Wolkenloch löchelt,
dann steigen die Säfte in Pflanzen und Pflänzchen,
da zeigen sich Kräfte in Eichhörchens Schwänzchen,
da fühlt auch der Dichter sich jugendlich jung,
und er wirft aufs Papier mit genialischem Schwung,
vielleicht auch ganz sachte, man weiß es ja nicht,
man weiß nur, er wirft – er wirft ein Gedicht.

Seit Anfang der Menschheitsgeschichte
gibt es herrliche Frühlingsgedichte.
Das ist ja bekannt: Schon die alten Chinesen,
die schrieben Gedichte, die wurden gelesen.
Die Griechen, die Römer, die alten Teutonen
und auch die Ägypter, nicht nur Pharaonen,

besangen den Frühling – selbst Goethe und Heine,
Tucholsky und Dingsda, ihr wißt, wen ich meine,
sie alle, sie machten pompös oder schlicht,
wie auch immer, sie machten ihr Frühlingsgedicht.

Ich muß noch von einem berichten,
den reizen Gedichte mitnichten.
Ihm ist es egal, ob der Winter verröchelt
und die Sonne sich lächelnd durchs Wolkenloch löchelt.
Ihn kümmern nicht Säfte in Pflanzen und Pflänzchen,
ihn kümmert noch nicht mal des Eichhörnchens Schwänzchen.
Für ihn ist das ganze Jahr Frühling und Mai.
Nur etwas, das wundert mich immer dabei;
wenn er morgens noch völlig zerknautscht zu mir spricht:
»Also Susi, heut nacht, das war wieder'n Gedicht!«

Rotkäppchen 96

Das kleine, brave Rotkäppchen und seine Mami saßen vor der Bildröhre.
Sie guckten »Wolfsblut«.
Das bestand aus zwei bis drei ausgequetschten Blutorangen, einer halben Flasche »Tenessie-Wiljams-Birne« (45 Umdrehungen), zweihundert Gramm »Kirschlikör« (obergärig), mehreren Eßlöffeln mit Konservierungsstoffen und einer Flasche »Boris-Wodka«.
Boris Jelzin oder Boris Godunow. Je nach Geschmack.
»Das schmäckt mir überhaupt ni!« rief Rotkäppchens Mutter, holte sich eine Flasche Radeberger und sagte »Prost!«
Rotkäppchen klatschte begeistert und rief: »Die Omi hat auch Durst!«
Rotkäppchen sprach im Gegensatz zur Mutter ein lupenreines Hochdeutsch, denn es besuchte die Wald-Torf-Schule. Dort lernen sie alles ganz langsam, aber ganz gründlich. Und das vergessen sie dann auch nicht.
Jedenfalls nicht so gründlich.
Rötkäppchens Mutter hatte vor allem die Schule des Lebens hinter sich, aber war auch nicht ohne. Deshalb fragte sie:
»Woher weeßt'n, dass de Omi Durscht hadd?«
»Sie hat'n Telefax geschickt«, antwortete die Kleine. »Sie liegt im Bett und möchte 'ne Flasche Rotkäppchen-Sekt und eine Video-Kassette mit der Operette ›Henry Maske in Blau‹.«
»Diesen doofen Maske-Witz hat de Oma schonn vor zwee Jahrn gemacht«, rief die Mutter.
»Das kommt nur davon, daß die Omi den ganzen Tag den Alten-Sender ›Spray-Radio‹ hört. Der behauptet nämlich auch immer und immer wieder, daß er die schönsten Schlager und Melodien sprüht.«

»Und das gloobt die Oma?« fragte Rotkäppchens Mutter.
Die Kleine antwortete: »Die Oma sagt, sie glaubt, wenn sie das noch recht lange hört, wird sie wohl noch lange nicht dran glauben müssen.«
Die Mutter schaute sehr lange sehr nachdenklich vor sich hin und sagte dann:
»Alsoh, die Oma – wohses nur hernimmt! Ä richtjer kleener Fillesoof.«
Als Rotkäppchen sah, daß die Mutter erneut eine Flasche Radeberger enthauptete, ging sie zum Küchenschrank, entnahm der Sammeltasse ein paar Geldscheine, schlüpfte ins Mäntelchen und in die Rollschuhe und schnurrte davon.
Im Kauf-Center um die Ecke führte man keinen Rotkäppchen-Sekt. Aus Glaubensgründen. Der Center-Boß glaubt nicht an Ost-Produkte.
Auf dem Markt vor dem Rathaus tummelten sich Hunderte Andersgläubige. Sie kauften voller Lust viele Dinge, über die sie sich früher lustig gemacht hatten, weil sie das wollten, worauf sie heute oft keine Lust mehr haben.
Das kleine Rotkäppchen sprach einen fünfzehnjährigen Burschen an: »Können Sie mir freundlichst von diesem Stand dort eine Flasche Rotkäppchen-Sekt holen? Mir macht man immer Alkoholprobleme.«
»No Probblämm«, sagte der Bursche, nahm das Geld, ging los und brachte die Flasche. Er hatte sich vom Restgeld noch ne Schachtel Caro genehmigt. »War'n Schnäppchen«, sagte er, »außerdem, diese ganzen Leid-Sorten kannste vergessen! Bloß ungesunde Luft.«
Er machte einen gesunden Lungenzug und rannte hinter die Bude abhusten. Rotkäppchen rollte weiter. Auf einer kleinen Bank vor einem großen Theater saßen mehrere nackte Schauspieler und gaben Autogramme.
»Sie werden sich erkälten!« rief Rotkäppchen.
»Ach wo!« sagte einer, »die Pause ist gleich zuende, da geht's wieder auf die Bühne.«
Eine Gruppe Theaterbesucher disputierte erregt. »Fast keene Kostüme, Bühnenbild unjehobelte Bretter, keen Ballett, Flötenmusik vom Band – ja verdammt nochmal, warum ist das, wie man hört und liest, eine superteure Inszenierung?«
»Fünf Regisseure.«
»Unerhört! Die kleinen Bühnen kommen vorn und hinten nicht hoch. Sparen, sparen!«
»Die Neuberin hatte bloß 'n Planwagen! War ooch Theater!«
»Sie sind wohl Kulturbeamter, was? Schämen Sie sich!«
»Wieso? Bin ich nackt?!«
Rotkäppchen hätte gern länger zugehört, aber der Sommerabend wurde immer dunkler und Omis Durst wahrscheinlich immer größer.
Die alte Dame lebte hinterm Stadtrand im Wald, der kürzlich wieder adlig geworden war.
Graf von der Tanne hatte eigentlich die Absicht, aus Omas »Hexenhäuschen« ein intimes Waldeslustschlößchen zu machen, hatte ihr jedoch vorerst aus Noblesse und Dankbarkeit weiteres Wohnrecht gewährt.
Noblesse, weil Noblesse obliehscht, also verpflichtet, und Dankbarkeit deshalb, weil die Oma beim Entleeren ihre Sickergrube auf das komplette Tafelsilber derer von der Tanne gestoßen war, welches die von der Tanne 1945 vor den Russen versteckt hatten, und das die Oma dem Grafen komplett und blankgeputzt mit artigem Knicks übergeben hatte.
Ein Übergabe-Foto ging durch alle Zeitungen und um die halbe Welt.
Der Graf hätte der Oma vor Rührung beinahe eine Schürze geschenkt, besann sich aber rechtzeitig und überreichte ihr einen persönlich getragenen Karnevalsorden mit Schärpe.
Den Orden hat die Oma eingerahmt, die Schärpe legt sie an, wenn sie PDS-Wahlversammlungen stören geht.

Rotkäppchen erreichte das Häuschen der Oma.
Die alte Dame lag im Bett und der Wolf saß im Lehnstuhl und sah sich »Wolfsblut« an. Drei ausgequetschte Blutorangen, eine halbe Flasche... Wir kennen das bereits, es ist ja eine Serie. Der Werbeclip brachte den Wolf so in Stimmung, daß er sich vor Begeisterung den Bauch aufknöpfte. Die 7 Zwerge plumpsten heraus.
»Ja, bin ich denn hier im falschen Märchen?« schrie Rotkäppchen.
»You got it«, sagte die Oma. »Hier läuft nicht Rotkäppchen und der Wolf, sondern der Wolf und die 7 Geiseln!«
Da sauste Rotkäppchen pfeilgeschwind davon in Richtung Heimat.
Aus dem Theater drangen unheimliche Laute in die Nacht.
Drinnen lief die Schlußszene. Leda liebte einen Schwan.
Beide nackt. Der Schwan heulte dabei wie ein Wolf. Es kann aber auch Leda gewesen sein. Die Regie läßt das offen.

Wer schmeißt denn da **mit Lehm!**

(Claire- WaldoJf-Hit frisch frisiert)

Die Leute heutzutage
sind alle so nervös.
Schon bei der kleinsten Kleinigkeit,
da werd'n se giftig bös.
Das alte Schimpfwort Dussel
reicht manchen nicht mehr aus.
Heut heißt es gleich: »Du Hirni, du«
Ist sowas nicht ein Graus?
Wer schmeißt denn da mit Lehm?
Der sollte sich wat schäm'!
Der sollte doch was andres nehm'
als ausgerechnet Lehm!

So mancher fühlt im Auto
sich wie Graf Koks im Schloß.
Wer nich so'n Nobel-Hobel hat,
der is' ein Riesenroß.
Man fährt dir in die Hacken,
und springst du weg, hopp, hopp,
dann rufen sie dir hinterher:
»Paß doch uff, Du Eierkopp!«
Wer schmeißt denn da mit Lehm?
Der sollte sich wat schäm'!
Der sollte doch was andres nehm'
als ausgerechnet Lehm!

Man sieht heut vor Reklame
fast nicht mehr ein noch aus.
Man findet ausm Kasten
kaum die echte Post heraus.
Und guckste 'n Fernsehkrimi,
der Mörder schleicht sich ran,
das Messer blitzt!
Da grinst verschmitzt
dich Meister Propper an!
Wer schmeißt denn da mit Lehm?
Der sollte sich wat schäm'!
Der sollte doch was andres nehm'
als ausgerechnet Lehm!

Die Gangster und Ganoven,
die treiben's ziemlich arg.
Man traut sich abends kaum noch weg
und fürchtet sich im Park.
Doch meine Tante Emma
hat keene Angst, i wo!
Sie nimmt 'n Polizisten mit.
Da grault der sich nich so.
Wer schmeißt denn da mit Lehm?
Der sollte sich wat schäm'!
Der sollte doch was andres nehm'
als ausgerechnet Lehm!

Wir Leute heutzutage,
wir haben es nicht leicht.
Wir ham den allergrößten Streß
noch lange nicht erreicht.
Es locken die Parteien:
»Wählt uns zum guten Zweck!«
Sie schmeißen sich uns an den Hals.
Dann schmeißen sie uns weg.
Wer schmeißt denn da mit Lehm!
Der sollte sich wat schäm'!
Der sollte doch was anderes nehm‹
als ausgerechnet Lehm!

Ballade

Wer reitet so spät durch Nacht und Wind?
Es ist die Oma mit Enkelkind.
Sie hält den Knaben mit sicherer Hand.
Die Eltern des Bübchens sind mit dem Trabant
zur Party gefahren bei Dachdecker Krause
und ließen das Kind und die Oma zu Hause.

Nur reitet die Oma, sie reitet nicht gut.
Der Knabe ist quenglig, zur Erde tropft Blut.
Doch endlich erreicht sie das Kreiskrankenhaus.
Die Nachtschwester klopft den Bereitschaftsarzt raus.

Der fackelt nicht lange, nimmt Sepso und Tupfer.
Die Oma vollführt vor Schreck einen Hupfer.
Der Doktor sagt ruhig: »Was soll das Geschrei?«
Dann ruft er die Eltern des Kindes herbei.

Die kommen auch bald, wollen Näheres wissen.
Der Arzt meint: »Ihr Kind hat die Oma gebissen.«
Da schluchzen die beiden und sagen gerührt:
»Welch ein Glück, denn wir dachten, es ist was passiert!«

Sie nehmen das Kind mit zur Party bei Krause.
Die Oma reitet im Frühdunst nach Hause.
Erreicht ihr Stübchen, nimmt einen Strick,
besteigt einen Stuhl mit großem Geschick,
wirft den Strick übern Haken und hängt – schnauf, schnauf –
die Wäsche von Tochter und Enkelchen auf.

Der Burgherr

Wenn ich der Lord von Knessex wär –
Sie merken schon, ich fasel,
doch nehm wa an, ich wäre der –,
dann wär mei Hohm mei Kahsel.

Ich säß in meinem Schloß allein
mit meinem alten Battler
und ließe nur den Adel rein:
die Schmiede, Schreiner, Sattler.

Doch leider bin ich nur Max Mohn
und wohn im achten Stocke
mit Hinz und Kunz und Piepenklohn
in einem Neubaublocke.

Bloß gut, daß ich mein Grundstück hab,
beschützt von großen Hecken,
dort werf ich meine Jacke ab
und kann mich lässig strecken.

Ob Kinderfest, ob Erster Mai,
ob Wohngebietsbambule
mit Besen, Pinsel – bin dabei
in meinem Schaukelstuhle.

Laß andre doch fanatisch sein
und sich vor Eifer kringeln:
Mei Hohm, mei Kahsel! Willste rein?
Da mußt du lange klingeln.

Kleinigkeit

Aus'm Neubauhaus
kiecken Kinder raus,
satt und frisch gekämmt
und in weichem Hemd,
kiecken uffn Hof,
doch da ist keen Schwoof,
da steht bloß een Baum,
und man sieht 'n kaum,
um ihn rum so viele
Papp- und Blechmobile.
Und keen Leiermann
schmeißt die Orgel an,
und keen Schuster kloppt,
und keen Bierhahn troppt,
keene Teppichstange –
trotzdem keene Bange:
Hier fehlt keenem wat, nö, nö!
Hier fehlt bloß Milljöh!

Alberts Tod

Gestern haben wir Albert begraben. Es war das ergreifendste Begräbnis, das ich je erlebt habe. Das ganze Dorf war auf den Beinen. Ich habe selten harte Männer so schluchzen hören wie an Alberts Grabe.
Wir können es noch gar nicht fassen. Vor einigen Tagen noch schlugen wir uns auf die Schenkel vor Lachen, wenn irgendwo im Gespräch nur der Name Albert erwähnt wurde. Vor einigen Tagen noch gingen wir gegen Mittag in freudiger und erwartungsvoller Stimmung zur Arbeit, weil wir genau wußten, irgendeinen Korken läßt Albert im Laufe des Tages steigen.
An ihm hatte einfach jeder seine Freude. Es begann schon am ersten Tage, an dem er in unserer Genossenschaft mitmachte. Ganz unvermittelt, wie einen Blitz aus heiteren Himmel, ließ er mitten in einer Beratung die Bemerkung fallen: »Wir können eigentlich schon um halb acht mit der Arbeit anfangen.« Und das auf die Harald-Nielsen-Masche, mit todernstem Gesicht. Wir haben gewiehert.
Und dann kam die Zeit, die ihm den Spitznamen Kolumbus einbrachte. Er latschte Sonntag nachmittags stundenlang durchs Gelände und behauptete am anderen Tag, er habe einige Hektar unbebautes Land entdeckt. Und das Komische daran war, es stimmte.
Am ulkigsten war er in der Vollversammlung. Wir sind nie ganz dahintergekommen, ob er der Diskussion streckenweise geistig nicht folgen konnte oder ob er der Komik wegen den dummen August markierte. Jedenfalls passierte es, daß er mitten in den schönsten Überlegungen, wie wir mehr Futter beschaffen könnten, irgendein Fremdwort dazwischenhaute.
Zum Beispiel: Melioration.
Und wenn wir dann sagten, er solle doch wenigstens einmal am Tag ernst sein, wurde er wütend und schrie: »Ihr blöden Heinis!« Wir mußten dabei natürlich sofort an Eberhard Cohrs denken, und schon war wieder Bombenstimmung im Laden.
In solchen Momenten schoß er dann eine Pointe nach der andren ab. Zum Beispiel:
Man kann Prämien nach Leistung verteilen, man kann auch nüchtern melken, man kann Frauen in den Vorstand wählen, man kann bei Meldungen richtige Zahlen angeben, man kann sogar zum eigenen Schwager sagen: »Hör auf zu klaun!«
Man kann den Bürgermeister kritisieren, man kann Ferkelfutter anwärmen, man kann Kühe putzen.
Wir zerfetzten uns vor Lachen, obwohl wir fanden, daß einige Äußerungen Alberts hart an der Grenze des Humors lagen und fast in Kritik abrutschten. Aber was machte das schon? Da er keinen Namen nannte, amüsierten wir uns köstlich.
Und wir hätten uns gern viel länger über Albert amüsiert.
Doch nun ist er von uns gegangen. Und was das Schlimmste ist, wir sind an seinem Tode nicht ganz schuldlos. Er bekam vor Überraschung einen Herzschlag, als wir nach der letzten Vorstandssitzung verkündeten: ab sofort wird richtig genossenschaftlich gearbeitet.
Es ist tragisch, daß ein Spaßvogel wie Albert durch solch einen harmlosen Scherz umgehauen wurde.

Herr Balzer

(Sächsisches Lied)

Herr Balzer liebt das Reisen sehr,
er fährt gern in die Ferne.
Er stammt nicht weit von Dresden her,
sein Heimatort heißt Perne.
Herr Balzer liebt den Kaffee sehr
und Dresdner Eierschecke
und sprach: »Mal sehn, wo in der Welt
ich sowas noch entdecke.«

Er flog mit einem Jumbo-Jet
nach Thailand, wo die Thais sind,
und fand, daß dort die Mokkas
viel zu dünn und viel zu heiß sind,
und Eierschecke gab es nicht.
Es gab Salzburger Nockerln,
die kamen frisch von Hongkong an.
Das tat Herrn Balzer schockerln.

Dann fuhr Herr Balzer mit dem Schiff
auf Kreuzfahrt kreuz und quere,
sah Acapulco, Teneriffa
und noch sehr viel mehre.
Probierte Kaffee da und dort,
war alles keene Güte.
Am besten schmeckte selbstgekochter
nachts in der Kajüte.

Herr Balzer merkte, überall
gibts wunderschöne Weiber,
die ham, wenn mans genau besieht,
auch wunderschöne Leiber.
Doch wenn de sagst: »Hau du ju du,
wie wärs mit Eierschecke?«,
da kommt so 'n Hirte, macht du, du!
Da liegste in der Ecke.

Herr Balzer fuhr nach Afrika.
Er las, die schwarzen Männer
sind körperlich stark ausgebaut,
das wissen Fraun und Kenner.
Herr Balzer sagt: »Die Sonne machts,
die dehnt die Körperteile!«
Er sonnt sich schon vier Wochen lang.
Es dauert halt 'ne Weile.

Herr Balzer hat schon viel gesehn.
's war möglich durch die Wende.
Doch auch die Sparsamste ist mal
mit seinem Geld am Ende.
Jetzt denkt Herr Balzer manchmal nachts
beim Gucken auf die Elbe:
»Es könnt der Mississippi sein,
doch es wäre ni dasselbe.
Es könnt der Mississippi sein.
Doch es wäre ni de Elbe!«

Kreuzfahrt

Sie: Hans-Heinrich, was meinst Du – ob das Schiff auch geheizt ist?
Er: Jede Kajüte hat Kachelofen, die besseren Kamin.
Sie: Ach ja? Es ist ja nur wegen der Nachtwäsche. Soll ich nun das dicke Nachthemd mitnehmen, das du mir mal zur Verlobung geschenkt hast, oder mein Flatterchen ... oder schlafe ich nackt?
Er: Kannste machen. Es is ja dunkel.
Sie: Hans-Heinrich!!
Er: War doch nur 'n Scherz ... Ich weiß ja, wie schön du bist.
Sie: Das will ich meinen. Dennoch – Schönheit kommt noch schöner zur Geltung durch schöne Kleidung. Denk doch nur mal an die vielen Landgänge. London zum Beispiel. Wenn ich dort nun der Königin begegne!
Er: Ja, auf'm Flohmarkt.
Sie: Da ist wohl ein etwas strenges Kostüm am günstigsten. Ich werde das dunkelblaue mit der kleinen weißen Lilie am Revers mitnehmen.
Wenn ich doch nur noch in mein Reitkostüm hineinpaßte. Die Königin ist doch Pferdenarr. Naja, vielleicht trifft man sie ja auch gar nicht und sieht nur andere Engländer.
Die sind ja so sportlich. Da ist vielleicht mein Tennisdreß für sie eine noble Geste.
Kostüm kommt natürlich trotzdem mit. Auch der Reitanzug. Auf dem Schiff ist doch bestimmt Frühgymnastik, da schwitze ich mir ein bißchen was ab.
Ich werde den alten *und* ... den neuen Bademantel mitnehmen. Erst mal sehen, was die

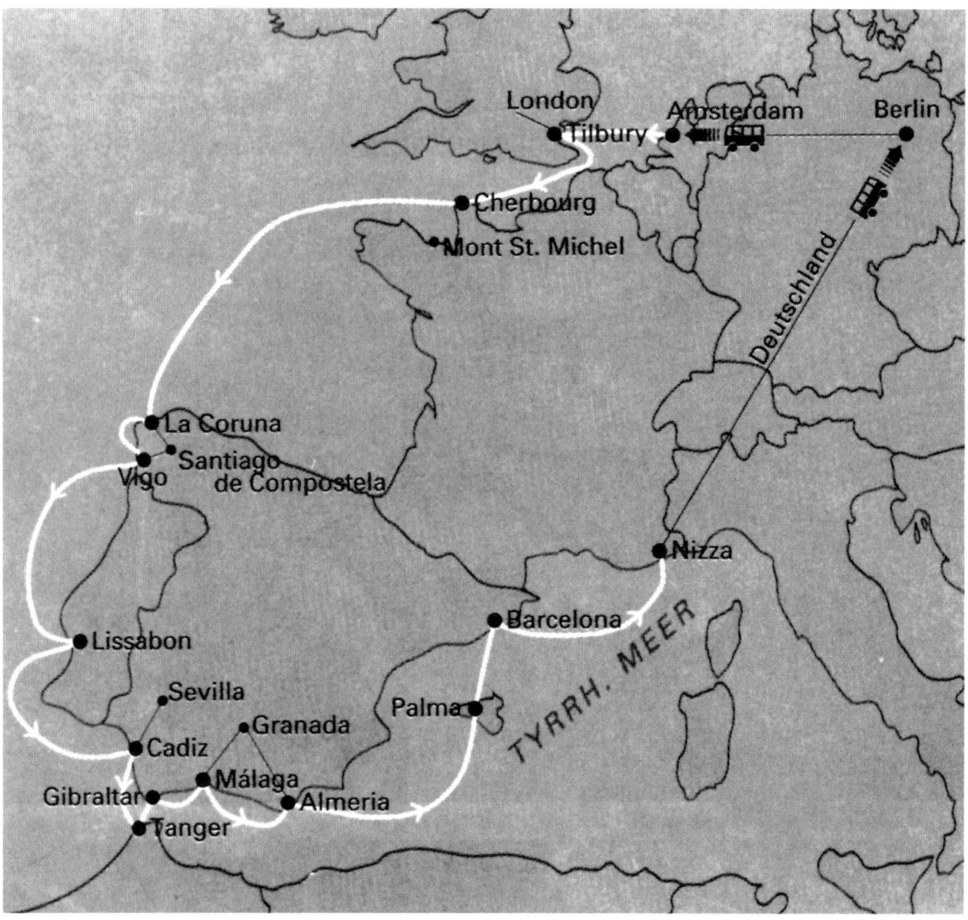

anderen Damen so tragen. Ich möchte sie mit dem neuen nicht in Verlegenheit bringen, da gilt man doch gleich als Angeberin.
Also Bademantel 1 und 2.
Kommen wir eigentlich auch in Florenz vorbei?
Er: Nicht direkt.
Sie: Na egal, den Florentiner Hut nehme ich trotzdem mit.
Er: Klar, damit kannste in Sevilla die Stiere reizen.
Sie: Sevillja? Oh! Dann kommt natürlich nur mein herrliches Faschingskostüm als Carmen in Frage.

Draußen am Wald von Sevilla wartet mein Freund
Leo Spastia ... Die Liebe vom Zigeuner stammt ...

Er: *Wie eiskalt ist dies Händchen, erlaubt, daß ich es wärme...*
Sie: Das ist La Boheme und nicht Carmen, du Banause!
Er: Mozart is Mozart.
Sie: Apropos Mozart. Ist an Bord eine Tanzkapelle oder nur Disko?
Na egal, ich nehme das blaue ausgeschnittene mit, das ich mal beim Tanzturnier in Ottendorf-Okrilla getragen habe – und drei Jeans und meine T-Shirts.
Er: Alle.
Sie: Nicht alle, die wichtigsten. In der Wüste braucht man doch was Leichtes.
Er: Wir segeln nicht durch die Wüste.
Sie: Aber, ist Tanger nicht in Afrika?
Da muß ich an den aufregenden Film mit Humphrey Bogart und Ingrid Bergmann denken.
Er: Das war Casablanca.
Sie: Ja, wo er immer sagt: Geh mir aus den Augen, Kleines ...
Er: Genau – und sie singt: Machs mir again ...
Sie: Hans-Heinrich – mach dich hier nicht zum Affen.
Er: Neenee, die Affen kommen ja erst in Gibraltar.
Sie: In Gibraltar kommen Affen?! ... Auf's Schiff? Bieten die was an?
Er: Quatsch, die hocken auf'm Felsen und lassen sich füttern.
Sie: Au fein, da nehm ich noch den großen Korb mit dem ganzen trockenen Brot mit.
Er: Jetzt bin ich aber langsam von den Socken.
Sie: Natürlich Hans-Heinrich – Socken, Strümpfe, Schuhe, Stiefel, muß ja alles mit. Laufschuhe, Wanderschuhe, Hochhackige für die Feste, Jogging-Schuhe. Kann man auf dem Schiff eigentlich joggen?
Er: Ich schon, ich muß sogar. Nach Salat mit Öl jogge ich immer zur Toilette. Aber diesmal werde ich genug Kohletabletten mitnehmen.
Sie: Kohletabletten?
Nein, Hans-Heinrich. Das wirst du schön bleiben lassen. So ein Schiff kann ja viel vertragen, aber überladen darf man es nicht.

Warum
das Eulenspiegel-Denkmal nicht aufgestellt wurde

Eine Geschichte, die weder vorn, aber auch hinten stimmt und teilweise in der Mitte

Vor etlichen Monaten saßen der Chefredakteur des Eulenspiegels und ein Herr vom Kultusministerium bei einem ziemlich unwichtigen Empfang in der Ecke und vertrieben sich die Zeit mit Würfeln. Chikago, Macke verschärft, Leichenzug und wie die Dinger alle heißen.

Herr Nelken ging wie immer aufs Ganze und gewann Runde um Runde. Da er weder raucht noch trinkt, verlangte er vom Verlierer Kaugummis. Das war ziemlich unfair, denn jedermann weiß, daß das Kaugummikauen im Kultusministerium nicht erwünscht ist. Weshalb sollte also ein Mitarbeiter dieses Hauses derartigen Kokolores in der Tasche tragen.

Das sah Nelken schließlich auch ein, rückte jedoch mit einem anderen Ansinnen heraus. Nämlich:

Der Eulenspiegel würde demnächst 20 Jahre alt, und es wäre doch schön, wenn man aus diesem Anlaß ein Denkmal errichtete.

Es müßte ja nicht besonders groß sein. Aber lustig. Vielleicht aus Bronze und mit eingebautem Glockenspiel. Irgend etwas von Natschinski oder Paul Dessau.

Der Kollege vom Ministerium hielt den Vorschlag zwar für eine Schnapsidee, aber eingedenk der Devise »Spielschulden sind Ehrenschulden« versprach er, sich für die Sache einzusetzen. Allerdings, so meinte er, würde es einen ziemlichen Kampf kosten, da seines Wissens der zentrale Denkmals-Fonds-Verwalter kein ausgesprochener Eulenspiegel-Fanatiker sei, sondern hingegen mehr am Friedrichstadtpalast hinge.

Wenig später erschien im Eulenspiegel eine Varieté-Eule, die in dem Ausruf gipfelte »Auf in den Friedrichstadt-Palast«, und in der Leserpostspalte wurden Stimmen laut, die ihrer Verwunderung darüber Ausdruck gaben, daß dem hervorragenden satirischen Blatt noch immer kein Denkmal gesetzt sei.

So geschah es, daß der bekannte Bildhauer Julius Gipsihm den amtlichen Auftrag bekam, einen Kostenvoranschlag zu machen. Julius ließ sich das nicht zweimal sagen und machte einen schönen Anschlag. Auf die Staatskasse. Er bekam eine abschlägige Antwort und das einschlägige Ausfallhonorar.

Als ein anderer Bildhauer einen 435 Mark billigeren Entwurf machte, griff das Ministerium zu.

Der Bildhauer hatte kein persönliches Verhältnis zum Auftrag und war deshalb so richtig in seinem Element.

Er machte zunächst eine Gipsfigur, die bei näherem Hinsehen sogar Hand und Fuß hatte. Ein bekanntes Blatt wurde aufmerksam, veröffentlichte ein Foto des Modells und startete eine abendzeitungsfüllende Leserumfrage unter dem Motto »Ist Bildhauern eigentlich schwer?«

Die Redaktion des Blattes beendete die Umfrage nach vierzehn Tagen mit der abschließenden Bemerkung, daß Bildhauern eigentlich nicht schwer sei, wenn man's kann. Die in dieser Richtung liegenden Lesermeinungen wurden prämiert.

Während der Bildhauer zum Bronzeguß rüstete, versuchte der Chefredakteur des Eulenspiegels einen Komponisten für das Glockenspiel zu finden. Doch wie es so ist; der eine hatte keine Zeit, der andere keine Lust, und der dritte brauchte kein Geld. Lediglich ein zweitklassiger Schlagerkomponist war bereit. Er fand auch eine hübsche Melodie. Bei Puccini.

Die Redaktion kaufte die Melodie. Der Kulturredakteur gab dem Komponisten allerdings einen heimlichen Rippenstoß und sagte: »Wenn Sie wieder mal bei Tschaikows-

ki klauen, machen Sie's gefälligst etwas geschickter.«
Bei der Beschaffung von Porzellanglocken tauchten Schwierigkeiten auf. Es gab nur noch einen nicht abgesetzten Exportposten mit Goldrand und eingebranntem Sandmännchen.

Der Chefredakteur hatte etwas gegen Goldrand und sagte wütend: »Dann verzichten wir eben auf das ganze Glockenspiel und machen statt dessen ein Denkmal mit Leuchtaugen, die abwechselnd grün und rot zwinkern.«
Dieser Vorschlag gefiel allen. Nur nicht dem Direktor des Hauptstädtischen Leuchtreklamenbaus. Er sagte, man solle nicht wahnwitzige Forderungen stellen, schließlich wäre er kein Experimentiergenie wie Manfred von Ardenne. Einfarbige Leuchtaugen täten es auch, und das Zwinkern käme ganz von selbst.
Da wackelte der Chefredakteur bedenklich mit dem Kopf. Was ihn auf eine neue Idee brachte.
Als man im Ministerium von dieser Idee hörte, gab es Einwände. »Kollegen«, sagte ein Referent, »das geht zu weit. Ein Denkmal, welches mit dem Kopf wackelt, grenzt an Klamauk und müßte demzufolge aus dem Fond der Konzert- und Gastspieldirektion bezahlt werden. Da würden euch einige Conférenciers aber schwer aufs Dach steigen.«
Da der Eulenspiegel nicht gern Tiefschläge einsteckt, beschloß er, die Conférenciers nicht zu verärgern und auf den Wackelkopf zu verzichten.
Alle Ideen erwiesen sich später aber als überflüssig, da dem Bildhauer ein großer Schnitzer unterlief.
Ihm kam nämlich beim Bronzekochen die Idee, zur Feier seines nahen Triumphes aus dem ebenfalls nahen Konsum eine Flasche Adlershofer zu holen. Er hatte jedoch nicht mit dem modernen Selbstbedienungssystem gerechnet und fand nach zweistündiger Abwesenheit in seinem dampfenden Bronzetopf nur noch einen schäbigen Rest vor.
Dieser reichte lediglich für die Beine der Denkmals-Figur und auch nur bis zur Wadenhöhe.
Da hatte der Chefredakteur des Eulenspiegels den ganzen Kram satt und beschloß, auf das Denkmal zu verzichten. Die beiden hohlen Bronzebeine vermachte er einem Fußball-Club als Bier-Stiefel.
Der Trainer des Clubs verpflichtete jeden Spieler, der den Stiefel durch ungeschicktes Trinken zum Gluckern brächte, im nächsten Spiel ein Tor zu schießen.
Es gluckerte fast nie, weil die Spieler alle sehr talentiert waren.
So kam es, daß das Eulenspiegel-Denkmal nicht aufgestellt wurde, obwohl bereits allerhand Geld hineingesteckt worden war. Durch diesen Ausgang verlor die ganze Sache jedoch viel von ihrer Verrücktheit und bekam einen schönen Stich ins Normale.

Schreiben Sie doch mal

Aus dem Leben eines vorbildlichen Radiohörers

Karl Wollbauer war am Abend spät zu Bett gegangen. Er hatte sich im Radio das Mitternachtskonzert der Vereinigten Mengersgereuth-Hämmerner Teufelsgeigenorchester angehört und anschließend sofort zur Postkarte gegriffen, um der Aufforderung des Programmsprechers nachzukommen, folgende Quizfrage zu beantworten: »Ist die Teufelsgeige ein Streich-, Zupf- oder Rupfinstrument?«
Für die richtige Antwort winkten wertvolle Preise, unter anderem eine Rolle Draht zum selbständigen Anfertigen einer original Teufelsgeige.
Wollbauer hatte sich für Rupfinstrument entschieden, seine Lösung in launige Verse gekleidet und die Karte noch in derselben Nacht zum Briefkasten getragen. Erschöpft war er dann zu Bett gegangen, hatte vorsichtshalber das Radio laufenlassen, aber schlief so fest, daß er den Beitrag von Prof. Schlummer-Rolle verpaßte, der um 1.30 Uhr die Hörer aufforderte, doch mal zu schreiben, ob der Schlaf vor Mitternacht wirklich der gesündeste sei. Zum Glück wurde er munter, als der kregle Moderator der beliebten Frühsendung »Aufgewacht und mitgedacht« um 6.10 krähte: »In wenigen Sekunden, liebe Hörer, ist es genau 6.09 Uhr. Wenn Ihnen diese Uhrzeit gefällt, dann schreiben Sie uns doch mal!«
Logisch, daß Wollbauer sofort zu Kugelschreiber und Postkarte griff, die Zeitdurchsage im Prinzip begrüßte, aufs Frühstück verzichtend in seinen Trabant kroch und zum Hauptbahnhof fuhr, um seine Karte dem Richtungsbriefkasten und somit dem Weg des geringsten Postwiderstands anzuvertrauen.
Vor dem Hauptbahnhof begegnete Wollbauer dem braven Schüler Ottokar, der sich auf dem Weg zum UTP mittels Kofferheule den Pionierweckruf anhörte, der mit der Frage an die Hörer endete: »Was ist denn heut bei Pfiffigs los?«
Wollbauer mußte sich eingestehen, daß er dies leider nicht wußte und teilte das umgehend per Postkarte der Weckruf-Redaktion mit.
Dann kroch er wieder in seinen Trabant und steuerte seinen Betrieb an. An der Kreuzung Meier-, Ecke Motzenstraße gab es eine größere Verkehrsstockung, die es Wollbauer ermöglichte, den Motor ab- und das Autoradio anzustellen. Dadurch erwischte er gerade noch den Schluß der beliebten Sendung »Musik liegt in der Gruft«, die mit der Frage ausklang: »Wie lebendig sind unsere Schlager? – Schreiben Sie uns doch mal!«
Wollbauer suchte sofort eine freie Parklücke, fand diese auch am späten Nachmittag, zückte Kugelschreiber und Postkarte und schrieb an die Redaktion der beliebten Sendung »Musik liegt in der Gruft«, daß unsere Schlager lebendiger seien, als sich manche tote Hose träumen lasse. Danach stellte er nach einem Blick auf die Uhr fest, daß in seinem Betrieb inzwischen die Spätschicht und für ihn somit der Feierabend angebrochen war.
Darauf band er seinen Trabant an eine Straßenlaterne und begab sich zu einem verdienten Abendschoppen in den »Nassen Sack«.
Als Wollbauer das Lokal betrat, erklang gerade der beliebte Evergreen »Herr Wirt, wo ist mein Hut«, dem sich die Auffoderung des Moderators anschloß: »Wenn Sie es wissen, verehrte Hörer, dann schreiben Sie uns doch mal!«
Wollbauer hatte schon Kugelschreiber und Postkarte gezückt, also der Sender mitteilte, daß nun Prof. Kneul antwortet. Doch so sehr

Wollbauer auch lauschte, das Problem des vermißten Hutes tauchte in den Antworten Prof. Kneuls auch nicht mit einer Silbe auf. Darauf beschwerte sich Wollbauer per Postkarte beim Rundfunk über die Laxheit des Professors.
Diese Beschwerde wurde in der nächsten Sendung öffentlich verlesen, verbunden mit der Frage: »Hat der Hörer Wollbauer mit seiner Kritik recht? – Schreiben Sie uns doch mal!«

Motiv

Kunz ging nachts auf den Balkon
und schmiß sein altes Chaiselongue
kurzerhand aufs Rosenbeet,
was andern auf die Nerven geht.
Ein Polizist hat ihn verhört,
Kunz hat zu seinem Tun erklärt,
daß es im Sinn der Losung sei:
»Alles heraus zum 1. Mai!«

Unter fremden Menschen

Eine Reisegeschichte

Friedrich Deutschmann, mittelgroß,
geht spazieren und sieht Los-
bude, wo man ab und an
einen Reibach machen kann.
Friedrich, der zwar nie im Leben
Spaß gehabt am Geldausgeben,
ist nicht knickrig unbedingt,
wenn er meint, daß Vorteil winkt.
Fünfzig Pfennig, er grapscht rin,
Heidiwitzka – Hauptgewinn!

Friedrich, anfangs hoch beglückt,
glubscht auf einmal recht geknickt,
weil zum Fernsehn ein Gerät,
er sehr gern besitzen tät.
In ein Land, das wie man weiß,
sozialistisch ist und heiß,
zieht es ihn nicht sonderlich,
doch er sagt sich: Friedrich,
denke dran, wer rastet, rostet,
zittre los, zumals nischt kostet.

Auf gehts gen Bulgaria,
hipp hipp hurra! Safaria!

Sieben Startbonbons gelutscht,
Steak und Kognak, damits rutscht,
Stewardeß entwickelt Charme,
Friederichen zwickts im Darm,
endlich Landung, Zöllner grienen:
»Sonnenbrillen? Nix verdienen!
Wünschen gute Weiterreise!«
Friedrich blubbert: »Große Scheiße!
Balkan mies wie ehedem!«
Machts sichs im Hotel bequem.

Schläft, bis abends gegen acht
ihn der Kohldampf munter macht,

schluckt dann mangels Pils und Eisbein
angeekelt Huhn mit Weißwein,
intoniert schon etwas blau
»Zickenschulze aus Bernau«
und verlangt zum Zeitvertreib
rassiges Zigeunerweib.
Kneift die Barfrau, die sich ziert,
wankt vors Haus und uriniert.

Tags darauf, schon wieder munter,
faßt er sich ein Herz und unter-
nimmt nun mittels Omnibus
eine Fahrt zwecks Kunstgenuß.
Wo die frommen Mönche hausen,
heucheln Scharen von Banausen.
Pietät und Feingefühl,
Friederich jedoch bleibt kühl
und gibt Kunst der Knoblauchfresser
letzten Schliff mit deutschem Messer.

Nickerchen am Badestrand.
Fazit: schwerer Sonnenbrand.
Friedrich zetert: »Jetzt ist Schluß!
Zuviel Nepp für schweres Geld!«
Turboprop – schwupp – Schönefeld.
Heimatland, Willkommensschluck.
»Kellner! Mastika! Ruckzuck!
Nicht vorhanden? Ein Skandal!
Chaos international!«

Nachsatz: F. erfährt man, plane
Wintersport in Zakopane.

Freundschaft!

Das ziemlich tapfere
Schneiderlein

Als das Schneiderlein 49 Fliegen auf seiner Musstulle sah, riß ihm der Geduldsfaden. Es langte zur Elle und wichste zu. Es wären um ein Haar 7 gewesen, hätte die Elle nicht ein Astloch gehabt, durch das ein Brummer mit blauem Auge davonkam.
»Murks!« knurrte der Schneider, und er beschloß, dem Gütezwerg vom VEB Elle und Speiche mal ein wenig auf die Finger zu klopfen.
Er nahm seinen Campingbeutel, stopfte einen Harzer Käse sowie seinen Harzer Edelroller hinein und häkelte sich eine Bauchbinde mit der Aufschrift »6 aus 49«. Dann stiefelte er los. Als die Leute die Bauchbinde sahen, tippten sie sich an den Kopf. Aber mit der Zeit gewöhnten sie sich daran.
Auf der Fernverkehrsstraße 96 begegnete der Schneider dem Eisernen Heinrich. Der hockte neben seinem erst kürzlich generalüberholten Wagen und beweinte einen Achsenbruch.
»Hummel, Hummel«, grüßte der Schneider scherzhaft.
»Murks, Murks«, antwortete Heinrich. So verstanden sie sich auf Anhieb und marschierten gemeinsam weiter.
Sie gelangten an einen großen Fluß. Da die Fähre, wie immer, vorübergehend außer Betrieb war, mußten sie sich nach einer anderen Übersetzungsmöglichkeit umsehen. Ein gewisser Froschkönig bot ihnen gegen ein entsprechendes Trinkgeld seine Dienste an. Sie bestiegen das Amphibienfahrzeug und tuckerten los. Mitten auf dem Wasser bekam der Froschkönig einen Wadenkrampf, und es stellte sich heraus, daß auch die Schwimmhäute verdammt porös waren. »Dabei komme ich gerade aus der Werkstatt«, quakte der Grüne.
Durchnäßt und erschöpft erreichten sie das andere Ufer. Sie wurden vom Fischer und seiner Fru gastfreundlich in deren Neubauwohnung eingeladen. Es gab Hering in Tomatensoße. »Langt nur tüchtig zu«, sagte der Fischer. »Davon haben wir genug.«
Als ihnen während des Essens die Decke auf den Kopf fiel, verließen alle fünf die gastliche Stätte und beschlossen, auch beim Baubetrieb mal ein wenig auf den Putz zu hauen.
Sie stapften querfeldein. Auf einem Rapsfeld saßen Hänsel und Gretel weinend im hohen Grase. Sie hatten ziemlich große Steine gestreut, um den Heimweg zu finden, und konnten diese nun nicht mehr von den anderen Klamotten unterscheiden.
»Kommt mit«, sagte das Schneiderlein, »damit euch hier nicht noch das böse Einhorn aufspießt.«
»Keine Angst«, antwortete Hänsel. »Das Einhorn hat sich ein Stück Zahn ausgebrochen und saust herum wegen einer Goldkrone.«
Er nahm aber dennoch sein Schwesterlein bei der Hand und schloß sich dem Zug an.
Da trat urplötzlich ein mittelgroßer Riese aus dem nahen Wald und riß fürchterlich das Maul auf. Der Eiserne Heinrich, der Froschkönig, der Fischer und seiner Fru sowie Hänsel und Gretel gingen stiften.
Das tapfere Schneiderlein aber stand wie eine Eins.
Und das war sein Pech. Denn so sehr es auch drückte, aus seinem steinharten, schlecht verpackten Käse kam kein Tröpfchen Wasser, und auch der Harzer Edelroller benahm sich flugtechnisch derartig unqualifiziert, daß der Riese sofort den Braten roch.
Er verpaßte dem Schneiderlein einen kurzen trockenen Aufwärtshaken, so daß der Kleine mit Überschallgeschwindigkeit durch die Luft sauste und krachend wieder auf seinem Schneidertisch landete.
Dort saß er nun und betrauerte seine jäh unterbrochene Heldenkarriere. Und wenn nicht inzwischen alle Pfuscher gestorben sind, ist er noch heute nicht aus dem Schneider.

Ein Pförtner mit Herz

Meine Frau hatte an jenem Tag Prüfung. Sie studierte Kunstgeschichte. Ich beschloß, ihr in dieser schweren Stunde nahe zu sein und zog mit einem Blumenstrauß zur Universität. Allein meiner seelischen Erregung ist es zuzuschreiben, daß ich entgegen sonstigen Gewohnheiten in eiligem Schritt an der Pförtnerloge der Universität vorbeihuschen wollte. Ein markerschütternder schriller Schrei hemmte jählings meinen flüchtigen Fuß und erinnerte mich eindringlich an meine Bürgerspflicht. Ich sauste zurück zu jenem kleinem Fenster, aus dem das donnernde »Halt!« ertönt war, fingerte meinen Ausweis aus der Tasche, reichte ihn durch die Öffnung und sagte mehrmals in freundlichem Ton »Guten Tag! Guten Tag!« Der kahle Schädel hinter der Scheibe verlor allmählich seine dunkelrote Farbe.

Nachdem der Kollege Pförtner alle Eintragungen meines Personalausweises säuberlich abgeschrieben hatte, sagte er:

»Und zu wäm wolln Sie?«

»Ich möchte hinauf in den dritten Stock und im Klubraum auf meine Frau warten. Sie hat nämlich gerade Prüfung, wissen Sie?«

»Ja, das geht nisch. Sie därfen da nisch nauf. Der Herr Brofessor hat da ohm Brüfung.«

»Ja, ja, eben deshalb möchte ich ja hinauf. Meine Frau wird doch geprüft. Ich möchte also im Klubraum auf sie warten.«

»Sie därfen da nisch nauf! Der Härr Brofessor hat Brüfung! Außerdäm därfen Sie iberhaupt nisch alleene da nauf, und isch gann jetzt nisch mit, weil ich ganz alleene hier bin!«

»Aber Kollege Pförtner, ich war doch gestern bereits ganz allein im zweiten Stock in der Plakatausstellung!«

»Ja, ind'n zweiten Stock, das is ja was ganz anderes. Dahin därfen Sie alleine, aber nisch ind'n dritten!«

»Dann möchte ich bitte in den zweiten Stock in die Ausstellung.«

Der Pförtner ließ ein zu Herzen gehendes Gelächter hören. »Junger Mann! Sie müssen misch doch für dumm halden.

Isch weeß doch ganz genau, daß Sie nisch in die Ausstellung wolln, sondern in 'dn dritten Stock. Hätten Sie gleich gesagt, daß Sie in die Ausstellung wolln, da hätt isch Sie reingelassen, aber jetzt spielt sich da gar nischt mehr ab. Sie gomm nisch nein!«

Ich begann zu schluchzen. Nach einer halben Stunde standen auch ihm die Tränen in den Augen.

»Also wenn ich nur nich so e weiches Herze hätte«, sagte er.

»Aber jetzt ist mersch ooch egal. Und wenn ich durch meine Gutmütigkeit noch ins Gefängnis komme. Ich schreibe Ihnen jetzt een Schein aus und laß Sie nauf.«

Er kramte in seinem Schub herum. Doch plötzlich strömte ein Flut von Tränen über sein Gesicht.
»Es geht nisch«, stöhnte er, »es geht nisch!«
Mir wurde ganz allmählich dunkel vor den Augen. »Warum um Himmels willen geht es denn nun wieder nicht?« lallte ich.
Wie aus weiter Ferne hörte ich ihn sagen: »Die Ausstellung ist jetzt geschlossen!«

Osturomas

»Sagense mal, Krausen, was is'n eigentlich 'ne Immobilje?«
»Weeß nich. Aber koofen tät ich mir keene. Die geht ein off'n Balkon.«

*

»Also diese Miniröcke, Krausen, kürzer geht's nimmer. Kein Wunder, daß die jungen Männer den Mädchen hinterherpfeifen.«
»Wenn wir das machen täten, Müllern, da würdense nich bloß pfeifen, sondern jodeln.«

*

»Wissense, was mein Enkel sagt, Krausen? Er sagt, heute hätten manche schon vor der Jugendweihe Sex. Was sagen Sie dazu?«
»Naja, aber konfirmieren lassen könnse sich trotzdem.«

Sohn der Heimat

Vor einundzwanzig Jahren wurde in Dresden der Radrennfahrer Gustav Tafelspitz geboren.
Tafelchen, wie ihn seine Mama liebevoll nannte, gewann bereits als Vorschulkind das große Dreiradrennen von Bad Schandau.
Von da an gings bergauf.
Es folgten zahlreiche Siege bei Rollerrennen, der Klappradtriumph von Oberwiesental und die Goldene Speiche beim Schweriner Kriterium für Jugendrad mit Ochsenlenker.
Tafelspitz studierte dann an der Leipziger Mifa-Akademie, absolvierte mehrere staatliche Tretlager und siegte danach sensationell beim großen Preis der Ostblockschokolade.
Nach der Wende verliebte sich Tafelspitz in eine gewisse Lore Leimann und den Mainzer Domherrn und lebt seitdem auf einem Weingut am Rhein.
Vorige Woche wurde er Sieger des Rocky-Mountainbike-Rennens.
Schlagzeilen und Spitzenmeldungen:
»Tafelspitz gewann schwerstes Radrennen der Welt!
Triumph eines rheinischen Weinbauern!«

Picknick im Walde

Manche wissens ja bereits, meine Frau raucht auch. Und nicht schlechter als ich. Wir haben auch häufig Gäste. Alles Raucher. Andere würden es nicht überstehen.
Die Tapete unseres Wohnzimmers war vor zwei Jahren zart gelb, vorige Woche kaffeebraun. Und wir kochen keine Schmunzelbrühe!
Kurz und gut, die Bude war fällig.
Das Tapetengeschäft gerammelt voll.
Von Menschen. Die Anzahl der Tapeten war nicht ganz so groß, aber es gab fast dreißig Sorten.
Die Industrie stellt ein paar hundert Sorten her, habe ich in der Zeitung gelesen. Der Leiter des Tapetengeschäfts liest wahrscheinlich nur das »Sportecho«.
Meine Frau fand trotzdem etwas Passendes. Auch, was den Preis betraf. Da sah ich plötzlich diese Dinger. Übermannshoch und einen guten Meter breit. Auf dem einen war ein hübscher Kirschzweig, auf dem anderen ein Birkenwäldchen mit einem schmalen Weg, der nach hinten immer enger wurde und schließlich hinter einem Gebüsch nach rechts abbog.
»Was ist das?« fragte ich die Verkäuferin.
»Das sinn Dierfohdohs«, sagte sie.
»Aber es sind ja gar keine Tiere drauf.«
»Fier de Flur- oder Stupendiere!« rief sie und beschoß mich mit einem ungeheuer verächtlichen Blick.
»Ach so«, murmelte ich und fragte meine Frau: »Gefällt dir so was?«
»Nein«, meinte sie.
Daraufhin kaufte ich das Birkenwäldchen mit dem schmalen Weg.
Unser Flur ist nicht sehr lang, aber immerhin länger als breit. An der Stirnseite, von der Wohnungstür aus gesehen, ist ein Einbauschrank. Dort haben wir das Bettzeug drin und allerlei anderen Krempel.
Ich klebte das Birkenwäldchen an den Einbauschrank. Die Wirkung war verblüffend.
Betrat man nun die Wohnung, glaubte man, am Anfang eines romantischen Waldweges zu stehen, der sich durch einen Birkenhain schlängelt und in der Ferne rechts hinter einem Gebüsch im Schlafzimmer verschwindet. Auch meine Frau fand die Sache ganz putzig. Sie ist nämlich sehr naturliebend, hat nur etwas gegen die weit verbreitete Fotografiersucht. Aber die Orientierungswanderungen, die unsere Heimatzeitung regelmäßig veranstaltet, macht sie ebenso regelmäßig mit. Deshalb gefiel ihr nun wohl auch der Weg durchs Birkenwäldchen.
Aber mich störte etwas. Die Illusion hatte einen Haken. Einen optischen Knick oder, wenn man so will, Stilbruch. Die alberne Streifentapete unseres Flurs ging nicht nahtlos ins Birkenwäldchen über. Man mußte von der Wohnungstür aus zu lange laufen, bis man in der Natur war.
Ja, wenn der ganze Flur von vorn bis hinten mit Birken beklebt wäre, sähe die Sache anders aus: Man kommt nach Hause, schließt die Tür auf und steht im Wald. Jetzt ahnen Sie schon etwas? Jaja, aber so einfach war das nicht.
Ich klapperte alle einschlägigen Geschäfte ab. Alle Birkenwäldchen-Fotos waren gleich.
In der Mitte der Weg, der nach hinten immer schmaler wird und schließlich hinter einem Gebüsch nach rechts abbiegt. So etwas kann man natürlich nur an die Stirnseite kleben. Die gleichen Bilder rechts und links den Flur entlang würden den Effekt einer großen Waldlichtung ergeben, von der nach allen Seiten Wege abgehen. Man käme sich irgendwie hilflos, wenn nicht sogar verirrt vor und könnte vor allem nachts beim gedämpften Flurlicht auf dem Gang zur Toilette Angstzustände bekommen.

Also mußten einzelne Bäume her. Wald ohne Weg. Um es kurz zu machen: Ich hatte Glück. Nicht in Berlin, aber in Spremberg, wohin mich eine berufliche Angelegenheit führte. Dort stieß ich im Warenhaus auf Mischwald. Birkenwäldchen hatten sie nicht. Aber in diesem Mischwald kam auch etwas Birke vor, so daß ich überzeugt war, er würde in unseren Flur passen.
Außerdem kaufte ich noch einen Blick von der neuen Dresdner Elbbrücke, unter der gerade ein Fahrgastschiff mit fröhlich heraufwinkenden Menschen hindurchfährt.
Das Dampferfoto klebte ich an eine Wand der Duschecke unserer Toilette. Natürlich überpinselte ich es noch mit Latex. Wegen der Feuchtigkeit. Von nun an war das Duschen jedesmal ein Erlebnis. Ich glaubte stets, in strömendem Regen auf der Elbbrücke zu stehen und konnte mich nicht genug freuen über die prächtigen DDR-Bürger auf dem Schiff, die trotz des miesen Wetters fröhlich und optimistisch zu mir heraufwinkten. Bald hatte ich mir ihre Gesichter alle eingeprägt. Den Dünnen mit der auffällig großen Hakennase habe ich neulich sogar mal im Warenhaus am Alexanderplatz getroffen. Er tat aber, als kenne er mich nicht. Was mich nicht wundert, denn die Blondine, die er zärtlich am Händchen hielt, war wesentlich knackiger als das untergehakte Muttel auf dem Dampfer.
Doch das nur nebenbei.
Zurück zum Flur.
Waren Sie schon mal auf dem Darß oder im Thüringer Wald? Können Sie glatt vergessen, wenn Sie gelegentlich einen Blick in meinen Flur werfen. Das ist ein Wald, wie er im Bilderbuch steht. Natur plus Fotokunst. Mit einem Wort: Kein schöner Land in dieser Zeit.
Ich habe ihn auch mit etwas Fauna durchsetzt. Auf der Rotbuche an der Stubentür hockt eine prächtige ausgestopfte Eule, und aus dem Haselnußstrauch neben der Toilettentür lugt ein Rehkitz. Es ist ziemlich klein, denn ich habe es aus dem »Bummi« ausgeschnitten.
In der NBI war mal ein größeres. Doppelseitig. Als Poster mit der Jimmy-Wood-Combo drumrum. Und diese Jungs haben alle einen leichten Schimpansen-Look. Musikalisch sind sie ja nicht schlecht, aber in meinem Wald möchte ich ihnen nicht begegnen.
Vorigen Freitag rief ich meine Freunde an. Ernst, Manne, Elli und Antek sowie Horst und Reni.
»Morgen läuft ein Ding«, sagte ich. »Picknick im Walde! Wir treffen uns um 19.30 Uhr vor unserem Haus!«
Lediglich der schlaue Manne sagte: »Zu dieser Jahreszeit ein Picknick? Und dazu noch nachts? Warum denn nicht am Tage?«
»Tagsüber muß meine Frau die Wohnung säubern und den Flur harken.«
»Wieviel hast'n heute schon wieder genascht?« rief Manne und kicherte anzüglich.
Aber er sagte zu.
Am nächsten Abend versammelten wir uns alle vor unserm Haus. Antek war im Lodenmantel erschienen, und Elli trug Gummistiefel, denn es nieselte. »Wolln wir nicht lieber in deiner Wohnung picknicken?« fragte Reni, »wir holen uns ja sonst alle die Grippe.«
»Wie ihr wollt«, sagte ich. »Kommt hoch.«
Als sie die Wohnung betraten, standen sie wie vom Donner gerührt. Meine Frau hatte die grüne Flurlampe angeschaltet, und aus der Stereoanlage im Wohnzimmer erscholl der Jägerchor aus dem Freischütz.
»Ich glaub mich knutscht ein Elch«, schrie Ernst. Er hatte sich als erster gefangen und brach den Bann der Ergriffenheit. Ein riesiger Tumult begann. Alle quirlten durcheinander, beklopften die Bäume, streichelten das Reh, tippten der Eule an den Schnabel, und Antek versuchte sogar, seinen Lodenmantel an einen Ast der Rotbuche zu hängen.
»Garderobe dort hinter der Krüppelkiefer«, rief meine Frau. »Und die Gummistiefel nicht

ins Gebüsch, sondern auf die Toilette in die Duschecke! Die Toilette ist hinter der Rotbuche mit dem Herzchen!«
Elli verschwand hinter der Buche. Als sie wieder hervorkam, rollte ihr eine Träne übers Gesicht. »Onkel Max«, schluchzte sie. »Vorige Woche haben wir ihn begraben, und hier fährt er quietschvergnügt aufm Dampfer und winkt sogar.«
Verflucht noch mal. Wer hätte das geahnt!
»Kinder«, rief ich, »das Leben geht weiter! Laßt uns einen zur Brust nehmen. Prosit. Schirijoh!«
Wir breiteten ein paar Decken aus, hockten uns hin und ließen die Gläser klingen. Es kam Stimmung auf.Elli fing an, recht derbe Witze zu erzählen, die sie von Onkel Max geerbt hatte.
Meine Frau servierte Mittitei, frisch aus der Bratröhre. Ich versprühte Tannenspray. Gegen den Knoblauchduft.
Dann legte ich die Stimmungsplatte auf. »Denn im Wald da sind die Roheuber, halli hallo, die Roheuber ...«
Beim Kasatschok fiel die Eule herunter. Ich trug sie in die Küche und legte sie in die Bratröhre. Meine Frau sagte: »Trink nicht so hastig!« und setzte sie wieder auf ihren Ast. Antek hatte sich eine Flasche Wurzelpeter mitgebracht.
Als er keinen Tropfen mehr herausbekam, den Arm hob und sang: »Er nahm die Büchse, schlug sie an ein' Baum«, riß ich ihm die Buddel aus der Hand und versuchte sie zu vergraben. Horst hatte unser Brotmesser aus der Küche geholt und begann, ein Herz in die Rotbuche zu schneiden. Ich legte schnell seine Lieblingsplatte »La Paloma« mit Hans Albers auf und rettete den Baum.
Antek machte plötzlich einen Heidenkrach, weil seine Frau Elli sich weigerte, mit ihm Brüderschaft zu trinken.
Ernst schlichtete den Streit mit dem genialen Vorschlag, eine Treibjagd zu veranstalten. Wir schleppten alle verfügbaren Topfdeckel zusammen und stolperten mit mörderischem Krach durchs Unterholz.
Manne stieß dabei mehrmals den Hetzruf aus: »Hussassa, pack die Sau!«
Da klopfte es an der Wohnungstür. Ich öffnete und rief: »Waidmannsheil, Herr Oberförster.«
Aber der Grüne war unser ABV. Er stellte sich mit Namen und Dienstgrad vor, obwohl ich ihn genau kannte. Dann sagte er uns die genaue Uhrzeit und seine Meinung. Ich versuchte gegenzuhalten. Aber er hatte die besseren Argumente. »In Ordnung«, sagte ich. »Ich blase jetzt zum Halali.«
»Unterstehen Sie sich«, rief er. »Sonst sind Sie die Trompete los und ein bißchen Taschengeld!« Dann ließ er seinen Blick noch kurz durch unseren Flur schweifen, schüttelte den Kopf und ging mit kurzem Gruß.
»Ein anständiger Kerl«, sagte ich. »Es hätte teuer werden können.«
»Wegen dem bißchen Krach?« krähte Antek.
»Quatsch«, sagte ich. »Deshalb doch nicht. Aber er hat großzügig übersehen, daß wir alle im Wald geraucht haben!«

Anhängsel

Ein Langer, Dünner, Durchgeistigter –

das ist Petersdorf

... so dachten seine Leser, bevor er sich auf die Bretter und auf den Bildschirm wagte.
Der Schock war gewaltig.
Aber die Zeit heilt Wunden.
Außerdem, im Rahmen seines Typs fällt er ja nicht unbedingt aus dem Rahmen.
Er hat sogar gutaussehende Kinder.
Achtunddreißig, achtundzwanzig und neun Jahre alt.
Auch er war wie alle Kinder als Kind ein rechter Sonnenschein.

Er lachte zum ersten Mal am 12.10.1934,

... auch nach der ersten Schulstunde,

... und sogar nach der letzten Volksschulstunde.

Als Student machte er eine recht gute Figur, hatte schon damals ein breites Kreuz.

Die Eule war sein Lieblingsvogel. Er schrieb für sie im stillen Kabuff, zeigte sich öffentlich ...

Im Mittelalter grinste er jünger, als er nach allerhand Journalistenjahren eigentlich auszusehen gehabt hätte.

... und genoß in vollen Zügen den Beifall der Menge.

Als Co-Pilot in »Berlin-Original« trug er vorübergehend Schnauzer, die Sendung trägt er noch heute im Herzen.

Als man ihn mal eine Silvester-Fernsehrevue moderieren ließ, machte er sich aus Eitelkeit vorher dünn – und sonnte sich im Glanz der schönen Helena und anderer Schönheiten.

Auch das zweite Programm machte er unsicher,

und als Bretterknaller fühlte er sich auf den Brettern des Dresdner Kulturpalastes wie zu Hause,

griff sogar zur Klamotte mit Klamotten

und sang als Spreewald-Gondoliere
das Cottbuser Publikum auf die
schluchzenden Kniee.

Im Palast der Republik
ließ man ihn nicht
singen. Das machte
seine vielfache
Programm-Partnerin
Ursula Amberger
(rechts), die auch eine
bessere Figur machte.

Er ging sogar als Dampferclown
mit dem Senioren-Reiseclub auf Kreuzfahrt,

sang in Granada lauthals »Granada« ...

... und ließ sich, umgeben
von gefeierten Künstlern,
auch feiern und fotografieren.

Erwähnt sei noch, daß Petersdorf ohne sein geliebtes Fahrrad manchen Lokal-Termin versäumt hätte

... und beim Spaziergang mit seinem Sohn Anton verdammt alt aussähe. Noch älter.

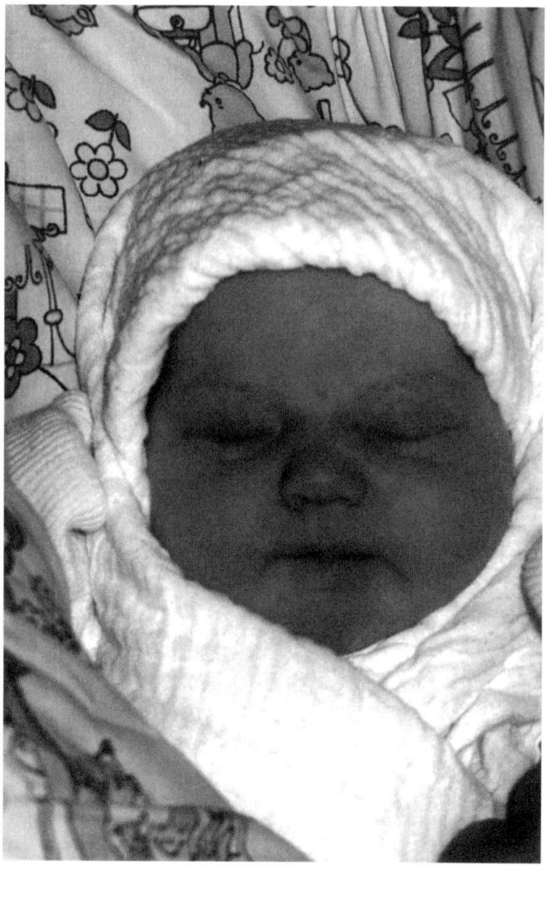

Enkeltochter Antonia, so wird behauptet, sähe ihrem Opa ähnlich.
Das ist ihr aber völlig egal.
Mit Recht,
meint Meier-Motzen
August 1997

Inhalt